Harper
Collins

Zum Buch:

Niemals hätte sich die aufstrebende Fotografin Bethany träumen lassen, dass der charismatische und berühmte Business-Mogul Calum ausgerechnet sie mit einem aufwendigen Fotoprojekt beauftragen würde. Schon bald entwickelt sich zwischen den beiden eine leidenschaftliche Affäre, die die junge Frau um jeden Preis vor ihrem Ehemann und der gesamten Öffentlichkeit geheim halten muss. Doch dann wird Calum ermordet, und Bethany gerät nicht nur ins Visier der Ermittler, sondern auch in das des Mörders. Er terrorisiert sie und legt falsche Fährten, um den Verdacht auf sie zu lenken. Jeden ihrer Schritte scheint er vorauszuahnen, er hat Zugang zu ihrem Haus, ihrem Schlafzimmer. Bald kann Bethany niemandem mehr vertrauen, am wenigsten denen, die ihr nahestehen …

Zur Autorin:

Elle Croft wurde in Südafrika geboren, ist in Australien aufgewachsen und lebt nun nach vielen Jahren des Reisens um die ganze Welt mit ihrem Mann in Großbritannien. »Die schuldige Frau« ist ihr Debüt.

ELLE CROFT

DIE SCHULDIGE FRAU

THRILLER

Aus dem Englischen von
Sophie Almer

Harper
Collins

HarperCollins®

1. Auflage: September 2018
Deutsche Erstausgabe

Originaltitel: »The Guilty Wife«
erschienen bei: Orion Books, London

Umschlaggestaltung: bürosüd, München
Umschlagabbildung: Bjarki Reyr / Getty Images
Lektorat: Kanut Kirches
Satz: GGP Media GmbH, Pößneck
Printed in Germany
Dieses Buch wurde auf FSC®-zertifiziertem Papier gedruckt.
ISBN 978-3-95967-204-7

www.harpercollins.de

Werden Sie Fan von HarperCollins Germany auf Facebook!

PROLOG

Helikopterpilotin.

Wenn man mich als pausbäckigen Teenager gefragt hätte, was ich später einmal werden wolle, wäre das meine Antwort gewesen. Ich hätte nicht einmal lange darüber nachdenken müssen. Ich war mir sicher, dass ich fürs Fliegen bestimmt war – bis ich das erste Mal in ein Flugzeug stieg und unser Familienurlaub durch eine unerwartete, heftige Panikattacke frühzeitig beendet wurde. Diese Furcht bin ich nie wieder losgeworden, und ich habe seitdem auch kein Flugzeug mehr betreten.

Aber diese lähmende Angst, die mir vor so langer Zeit an meinem beengten Fenstersitz das Blut in den Adern hatte gefrieren lassen, war kein Vergleich zu dem, was ich jetzt fühle.

Das ist mehr als nur Panik.

Denn es gibt jemanden, der alles weiß.

Meine Geheimnisse sind nun in fremden Händen. In Händen, von denen vor nur wenigen Tagen das Blut eines Mannes tropfte, der eigentlich unverwundbar erschien. Hände, die genauso leicht mich töten könnten.

Ich vermute aber, dass der Genuss an diesem Spiel zu groß ist, um mich umzubringen. Noch zumindest. Erst soll mit der Beute gespielt und alles zerstört werden, was ich habe.

Ich soll ruiniert werden.

Aber bevor meine schmutzige Wäsche auf die Straße geworfen, durchwühlt und durchsucht wird, sollte ich zuerst einmal die Fenster öffnen und den frischen Wind der Wahrheit hineinlassen.

Ich habe es nicht getan.

Aber sogar ich muss zugeben, dass ich dadurch nicht völlig frei von Schuld bin.

1. KAPITEL

»So sollten Montagabende immer aussehen«, sagte Calum und führte mir mal wieder vor Augen, wie anders die Welt aussah, wenn man ohne finanzielle Einschränkungen lebte.

Ich lächelte und verdrehte die Augen, musste ihm aber insgeheim recht geben.

Ich hatte mich in meinen dicksten Schal gewickelt, denn die verbleibende Wärme des Tages konnte der kalten Abendluft nicht lange standhalten. Wir hatten auf Calums Terrasse die letzten Sonnenstrahlen und den Blick auf London genossen, der sich uns bot. Wenn ich den Kopf drehte, sah ich den Uhrturm von Big Ben, dessen berühmtes Antlitz über die Baumkronen spähte, als würde er auf seine Stadt hinunterschauen, die sich in der für die Jahreszeit unüblichen Wärme regte. Ich hatte einen Spaziergang vorgeschlagen, aber Calum hatte den Kopf geschüttelt. Keine Auftritte in der Öffentlichkeit, das war eine seiner zahlreichen Vorsichtsmaßnahmen. Stattdessen hatte er mich an den Hüften gepackt und hoch in die Luft gehoben wie ein Eiskunstläufer. Ich quietschte vor Überraschung, und als er mich aufs Bett warf, waren alle Gedanken an einen Spaziergang verflogen.

Jetzt strich er mir leicht mit dem Daumen über den Handrücken, während er amüsiert zusah, wie zwei freche Spatzen abwechselnd immer näher an unseren Tisch hüpften und sich gegenseitig herausforderten, heruntergefallene Krümel zu stehlen.

Der Anblick von Calums zerzaustem Haar und seinem Bartschatten brachte mich zum Lächeln. Er sah aus wie ein Mann, der keinerlei Sorgen oder Pflichten hatte, nicht wie der Inhaber einer riesigen Firma, der sich Gedanken um sein Image machen musste. Seine Stirn war ausnahmsweise glatt, während er sonst so finster dreinblickte, dass seine Mitarbeiter ihn ständig für wütend hielten.

Als er meinen Blick bemerkte, wandte er sich mir zu, und ein leichtes Lächeln umspielte seine Lippen. Plötzlich überkam mich Schüchternheit, und ich spürte, wie mir die Röte in die Wangen stieg. Es war albern, aber sosehr ich mir auch vorgenommen hatte, in seiner Anwesenheit gelassen zu bleiben, ich konnte einfach nicht anders.

»Du siehst so süß aus, wenn du rot wirst«, sagte er. Die Hitze breitete sich bis auf meine Brust aus.

»Ach, lass das«, sagte ich. »Du weißt doch, dass es davon nur noch schlimmer wird.«

Er lachte und zog mich auf seinen Schoß.

»Tut mir leid«, flüsterte er mir ins Ohr.

»Das hält dich nicht davon ab, mich jedes Mal damit aufzuziehen.«

»Ich kann es mir einfach nicht verkneifen. Du machst es mir zu leicht.«

»Wenn du doch nur auch irgendeinen Makel hättest, mit dem ich dich aufziehen könnte.«

»Das ist doch kein Makel«, sagte er und küsste mich auf die Wange. »Ich finde dich wunderschön, auch wenn du verlegen bist. Und glaub mir, ich bin keineswegs perfekt. Du hast das nur noch nicht gemerkt.«

Lachend lehnte ich mich an ihn und ließ mich davon einlullen, wie sein Brustkorb sich langsam hob und senkte. Er strich mir sanft über den Rücken, während wir hinab auf den Park blickten, der vom Sonnenuntergang in goldenes Licht getaucht wurde.

»Oh, jetzt hätte ich es fast vergessen«, sagte ich auf einmal.

»Was denn?«

»Dein Geschenk.«

»Ach so.« Er zog eine Augenbraue hoch.

Ich wühlte kurz in meiner Tasche herum und reichte ihm dann eine winzige silberne Schachtel mit einer blauen Schleife.

»Alle Gute zum Geburtstag«, sagte ich und küsste ihn kurz. »Tut mir leid, dass ich so spät dran bin, aber … wir haben uns ja kaum gesehen …«

»Das macht doch nichts«, unterbrach er mich. »Außerdem gefällt es mir, meinen Geburtstag noch ein wenig zu verlängern.«

Ich sah zu, wie er sich mit dem Knoten abmühte, an dem ich den halben Nachmittag lang gearbeitet hatte, und grinste ihn ebenso verschmitzt an wie er mich, als er endlich die Schachtel öffnete.

Er nahm das kleine Stück Plastik aus dem Seidenpapier und beugte sich vor, um mich zu küssen.

»Danke. Das ist perfekt«, sagte er.

»Du weißt doch noch gar nicht, was überhaupt drauf ist«, witzelte ich. »Vielleicht sind auf der Speicherkarte nur Fotos von Hundewelpen.«

»Ich mag Hundewelpen. Aber wahrscheinlich nicht mal halb so sehr wie das, was wirklich auf dieser Karte ist.«

Er küsste mich erneut, aber nach wenigen Momenten drehte ich mich von ihm weg.

»Calum, ich weiß, dass wir schon darüber gesprochen haben«, sagte ich ernst, »aber du musst dafür sorgen, dass niemand jemals diese Bilder sehen wird. Versprich mir das bitte.«

»Ich würde sie niemals irgendjemandem zeigen, Bethany«, erwiderte er mit sanfter Stimme. »Aber bist du dir sicher, dass es dich nicht trotzdem stört? Es war ja meine Idee, und ich weiß, dass du so etwas normalerweise nicht tun würdest – ich würde so etwas normalerweise ja auch nicht tun. Und wenn du möchtest, dass ich die Speicherkarte zerstöre, dann vergessen wir halt, dass es diese Fotos je gegeben hat.«

Die Fotos sind das einzige Geschenk, das ich mir leisten kann, dachte ich. Was soll man einem Mann schenken, der wortwörtlich alles hat? Offenbar ein heißes Fotoshooting von uns beiden.

Ich sah ihn eindringlich an und versuchte zu erkennen, ob er das wirklich ernst meinte, ob er die Speicherkarte wirklich zerstören würde, nur weil mir die Sache unangenehm war. Aber es fiel mir schwer, klar zu denken, wenn er mich so ansah. Sein Blick war entwaffnend.

»Nein, natürlich will ich nicht, dass du sie zerstörst«, sagte ich endlich, und das stimmte auch. »Ich habe so etwas nur noch nie gemacht. Überhaupt fühle ich mich hinter der Kamera wohler als davor.«

»Also, ich fand, dass du ein hervorragendes Model warst. Hast du schon mal über einen Berufswechsel nachgedacht?«

»Habe ich, aber dafür esse ich viel zu gerne Burger.«

»Das sieht man dir nicht an. Bei deiner Figur hätte ich gedacht, dass du dich nur von Salat ernährst.« Calum stand auf und griff nach meiner Hand. »Komm mit.«

Ich nahm seine Hand, stand auf und folgte ihm zur Tür. Schweigend gingen wir in seine Wohnung, vorbei an dem Bett, auf dem die unanständigen Bilder entstanden waren, und durch das Zimmer zum Schreibtisch, der in der hintersten Ecke versteckt war. Er griff nach einem Buch aus der Mitte des Regals und öffnete eine Schublade, in der er kurz herumwühlte. Als er mir das Buch gab, starrte ich ihn an und wartete auf eine Erklärung. Da ich keine bekam, drehte ich es um und blätterte dann darin. Nichts.

»Ein geschäftliches Selbsthilfebuch? Habe ich irgendetwas nicht mitbekommen?«

Er nahm das Buch mit einem Lächeln aus meinen Händen und schlug die letzte Seite vor dem Buchdeckel auf.

»Kannst du mir ein Stück davon abmachen?«, fragte er und reichte mir eine Rolle Klebeband. Noch immer ein wenig verwirrt, riss ich etwas davon ab.

Er drückte die Speicherkarte an das Klebeband und klebte sie dann im Buch ein. Nachdem er das Buch zurück ins Regal gestellt hatte, neben all die andere seriöse Fachliteratur, drehte er sich um und küsste mich erneut. Diesmal erwiderte ich den Kuss.

»Mach dir keine Sorgen«, sagte er. »Niemand außer uns wird jemals wissen, dass die Speicherkarte hier ist.«

»Danke«, flüsterte ich.

»Gerne doch. Glaub mir – ich möchte diese Sache genauso sehr geheim halten wie du. Die Fotos sind bei mir sicher.«

2. KAPITEL

Mein Ehemann griff nach meiner Hand, als wir aus der U-Bahn-Station heraustraten und uns auf einmal inmitten von Nachtschwärmern befanden, die nach der Arbeit noch ausgingen. Die Bars und Pubs waren so überfüllt, dass viele Gäste draußen auf den schmalen Bürgersteigen standen. Spürbare Aufregung lag in der Luft, die von dem plötzlichen warmen Wetter, das die Londoner scharenweise an einem Donnerstagabend auf die Straßen getrieben hatte, wie elektrisch aufgeladen war.

Ich war versucht, mich diesem frühlingshaften Trubel anzuschließen und die Abendwärme zu genießen, aber stattdessen nahm ich Jasons Hand und schob die schwere Holztür auf. Nach dem hellen Sonnenlicht draußen blinzelten wir gegen die Dunkelheit des Restaurants an.

Ich musste mich anstrengen, um mich während des Essens auf die Gespräche der anderen zu konzentrieren. Als wir uns von unseren Freunden verabschiedeten und ihr Taxi um die Ecke fuhr und aus unserem Sichtfeld verschwand, war ich erleichtert.

Jason schlang mir einen Arm um die Hüfte, und ich lehnte mich an ihn. Ich war froh, dass wir wieder zu zweit waren. Er küsste mich aufs Haar.

»Nach Hause?«

»Nach Hause«, sagte ich und lächelte ihn an.

Vielleicht überrascht das, wenn man bedenkt, wie ich den vorherigen Nachmittag verbracht hatte, aber Jason und ich waren in jeglicher Hinsicht ein glückliches Ehepaar.

Ich liebte meinen Mann. Das hatte ich eigentlich schon immer getan. Seit dem Morgen nach unserem ersten Treffen, in unserer ersten Woche an der Universität. Wir hatten uns auf einer Party kennengelernt, die Art von Party, auf der viel getrunken und viel getanzt wird. Dummerweise hatte ich ein Paar nagelneue High Heels angezogen, und am Ende des Abends stolperte ich ungeschickt auf blutenden Füßen umher. Am nächsten Morgen, als ich mich aus dem Bett in Richtung Dusche quälte, fiel ich über eine kleine blaue Schachtel, die direkt vor meiner Tür im Wohnheimflur stand. Darin waren ein Päckchen Blasenpflaster und eine Dose Cola sowie eine Karte, auf der stand:

Für deinen Kater. Und deine Füße. Hoffentlich sehen wir uns bald wieder. J

Wenige Tage später waren wir offiziell zusammen. Er war mein erster richtiger Freund gewesen und der einzige Mann, den ich je geliebt hatte.

Bis jetzt.

Irgendwie, ohne es geplant zu haben, hatte ich eine Affäre angefangen. Ein Treuebruch, zu dem ich mich niemals für fähig gehalten hätte. Und um die Sache noch viel schlimmer zu machen, ging es bei dieser Affäre nicht nur um Sex. Calum war mir ans Herz gewachsen.

Ich war immer noch genauso sehr in Jason verliebt wie früher. Wie könnte ich das auch nicht sein? Einen besseren Ehemann könnte ich mir nicht wünschen. Er war zuvorkommend, gut aussehend, loyal.

Das Gegenteil von mir. Ich war eine Lügnerin. Eine Betrügerin. Eine Ehebrecherin.

Und ich war gleichzeitig in zwei Männer verliebt.

3. KAPITEL

»Hier, probier mal.«

Calum hielt mir über den Küchentisch einen Löffel hin. Ich beugte mich vor und probierte die Soße, an der er die letzte halbe Stunde lang getüftelt hatte.

»Wow, das schmeckt unglaublich!«

»Habe ich dir nicht gesagt, dass ich kochen kann?«

»Hast du. Und es tut mir sehr leid, dass ich dir nicht geglaubt habe.«

»Schon gut«, sagte er gelassen. »Zum Nachtisch darfst du dann eine Portion Abbitte leisten.«

Ich lachte und schlug mit dem Küchenhandtuch nach ihm, aber er wich mir zu schnell aus.

»Bist du dir sicher, dass ich nicht helfen kann?«

»Du kannst dich hinsetzen und dich entspannen«, sagte er. »Das Essen ist gleich fertig.«

»Das bekomme ich hin«, erwiderte ich und klappte meinen Laptop zu. Seit ich in Calums Wohnung angekommen war, hatte ich versucht, die Fotos der letzten Woche durchzusehen, aber ich konnte mich einfach nicht konzentrieren, wenn er in der Nähe war.

»Äh, kannst du mir doch einen kleinen Gefallen tun?«, fragte Calum.

»Klar.«

»Es wird ganz schön warm hier drinnen. Kannst du die Schiebetüren öffnen? Wir können drüben im Wohnzimmer essen, da ist es ein wenig kühler.«

Eine frische Frühlingsbrise begleitete unser Abendessen, ein beeindruckendes Mahl, bestehend aus Lammkoteletts und Bratkartoffeln.

Während ich das letzte bisschen Soße auf meinem Teller mit einem Stück ofenfrischem Brot auftunkte, vibrierte Calums

Handy laut auf dem Tisch. Er schnappte es sich sofort, und ich trug die Teller zurück in die Küche.

Ich wusch gerade die Bratpfanne ab, meine Unterarme im Seifenwasser, als ich Calums Hände auf meiner Taille spürte. Ich lächelte.

»Bleib hier«, flüsterte er mir ins Ohr.

Mein Lächeln gefror.

»Was?«

»Geh nicht nach Hause. Bleib heute Nacht hier.«

Ich drehte mich zu ihm um. Anstatt mir verspielt zuzuzwinkern, sah er mich ernst an.

»Ich … abgesehen von einer ganzen Reihe offensichtlicher Gründe, weshalb ich das nicht tun sollte, angefangen damit, wie ich es Jason erklären würde – was würdest du den Sicherheitstypen da draußen erzählen?« Ich gestikulierte in Richtung der Tür und trocknete mir dabei die Hände ab. Die Pfanne hatte ich ganz vergessen.

»Denen kann ich die Nacht freigeben«, sagte er. »Das sind ja keine Gefängniswärter.«

»Okay, aber das haben wir doch alles schon mal besprochen. Das ist eine deiner paranoiden Regeln.«

»Wie oft muss ich dir denn noch sagen, dass das nichts mit Paranoia zu tun hat?«

Seufzend ging ich zum Tisch zurück, um die Salz- und Pfeffermühlen abzuräumen.

»Ich weiß. Du fühlst dich schlecht wegen Kitty.«

Bei dem Gedanken an die Frau, mit der Calum vor mir zusammen gewesen war, runzelte ich die Stirn.

»Ich fühle mich nicht einfach *schlecht* wegen Kitty«, sagte er. »Ich werde mir niemals verzeihen, was ihr passiert ist. Es war meine Schuld, dass sie angegriffen worden ist. Ich habe darauf bestanden, dass sie wegen des Stalkings und der Drohungen zur Polizei geht. Ich wollte sie beschützen. Wenn mir damals jemand gesagt hätte, dass die Bullen die Geschichte über unsere Affäre an die Presse verkaufen würden, hätte ich denjenigen auch paranoid genannt. Aber es ist wohl kaum Paranoia, wenn es wirklich stimmt. Nur die Polizei wusste von unserer Beziehung, und einen Tag nachdem wir ihr davon erzählt hatten, schrieb die Presse über nichts anderes mehr. Und dann wurde sie überfallen und ihr ganzes Leben zerstört. Ich wollte ihr helfen und die Sache wieder zurechtrücken, aber sie wollte nichts mehr mit mir zu tun haben. Sie hasst mich. Nicht dass ich es ihr verübeln kann. Das alles war meine Schuld.«

Seine Stimme bebte, und ich trat unbehaglich von einem Fuß auf den anderen.

»Ich muss damit leben, dass ich für all das die Schuld trage, aber ich könnte es nicht verkraften, wenn so etwas noch mal passiert. Wenn so etwas *dir* passiert. Eine Meldung in den Nachrichten würde schon reichen, und alles würde völlig ausufern, also nenn mich bitte nicht paranoid, okay? Du weißt nicht, wie sich das anfühlt. Diese ganzen Regeln, auf die ich bestehe? Die sind für dich. Für deine Sicherheit.«

»Es tut mir leid«, sagte ich sanft. »Wirklich. Ich verstehe das ja, und ich weiß es auch zu schätzen. Es ist manchmal nur … frustrierend.«

»Ich weiß. Ich will nur nicht, dass du vergisst, warum wir es so machen müssen.«

»Werde ich nicht. Versprochen. Aber ich kann wirklich nicht hierbleiben, sosehr ich das auch möchte. Ich muss nach Hause zu Jason. Außerdem hattest du doch gesagt, dass Claire nachher wiederkommt, oder?«

»Ja, das dachte ich auch, aber sie hat mir eine Nachricht geschrieben«, sagte er und griff nach seinem Handy. Er tippte ein paarmal auf den Touchscreen und las vor: »›Komme heute Abend nicht nach Hause, Schatz. Bin noch bei Red Ferrari.‹«

»Sie ist bei einem Auto?«

»Das ist kein Auto.« Er schüttelte den Kopf. »Das ist ihr Spitzname für den Mann, mit dem sie gerade in Kalifornien ist. Sie verrät mir nie ihre echten Namen, damit ich so tun kann, als wüsste ich offiziell von nichts, oder so was. Letzten Monat war es Gitarrist Nr. fünf. Sie hat offenbar eine Schwäche für Musiker.«

Ich blinzelte und fragte mich, ob er Scherze machte, aber auf seinem Gesicht lag nicht einmal der Anflug eines Lächelns, und in seinen Augen glänzte kein verräterischer Funke.

»Wie kannst du dich daran nicht stören, Calum? Ich meine, warum bleibt ihr überhaupt zusammen, wenn ihr beide mit anderen Menschen schlaft? Wie kannst du so etwas noch eine Ehe nennen?«

»Geht's noch selbstgefälliger?«, fragte er in einem neutralen Tonfall, als müsste er seine Wut im Griff behalten. »Und du bist besser als ich, wo du doch mit mir schläfst? Wenigstens haben Claire und ich den Anstand, nicht so zu tun, als wären wir etwas, was wir nicht sind.«

Ich musste innerlich um Worte ringen.

»Den Anstand?«, platzte ich endlich heraus, als er sich ein paar Schritte von mir entfernte. »So nennst du das also? Solange sie dir erzählt, dass sie dich betrügt, ist es in Ordnung? Und was ist mit dir? Du hast ihr nicht von uns erzählt, also tu nicht so überlegen!«

Calum drehte sich mit eisiger Miene um. Er kam auf mich zu und blieb erst stehen, als unsere Gesichter zu nah voreinander waren. Sein Gesichtsausdruck ließ mich unbehaglich von einem Fuß auf den anderen treten.

Er blickte mir in die Augen und sagte langsam: »Bethany, wie Claire und ich unsere Ehe führen, geht dich nichts an. Wir lieben uns, nur eben nicht auf eine Art und Weise, die du … akzeptabel findest. Wir haben einen Weg gefunden, wie unsere Ehe für uns beide funktioniert, und nur weil das nicht in deine kleinlichen Vorstellungen davon passt, wie eine Beziehung aussehen sollte, wirst du gleich selbstgerecht und herablassend. Claire und ich sind ehrlich zueinander. Wir haben eine Abmachung. Grenzen. Wir sind offen, und wir haben im Detail darüber gesprochen, wie diese Ehe aussehen soll. Sie möchte es nicht wissen, wenn ich mit einer anderen Person schlafe, und das respektiere ich.« Er gestikulierte beim Sprechen, seine Stimme wurde lauter, und seine Augenbrauen zogen sich zusammen. »Du hingegen tust so, als wärst du nur ein unschuldiges Mädchen, das niemandem wehtun will, aber dein Benehmen ist hinterhältig und boshaft. Du bist deinem Mann gegenüber unehrlich, du lügst ihn an. Du wartest darauf, dass das Leben deine Entscheidungen für dich trifft, anstatt zu wissen, was du willst, und dafür einzustehen. Wenn du nicht möchtest, dass ich über dich und deine Entscheidungen urteile, dann kannst du auch nicht über mich und meine Ehe urteilen. Du bist nicht unschuldig, du bist hier kein Opfer, und ich werde mich nicht kritisieren lassen. Nicht von dir. Und ich dachte, dass wir uns hierüber einig sind.«

Ich stand mit offenem Mund da und wusste nicht, was ich sagen sollte. Als er weitersprach, war seine Stimme etwas ruhiger, aber noch immer voller Wut.

»Wir haben beide unsere Fehler. Ich dachte, das hättest du akzeptiert.«

Meine Wangen waren nach dieser Standpauke hochrot vor Scham, und durch die Tränen, die auf einmal in meinen Augen brannten, sah sein wütendes Gesicht verschwommen aus. Ich wollte schreien, mich verteidigen, aber ich wusste, dass ich nur ein Schluchzen hervorbringen würde, wenn ich den Mund aufmachte. Er sollte nicht sehen, wie ich weinte. Ohne ein Wort zu sagen, wirbelte ich herum und lief auf die Tür zu, während ich immer wieder blinzelte, um mir die Tränen zu verkneifen.

»Bethany, warte«, rief er mir hinterher, aber ich hatte seine Wohnung schon halb durchquert. Ich hatte erwartet, hinter mir Schritte zu hören, aber an meine Ohren drang nichts anderes als das Stakkato meines eigenen Atems.

Ich warf mir meine Tasche über die Schulter, verbarg meine erbärmlich tränenden Augen hinter einer Sonnenbrille und stürmte aus Calums Wohnung. Mit voller Wucht zog ich die Tür zu, doch sie war offenbar darauf ausgelegt, solch dramatische Abgänge zu neutralisieren, denn sie glitt ohne auch nur das leiseste Klicken zu.

Der Wachmann warf mir kaum einen Blick zu und drückte gleich auf den Knopf an der Wand. In unerträglicher Stille verharrten wir nebeneinander. Ich brachte gerade noch ein angespanntes Lächeln zustande, als die Anzeige aufleuchtete, dann hastete ich in den Aufzug. Im Erdgeschoss angekommen, marschierte ich mit gesenktem Kopf durch die übertrieben imposante Eingangshalle und atmete erst wieder tief durch, als ich in die Abendluft hinaustrat.

Ich überquerte die Straße und betrat Kensington Gardens. Auf einmal liefen die Tränen unaufhaltsam über meine Wangen, und aus der Tiefe meiner Lungen stiegen Schluchzer wie Schluckauf hervor. Ich stand völlig neben mir, aber wenigstens war ich hier anonym – einer von den vielen verrückten Menschen, die die Straßen Londons bevölkerten. Kaum jemand bemerkte mein Weinen überhaupt.

Ich wollte mich jedoch nicht zu den Massen von Touristen und Büroangestellten gesellen, die hier die letzten Sonnenstrahlen genossen. Ich wollte alleine sein und in meinem Selbstmitleid schwelgen, weg von all dieser spürbaren Lebenslust. Ich wischte meine Nase an meinem Handrücken ab und ging zielstrebig in meinen Lieblingsteil des Parks, den Blumengarten beim Albert Memorial. Warum ich diese deprimierende Gothic-Konstruktion, die Queen Victoria in Auftrag gegeben hatte, so sehr mochte, konnte ich nicht erklären. Das Denkmal sollte wohl ihrer Liebe für ihren verstorbenen Ehemann Ausdruck verleihen, aber es sah eher unheimlich als romantisch aus.

Auf einer leeren Bank, die von einem Wirrwarr aus gelben und pinkfarbenen Rosen umgeben war, rief ich mir Calums Worte ins Gedächtnis. Boshaft. Hinterhältig. Selbstgerecht. Jede seiner Anschuldigungen wummerte in mir wie ein Hammerschlag auf der Richterbank.

Er hatte recht. Das wusste ich ja auch. Aber das hieß nicht, dass ich es auch hören wollte.

Es war mir klar, dass die Situation, in der ich mich befand, nicht einfach so passiert war – Affären passieren nie einfach so – aber es fühlte sich so an, als wäre ich glücklich verheiratet gewesen und hätte arglos mein Leben gelebt, und im nächsten Moment war ich auf einmal in einen anderen Mann verliebt. Wie war ich nur in eine so verzwickte Situation gestolpert?

Seit ich die Rolle der Geliebten angenommen hatte, hatte ich mich geweigert, mich mit den Entscheidungen auseinanderzusetzen, die ich früher oder später treffen musste. Ich hatte mein Gewissen ignoriert, während es an mir zerrte wie ein ungeduldiges Kind und um Aufmerksamkeit bettelte. Das Leben würde diese Entscheidung nicht einfach für mich treffen, sosehr ich es mir auch wünschte.

Ich wusste, was die richtige Entscheidung war. Natürlich wusste ich das. Ich sollte die Sache mit Calum beenden, Jason alles gestehen, um Vergebung betteln und den Rest meines Lebens damit verbringen, ihm meine Liebe zu beweisen. Oder zumindest sollte ich die Sache mit Calum beenden, hoffen, dass Jason nie davon erfahren würde, und mein Leben weiterleben, als wäre nichts passiert.

Das wäre ja auch kaum der schlimmste vorstellbare Ausgang: mit einem Mann verheiratet zu sein, den ich liebte.

Und trotzdem konnte ich den Gedanken nicht ertragen, Calum nie wiederzusehen – nie wieder in seine Augen zu blicken, nie wieder mit ihm herumzualbern und über seinen lockeren Humor zu lachen, nie wieder von ihm ins Bett getragen zu werden.

Ich hatte mich in ihn verliebt, und ich hatte keine Ahnung, wie ich das wieder ungeschehen machen sollte.

Und ehrlich gesagt wollte ich das auch gar nicht.

4. KAPITEL

»Und, wie läuft es so bei dir? Wir haben uns ja schon ewig nicht mehr gesehen«, sagte Alex. Sie saß auf dem Barhocker neben mir und nippte an ihrem Prosecco. Ich zog eine Augenbraue hoch und fragte mich, was ich ihr erzählen konnte, ohne ihr mein Geheimnis zu verraten.

»Ähm«, sagte ich. Es war eher eine Aussage als der Beginn eines ganzen Satzes.

»Ist alles in Ordnung?«

»Ja, alles gut. Mir geht's gut.« Ich atmete langsam aus und sah zu, wie sich die pinkfarbene Oberfläche meines Cocktails unter meinem Atem kräuselte. Ich konnte Alex nicht in die Augen sehen. Sie kannte mich zu gut, und ich wollte auf keinen Fall den Eindruck erwecken, dass ich ihr nicht die ganze Wahrheit verriet. »Ach, es ist bloß … Jason und ich …«

»Ist bei euch beiden alles okay?«

»Ja, klar. Ich meine …«

»Was hat er gemacht?«, unterbrach sie mich. Sofort hatte sie in ihren Lieblingsmodus geschaltet: beschützend und aggressiv. »Wenn er dich betrügt, dann bring ich ihn um.«

Sie schlug mit der Hand auf die Bar, was ihr böse Blicke von dem Pärchen neben uns einbrachte, das sich offensichtlich gerade mit seinem ersten Date abmühte.

»Nein, das ist es nicht!« Ich zwang mich zu lachen. Alex' heftige Reaktion machte mich verlegen, aber sie war irgendwie auch beruhigend. »Überhaupt nicht. Es ist nur so … Ich weiß nicht, verheiratet zu sein fühlt sich manchmal so einschränkend an, verstehst du?«

Das war streng genommen keine Lüge. Aber ich konnte das Wirrwarr in meinem Kopf noch nicht einmal in einen klaren Gedanken zusammenfassen. Ohne ihr die Affäre zu verraten, konnte ich Alex nicht alles erklären.

»Bethany, du und Jason, ihr seid das perfekte Paar«, erklärte Alex nun etwas ruhiger und leiser. »Ihr liebt euch, und daran hast du doch auch keine ernsthaften Zweifel. Alle haben auch mal Schwierigkeiten. Wie lange seid ihr jetzt schon verheiratet?«

»Fast sieben Jahre.« Ich trank mein Glas aus.

»Da siehst du's. Das verflixte siebte Jahr. Das ist alles«, verkündete Alex mit erstaunlicher Überzeugung für jemanden, der keinerlei Erfahrung mit Langzeitbeziehungen hatte.

Unser Kellner schlich sich an Alex heran und musterte sie unverhohlen von oben bis unten, bevor er die Pommes vor uns abstellte. Alex, die ihre perfekte Figur und ihre Wespentaille wie eine Waffe einsetzte, zwinkerte dem muskulösen jungen Mann zu und steckte sich eine Pommes in den Mund. Irgendwie schaffte sie es, das Ganze wie ein Vorspiel aussehen zu lassen. Nachdem er sich umgedreht hatte, wandte sie sich wieder mir zu und trank noch einen Schluck.

»Da hast du vielleicht recht«, log ich, nahm mir eine Pommes und tunkte sie in die kleine Metallschüssel mit Ketchup. »Wahrscheinlich liegt es einfach daran, dass du deinen Spaß auf Dates hast und mit verschiedenen Männern ins Bett gehst … Das klingt einfach so aufregend, und ich habe so was nie gemacht. Jason war der erste Mann, mit dem ich je Sex hatte. Das ist wahrscheinlich das Problem, wenn man seine erste Liebe heiratet. Manchmal habe ich das Gefühl, dass ich den ganzen Spaß eines Singles verpasst habe.«

»Oh mein Gott!«, antwortete Alex mit dramatischer Stimme. »Das Gras erscheint auf der anderen Seite immer grüner. Hast du eine Ahnung, wie gerne ich verheiratet wäre? Daten ist furchtbar. Im Ernst. Schon allein, weil man meistens zu betrunken für guten Sex ist. Und am nächsten Tag fühl ich mich meistens alles andere als großartig. Eher irgendwie schuldig. Ich meine, natürlich kann es Spaß machen, das bestreite ich ja gar nicht. Aber ich wäre viel lieber an deiner Stelle. Es ist, als würden meine Eierstöcke verschrumpeln, und ich habe noch nicht einmal 'nen Freund.«

»Ja, wahrscheinlich erscheint das Gras wirklich immer auf der anderen Seite grüner. Ich fühle mich gefangen, aus deinen Eierstöcken wird rein gar nichts, und wir wären beide gerne an der Stelle der anderen. Wir sind echt tolle Erwachsene. Scheiß drauf, heute Nacht trinken wir unsere Sorgen weg. Ich brauche ein bisschen Aufregung.«

Aufregung, Flucht ... Wortspielereien. So oder so wollte ich meine Probleme vergessen, und, was noch viel wichtiger war, ich wollte Calum für eine Nacht vergessen, und das konnte ich zu Hause nicht. Jason hatte mich gebeten, nicht auszugehen. Er wollte, dass wir zusammen kochten und die Steakmarinade ausprobierten, die er vorbereitet hatte. Ich war heilfroh gewesen, dass Alex und ich schon andere Pläne hatten.

»Bethany betrunken«, brachte Alex kichernd hervor, die schon ein wenig beschwipst war. »Das bekommt man mittlerweile nur selten zu sehen. Ich bin dabei. Garçon!«

Penetrant schnipste sie laut mit den Fingern. Der dunkelhaarige Kellner kam errötend zurück, aber er freute sich offensichtlich, wieder in Alex' Nähe zu sein.

»Wir brauchen eine Flasche Prosecco«, schnurrte sie regelrecht. »Und *ich* brauche noch deine Nummer.«

5. KAPITEL

Öffentliche Verkehrsmittel waren so ziemlich das Schlimmste, was man sich nach einer langen, feuchtfröhlichen Nacht antun konnte.

Ich saß zusammengekauert auf einem Sitz hinten im Bus, verfluchte Alex und ihre Liebe zu Prosecco und träumte von Verkehrsmitteln für Erwachsene, in denen ich mir nicht das Schreien und Kichern von Schulkindern anhören müsste, die sich zusammendrängten und mehr Selfies machten, als in den Speicher meines Handys passen würden.

Gequält ächzte ich und drehte die Lautstärke auf, damit meine Kopfhörer das hohe Geschnatter übertönten. Die Entspannungsplaylist schien trotzdem das genaue Gegenteil von dem zu erreichen, was sie versprach. Ich lehnte den Kopf an die kühle Fensterscheibe und betrachtete die bedrohlichen grauen Wolken, die sich über London am Himmel ausbreiteten. Das warme Wetter war wohl vorbei.

Meine Tasche vibrierte in meinem Schoß. Ich lächelte schief und angelte mein Handy aus ihr hervor. Wahrscheinlich war es Alex, die ihr morgendliches Leid mit mir teilen wollte.

Eine Benachrichtigung leuchtete über dem Twitter-Icon, und noch bevor ich die App öffnen konnte, wurde aus der kleinen Eins in dem roten Kästchen eine Zwei. Hatte ich gestern Nacht etwa betrunken getwittert? Ich öffnete Twitter und starrte verständnislos auf die Benachrichtigungen. Ich hatte zwei Retweets, aber es war nicht mein Tweet, auf den reagiert worden war. Mit gerunzelter Stirn beugte ich mich in meinem Sitz nach vorne.

Ich tippte mich zu meinem Profil durch und starrte ausdruckslos auf mein Handy. Oben auf dem Bildschirm stand folgender Tweet:

*Für alle Anlässe: mörderisch gute Fotografin, spezialisiert auf *außergewöhnlichen* Kundendienst ;-)*

Das Hämmern hinter meinen Augen nahm zu, und ich schaffte es kaum, den nächsten Anfall von Übelkeit zu unterdrücken. Das Lied schwoll zu einem synthetischen Crescendo an, und ich zog mir frustriert die Kopfhörer von den Ohren. Das Kreischen der Schulmädchen war zu leiserem Quatschen abgeebbt.

Ich konnte den Blick nicht von dem Tweet auf dem Bildschirm abwenden. Er war offenbar vor fünf Stunden gepostet worden, was um halb vier morgens gewesen wäre. Wann war ich nach Hause gekommen? Ich kämpfte mich durch schwammige Erinnerungen an die letzte Nacht, aber ich wusste nicht einmal mehr, wie ich es in mein Bett geschafft hatte, geschweige denn, um wie viel Uhr. Anscheinend war ich viel betrunkener gewesen, als ich gedacht hatte, aber betrunken genug, um *das* zu posten? Ungläubig schüttelte ich den Kopf – ich hätte Alex davon abhalten sollen, die letzte Runde zu bestellen.

Ich war entsetzt. Nicht nur sah der Tweet aus, als bräuchte ich dringend Arbeit – was nicht stimmte –, meine Wortwahl implizierte auch, dass ich eine etwas *zu* persönliche Beziehung zu meinen Kunden pflegte. Das war leichtsinnig und kam auf besorgniserregende Weise einem Geständnis nahe. Offenbar lastete der Druck, ein solches Geheimnis zu bewahren, schwerer auf mir, als ich gedacht hatte. Ich musste in Zukunft definitiv weniger trinken, wenn das die Konsequenz von ein paar Drinks war. Okay, von mehr als nur ein paar Drinks. So oder so war es das Risiko nicht wert.

Als ich mir die Profile der beiden Leute ansah, die mich retweetet hatten, stellte ich erleichtert fest, dass beide nur wenige Follower hatten. Wenigstens würde dieser peinliche Tweet nicht von vielen Menschen gesehen werden. Jetzt musste ich nur noch hoffen, dass Calum ihn nicht gesehen hatte, sonst müsste ich mir eine glaubhafte Erklärung dafür ausdenken, dass ich auch nur andeuten würde, ich hätte etwas mit einem Kunden angefangen. Ich atmete langsam aus und löschte meinen dummen Ausrutscher. Dann schloss ich die Augen und wünschte mir, der Bus würde schneller fahren, damit ich endlich den kichernden Kindern entkommen konnte.

Während der Bus weiter zum Studio fuhr, kämpfte ich gegen meine wachsende Verlegenheit an. Ich musste mich ablenken, und die Arbeit würde mich vielleicht genug beschäftigen, dass ich nicht über die Konsequenzen der letzten Nacht nachdenken musste. Aber schon als ich ankam, wollte ich einfach nur in mein Bett zurück.

Halbherzig machte ich mich daran, die Fotoshootings einiger kleinerer Kunden zu bearbeiten, aber meine Gedanken kehrten immer wieder zu dem Streit mit Calum zurück, der mir seitdem ununterbrochen durch den Kopf ging.

Noch immer konnte ich es kaum fassen, dass ich jemals im selben Raum gewesen war wie Calum Bradley, geschweige denn ihn gut genug kennengelernt hatte, um einen Beziehungsstreit mit ihm zu führen. Als wir uns das erste Mal getroffen hatten, wurde ich als Gewinnerin meines ersten Fotografiepreises regelrecht von Aufträgen überrollt. Die Anzahl der Termine hatte mich dermaßen erdrückt, dass ich ein kleines Studio in Tooting mietete – mehr konnte ich mir nach wie vor nicht leisten – und Fran einstellte, eine junge Absolventin mit ebenso viel Talent wie Begeisterung.

»Bethany!«, hatte sie eines Morgens zur Begrüßung geschrien und war zu meinem Schreibtisch gerannt. »Du wirst nicht glauben, wer gerade Porträtbilder bei dir in Auftrag gegeben hat!«

Ich hatte sie grimmig angeschaut und mir ein Gesetz dagegen gewünscht, morgens vor dem Kaffee lautere Geräusche als ein Flüstern von sich zu geben. »Hmm, sag schon«, murmelte ich halbherzig.

Fran verdrehte frustriert die Augen, weil ich mich nicht auf ihr Ratespiel einlassen wollte, und machte dann eine dramatische Pause.

»Calum BRADLEY!«

Fast hätte ich meinen ersten Schluck Kaffee auf die Tastatur gespuckt.

»Ich habe gerade eben mit seiner Pressesprecherin telefoniert. Er will neue Porträtfotos für irgendein Buchcover. Ich habe das Dreifache vom üblichen Preis verlangt, und er hat dich sofort engagiert. Der Termin ist morgen in seiner Wohnung. Du wirst Calum Bradleys Wohnung zu sehen bekommen!«

In der darauffolgenden Nacht schlief ich kaum zwei Stunden, so nervös machte mich der Gedanke, ihn kennenzulernen, aber als ich ihn am nächsten Tag dann endlich sah, war ich überraschenderweise enttäuscht.

Einer seiner vielen Mitarbeiter stellte uns einander vor, und während er mir lächelnd die Hand gab, betrachtete ich seine etwas schief stehenden Augen, die Topografie seiner Nase, die eindeutig das eine oder andere Mal gebrochen worden war, und seine erstaunlich durchschnittliche Körpergröße. Er war nicht klein – trotz meiner Absätze definitiv größer als ich –, aber er war auch nicht so groß gewachsen und kraftvoll, wie ich es erwartet hatte. Nun kam ich mir albern vor, weil ich mir solche Sorgen gemacht hatte: Abgesehen von seiner Berühmtheit war er letztendlich auch nur ein normaler Kunde.

Calum war während der ganzen Fotosession völlig entspannt. Er war es offensichtlich gewohnt, inmitten einer kleinen Armee von Bodyguards und PR-Mitarbeitern fotografiert zu werden. Ich hatte ihn gebeten, mir von seinem neuen Buch zu erzählen, und hielt seine ungestellten Gesichtsausdrücke fest, während er erklärte, wie das Buch ganz normalen Leuten zu geschäftlichem Erfolg verhelfen würde. Er war offensichtlich geschult im Umgang mit den Medien, gleichzeitig schien sein Enthusiasmus für das Projekt aber echt. Er war charmant und witzig, wenn auch auf eine einstudierte Art, aber ich verließ seine Wohnung mit dem klaren Eindruck, dass er einfach ein normaler Typ war, der zufälligerweise einen Haufen Geld verdiente.

Meine Freunde hatten mich den ganzen Tag über mit aufgeregten Nachrichten bombardiert, und ich beantwortete all ihre Fragen, betonte dabei aber auch, dass die Erfahrung bedeutend weniger aufregend gewesen war, als sie es sich alle vorgestellt hatten. Und damit hatte sich die Sache erledigt.

Zumindest dachte ich das.

Ein paar Tage später rief Calum mich persönlich an, um mir zu sagen, wie sehr ihm die Fotos gefielen. Ich konnte kaum glauben, dass er wirklich am anderen Ende der Leitung war, und als er mich fragte, ob ich Interesse an einem längeren Projekt mit ihm und seinem Team hätte, über das er mir erst Genaueres sagen könnte, nachdem ich eine Geheimhaltungsvereinbarung unterschrieben hätte, entfuhr mir das Lachen, das ich seit Beginn des Gesprächs unterdrückt hatte. Er versicherte mir, dass er es ernst meinte, und lud mich zu einem Treffen am nächsten Tag ein, um das Angebot zu besprechen. Natürlich war ich neugierig.

Nachdem ich einen Haufen Papierkram unterschrieben hatte, erläuterte Calums Anwalt das Projekt und redete dabei so sehr um den heißen Brei herum, dass mir schwindlig wurde.

»Im Grunde genommen ist es eine Reality-Show«, unterbrach Calum ihn. »Es wird absolut furchtbar werden, aber einen Haufen Geld einspielen und gut für mein Image sein. Ihr Job wird darin bestehen, der Crew zu folgen, die mir folgt, um hinter den Kulissen Fotos für den Bildband zu schießen. Alles sehr meta. Und bevor Sie mich fragen, nein, ich habe nicht die geringste Ahnung, wer das verdammte Buch kaufen soll, aber meine Mitarbeiter versichern mir, dass es ein Riesenerfolg sein wird.«

Ich erlaubte mir ein flüchtiges Lächeln als Antwort auf seine Direktheit, aber ich wollte nicht zu herablassend wirken.

»Wie wird die Show heißen?«

Es war die einzige Frage, die mir einfiel, abgesehen von der wirklich wichtigen Frage. Aber natürlich konnte ich das nicht erwähnen. Ich wollte einen Milliardär nicht wissen lassen, wie wenig ich verdiente.

Calum verdrehte die Augen und schaute seinen Assistenten Mark an, der sich seinerseits verlegen räusperte.

»Mittendrin beim Milliardär: Calum Bradley«, sagte er mit gequälter Miene.

Ich biss mir auf die Unterlippe, um mir das Lachen zu verkneifen. Aber meine Belustigung wich einem Schockzustand, als ich erfuhr, dass sechs Monate Arbeit an diesem peinlichen, kitschigen Projekt mir viermal so viel Geld einbringen würden, wie ich sonst in einem Jahr verdiente. Natürlich bat ich um einen Tag Bedenkzeit, aber auf dem Weg aus dem Gebäude musste ich mich zusammenreißen, um nicht vor Freude zu schreien und die Faust triumphierend in die Luft zu recken.

Am nächsten Morgen rief ich an, um den Auftrag anzunehmen, und drückte mir selbst die Daumen, dass alles nicht nur ein schlechter Traum oder, schlimmer noch, ein gemeiner Streich gewesen war. Aber es war weder das eine noch das andere, und nachdem ich erneut zum Hauptsitz von Bradley Enterprises gefahren war, um noch mehr Formulare und Verträge zu unterschreiben und meinen Pressepass zu beantragen, machte ich mich in meinem Büro daran, meine Termine für die nächsten sechs Monate umzubuchen.

Sosehr ich mich auch davon zu überzeugen versuchte, dass es ein Auftrag war wie jeder andere, war ich an meinem ersten

Tag bei Bradley Enterprises ein hoffnungsloses Nervenbündel. Es war nicht zu leugnen, dass dieser Auftrag nun einmal anders als meine bisherigen Erfahrungen war. Weder war ich an die Filmcrew gewöhnt noch an den Kabelsalat auf dem Boden oder an den technischen Jargon der Crew. Ich versuchte, so ruhig wie möglich zu wirken, die neuen Informationen aufzusaugen und niemanden merken zu lassen, wie unsicher ich war, aber insgeheim zitterte ich fast vor Aufregung. Ich war es gewohnt, die Kontrolle zu haben und das Fotoshooting nach meinen Vorstellungen zu gestalten.

Als ich für die erste Besprechung des Tages mit meiner Kamera den Sitzungssaal betrat, war ich so nervös, dass ich die schwarzen Kabel an der Türschwelle übersah. Ich blieb an einem der Kabel hängen und schrie auf, was mir ernste Blicke von den Geschäftsleuten am Tisch einbrachte. Glücklicherweise fing Vincent, einer von Calums muskulösen Bodyguards, mich auf, bevor ich hinfiel, und ich konnte mich von dem Kabel befreien, ohne dass irgendetwas Schaden nahm, bis auf meinen Stolz. Bevor ich etwas sagen konnte, betrat Calum glücklicherweise den Raum und lenkte sämtliche Aufmerksamkeit von mir und meinen hochroten Wangen ab. Ich drehte mich zur Seite, um mich lautlos bei Vincent zu bedanken. Er zwinkerte mir zu und wandte sich dann wieder dem Sprecher zu, und ein paar Momente später war ich wie hypnotisiert und hatte meine Verlegenheit ganz vergessen.

Ich kann mich an jedes Detail dieser ersten Treffen erinnern, als wären es Fotos, die an meiner Wand hingen. Trotzdem könnte ich nicht sagen, wann genau ich mich in Calum verliebt habe.

Es muss nach und nach passiert sein, denn eines Tages wusste ich es einfach, als wäre es schon immer so gewesen. Je mehr Zeit ich damit verbrachte, ihn auf Schritt und Tritt zu begleiten und seine Persönlichkeit in meinen Bildern festzuhalten, desto weniger gewöhnlich fand ich ihn. Seine blauen Augen und seine krumme Nase wurden immer einnehmender. Seine Leidenschaft für seinen Beruf war elektrisierend – ansteckend. Ich freute mich immer mehr auf die Tage, an denen gefilmt wurde, und wir kamen uns allmählich näher – anfangs, weil wir über die albernen Filmaufnahmen lachen mussten oder einen peinlichen Moment in einem Meeting bemerkten. Dann fingen wir langsam an, miteinander zu flirten, zuerst ganz harmlos, dann immer intensiver. Irgendwann kamen dann auch Berührungen hinzu: ein leichter Klaps auf meinen Arm, eine Hand auf meiner Taille, und jede Berührung war voller Vorfreude. Wir wussten beide genau, wohin das führen würde, taten aber so, als würden wir es nicht bemerken. Bis seine Hände mich eines Tages an den Oberschenkeln packten, mich gegen die Wand in seiner Küche drückten und ich eine Affäre hatte.

Das erste Mal, in seiner Wohnung, war schnell und heftig gewesen, und mein ganzer Körper hatte danach gekribbelt. In diesem Moment war mir klar geworden – ohne jegliche Gefühlsregung, es war nur das neutrale Feststellen einer Tatsache –, dass ich etwas getan hatte, wovon es kein Zurück mehr gab. Der Gedanke hatte für mich ungefähr so viel Tragweite wie der, dass ich noch Milch fürs Frühstück kaufen musste, und dann war er verschwunden, verblasst neben dem prickelnden Gefühl von Calums heißer Haut an meiner. Es war fast so schnell vorbei, wie es begonnen hatte.

Und auf einmal war ich untreu.

6. KAPITEL

Normalerweise hatte ich nie Schlafprobleme. Aber seit dem Streit mit Calum – vor mittlerweile drei Tagen – hatte ich kaum geschlafen. Ich konnte einfach nicht aufhören, über meine Worte nachzudenken, die ich am liebsten zurücknehmen wollte. Und die letzte Nacht hatte alles nur noch schlimmer gemacht.

Als Jason sich neben mir im Bett regte, griff ich nach meinem Handy und sah nach der Zeit. Sofort wurde ich hellwach und setzte mich schnell auf, um ihn aufzurütteln.

»Es ist fast neun. Du hast verschlafen.«

Er schob meine Hand beiseite und murmelte irgendetwas Unverständliches.

»Was? Jason, du musst aufstehen. Du kommst zu spät zur Arbeit.«

»Ich hab mir heute Morgen freigenommen«, sagte er mit rauer Stimme. »Wurde spät gestern Abend mit den Kunden.«

Jetzt erinnerte ich mich daran, wie erleichtert ich am Vorabend gewesen war, als ich nach Hause kam und eine Nachricht von Jason auf dem Küchentisch gefunden hatte.

Abendessen mit Kunden. Warte nicht auf mich. Kuss

Das war mir nur recht gewesen.

Barfuß ging ich in die Küche, machte mit der Fernbedienung im Vorbeigehen den Fernseher im Wohnzimmer an und setzte eine Kanne starken Kaffee auf. Während ich auf den Toaster wartete, drangen Fetzen von Finanzberichten und Wettervorhersagen in die Küche, begleitet von Versprechen, dass der Wolkenbruch am Vortag das Ende der Schlechtwetterperiode darstellte. Ich lugte durch die Küchenvorhänge, vorbei an den bunten Tulpen, die ich vor Kurzem eingepflanzt hatte, um die

Vorhersage der Wetterdame zu überprüfen. Der Himmel war in der Tat strahlend blau.

Dann veränderte sich der Ton der Nachrichten, und ich horchte auf, als ich Calums Namen hörte. Egal, wie oft ich ihn in der Presse oder im Fernsehen sah, ich musste der Geschichte jedes Mal meine volle Aufmerksamkeit schenken, selbst wenn es immer nur Promiberichte waren.

Als ich ihn gerade erst kennengelernt hatte, war es die Aufregung gewesen, jemanden auf dem Bildschirm zu sehen, den ich kannte. Beim Durchblättern von Zeitschriften hatte ich ständig das Bedürfnis verspürt, sie hochzuhalten und laut »Den kenn ich!« zu rufen, auch wenn es niemanden interessierte.

Nachdem wir angefangen hatten, miteinander zu flirten, hatte ich gierig alle Nachrichten über ihn verschlungen, die ich finden konnte, wenn ich nicht in seinem Büro war. Ich starrte ihn auf Bildern an, so wie ich es in seiner Nähe nicht konnte, träumte mit offenen Augen, blickte dann voller Schuldgefühle in Jasons Richtung und hoffte, dass er nichts bemerkte.

Sobald unsere Affäre begonnen hatte, guckte ich die Nachrichten voller Angst, ich könnte im Mittelpunkt der nächsten großen Sensationsstory sein.

Mittlerweile, da ich mir sicher war, dass unser Geheimhaltungssystem funktionierte, verfolgte ich Nachrichten über Calum immer noch mit leichtem Interesse. Ich wurde einfach nicht müde, jemanden, den ich liebte, im Fernsehen zu sehen oder auf den Hochglanzseiten, durch die ich beim Mittagessen im Büro blätterte.

Ich fragte mich, was die Nachrichten heute Morgen über ihn zu sagen hatten. In letzter Zeit war er nur selten in der Öffentlichkeit aufgetreten, aber der Dokumentarfilm über ihn sollte bald angekündigt werden, also war diese Neuigkeit vielleicht schon zur Presse durchgesickert. Daran änderten noch so viele

Geheimhaltungsvereinbarungen nichts. Es gab immer irgendjemanden, der für gutes Geld den Mund aufmachte, und die Boulevardzeitungen zahlten einen Haufen Kohle für exklusive Geschichten über Calum Bradley.

Als ich um die Ecke ging und das Wohnzimmer betrat, bemerkte ich ein rot-blaues Flackern auf dem Bildschirm und runzelte verwirrt die Stirn. Der Dokumentarfilm war nun wirklich keine Eilmeldung wert. Hatte es ein Feuer im Hauptsitz von Bradley Enterprises gegeben? Einen Einbruch? Ich hörte genauer hin, um die Nachrichtensprecherin zu verstehen.

»… wurde am frühen Morgen aufgefunden …«

Das Pochen hinter meinen Rippen wurde zu einem panischen Hämmern. Egal, was es war, das konnte nichts Gutes heißen. Ich drehte die Lautstärke hoch. Überall standen Rettungswagen, und Journalisten drängten sich um die Reporterin. Mein Toast lag mir wie ein Stein im Magen, und ich versuchte, die Worte, die mir der Fernseher entgegenspuckte, zu verarbeiten.

Ich starrte auf den Bildschirm und wartete darauf, dass einzelne Informationsfetzen hinabfielen und wie Tetrisklötze ihren Platz in meinen Gedanken einnahmen.

Dieser Augenblick, von all den furchtbaren Momenten, die noch folgen würden, brannte sich in mein Gedächtnis ein wie eine Silhouette auf die Netzhaut, wenn man zu lange in helles Licht gestarrt hat. Endlich begriff ich, was passiert war, als ich die Reporterin sah, das weiße Zelt und das gelbe Absperrband, das Flackern von blauen und roten und weißen Lichtern, und im selben Moment erkannte ich auch, dass mein bisheriges Leben vorbei war.

Wenn ich gewusst hätte, was danach auf mich zukommen würde, hätte ich alles getan, um in diesem Moment zu verweilen. Ich wäre einfach vor dem Fernseher geblieben und hätte das Foto von Calum in der Ecke des Bildschirms angestarrt, während ich die Schlagzeile in weißen Buchstaben auf dem roten Spruchband las. In Großbuchstaben. Die Worte stürmten plötzlich auf mich ein und trafen mich mit solcher Wucht, dass ich kaum noch Luft bekam.

EILMELDUNG: MILLIARDÄR CALUM BRADLEY
TOT AUFGEFUNDEN.
MORDVERDACHT.

7. KAPITEL

Jason stürzte mit besorgter Miene aus dem Schlafzimmer. Mit seinen blauen Augen sah er von meinem Gesicht zum Fernseher, um dieselbe Meldung zu lesen, die ich gerade noch verarbeitete. Gelähmt sah ich ihm dabei zu, wie er die Neuigkeit aufnahm, und einen Moment später war er an meiner Seite, nahm mich am Ellenbogen und führte mich zum Sofa. Dann hob er die Scherben des Tellers auf, von dem ich nicht einmal bemerkt hatte, dass er meinen Händen entglitten war.

»Oh, Bethany. Das tut mir so leid.«

Er setzte sich auf die Armlehne des Sofas und streichelte mir über die Schulter, den Nacken, den Kopf. Ich hörte ein aufdringliches Klingeln in meinen Ohren, das so laut war, dass ich es nicht ignorieren konnte, und das jede Hoffnung auf klares Denken zerstörte. Ich wusste, dass ich irgendetwas tun, irgendetwas sagen sollte, aber ich war gelähmt, und mein Herz hämmerte in meinem Brustkorb wie ein Trommelwirbel, der ein neues Kapitel in meinem Leben ankündigte.

Ich war hypnotisiert von den Nachrichten und versuchte, mich auf die unangemessen positiv klingende Sprecherin zu konzentrieren. Sie berichtete live von der Straße vor einem Gebäude, wo ein weißes Zelt stand, das mit gelbem Flatterband abgezäunt war. Journalisten, Polizisten und eine neugierige Menge von Schaulustigen drängten sich auf der Straße. Es waren kaum Tatsachen bekannt, also wiederholte die Reporterin dieselben Fakten immer wieder in unterschiedlichen Formulierungen: Calums Leiche war in den frühen Morgenstunden gefunden worden. Die Person, die ihn gefunden hatte, stand derzeit nicht für Interviews bereit, und es gab im Moment noch unbestätigte Berichte, dass Mr. Bradley erstochen worden sei.

Impulsiv, so wie ich manchmal den Schorf von einer Wunde abkratzte, verbissen meine Gedanken sich an dem brutalen

Bild des Erstechens. Meine Fantasie war erfüllt von blutroten Flecken, glimmerndem Metall, markerschütternden Schreien.

Mein Magen zog sich krampfhaft zusammen. Ich krümmte mich nach vorne und versuchte verzweifelt, den Brechreiz zu unterdrücken und nicht weiter an zerfetztes Fleisch und unerträgliche Schmerzen zu denken. Ein paar Sekunden später konnte ich mich wieder aufrichten, aber Jason warf nur einen kurzen Blick auf mein verschwitztes Gesicht und holte mir sofort ein Glas Wasser.

Die Kamera zeigte jetzt ein breiteres Bild, und ich erblickte ein rot-blau-weißes Schild: das allbekannte Symbol einer U-Bahn-Station, das hinter dem Pulk von Gaffern und Reportern zu sehen war.

Ich hörte, wie ich laut aufstöhnte. An diesem Ort konnte er nicht gestorben sein.

»Bethany? Ist alles in Ordnung? Kann ich irgendwas für dich tun?«

Ich ignorierte Jason und kippte das Wasser runter, um meine wachsende Panik zu löschen. Natürlich war nicht alles in Ordnung. Aber daran konnte mein Mann ja auch nichts ändern.

Ich konnte mir die Bilder vor meinen Augen und die Worte, dir mir entgegengeschleudert wurden, beim besten Willen nicht erklären. Und dann kam mir ein neuer Gedanke, der mich mit Erleichterung erfüllte. Es war nicht Calums Leiche, die man gefunden hatte. Das war unmöglich. Er konnte nicht tot sein. Er war jung und stark und unglaublich gesund. Er hatte so viele Pläne, er hatte noch so viel vor. Irgendjemand hatte einen äußerst bedauernswerten Fehler gemacht, und es würde nicht mehr lange dauern, bis die Reporterin erklärte, dass Calum noch lebte. Das musste er einfach.

Aber die Nachrichten hielten an der Meldung fest und kamen weiter in Fahrt und schleuderten mir die Tatsache mit solcher Heftigkeit entgegen, dass ich ihr nicht ausweichen konnte.

Nicht nur die Reporterin behauptete, dass Calum tot war. Die Polizei vermeldete es auch, und dann der Fahrer des Rettungswagens, der an den Tatort gerufen worden war. Sogar der Bürgermeister drückte in einer öffentlichen Erklärung sein Bedauern aus. Etwas regte sich in mir, als ich langsam einsehen musste, dass sie mich nicht allesamt anlogen. Vorsichtig zwang ich mich, mir vorzustellen, dass die Meldung vielleicht wirklich stimmte.

Aber es ergab trotzdem überhaupt keinen Sinn, weil niemand Calum etwas Böses wollte. Ich kannte niemanden, der ihn nicht mochte. Er konnte nicht ermordet worden sein – sicherlich war es ein Unfall gewesen. Wahrscheinlich hatte es ihn einfach nur zum falschen Zeitpunkt an den falschen Ort verschlagen. Aber warum ausgerechnet *dort*?

Da noch keine weiteren Fakten bekannt waren, gingen die Morgennachrichten zu anderen Themen über, kehrten aber immer wieder zu dem weißen Zelt zurück, wenn neue Informationen durchsickerten. Zuerst vermuteten der Polizei nahestehende Quellen, dass es sich bei dem Mord um einen Überfall gehandelt hatte, bei dem etwas schiefgegangen war, aber diese Idee wurde schnell verworfen, als die Polizei bestätigte, dass Calums Portemonnaie mitsamt Bargeld in seiner Jackentasche gefunden worden war. Dieselben Quellen, die wahrscheinlich einfach erfunden waren, um Gerüchte zu verbreiten und trotzdem den Anschein von seriösem Journalismus zu bewahren, berichteten, dass Calums Sicherheitsteam befragt wurde, um herauszufinden, warum er nachts alleine in South Kensington unterwegs gewesen war.

Jede Neuigkeit brachte eine neue Welle der Übelkeit mit sich, also konzentrierte ich mich stattdessen auf die Wortfetzen, die aus der Küche zu mir drangen.

»… Nachrichten … ist außer sich … ihre Termine absagen … halte dich auf dem Laufenden …«

Ich war dankbar, dass ich nicht selbst mit Fran sprechen musste. Ich war mir nicht sicher, ob ich überhaupt ein einziges Wort herausbringen konnte. Und überhaupt hätte ich nicht gewusst, was ich ihr sagen sollte.

Ich schloss die Augen und versuchte, mich an meine letzten Begegnungen mit Calum zu erinnern. Hatte er irgendwie angedeutet, dass jemand ihm etwas antun wollte? Hatte er verängstigt gewirkt? Hatte ihm irgendjemand seltsame Blicke zugeworfen? Hätte ich etwas tun können, um das alles zu verhindern?

Auf keine dieser Fragen wusste ich eine Antwort, also machte ich frustriert die Augen wieder auf und bemerkte, dass Jason an seinen Posten auf der Armlehne zurückgekehrt war und mich ansah.

Ich starrte ihn an und versuchte vergebens, irgendwelche Worte hervorzubringen.

»Ich kann es kaum glauben«, schnaufte er schließlich, um die schwere Stille zu durchbrechen.

»Es kann nicht wirklich er sein«, brachte ich hervor.

»Bethany …«

»Nein!«, unterbrach ich ihn. »Er ist es nicht. Das kann nicht sein. Ich hab mich doch gar nicht von ihm verabschiedet.«

Eine Pause, und dann zog Jason mich in seine Arme, ohne ein weiteres Wort zu sagen.

Ich dachte an das Abendessen, das Calum vor ein paar Tagen für mich gekocht hatte. Wenn ich die Augen schloss, konnte ich immer noch die Soße schmecken, auf die er so stolz gewesen war. Der Geschmack klang hinten auf meiner Zunge nach. So klar, so *echt*. Wie konnte er nicht mehr hier sein?

Tweets wurden unten auf dem Bildschirm eingeblendet, während die Reporterin alle Informationen mit einem Lächeln weitergab. Wut schwoll in mir an, als ich die oberflächlichen Reaktionen auf Calums Tod las.

Kann es kaum glauben. Habe Calum letztes Jahr bei einem Charity-Event kennengelernt & er war super. So herzzerreißend! #BradleyMord

traurige neuigkeit aber verdächtig. diese reichen sind immer in zwielichtige geschäfte verwickelt so werden sie reich #calumbradley

Musste heulen als ich das über #CalumBradley gehört habe. Schien ein anständiger Typ zu sein. Wtf stimmt nicht mit der Welt?

Fast hätte ich die Fernbedienung gegen den Bildschirm geschleudert. Am liebsten wollte ich diese ganzen idiotischen Leute ohrfeigen, die meinten, dass sie überhaupt irgendetwas über den Mann wussten, den ich liebte. Ihre Dummheit machte mich wütend. Und ich war neidisch. Diese wildfremden Menschen, für die Calum nichts als eine reiche, gut aussehende Berühmtheit gewesen war, durften in aller Öffentlichkeit um ihn trauern.

Und ich nicht.

Die Ungerechtigkeit dieser Situation, in die ich gestoßen worden war, traf mich mit plötzlicher Wucht, und mir wurde bewusst, wie schwer es mir fiel, damit umzugehen.

Natürlich durfte ich aufgebracht sein. Das wäre schließlich jeder, der auf so brutale Art und Weise einen Kollegen verloren hatte. Aber ich durfte nicht verzweifelt sein. Ich durfte niemandem zeigen, was ich wirklich empfand, wenn ich nicht wollte, dass Jason – und der Rest der Welt – erriet, wie viel Calum mir wirklich bedeutet hatte.

Mein Mann versuchte weiterhin, mich zu trösten. Abwechselnd brachte er mir heißen Tee, während ich wie angewurzelt vor dem Fernseher saß, oder saß einfach nur an meiner Seite und hielt meine Hand. Seine Nähe war beruhigend, aber gleichzeitig wollte ich nichts mehr, als alleine zu sein, damit ich trauern konnte, ohne mir Gedanken darüber zu machen, wie das wohl aussah.

Endlich verließ Jason meine Seite, nachdem er sich tausendmal entschuldigt hatte. Er musste zu einem Meeting gehen, das nicht verschoben werden konnte, sagte er mit schuldbewusstem Blick. Ich bemühte mich um einen entspannten Tonfall und sagte ihm, es sei schon in Ordnung und dass ich eh aufstehen und ein paar Sachen erledigen müsse. Dass ich nur unter Schock stehe. Der Teil stimmte wenigstens.

Bevor er ging, brachte er mir noch eine frische Tasse Tee und versprach mir, so schnell wieder nach Hause zu kommen wie möglich.

In der Stille, die eintrat, nachdem die Wohnungstür zugefallen war, schnappte ich mir mein Handy und wählte eine Nummer. Dann musste ich fast lachen, als mir klar wurde, dass ich die Person, mit der ich sprechen wollte, nicht anrufen konnte.

Da stand ich, in der Mitte des Wohnzimmers, und wusste nicht, was ich als Nächstes tun sollte. Ich rutschte an der Rückenlehne eines Sessels hinab, bis ich zusammengekauert auf dem Boden saß, denn meine Beine konnten mein Gewicht nicht mehr tragen. Ich umklammerte mein Handy und kämpfte zitternd gegen den Drang an, es durchs Zimmer zu schmeißen, es zu zerschmettern und dabei alles zu zerstören, was es unterwegs traf – eine Vase, Fotorahmen, Kerzen, es war mir völlig egal. Mit angespannten Muskeln hob ich den Arm, um Chaos und Zerstörung zu verbreiten. Aber meine Vernunft, diese lästige, strenge Stimme in meinem Kopf, die ich so gerne ignorieren wollte, aber von der ich wusste, dass sie recht hatte, verlangte, dass ich mich zusammenriss und weitermachte, als wäre nichts passiert.

Ich starrte auf einen kleinen Fleck an der weißen Wand vor mir und erwog, ihn wegzuwischen. Aber was würde das ändern? Ich wusste, dass ich irgendetwas tun sollte, aber mir fiel einfach nichts ein. Calum war tot. Ermordet. Die Worte hallten in meinem Kopf nach, bis mir schwindlig war und ich nicht mehr klar denken konnte.

Stunden schienen zu verstreichen, während ich auf dem Boden saß und den Fleck anstarrte, überwältigt und wie gelähmt. Die Zeit weigerte sich stehen zu bleiben, was mir irgendwie empörend taktlos vorkam. Meine Beine kribbelten und schliefen ein, bis sie völlig taub waren, und auch das war mir egal. Mein Handy vibrierte in meiner Hand. Ich konnte nicht genug Neugier aufbringen, um nachzusehen, wer mich anrief.

Das war auch völlig egal. Calum war tot. Jemand hatte ihn mir genommen. Ich durchforstete mein Gedächtnis auf der Suche nach irgendetwas, was ich gesehen oder gehört hatte und was mir verraten könnte, wer es getan hatte und warum. Aber meine Gedanken waren zu durcheinander. Schuldbewusst versuchte ich mich zu konzentrieren. Ich sollte trauern, anstatt mir Sorgen darüber zu machen, ob irgendjemand von unserer Affäre wusste. Calum war ermordet worden. Ich sollte über Wichtigeres nachdenken als über meinen guten Namen – wie die Tatsache, dass ein Mörder in London auf freiem Fuß war.

Doch je mehr ich mich darum bemühte, meinen Selbsterhaltungstrieb zu unterdrücken, desto beharrlicher wurde er, bis mir nichts anderes übrig blieb, als diesen Gedanken nachzugehen.

Ich fühlte mich nicht stark genug, oder geschickt genug, um mein Geheimnis weiterhin zu verbergen. Aber dann wurde mir klar, dass ich schon seit Monaten log. Wenn es Calum und mir gelungen war, unsere Beziehung vor Freunden, Kollegen und Ehepartnern zu verheimlichen, dann würde ich es auch schaffen, meine Trauer zu verbergen.

Die Geheimhaltung war jedoch Calums Aufgabe gewesen, nicht meine. Ich konnte mir sein Geschick in diesem Bereich kaum als mein eigenes Verdienst anrechnen. Ich hatte einfach nur all seinen Vorschlägen zugestimmt, um unsere Beziehung geheim zu halten.

Seine Regeln waren ziemlich klar gewesen. Keine öffentlichen Auftritte von uns beiden ohne Begleitung. Keine Zeit allein ohne ein offizielles Treffen. Nicht ausschließlich Termine unter vier Augen ausmachen. Kein Kontakt außerhalb der Arbeit.

Sosehr ich es auch hasste, ihn nicht jederzeit sehen oder auch nur mit ihm reden zu dürfen, wenn ich es wollte, konnte ich doch nichts dagegen einwenden. Schließlich hatte er schon mal so eine Affäre gehabt. Und die ganze Welt hatte gesehen, was passierte, wenn seine Regeln nicht eingehalten wurden.

Also hatten wir von Anfang an abgesprochen, dass es zwischen uns keinen persönlichen Kontakt über SMS, E-Mail oder gar Social Media geben würde. Das konnte man viel zu einfach nachweisen, und die Geschichte war zu skandalös, um von den Medien ignoriert zu werden. Er hatte dieses System von seiner Frau gelernt, deren Affären noch nie in der Presse gelandet waren, und als er es mir vorgeschlagen hatte, stimmte ich sofort zu. Es war mir egal gewesen, wie genau wir die Details regelten, solange ich mit ihm zusammen sein konnte und unser Geheimnis unter uns blieb.

Aber jetzt lag es allein an mir, es weiterhin zu schützen.

8. KAPITEL

Ganz plötzlich rappelte ich mich auf. Mir kam keine unerwartete Erleuchtung, und es gab auch keine treibende Kraft, die mich anspornte. Ich stand einfach auf, wartete, bis ich meine Beine wieder spürte, und bewegte sie beide, eins nach dem anderen.

Ich ließ mir ein heißes Bad ein und blieb darin sitzen, bis das dampfende Wasser kalt geworden war. Meine Arme trieben lustlos auf der Wasseroberfläche, und ich sah desinteressiert zu, wie meine Fingerspitzen das kühle Porzellan berührten. Irgendwo im Hinterkopf war mir klar, dass ich etwas fühlen oder denken sollte. Dass ich reagieren sollte. Aber jetzt, wo der anfängliche Schock abgeklungen war, fühlte ich mich völlig apathisch.

Langsam und bedacht trug ich meine Maske aus Make-up auf, konzentrierte mich auf den weichen Pinsel auf meiner Haut und versuchte vergeblich, Salzwasser in den dunkelbraunen Augen aufsteigen zu lassen, die mich aus dem Spiegel heraus anstarrten. Nachdem ich den Lippenstift mit einem Klicken verschlossen und meine Lippen aneinandergepresst hatte, inspizierte ich mein Spiegelbild gründlich. Zu meiner Überraschung sah ich genauso aus wie immer. Es schien mir taktlos, fast schon anstößig, dass ich mich nicht sichtbar verändert hatte.

Ich versuchte, meine Vorstellungskraft wieder auf das metallische Glänzen und die roten Schlieren zu konzentrieren, die mich zuvor so sehr getroffen hatten, aber als selbst das keinerlei Reaktion in mir hervorrief, lenkte ich meine Aufmerksamkeit darauf, meine nächsten Schritte zu planen. Als Erstes musste ich im Büro anrufen.

»Entschuldige, dass ich vorhin nicht rangegangen bin, Fran. Ich war so erschüttert, als ich davon erfahren habe, dass ich ein wenig Zeit brauchte, um die Neuigkeit zu verarbeiten.«

»Das ist doch völlig in Ordnung«, sagte Fran. »Jason hat mich angerufen. Ich kann nicht fassen, dass … na ja, ich kann es einfach nicht fassen. Ich weiß, dass du in den letzten Wochen viel Zeit mit Cal…, ich meine, mit Mr. Bradley verbracht hast. Ich kann mir vorstellen, dass das ein Riesenschock für dich war.«

»Ich … ich habe viel Zeit mit ihm verbracht?«, stammelte ich benommen. Ich war auf dieses Gespräch kein bisschen vorbereitet gewesen. Ahnte sie etwas? Wie hatten wir uns verraten?

»Na ja, bei den ganzen Filmaufnahmen in letzter Zeit, da warst du viel häufiger dort als in den ersten Monaten.«

Angespannt hatte ich die Luft angehalten und atmete nun langsam aus. Adrenalin schoss durch meine Adern und ließ mein Herz wieder weiterschlagen.

»Ja, stimmt, ich war ziemlich oft dort für die Arbeit«, sagte ich und ärgerte mich, dass ich gleich Panik geschoben hatte. »Wie dem auch sei, ich wollte dir nur Bescheid geben, dass ich morgen wieder ins Büro komme. Ich werde heute von zu Hause aus meine Mails checken, aber ich habe gestern bis in die Nacht gearbeitet und bin total erschöpft. Ich hoffe, ich lasse dich damit nicht zu sehr hängen.«

»Alles ist unter Kontrolle«, versicherte Fran mir. »Aber wenn du kurz meinen Instagram-Plan für die Woche absegnen könntest, würde mir das sehr weiterhelfen. Wie lange warst du gestern Abend denn noch hier? Ich dachte, du wärst gleich nach mir gegangen.«

Wenigstens diesen Teil des Gesprächs hatte ich einstudiert.

»Ich glaube, ich war so gegen elf zu Hause.«

Das war noch nicht einmal eine Lüge.

Fran schnalzte missbilligend mit der Zunge und sagte mir, ich solle mich ein wenig ausruhen. Der bemutternde Ton meiner dreiundzwanzigjährigen Assistentin entging mir nicht, aber ich versicherte ihr, dass ich es ruhig angehen lassen würde.

Ich wählte die nächste Nummer und war erleichtert, als Alex ranging.

»Oh Gott, Bethany! Meine Güte! Wie geht es dir?«

Ich hörte ihr zu, während sie sich über die Zustände in London heutzutage aufregte und verkündete, dass sie niemals nachts alleine nach Hause gehen würde, obwohl ich genau wusste, dass sie das ziemlich oft tat. Ausnahmsweise war ich dankbar, dass sie mich kaum zu Wort kommen ließ.

»Dafür gibt es doch Taxis! Als ob er nicht eh einen Chauffeur hätte und tausend Mitarbeiter, die sich für ihn um alles kümmern können. Warum war er überhaupt mitten in der Nacht alleine unterwegs? Ich dachte, er hatte Bodyguards und so was.«

»Weiß ich nicht«, erwiderte ich hilflos, wohl wissend, dass sie nicht wirklich eine echte Antwort von mir erwartete.

»Aber egal, ich hoffe, man findet den Mistkerl, der dafür verantwortlich ist«, sagte sie. »Wer auch immer das war, wird es hoffentlich bald so richtig bereuen. Calum schien echt ein anständiger Kerl zu sein.«

»Ist er. War er«, korrigierte ich mich. »Und ich hoffe auch, dass man bald herausfindet, wer es war.«

Bevor wir auflegten, machten wir ein Treffen für die kommende Woche aus, weil Alex darauf bestand, dass wir uns bald wiedersehen mussten. So beschäftigt, wie sie immer war, wusste ich, dass sie damit auf ihre eigene Art ihre Sorge um mich ausdrückte, und ich war ihr dafür ungemein dankbar.

Dann hatte ich auch schon die einzigen beiden Punkte auf meiner To-do-Liste abgearbeitet, und es war immer noch früher Nachmittag – Jason würde erst in mehreren Stunden von der Arbeit kommen. Ich wollte nicht zu Hause herumsitzen. Ich musste mich bewegen, nachdenken, den Kopf frei bekommen. Ohne Plan schnappte ich mir meinen Schlüssel und ging aus der Wohnung, in der Hoffnung, dass ein Spaziergang meine Gedanken zur Ruhe bringen würde.

Als ich in die Nachmittagssonne hinaustrat, war ich verblüfft vom blauen Himmel und all den Leuten, die ihre Hunde Gassi führten, mit ihren Kindern spielten, sich am Handy unterhielten. Ich konnte nicht fassen, wie normal der Tag wirkte, was für ein unglaublich gewöhnlicher Anblick sich mir bot. Die ganze Welt schien entschlossen, sich einfach so weiterzudrehen, auch ohne meine Erlaubnis.

Ohne bestimmtes Ziel im Sinn ging ich einfach los und achtete nicht auf meine Umgebung, während ich in Gedanken die Nachrichtenberichte durchging, die ich so obsessiv geschaut hatte, dass sie sich mir ins Gedächtnis eingebrannt hatten. Ich konnte einfach nicht verstehen, was mit Calum passiert war. Wenn es kein Überfall gewesen war, musste es ein zielgerichteter Angriff gewesen sein. Aber warum sollte irgendjemand ihn umbringen wollen? Hatte Claire von uns erfahren und ihn in einem Anfall von Eifersucht erstochen? Oder war etwas Geschäftliches schiefgegangen? Vielleicht war es ein wütender ehemaliger Angestellter mit einer gewalttätigen Ader. Oder vielleicht war es wirklich ein zufälliger Angriff gewesen, der nichts damit zu tun hatte, dass er reich und berühmt war. Aber so grausam konnte das Schicksal doch nicht sein, oder?

Die Reporterin hatte gesagt, dass die Polizei Calums Mitarbeiter befragen würde, um herauszufinden, warum er alleine unterwegs gewesen war. Auf meiner Oberlippe bildeten sich Schweißtropfen, und ich beschleunigte meine Schritte.

Letztendlich fand ich mich auf dem Pfad entlang der Themse wieder, der von einem Baldachin majestätischer Bäume überragt wurde. Meine Muskeln schmerzten, nachdem ich sie den ganzen Vormittag voller Angst und Fassungslosigkeit angespannt hatte, also ließ ich mich auf eine Holzbank am Ufer fallen und atmete so lange aus, bis meine Lungenflügel sich anfühlten, als würden sie aneinanderkleben.

Ein schrilles Geräusch schreckte mich auf, und ich verstand erst nach einem Moment der Verwirrung, dass es der Klingelton meines Handys war. Ich ließ mir Zeit damit, es aus meiner Tasche hervorzuholen, weil ich eh mit niemandem reden wollte. Kurz blickte ich auf den Namen auf dem Bildschirm hinab: Mark, Calums Assistent. Ich überlegte, ob ich den Anruf ignorieren sollte, aber es wäre sinnlos, das Unvermeidbare weiter hinauszuzögern.

»Mark, mein Beileid. Wie geht es dir?«

»Schlecht. Dir?« Seine Stimme klang benommen und blechern.

»Ich glaube, ich stehe unter Schock«, gab ich zu. »Ich verstehe das einfach nicht. Was ist passiert?«

»Das wissen wir immer noch nicht. Die Polizei versucht, es herauszufinden. Und damit meine ich jeden verdammten Polizisten in ganz London. Unfassbar. Und die Presse ist überall.«

»Kann ich mir vorstellen«, sagte ich, da ich nicht wusste, wie ich darauf sonst reagieren sollte. Ich machte mir keine Mühe, die darauffolgende Stille zu füllen. Mark hatte mich angerufen, also musste er mir irgendetwas sagen wollen.

»Bethany, die Polizei möchte mit dir sprechen«, erklärte er nach einer Weile zögerlich.

»Mit mir?« Meine Stimme überschlug sich. »Warum das?«

»Sie befragen alle Leute, die in letzter Zeit mit ihm zusammengearbeitet haben, einschließlich des Produktionsteams. Es gibt noch keinen Verdächtigen, aber die ersten vierundzwanzig Stunden sind für die Polizei entscheidend, um so viele Informationen wie möglich von allen Quellen zu sammeln. Ich habe deine Nummer weitergegeben, aber ich wollte dir auch persönlich Bescheid geben.«

»Danke, Mark«, sagte ich, fühlte mich dabei aber kein bisschen dankbar. Nachdem ich versprochen hatte, mich zu melden, und noch mal mein Beileid ausgedrückt hatte, legte ich auf.

Auf einem Baum vor mir huschte ein Eichhörnchen von Ast zu Ast. Schweigend sah ich ihm zu und hatte nicht die geringste Ahnung, was ich nun tun sollte.

Ich konnte nicht mit der Polizei sprechen. Calums Worte von unserem Streit – *es ist keine Paranoia, wenn es stimmt* – hallten in meinem Kopf wider. Er hatte der Polizei einmal ein Geheimnis anvertraut, und die Konsequenzen waren entsetzlich gewesen. Jemand war Kitty nach Hause gefolgt, hatte vor ihrer Wohnung auf sie gewartet und ihr Säure ins Gesicht gespritzt – nur weil sie eine Affäre mit dem berühmten Calum Bradley gehabt hatte. Sie wäre fast gestorben, und obwohl Calum selbst nicht direkt in Gefahr gewesen war, hatte der Vorfall alle Bereiche seines Lebens verändert. Die Polizei hatte natürlich vehement geleugnet, dass die Geschichte durch sie an die Öffentlichkeit gedrungen war. Aber sonst hatte niemand von der Affäre gewusst.

Calum hatte der Polizei nicht vertraut. Warum sollte ich es jetzt tun?

Ich glaubte nicht an ihre Integrität. Aber ich konnte dennoch hoffen, dass sie kompetent genug war – sie gehörte schließlich zu den besten der Welt, oder? –, um den Schuldigen auch ohne meine Hilfe zu finden. Andererseits – was, wenn sie den Mörder nicht finden konnte, ohne die ganze Wahrheit zu kennen?

Ich versuchte, Pro und Contra abzuwägen, ob ich der Polizei alles sagen sollte, was ich wusste.

Contra: Zuallererst würde ich meine Ehe und meinen Ruf riskieren. Natürlich war es selbstsüchtig, dass das für mich von so großer Bedeutung war. Aber ich wollte nicht alles verlieren, was mir wichtig war. Ich liebte Jason – auch wenn ich das in letzter Zeit nicht wirklich unter Beweis gestellt hatte, dennoch stimmte es. Und was meinen Beruf anging, hatte ich mir alles selbst erarbeitet. Ich konnte den Gedanken nicht ertragen, meinen Ruf, meine Kunden, meine Existenzgrundlage zu verlieren.

Wenn unsere Affäre an die Öffentlichkeit dringen würde, könnte das mein Leben aus den Angeln reißen. Ich könnte sogar körperlich in Gefahr sein. Natürlich musste das nicht geschehen, aber die Gefahr bestand auf jeden Fall, wenn man bedachte, was mit Kitty passiert war. Es gab keinerlei Garantie, dass mir nicht das Gleiche bevorstehen würde. Und vielleicht würde ich all das für nichts durchmachen. Vielleicht würde ich alles verlieren, und die Polizei würde trotzdem nicht herausfinden, warum Calum ermordet worden war. Ja, ich konnte die Ermittlung in die richtige Richtung lenken. Aber was, wenn man dann trotzdem nicht den Mörder finden würde? Ich wusste doch gar nichts, was wirklich weiterhelfen könnte. Oder doch? Die Informationen, die mir zur Verfügung standen und die kaum mehr waren als Material für Klatschmagazine, wären sicherlich keine Hilfe dabei, den Mord aufzuklären. Ich wusste nichts. Ich hatte nichts gesehen. Sonst wäre ich sofort von mir aus zur Polizei gegangen, als ich die Nachrichten gehört hatte.

Ich blinzelte. Pro: Es wäre die richtige Entscheidung. Die moralische, anständige Entscheidung, daran bestand kein Zweifel. Aber mir fiel kein anderer guter Grund ein, die Wahrheit zu erzählen, wenn für mich so viel auf dem Spiel stand. Vielleicht würde das Verbrechen damit aufgeklärt werden. Vielleicht würde es dazu beitragen, Calums Mörder zu finden und ihn ins Gefängnis zu sperren, wo er dann niemandem mehr wehtun konnte. Aber alles, was ich wusste, könnte genauso gut zu nichts führen. Die Konsequenzen meiner Entscheidung waren so unvorhersehbar, wie eine Münze zu werfen.

Es brachte nichts, dass ich genau wusste, was zu tun war. Ich war vor Angst wie gelähmt. Und ich hatte keine Ahnung, wie ich den Unterschied erkennen sollte zwischen jemandem, der meine Geheimnisse bewahren würde, und jemandem, der sie für den höchsten Preis verkaufen würde. Also gab es nur eine Möglichkeit.

Ich musste lügen.

Wenn mich das selbstsüchtig und feige machte, dann war das eben so.

Kurz kam mir der Gedanke, dass ich zu dem Gespräch mit der Polizei einen Anwalt mitbringen sollte, und ich fragte mich, ob Alex einspringen würde.

Ich schüttelte den Kopf. Das war nun wirklich paranoid. Ich brauchte keinen Anwalt. Es würde nur die Aufmerksamkeit auf den Umstand lenken, dass ich etwas zu verstecken hatte. Stattdessen musste ich mich ein wenig entspannen. Die Polizei würde mir nur ein paar simple Fragen stellen und mich dann nicht mehr weiter beachten.

Dann erinnerte ich mich wieder an Calums Worte und erschauderte.

Es ist keine Paranoia, wenn es stimmt.

9. KAPITEL

Gerade war ich durch die Tür gekommen, als das Telefon klingelte. Unbekannte Nummer. Bevor ich in Panik verfallen konnte, sagte ich mir, dass es wahrscheinlich ein Kunde war oder einer dieser nervigen Versicherungsvertreter und nicht die Polizei. Dafür war es sicherlich noch zu früh, wenn die Ermittler erst noch mit Calums sämtlichen Mitarbeitern sprechen mussten.

»Hallo?«

»Guten Tag, spreche ich mit Bethany Reston?« Die Frau am anderen Ende klang zu freundlich, um Polizistin zu sein. Definitiv eine Telefonvertreterin.

»Ja, genau.«

»Hier ist Detective Constable Clayton von der Metropolitan Police.«

Verdammt.

»Ich gehöre zu dem Team, das im Mordfall Calum Bradley ermittelt, und wir kontaktieren alle Leute, die in letzter Zeit mit ihm in Kontakt standen. Sie haben ja an einem seiner Projekte mitgearbeitet, weshalb wir gerne zu Ihnen kommen würden, um Ihnen ein paar Fragen zu stellen.«

Die Polizei vergeudete wirklich keine Zeit. Eine unsichtbare Hand packte meine Kehle und drückte sie langsam und unerbittlich zu.

»Ähm … in Ordnung …«, sagte ich und musste mich daran erinnern, weiterhin zu atmen. »Meinen Sie jetzt gleich?«

»Oh nein, das ist nicht notwendig, Mrs. Reston«, antwortete Constable Clayton. »Würde Ihnen morgen früh um zehn Uhr passen?«

»Ja, sicher, zehn Uhr«, wiederholte ich und gab ihr noch meine Adresse durch, bevor ich auflegte.

Voller Erleichterung seufzte ich, dass der Anruf vorbei war, aber gleichzeitig erfüllte mich die Tatsache, dass mir das eigentliche Gespräch mit der Polizei noch bevorstand, mit nervöser Angst. Ich hatte noch die ganze Nacht lang Zeit, um mir meine Worte zurechtzulegen, aber ich hatte keine Ahnung, wie ich mich adäquat vorbereiten sollte. Wenn ich doch nur jemanden hätte, mit dem ich das alles besprechen könnte, aber die einzige andere Person, die mein Geheimnis kannte, war tot. Auf einmal verspürte ich eine irrationale Wut. Es war einfach nicht fair. Calum hatte mich verlassen, mich im Stich gelassen, sodass ich mich jetzt alleine um alles kümmern musste, ohne jegliche Hilfe und ohne den Hauch einer Ahnung, was ich als Nächstes tun sollte.

Als Jason nach Hause kam, schien er sich zu freuen, dass ich mich angezogen hatte und mich irgendwie beschäftigte. Er wusste nicht, dass ich stundenlang das Haus geputzt hatte, damit es für das Gespräch mit der Polizei blitzsauber war, dass ich Tee in mich geschüttet und mir dabei gewünscht hatte, es wäre Wodka, dass ich versucht hatte, mir die Fragen der Polizei auszumalen, und meine Antworten darauf vorbereitet hatte. Als es fast an der Zeit war, dass Jason nach Hause kommen würde, hatte ich mich zur Ruhe gezwungen und mein Bestes getan, um normal zu wirken.

Ich bedankte mich bei ihm dafür, dass er sich den ganzen Vormittag um mich gekümmert hatte, und entschuldigte mich für meine heftige Reaktion auf die Neuigkeit.

»Du brauchst dich doch nicht entschuldigen, Bethany«, sagte er. »Das muss ein riesiger Schock für dich gewesen sein. Du hast ihn in letzter Zeit so oft bei der Arbeit gesehen. Er war ja nicht einfach irgendein Fremder.«

Ich wollte mich über seine Unterstützung freuen, aber stattdessen verschlimmerte sie nur mein schlechtes Gewissen. Ich verdiente sie nicht. Ich nickte, lächelte matt und fragte ihn, ob wir Essen bestellen wollten. Also riefen wir beim Chinesen an und setzten uns mit dem Essen aufs Sofa, um den Abend mit schlechtem Fernsehen zu verbringen. Jason hatte seinen Laptop auf dem Schoß und arbeitete nach, was er am Vormittag versäumt hatte, während ich so tat, als würde ich Wiederholungen von alten *Friends*-Folgen gucken. Gelegentlich zwang ich mich zum Lachen, war aber vor allem mit dem Versuch beschäftigt, die imaginäre groteske Fotomontage mit Bildern eines blutverschmierten Calum zu ignorieren, die sich in meinem Kopf abspielte.

Es war Folter, so tun zu müssen, als wäre es ein ganz normaler Abend, wenn meine Welt vor nur wenigen Stunden aus den Angeln gerissen worden war. Ich konnte nicht still sitzen. Ich fühlte mich zappelig und zitterte wie ein Junkie auf Entzug. Es war mir ein Rätsel, wie Jason so ruhig auf der Couch sitzen konnte, wenn Calum vor weniger als vierundzwanzig Stunden brutal ermordet worden war.

Ich musste ihn ziemlich durchdringend angestarrt haben, denn Jason blickte plötzlich von seinem Laptop auf und sah mich an. Ich täuschte ein Gähnen vor, und bevor er mich fragen konnte, ob alles in Ordnung war, ging ich ins Bett. Sein Versprechen, bald nachzukommen, beachtete ich gar nicht, und als er sich später zu mir legte, tat ich so, als würde ich schon schlafen. Aber selbst nachdem sein Atem leise und flach geworden war, fand ich keine Ruhe. Immer wieder ging ich meine Geschichte durch, um sicherzugehen, dass sie hieb- und stichfest war, obwohl mir durchaus der Gedanke kam, dass ich die Übung eigentlich nicht mehr nötig hatte.

Die meisten Lügen, die ich am nächsten Morgen erzählen würde, waren schon seit einiger Zeit perfekt einstudiert.

Schließlich erzählte ich sie der ganzen Welt schon seit Monaten, ohne auch nur darüber nachzudenken.

Wenn mein eigener Ehemann nicht merkte, dass ich ihn hinters Licht führte, würde die Polizei das sicherlich auch nicht.

10. KAPITEL

»Fangen wir mit etwas ganz Einfachem an, Mrs. Reston. Könnten Sie uns bitte ein wenig von Ihrer Arbeit erzählen?«

Ich hatte mehr Formalitäten vor der Befragung erwartet, aber Constable Clayton und ihr Kollege – ein groß gewachsener und rundherum unauffälliger Mann namens Price – hatten mir erklärt, dass es sich nur um ein zwangloses Gespräch handelte. Langsam atmete ich aus.

»Selbstverständlich. Und nennen Sie mich bitte einfach Bethany. Ich bin Fotografin und arbeite freiberuflich. Ich habe ein Büro in Tooting, an das ein kleines Studio angeschlossen ist. Ich mache vor allem Porträts, Bewerbungsfotos, Fotostrecken für Firmen und Ähnliches.«

»Ich verstehe«, sagte Clayton, während ihr Partner etwas in das Moleskine-Notizbuch schrieb, das er aus seiner Jackentasche gezogen hatte. »Und wie ist es zu der Zusammenarbeit mit Mr. Bradley gekommen?«

»Ich wurde beauftragt, Porträtfotos für den Umschlag eines Businessratgebers zu machen, den er vor einigen Monaten veröffentlicht hat. Er war mit meiner Arbeit sehr zufrieden und holte mich für die neue Dokumentation ins Team – davon wissen Sie sicherlich schon. Ich mache Setfotos für einen Bildband.«

Die Kommissarin zog eine Augenbraue hoch, und ich zuckte mit den Schultern.

»Es war nicht meine Idee. Offenbar gibt es dafür einen Markt.«

Claytons Aussehen war noch angenehmer als ihre Stimme, mit großen Rehaugen, langem braunem Haar und einem Anflug von Sommersprossen, durch die sie eher niedlich als Respekt einflößend wirkte.

»Verstehe«, sagte sie, während Price weiter in sein kleines Notizbuch schrieb. »Wie gut kannten Sie Mr. Bradley?«

Mir war immer noch flau im Magen. Ich hatte keine Schmetterlinge im Bauch, sondern wütende Tauben, so wie die, die in der Waterloo Station direkt auf einen zufliegen in dem panischen Versuch, sich den Weg nach draußen zu erkämpfen.

»Na ja.« Ich bemühte mich, meine Stimme nicht zittern zu lassen. »Wir haben recht oft zusammengearbeitet, und wir haben uns öfter getroffen, um die Abzüge durchzugehen, also war es nicht so, als würde ich ihn *nicht* kennen, wenn Sie verstehen, was ich meine.«

Ich wartete auf ein Nicken. Sie blickte mir ungerührt in die Augen.

»Aber ich kenne mich jetzt auch nicht im Detail mit seinem Privatleben aus.«

Eine Pause.

»Wie sieht es mit Feinden aus, Bethany? Hat er jemals erwähnt, dass ihm jemand gedroht hat oder dass jemand einen Groll gegen ihn hegt?«

Langsam schüttelte ich den Kopf und verzog dabei nachdenklich das Gesicht. Ich versuchte mich zu erinnern, ob er jemals irgendetwas gesagt hatte, was der Polizei einen Hinweis auf seinen Mörder geben könnte.

»Nein«, antwortete ich letztendlich und war erleichtert darüber, dass wir nicht mehr darüber sprachen, wie gut ich ihn kannte. »Mir fällt niemand ein, der ihn nicht mag …«

Ich unterbrach mich, als mir klar wurde, was ich gesagt hatte.

»Der ihn nicht mochte«, verbesserte ich mich, wobei mir die Worte beinahe in der Kehle stecken blieben.

»Wann haben Sie Mr. Bradley das letzte Mal gesehen?«

Die Erleichterung floss gluckernd aus mir heraus wie der letzte Rest Wasser aus der Badewanne. Price tunkte einen Keks in den Tee, den er vorhin dankend angenommen hatte, als würde er das Spektakel in vollen Zügen genießen.

»Das war am, ähm, am Montag … nein! Am Dienstagabend. Ich hatte ihm nach seinem letzten Termin ein paar Abzüge vorbeigebracht.«

»Ich verstehe. Und wie wirkte er auf Sie?«

»Wie bitte?«

»War sein Verhalten in irgendeiner Hinsicht auffällig? Hat er etwas gesagt oder getan, das Ihnen ungewöhnlich vorkam?«

»Nein«, log ich. »Ich habe ihn nur ganz kurz gesehen, um ihm die Abzüge zu geben, und bin dann gegangen. Er hatte noch einen Termin mit Mark.«

»Mark Dunbar?«

Ich nickte. Price schrieb weiter. Ein unsichtbarer Schraubstock drückte meinen Brustkorb zusammen, und ich musste mich anstrengen, um mein Gesicht ausdruckslos und meine Stimme neutral zu halten.

»Und wo waren Sie am Mittwochabend gegen 22.30 Uhr?«

Brüskiert stutzte ich.

»Warum … Ich meine, ich war nicht …« Ich konnte den Satz nicht zu Ende bringen. Warum fragte sie mich das? Sie wusste doch gar nicht, was ich verbarg. Sie hatte keinen Grund anzunehmen, dass ich etwas mit Calums Tod zu tun hatte.

»Keine Sorge«, erklärte Clayton, die offenbar von meiner Reaktion nicht überrascht war. »Sie stehen nicht unter Verdacht. Wir möchten nur festhalten, wo sich alle Personen, die ihn kannten, aufgehalten haben. Ausschlussverfahren.«

Ich versuchte zurückzulächeln. Das Schwierigste an dem Gespräch war nicht, das Richtige zu sagen – das hatte ich letzte Nacht so lange geübt, bis sich meine Lügen anfühlten wie die Wahrheit –, sondern was ich mit meinen Händen, meinen Gesichtszügen, meinen Füßen machen sollte. Jede noch so kleine Bewegung fühlte sich an, als würde ich mich verraten. Wenn ich mich nicht bewegte, fühlte ich mich verkrampft. Wie ein Roboter. Aber wenn ich mich bewegte, wirkte jede Geste einstudiert und gestellt. Ich konnte mich kaum auf meine Worte konzentrieren.

»Ich war, ähm, ich war im Büro«, sagte ich. »Ich habe lange gearbeitet.«

»Und um wie viel Uhr haben Sie Ihr Büro verlassen?«

»Ich bin gegen elf nach Hause gekommen, glaube ich, also muss ich das Büro ungefähr um halb elf verlassen haben.«

»Ich verstehe. Kann uns das irgendjemand bestätigen?«

Mein Mund war trocken, und meine Zunge klebte an meinem Gaumen fest. Der Kragen meiner Bluse fühlte sich an, als wollte er mich erwürgen, und ich konnte kaum glauben, dass ich nicht wirklich erstickte. Ich hob meine Tasse an die Lippen und spuckte den Tee fast wieder aus, so heiß war er noch.

Um etwas Zeit zu schinden, räusperte ich mich.

»Nun ja, mein Mann war nicht zu Hause, als ich ankam. Er war mit Kunden abendessen. Und Fran, meine Assistentin, war schon früher nach Hause gegangen, also war ich allein im Büro.«

Clayton und Price sahen sich kurz an – nur einen Moment lang, aber ich bemerkte den Blick in ihren Augen. Mein Schädel brummte leise. Hatte ich gerade einen riesigen Fehler begangen? Aber jetzt hatte ich schon gelogen. Ich konnte meine Worte nicht mehr zurücknehmen, selbst wenn ich wollte.

Aber ich wollte es auch nicht. Nur weil Constable Clayton nett aussah, hieß das nicht, dass sie auch vertrauenswürdig war. Ich konnte nicht wissen, was sie tun würde, wenn ich ihr die Wahrheit erzählte – ob sie mein Geheimnis für sich behalten oder es sofort voller Geldgier an die *Daily Mail* verkaufen würde. Und Price? Den konnte ich überhaupt nicht einschätzen. Und selbst wenn sie mir versprächen, mein Geheimnis nicht zu verkaufen, selbst wenn ich ihnen das glaubte, müssten sie es immer noch mit den Kollegen teilen, die an dem Fall arbeiteten – und das war ein Großteil der Londoner Polizei. Und wenn die Hälfte der Metropolitan Police von der Affäre wusste, dann stand ich schon so gut wie sicher in den Schlagzeilen.

Dieses Risiko konnte ich nicht eingehen, aber eine Stimme in meinem Hinterkopf beschwerte sich trotzdem. Wenn die Polizei alles wüsste, die ganze Wahrheit, dann hätten sie alle nötigen Informationen, um nach dem Mörder zu suchen. Wollte ich das denn nicht?

Fast hätte ich gelacht. Sogar mir war ziemlich klar, dass ich keine Ahnung hatte, was ich wollte.

»Können Sie uns etwas mehr über das Team erzählen, das an dieser Dokumentation gearbeitet hat?«

»Gerne. Das Team ist ziemlich groß. Der Regisseur und die Produzenten, die ganzen Kamera- und Tonleute, die Stylisten für Make-up und Frisur, die Beleuchter. Viele Freiberufler, so wie ich auch. Aber ich bin die einzige Fotografin, die an dem Projekt mitarbeitet, also bin ich immer dabei. Andere Teile des Teams sind nur manchmal da, wie die Beleuchter. Das scheinen jedes Mal andere zu sein.«

»Wie oft wird gefilmt?«

»Das hängt stark von Calums Terminplan ab. Wenn Meetings anstehen, die nicht gefilmt werden dürfen – meist aus Gründen der Vertraulichkeit –, dann filmen wir an dem Tag eben nicht. Meistens sind wir ein- oder zweimal die Woche bei Bradley Enterprises, aber manchmal versuchen die Produzenten, eine ganze Woche lang intensiv zu filmen. Das hat allerdings nur ein paar Mal geklappt. Und manchmal verstreicht mehr als eine Woche, ohne dass wir filmen. Es ist wirklich sehr unterschiedlich.«

»Gab es irgendwelche Probleme mit der Serie?«

»Was für Probleme?«

»Hat irgendjemand den Produzenten Schwierigkeiten gemacht, oder war irgendjemand gegen das Projekt?«

»Sie meinen, außer Calum?«

Clayton zog die Augenbrauen hoch. Innerlich fluchte ich. Ich hatte mich zu sehr entspannt, während ich über das Projekt gesprochen hatte. Als befände ich mich auf sicherem Terrain. War das die geplante Taktik?

»Mr. Bradley war gegen das Projekt?«

»Na ja, das wäre zu viel gesagt. Er hat nicht versucht, es zu sabotieren, oder so was. Es gefiel ihm nur nicht besonders. Ständig gefilmt zu werden war nicht seine Sache.«

»Das hat er Ihnen gesagt?«

»Nicht in den Worten, nein. Aber ich habe schon viel Zeit mit ihm verbracht. Ich habe gemerkt, ob er entspannt oder gestresst war, verstehen Sie? Und wenn gefilmt wurde, fühlte er sich offensichtlich nicht besonders wohl.«

»Sie haben ihn also auch gesehen, wenn nicht gefilmt wurde?«

»Manchmal. Ich habe ein paar Fotos von ihm hinter den Kulissen gemacht, in seiner Wohnung und in seinem Büro, wenn der Rest der Filmcrew nicht dabei war. Und ein paarmal haben wir uns getroffen, um Fotos für den Bildband auszuwählen.«

»Waren Sie bei diesen Treffen alleine? Nur Sie und Calum?«

»Manchmal. Mark kam auch oft dazu.«

Weitere Notizen. Eine Pause.

Nervös beobachtete ich, wie Clayton sich in meinem Wohnzimmer umsah, und fragte mich, was die Wohnung ihr über mich sagte. Würde sie aus der Sammlung gerahmter Fotos von Jason und mir in allen Etappen unserer Beziehung irgendwelche Schlüsse ziehen? Verriet ihr mein buntes Sofa mit den zusammengewürfelten Kissen etwas über meine Persönlichkeit?

»Können Sie uns sonst noch etwas sagen, was für den Fall relevant sein könnte?«

»Nein, ich glaube nicht.«

»In Ordnung. Gut, ich denke, das war es fürs Erste«, sagte Clayton. »Vielen Dank, dass Sie sich die Zeit genommen haben, um mit uns zu sprechen. Wenn wir noch weitere Fragen haben, melden wir uns bei Ihnen.«

Die beiden Kommissare standen auf und strichen gleichzeitig ihre Uniformhosen glatt, als wäre das eine Routine, die sie an ihren Schreibtischen einübten. Price nickte kurz und blickte dabei kaum in meine Richtung, bevor er sich zum Gehen wandte. Ich brachte die beiden zur Tür und versicherte ihnen, dass ich anrufen würde, wenn mir noch etwas einfiele. Kurz winkte ich ihnen nach, während sie zu ihrem Auto gingen.

Sobald die Tür zugefallen war, stieß ich einen schweren, zittrigen Atemzug aus. Ich fühlte mich, als wäre mein Inneres gerade in den Schleudergang gesteckt worden.

Meine Finger umklammerten noch immer die Visitenkarte der Kommissarin, während ich meine Stirn gegen die Wand im Flur lehnte und das Gespräch im Geiste noch mal durchging, um meine Antworten und ihre Reaktionen zu analysieren.

Würden die Polizisten meine Lügen durchschauen? Waren sie irgendwie darauf gekommen, dass ich Calums Geliebte war?

Ich knirschte mit den Zähnen und fragte mich zum hundertsten Mal an diesem Vormittag, ob es die richtige Entscheidung gewesen war, die Wahrheit vor den einzigen Menschen zu verbergen, die Calums Mord aufklären konnten. In Gedanken ging ich all meine Geheimnisse durch, eins nach dem anderen, als wollte ich mich versichern, dass sie alle noch intakt waren. Und ich hatte wirklich etliche Geheimnisse angesammelt.

Calum Bradley und ich hatten eine Affäre miteinander gehabt.

Ich wusste, warum er in der Mordnacht alleine unterwegs gewesen war.

Ich wusste, mit wem er sich treffen wollte. Nämlich mit mir.

Und ich war der letzte Mensch, der ihn noch lebend gesehen hatte.

11. KAPITEL

Am Tag nach unserem Streit war gefilmt worden, und Calum hatte dafür gesorgt, dass wir uns heimlich treffen konnten.

Ich hatte mir den ganzen Vormittag lang Vorwürfe gemacht, eine Affäre mit jemandem angefangen zu haben, mit dem ich zusammenarbeitete. Ich hätte es besser wissen sollen. Es war regelrechte Folter, mich in seiner Nähe professionell zu verhalten, wenn unter der Oberfläche so viele Gefühle brodelten. Calum nur wenige Stunden nach unserem Streit sehen zu müssen, war fast unerträglich.

An manchen Tagen war es ruhig in den Büros, wenn vor allem Treffen zwischen Produzenten, Regisseuren und Presseagenten auf dem Terminplan standen und nur wenige Crewmitglieder anwesend waren. Diese Tage waren mir am liebsten, denn dann konnten wir leicht ein paar Momente allein erhaschen. Ein Kaffee zusammen, Beleuchtungstests … Es war nicht schwer, einen Grund zum Alleinsein zu finden, selbst wenn es nur für ein paar Minuten war.

Der Tag nach unserem Streit war kein solcher Tag. Das Team steckte gerade mitten in einer anstrengenden Drehwoche, und ich musste Fotos von den Kameraleuten, dem Regisseur und den Tontechnikern bei der Arbeit machen. Das war der langweiligste Teil des Jobs.

Ich fühlte mich hundeelend, dachte aber, dass ich meine Gefühle ganz gut verbarg, bis Vincent sich von den anderen Sicherheitsleuten löste und zu mir herüberkam. Sein weißes Hemd spannte über seinen Muskeln, und seine Stirn lag in tiefen Falten.

»Was ist passiert?«

»Nichts.« Ich versuchte, unbeschwert zu klingen.

»Na, komm schon, Bethany. Man sieht dir an, dass dich irgendetwas beschäftigt. Du hast ein echt schlechtes Pokerface.«

»Im Ernst, es geht mir gut. Aber danke, dass du nachgefragt hast.«

Damit hatte es sich. Er nickte, obwohl er mir ganz offensichtlich nicht glaubte, und erzählte mir dann von einem Fan, den er vorhin aus der Lobby hatte schleifen müssen. Die Frau hatte versucht, in die oberen Stockwerke des Gebäudes zu gelangen, und jedem ihr neues Tattoo mit einem Porträt von Calum Bradley gezeigt. Ich entspannte mich ein bisschen und lachte.

»Das ist doch schon besser«, sagte Vincent und boxte mir freundschaftlich gegen den Arm, bevor er zu den anderen Männern in schwarzen Anzügen zurückspazierte.

Und dann, nachdem ich eine halbe Ewigkeit lang von der einzigen Person, die ich wirklich sehen wollte, ignoriert worden war, sprach Calum mich endlich an. Es war nur eine kurze Bitte und nicht das innige Gespräch, das ich mir gewünscht hätte, aber es war ein Anfang. Er wollte, dass ich ein paar Abzüge in seine Wohnung brachte, damit er und Mark sie sich ansehen konnten. Was hieß, dass er mich nicht alleine sehen wollte. Was hieß, dass sich der Knoten in meinem Magen tapfer für den Rest des Tages halten würde.

Wie besprochen kam ich um kurz vor sechs vor Calums Wohnung an. Er öffnete die Tür, ließ mich hinein und kam dann sofort auf den Punkt. Keine Zeit für Geplänkel.

»Es tut mir leid, Bethany, aber Claire ist aus Kalifornien zurück, also können wir uns hier nicht in Ruhe unterhalten. Ich möchte darüber sprechen, was gestern passiert ist. Ich hätte mir wirklich gewünscht, dass du nicht einfach gegangen wärst, bevor wir alles geklärt hatten. Ich möchte wissen, wo wir stehen. Ich habe ein paar Sachen gesagt, die ich nicht so gemeint habe, und dafür möchte ich mich entschuldigen, aber wir müssen trotzdem mal in Ruhe miteinander reden. Ich habe im Moment wirklich kaum Lücken in meinem Terminkalender, aber morgen Abend kann ich hier weg. Wir treffen uns einfach um zehn, in Ordnung?«

Er nannte mir ein Café, das mir nichts sagte.

Gerade wollte ich ihn fragen, wo das Café war, als Mark hereinkam und wir wieder unsere Rollen als Kollegen annehmen mussten, die sich gut, aber nicht zu gut verstanden. Bald darauf ging ich wieder und nickte Calum nur kurz zu, als er mir einen fragenden Blick zuwarf. Natürlich würde ich ihn dort treffen. Tat ich das nicht immer? Aber ich hatte keine Ahnung, was ich erwarten sollte. Würde er mir erklären, dass unsere Beziehung vorbei war? Bei dem Gedanken verspürte ich pochende Schmerzen in der Brust.

Der darauffolgende Tag war ebenso unerträglich: Ich starrte auf die Uhr und bereitete mich innerlich auf ein Treffen vor, das nicht gut enden konnte. Ich versuchte, Calums Worte zu antizipieren, damit ich zumindest mit ein bisschen Würde reagieren konnte. Egal, was passierte, ich würde ihn nicht anflehen, mich nicht zu verlassen. Ich würde nicht in Tränen ausbrechen. Zumindest hoffte ich innigst, dass mir das diesmal gelingen würde.

Mit mir hatte noch nie jemand Schluss gemacht, außer man zählte Pete mit, der mich über meine beste Freundin gefragt hatte, ob ich mit ihm gehen wollte, und mich am nächsten Tag auf dem gleichen Weg wieder abserviert hatte. Da war ich neun gewesen. Wir hatten nie auch nur ein Wort miteinander gewechselt.

Als ich die schwere Bürotür aufschob, erwartete mich ein leichter Regen, der das Ende des wunderschönen warmen Wetters bekundete. Meine Regenjacke lag zu Hause, ebenso wie mein Schirm, aber ich wühlte in meiner Schreibtischschublade herum, bis ich unter einem Haufen von kaum getragenen High Heels einen Hut fand, der seit Herbst kein Tageslicht mehr gesehen hatte. Ich fegte die dünne Staubschicht von der Filzkrempe und schob den Hut in meine Tasche, nur für den Fall, dass aus dem Nieselregen ein Wolkenbruch werden sollte. Im Moment war mir etwas Regen im Haar aber lieber, als mit dem Hut meine Frisur zu ruinieren.

Ich vergewisserte mich drei Mal, dass ich mich beim Namen des Cafés nicht geirrt hatte, bis ich mir sicher war, am richtigen Ort zu sein. Als Calum mir den Treffpunkt mitgeteilt hatte, war ich davon ausgegangen, dass ich das Café nicht kannte, weil es zu schick für mich war, aber es war das absolute Gegenteil von ›schick‹. Ein ziemlich abgerissener Drecksladen, dachte ich, während ich über den schmierigen Linoleumboden an Resopaltischen und vereinzelten Gästen vorbeiging.

Außer mir waren nur vier andere Gäste im Café: ein alter Mann, der Zeitung las, ein Pärchen, das sich auf Französisch streitend über einen London-Reiseführer beugte, und ein ungepflegter Mann mit einer Basecap, der aufblickte und mir zunickte, als ich an ihm vorbeiging. Ich ignorierte ihn, suchte mir zielstrebig einen möglichst abgelegenen Tisch und setzte mich so hin, dass ich die Tür im Auge behalten konnte. Ich zupfte an meinen Haaren, strich über mein Gesicht, begutachtete meine Nägel – die ich besser hätte feilen sollen, um die Spuren meiner Nervosität zu beseitigen – und versuchte, nicht die ganze Zeit auf die Tür zu starren.

Fast entwich mir ein spitzer Schrei, als sich jemand auf den Stuhl neben mir setzte. Der Mann, der mir vorhin zugenickt hatte, kam mir immer näher. Gerade wollte ich ihm die Meinung sagen, als ich das Gesicht unter der Basecap erkannte.

»Calum!«, stieß ich aus und hob fassungslos eine Hand an die Brust.

»Pst.«

Er packte meine Hand und starrte mich eindringlich an, damit ich nicht noch mehr Aufmerksamkeit auf uns zog. Besorgt sah ich mich um, aber der alte Mann fluchte nur leise in seine Zeitung hinein, und das französische Pärchen hatte kaum aufgeblickt, bevor es sich wieder seinem Streit widmete, der immer lauter und wütender wurde.

»Bethany, es tut mir leid, dass wir uns gestritten haben«, sagte Calum. »Ich wollte die Sache nicht auf sich beruhen lassen, aber jetzt, wo Claire wieder da ist, kann ich nur schwer Zeit finden. Aber ich möchte reinen Tisch machen.«

»Reinen Tisch machen«, wiederholte ich stupide. Nannte man das heutzutage so, wenn man jemandem einen Korb gab?

»Genau. Reinen Tisch machen. Ich möchte mich nicht mit dir streiten, aber ich möchte auch sichergehen, dass es keine Missverständnisse darüber gibt, welcher Natur unsere Beziehung ist. Diese Diskussion will ich nicht noch mal führen. Wir haben eine Affäre. Und wir sind beide verheiratet. Mit anderen Menschen.«

»Super. Danke, dass du mich darauf noch mal hingewiesen hast«, erklärte ich voller Sarkasmus.

»Nach unserem Streit musste ich das wohl«, sagte er. »Ich sage das nur ungern so direkt, aber meine Ehe geht dich nichts an, und deine geht mich nichts an. Wenn du das akzeptieren kannst, dann ist zwischen uns alles in Ordnung. Kannst du das akzeptieren?«

Mit meinem abgeknabberten Fingernagel schob ich einen Krümel über den grellen, orangefarbenen Tisch und versuchte, die rasenden Gedanken, die meinen Kopf füllten, in Worte zu fassen. Ich sah ihn wieder an.

»Und was ist, wenn ich in dich verliebt bin?« Sofort bereute ich meine Worte, als ich die Röte in meinen Wangen spürte. So viel dazu, dass ich mich würdevoll verhalten wollte.

»Das bist du nicht«, sagte er sanfter.

In seinen Augen sah ich Mitleid, das plötzliche Wut in mir entfachte. Ich setzte an, ihm zu widersprechen.

»Calum …«

Er hielt den Zeigefinger hoch, und ich verstummte.

»Bethany, wir sind nicht ineinander verliebt. Du bist mir wichtig, sogar sehr wichtig. Aber unsere Beziehung beruht auf Lügen und Geheimhaltung. Das ist keine Liebe, und das weißt du so gut wie ich.«

Eine gelangweilt aussehende Kellnerin kam ausgerechnet in dem Moment mit gezücktem Notizblock an unseren Tisch.

Ich funkelte sie an und wünschte mir, dass Blicke wirklich töten könnten, aber Calum war freundlicher.

»Wir brauchen noch ein paar Minuten«, sagte er, den Blick gesenkt, damit sie sein Gesicht nicht sehen konnte. »Vielen Dank.«

Sie ging wieder, ohne uns auch nur eines weiteren Blickes zu würdigen, und Calum räusperte sich.

»Hör mal, ich weiß, dass die Situation verwirrend ist, aber du musst dir darüber klar werden, was du willst und was das für deine Ehe bedeutet. Du bist mir wichtig, und wir haben viel Spaß miteinander, aber ich kann dir nicht mehr bieten als das, was wir jetzt haben. Jetzt nicht und auch nicht in der Zukunft. Claire und ich werden uns nicht trennen. Ich dachte, dass du das verstehst.«

Er sah mir ernst in die Augen, und das Blut pulsierte immer heftiger in meinen Wangen. Ich war so dumm. Schlimmer noch, ich war ein Klischee. Ich war genau das, was ich an anderen, dümmeren Frauen hasste. Ich wollte eine Antwort formulieren, aber mein Körper brachte nicht mehr zustande als das Brennen von Tränen in meinen Augen. Toll.

Ich blinzelte die Tränen weg, voller Wut auf mich selbst und auf Calum mit seinem unerträglichen Pragmatismus. Natürlich hatte er recht, aber das änderte auch nichts daran, was ich für ihn empfand. Ich war wirklich in ihn verliebt. Nur liebte ich eben auch meinen Mann.

»Na komm«, sagte er und drückte mir die Hand. »Lass uns rausgehen. Ich brauche frische Luft.«

»Es schüttet draußen.« Ich zeigte auf das Fenster, gegen das der Regen prasselte.

»Ein bisschen Wasser tut nicht weh«, antwortete er.

Ich nickte, denn ich war viel zu sehr damit beschäftigt, meine Ruhe zu bewahren, um ihm zu widersprechen. Draußen holte ich den Hut aus meiner Tasche und zog ihn mir übers Haar.

»Ich bringe dich zur U-Bahn«, sagte Calum. »Und dann solltest du nach Hause zu Jason gehen.«

»Calum.« Ich blieb stehen. Heute Abend hatte ich eh schon meinen Stolz aufgegeben. Jetzt machte es auch keinen Unterschied mehr.

Er verharrte und sah unter der Krempe seiner Kappe in mein Gesicht.

»Ich verstehe, was du meinst. Wirklich.« Ich gab mir größte Mühe, meine Stimme nicht zittern zu lassen. »Und ich weiß, dass ich über ein paar Sachen mal in Ruhe nachdenken muss.« Für einen Moment überlegte ich. »Okay, über ziemlich viele Sachen. Aber eines steht fest: Ich … ich empfinde wirklich etwas für dich. Ich weiß, dass ich das nicht sollte, aber ich kann es auch nicht ändern. Ich bin in dich verliebt. Ist das so schlimm?«

Calum seufzte und ging weiter.

Ich folgte ihm, denn sein Schweigen reichte mir nicht als Antwort. Ein paar Minuten lang gingen wir still nebeneinanderher, und als er endlich antwortete, starrte er auf seine Füße auf dem Gehweg hinab.

»Natürlich ist das nicht schlimm.« Seine Stimme klang monoton und beherrscht. »Ich empfinde auch etwas für dich. Das weißt du doch. Aber wir müssen realistisch sein. Es geht nicht darum, was wir voneinander wollen. Mein Leben ist kompliziert und sehr öffentlich. Ich kann nicht einfach eine Affäre haben und dem Rest der Welt davon erzählen. Das würde mich ruinieren. Es würde Claire ruinieren. Und es würde dich ruinieren.«

Mein verräterischer Körper gab ausgerechnet in diesem Moment ein demütigendes Schluchzen von sich. Ich verdeckte sofort mit der Hand mein Gesicht, drehte mich zur Seite und wünschte mir dabei, dass der Regen mich einfach davontragen würde. Ich bin keine Frau, die wegen Männern heult und sich das Herz brechen lässt.

Ich spürte seine Hand auf meiner Schulter, wich ihr aber wütend aus. Dann schlang er mir den Arm um die Taille und führte mich in einen Hauseingang.

Durch meine Tränen hindurch sah ich eine glänzende Lobby: Drehkreuze standen Wache neben dem Empfangsschalter, der mit gelben Blumen geschmückt war. Die Blüten verliehen dem sonst kahlen Raum auch keine Persönlichkeit. Calum umarmte mich fester, und ich gab nach, sank gegen seine Brust und weinte eine gefühlte Ewigkeit lang. Es war peinlich, aber gleichzeitig auch ungemein befreiend.

Monatelang hatte ich meine konfusen Gefühle unterdrückt und die in mir tobende Auseinandersetzung verborgen, und jetzt konnte ich es endlich alles herauslassen, in den Armen von jemandem, der mich verstand.

Als mein krampfhaftes Schluchzen nachließ, lehnte Calum sich ein wenig zurück, um mir ins Gesicht zu sehen.

»Es wird bald besser werden. Ich weiß, dass es sich gerade nicht so anfühlt, aber du musst dir einfach darüber klar werden, was du willst. Ich hoffe, dass ich dazugehören werde, denn ich verbringe unglaublich gerne Zeit mit dir. Aber du musst mit den Grenzen unserer Beziehung leben können, sonst kann sie nicht funktionieren. Es ist an der Zeit, dass du dich mit dieser Entscheidung auseinandersetzt. Ich bin für dich da, wenn du sie getroffen hast.«

Nickend wischte ich mir über die Wangen. Er hatte ja recht, aber das würde ich nicht zugeben. Noch nicht. Er beugte sich vor, um mich zu küssen, aber ich wich ihm aus und trat vom Marmorboden des Hauseingangs auf den Betongehweg.

»Gute Nacht, Bethany«, rief er mir nach. Ich drehte mich nicht um.

Vielleicht hatte ich einen Großteil meiner Würde an diesem Abend aufgegeben, aber der letzte Anblick, den ich ihm bot, sollte nicht der der verzweifelten Geliebten sein. Ich zog die Schultern zurück und ging schnellen Schrittes auf den Eingang der Station zu. Meine Körperhaltung strahlte ein Selbstbewusstsein aus, von dem wir beide wussten, dass es nur vorgetäuscht war.

Und ein paar Minuten später wurde er ermordet.

An genau demselben Ort, an dem ich ihm den Rücken zugewandt hatte, ohne mich von ihm zu verabschieden.

Jetzt war Calum tot, und ich war der letzte Mensch, der ihn lebendig gesehen hatte, und die Polizei vergeudete ihre Zeit damit, herauszufinden, warum er überhaupt unterwegs gewesen war – ein Detail, das gar nichts mit seinem Tod zu tun hatte.

Niemand außer mir wusste das. Aber ich konnte nicht erklären, warum er dort gewesen war, ohne auch unsere Affäre preiszugeben.

Calum hatte keinen Zweifel daran gelassen, dass niemand von uns wissen durfte. Und er hatte recht. Die Gefahr war zu groß.

Außerdem wusste ich ja auch gar nicht, wer Calum umgebracht hatte.

Wenn ich irgendetwas gesehen hätte in diesen letzten Sekunden, nachdem ich aus dem Hauseingang herausgetreten war, würde ich es der Polizei erzählen. Aber ich hatte nichts gesehen. Was ich wusste, konnte Calum nicht helfen.

Ich konnte ihn jetzt nicht mehr retten.

Ich konnte nur noch mich selbst retten.

12. KAPITEL

Nach dem Gespräch mit der Polizei konnte ich nicht aufhören zu zittern. Ich musste raus aus der Wohnung. Nachdem ich Fran eine Nachricht geschickt hatte, dass ich auf dem Weg ins Büro war, ging ich los und stieg in den Bus. Während ich aus dem Fenster starrte, suchte ich die Gesichter, an denen wir vorbeifuhren, nach Calums ab, auch wenn ich wusste, wie sinnlos das war.

Nach einer Weile überwältigte mich die Erschöpfung, und ich träumte von Calums Lächeln, seinem Lachen, von Calum mit einem Strauß schwarzer Rosen in den Händen, aus denen dickes rotes Blut quoll.

Als ich eine kräftige Hand an meiner Schulter spürte, die mich aus meinem Albtraum riss, schnappte ich nach Luft und schrie fast auf. Blinzelnd versuchte ich mich zu orientieren und stellte fest, dass ich immer noch im Bus saß. Ich blickte kurz aus dem Fenster, aber die Umgebung sagte mir nichts.

»Das ist die Endhaltestelle, Miss«, sagte der Busfahrer. »Wir sind in Mitcham. Sie müssen eingeschlafen sein.«

Ich murmelte ein Dankeschön und stieg aus. Kurz überlegte ich, einfach aufzugeben und wieder nach Hause zu fahren. Aber dort hätte ich nur noch mehr Gelegenheit, nachzudenken und mir den Kopf darüber zu zerbrechen, ob ich den Polizisten etwas Falsches gesagt hatte, und das brauchte ich beim besten Willen nicht.

Ich überquerte die Straße zur nächsten Bushaltestelle und tippte eilig E-Mails auf meinem Handy, während ich wartete. Ich musste mich anstrengen, um auf dem kleinen Touchscreen etwas erkennen zu können – aber nur so konnte ich die Zeitungsauslagen an den ganzen Kiosken um mich herum ausblenden. Die aufregendste Neuigkeit der Hauptstadt – *BRUTALER BRADLEY-MORD* – verhöhnte mich aus allen Richtungen.

Sogar die Zeitungen, die gelangweilte Fahrgäste auf den Boden geworfen hatten, raschelten unter meinen Füßen, während ich mit meinen Schuhsohlen Calums Gesicht zertrat.

Als ich endlich an meinem Schreibtisch ankam, hatte ich mich durch einen Großteil meiner liegen gebliebenen Arbeit gekämpft. Und ich war völlig ausgelaugt.

Der Tag schlich vor sich hin, als wollte er mir eins auswischen, und der Uhrzeiger schien jedes Mal eine Ewigkeit zu brauchen, um eine Runde auf dem weißen Ziffernblatt zu drehen. Die Ablenkung der Arbeit war gleichermaßen willkommen und erschöpfend, wenn ich auf einmal wieder daran denken musste, dass Calum tot war.

Fran überkompensierte, indem sie noch viel fröhlicher war als sonst. Sie war noch zu jung, um zu wissen, wie man mit Trauer umging. Ihr lebhaftes Schnattern kratzte über meine Nerven wie Kreide auf einer Tafel, aber ich behielt den Schrei, der in meiner Kehle steckte, für mich. Sie wollte ja nur helfen.

Endlich ließ sie mich alleine, um ein paar Besorgungen zu machen, und als ich durch die Fotos scrollte, die ich noch bearbeiten musste, fiel mein Blick auf einen Ordner namens *bradley-shoot-7*. Ich bewegte die Maus zu dem Ordner und zögerte. Ich wollte mir die Fotos ansehen, wusste aber, dass es sich anfühlen würde, als würde ich ein Pflaster abziehen, um eine noch immer blutende Wunde zu begutachten. Ich klickte weiter, aber ein paar Minuten später starrte ich wieder auf denselben Ordner und konnte es mir diesmal nicht verkneifen, ihn zu öffnen. Langsam scrollte ich durch Fotos von Calum zu Hause, in seinem Büro, mit einem Buch in der Hand, am Telefon, vor den riesigen Fenstern in seiner Wohnung.

Es kribbelte in meinem Bauch, so wie immer, wenn ich ihn ansah. Schmetterlinge und ein fiebriges Gefühl in meinen Wangen. Außer dass ich jetzt einen toten Mann begehrte. Ich klickte mich durch die Bildvorschau, bis mir ein bestimmtes

Foto ins Auge fiel. Ich öffnete es und starrte es ein paar Momente lang an, um seinen Gesichtsausdruck im Detail zu analysieren. Dieses Foto hatte ich erst vor ein paar Wochen geschossen – und es bis zu diesem Zeitpunkt komplett vergessen. Aber im Moment der Aufnahme war ich so neugierig gewesen, ob es mir gelungen war, diesen Ausdruck festzuhalten. Offenbar schon.

Calum war den ganzen Tag lang schlecht gelaunt gewesen, wegen irgendeiner neu eingeführten Software, die nicht richtig lief, und jeder merkte es. Er hatte Mark vor der versammelten Crew angeschnauzt, sich geweigert, auf Fotos zu lächeln, und sich mehr oder minder benommen wie ein verwöhntes Kleinkind. Als Vincent ihm etwas über die Sicherheitsmaßnahmen erklärt hatte, hatte Calum die Beherrschung verloren und war so schroff zu dem muskulösen Mann gewesen, dass ich fast erwartete, er würde gleich eine reingehauen bekommen. Glücklicherweise war es nicht dazu gekommen, aber die Anspannung im Raum hatte zugenommen wie heißer, drückender Dampf. Kurz nach diesem Wortwechsel war ich um ihn herumgegangen, um einen besseren Winkel zu erwischen, und hatte ihm im Weg gestanden. Er fuhr mich an, ich solle zur Seite gehen, aber anstatt zu gehorchen, war ich stehen geblieben.

»Du musst dich nicht benehmen wie ein kleines Kind, Calum. Wir sind alle hier, um zu arbeiten, nicht um deine Babysitter zu spielen.«

In meiner Wut hatte sich mein Finger auf dem Auslöser verkrampft und so ganz zufällig seinen anfänglichen Ausdruck verärgerter Überraschung festgehalten, und dann, wie er den Kopf in den Nacken warf und laut lachte. Er entschuldigte sich nacheinander bei jedem einzelnen Mitglied der Crew, einschließlich Vincent, der noch immer finster dreinblickte, und bestellte eine riesige Platte mit zuckrigen Donuts als Friedensangebot.

Diese Seite von ihm liebte ich. Die menschliche, bescheidene. Er merkte es, wenn er sich benahm wie der verzogene Milliardär, für den ihn alle hielten, und er hasste diesen Teil von sich. Als ich ihn später darauf ansprach, versicherte er mir, dass er seinen Status nicht mehr dazu benutzen wollte, seinen Willen durchzusetzen. Er wollte allen – und am meisten wahrscheinlich sich selbst – beweisen, dass er ein normaler, fehlbarer Mensch war.

Bestimmt eine halbe Stunde lang starrte ich auf dieses Foto, auf dem sein Gesichtsausdruck sich gerade von Überraschung zu Freude wandelte. Fran unterbrach meine Träumerei, als sie zurück ins Büro kam, in den Händen eine Schachtel Cupcakes und eine Flasche Wein, die sie sich über den Kopf hielt.

»Komm schon, furchtbare Tage muss man sich irgendwie verschönern«, sagte sie. »Ich habe deine Lieblingscupcakes und Wein mitgebracht. Der Tag kann nur besser werden!«

Am frühen Abend half ich einer schwankenden Fran lächelnd, in ein Taxi einzusteigen. Auf ihre eigene, etwas fehlgeleitete Art hatte sie ihr Bestes gegeben, um mich von Calum abzulenken. Ich gab mich so dankbar wie möglich, damit sie nicht das Gefühl hatte, dass ihr Plan misslungen war. Behutsam hatte ich an einem halben Glas des billigen Sonderangebotsweins für fünf Pfund genippt, während sie den Rest der Flasche trank und immer ausführlicher darüber philosophierte, wie wichtig es war, einfach einen Tag nach dem anderen zu leben – als ob wir überhaupt eine andere Wahl hätten. Ich hätte ganz gerne ein paar Tage übersprungen, wenn das möglich gewesen wäre, bis ich den Zeitpunkt in meinem Leben erreichte, an dem ich mich wieder normal fühlte, ohne die Trauer und die Lügen und den Schmerz.

Ich glich meine Genügsamkeit beim Wein dadurch aus, vier der sechs zuckrigen Red-Velvet-Cupcakes zu essen. Bei Süßigkeiten erlaubte ich es mir nur selten zuzuschlagen, weil ich unnötige Kalorien lieber in Form von Käse zu mir nahm, aber an dem Tag war es mir egal.

Von dem ganzen Zucker war mir ein wenig übel, und auf der Busfahrt nach Hause schloss ich die Augen, damit ich nicht die Zeitung sehen musste, die der Mann auf dem Sitz vor mir aufmerksam las. Egal, wohin ich ging, ich konnte Calum nicht entkommen. Zu Hause war ich allein mit meinen Gedanken, oder ich musste mühsam meine Geheimnisse wahren, wenn Jason da war. Draußen musste ich Calums Gesicht überall auf Zeitungen und Bildschirmen sehen oder zuhören, wie Fremde über das überraschendste Ereignis des Jahres plauderten. Am liebsten hätte ich mich in Luft aufgelöst.

Gerade wollte ich ein Fertiggericht voller Konservierungsstoffe aus dem Ofen holen, als Jason durch die Tür kam. Er schien erstaunt, dass ich gekocht hatte, als ob er mich nicht für fähig hielt, eine Plastikfolie zu durchstechen und die Schale in den Ofen zu schieben. Was für eine beeindruckende Kochkunst. Er kam näher, um mich zu küssen, und im letzten Moment drehte ich den Kopf zur Seite, sodass er nur meine Wange erwischte. Er sah verletzt aus, wandte sich dann aber ab und fragte mich nach meinem Tag. Ich hatte ein schlechtes Gewissen, aber zu einer anderen Reaktion war ich gerade nicht fähig, und ich war emotional auch nicht in der Lage, meine Gefühle zu hinterfragen. Ich liebte Jason, aber jetzt, wo Calum tot war, wollte ich nicht in seiner Nähe sein. Ich konnte den Gedanken nicht ertragen, dass seine Berührungen die Erinnerung an die Hände meines Geliebten auf meiner Hüfte, meinen Brüsten, meinen Schenkeln ersetzten.

»Bist du bereit für das Pubquiz, Schatz?«

Natürlich. Das Pubquiz, unsere wöchentliche Gelegenheit, uns mit unseren Freunden zu treffen und aus dem Haus zu kommen. Wir waren in das Quiz eingestiegen, als wir bemerkt hatten, dass wir freitagabends immer nur Essen bestellten und

Netflixserien guckten, und uns irgendwie dafür schämten, so langweilig zu sein. Sosehr ich mich auch von Calum ablenken wollte, wäre mir die fröhliche Ausgelassenheit, die ich in dem gemütlichen, schummerigen Pub finden würde, doch zu viel gewesen.

»Oh, Jason, es tut mir so leid, aber das habe ich völlig vergessen«, sagte ich. »Dafür habe ich heute Abend wirklich keinen Kopf. Ich glaube, ich setze heute lieber aus. Aber geh du ruhig!«

Das war die perfekte Lösung. Er konnte ausgehen und Spaß haben und dabei Team Reston vertreten. Ich konnte in Ruhe in meiner Trauer schwelgen, meinen Erinnerungen nachhängen und mich unter der Decke verkriechen, ohne mir ständig Sorgen machen zu müssen, wie mein Verhalten auf meinen Mann wirkte.

»Natürlich gehe ich nicht ohne dich«, sagte er, weil er wie immer für mich da sein wollte.

»Nein, im Ernst, ich will nicht, dass du etwas verpasst, nur weil mir nicht danach ist. Du kannst die anderen lieb von mir grüßen.«

Zu niemandes Überraschung und zu meiner Frustration überzeugte ihn das nicht. Jetzt musste ich mich besonders anstrengen, um munter zu wirken, damit er sich nicht den ganzen Abend um mich kümmern wollte. Jasons aufrichtige Sorge zermürbte meine Geduld, und ich hasste mich dafür, etwas anderes als Dankbarkeit zu empfinden.

Ich schlug vor, vor dem Fernseher zu essen. So konnte er mir weniger Fragen stellen. Während ich so tat, als wäre ich völlig gebannt von dem politischen Thriller, den wir guckten, bemerkte ich, wie Jason alle paar Sekunden zu mir herübersah, um sicherzugehen, dass ich nicht völlig aufgewühlt war.

Seufzend pulte ich an der Haut um meine Fingernägel. Ich dachte zurück an den Blick, den Constable Clayton und ihr

Kollege sich zugeworfen hatten, als ich ihnen die Lüge aufgetischt hatte, ich sei bei der Arbeit gewesen. In dem Moment hörte ich den wohlbekannten Signalton, der eine Eilmeldung in den Nachrichten ankündigte. Die ruhige Stimme der Reporterin riss mich aus meinen Gedanken, und ich blickte auf, als sie mit ihrem Bericht begann.

»Es gibt brandaktuelle Neuigkeiten über den Mord an dem Milliardär Calum Bradley. Die Polizei hat eine Aufnahme einer Überwachungskamera veröffentlicht, die eine Person zeigt, die mit dem Mord an Mr. Bradley in Verbindung stehen könnte. Der berühmte Magnat wurde am Mittwochabend um etwa 22.30 Uhr nur wenige Meter von der South Kensington Station entfernt erstochen ...«

Ich klammerte mich an den Armlehnen fest, bis das Blut aus meinen Knöcheln verschwand und sie geisterhaft weiß wurden. Auf der verpixelten Aufnahme trat ein düsterer Schatten aus dem Eingang eines Bürogebäudes, der einen dunklen Schlapphut mit einer elegant gefalteten Krempe und einer großen Hutnadel aus Metall trug. Ein paar Sekunden später wurde das Bild unscharf, und das Video endete.

Die schemenhafte Gestalt. Das war ich.

Ich war die tatverdächtige Person.

13. KAPITEL

Ich konnte mich nicht bewegen.

Ich versuchte, meine Gedanken zu sortieren, die Panik zu verdrängen und stattdessen meiner Vernunft den Vortritt zu lassen.

Was nun?

Es bestand keinerlei Zweifel daran, dass ich die Frau auf dem Video war. Die Tatsache, dass die Aufnahme in einer Eilmeldung mit der Bitte um Mithilfe gesendet worden war, deutete darauf hin, dass die Polizei dies noch nicht wusste. Aber sicherlich würde es nicht lange dauern, bis sie es herausfand.

Wie konnte ich unter Verdacht stehen, wenn der eigentliche Mörder gekommen sein musste, nachdem ich schon gegangen war? Wer auch immer Calum umgebracht hatte, musste doch auch auf dieser Aufnahme zu sehen sein.

Aber wenn das der Fall wäre, hätte man mich nicht in den Abendnachrichten gezeigt.

Ich konzentrierte mich auf die Stimme der Nachrichtensprecherin, als die Aufnahme erneut eingeblendet wurde.

»Diese Aufnahme von einer nahe gelegenen Überwachungskamera zeigt eine Frau mit einem auffälligen Hut, die von der Stelle, an der Mr. Bradley ermordet wurde, zur South Kensington Station geht. Laut Pathologiebericht trat Mr. Bradleys Tod um etwa 22.30 Uhr ein, und dieses Bild wurde um exakt 22.34 Uhr aufgenommen. Es gibt noch weitere Kameras in der Umgebung, auch in dem Hauseingang, in dem Calum Bradleys Leiche gefunden wurde, diese wurden aber deaktiviert. Die Polizei geht davon aus, dass es sich dabei um vorsätzliche Sabotage handelt, um die Identität des Mörders zu verbergen. Diese Aufnahme, die Scotland Yard als zentrales Beweisstück bezeichnet hat, bricht ab, kurz nachdem die Frau aus dem Bild tritt, weshalb die Polizei vermutet, dass sie entweder die

Kamera selbst deaktiviert oder die verantwortliche Person oder Personen gesehen hat. Bei einer Pressekonferenz am Morgen betonte Chief Inspector Tim Moseley, es gebe keinen Hinweis darauf, dass die Frau auf dem Video in den Mord involviert war. Sie könne aber eine zentrale Zeugin für dieses besorgniserregende Verbrechen sein. Zu diesem Zeitpunkt hat die Polizei keine weiteren Informationen oder Vermutungen veröffentlicht, sie fordert jedoch die betreffende Frau sowie jeden, der Informationen über ihre Identität besitzt, auf, sich an die extra dafür eingerichtete Hotline zu wenden …«

Ich fasste in die Tasche meines Blazers und berührte mit den Fingerspitzen den Rand der Visitenkarte, die Constable Clayton mir gegeben hatte. Ich sollte sie anrufen und dieses ganze Durcheinander aufklären. Das wäre die richtige Vorgehensweise.

Aber dann erinnerte ich mich an die Debatte, die ich noch am selben Morgen mit mir selbst geführt hatte, als die Polizei in meinem Wohnzimmer saß. Selbst da wäre es schon riskant gewesen, die Wahrheit zu erzählen, aber jetzt? Egal, was richtig wäre, jetzt wäre es einfach nur dumm.

Ich warf Jason einen kurzen Blick zu, denn ich erwartete, dass er mich anstarren würde in dem erschrockenen Wissen, dass seine Frau vielleicht zu einem Mord fähig war. Aber er hatte den Blick konzentriert auf sein Handy gerichtet und die Bombe, die gerade eingeschlagen war, nicht einmal bemerkt.

Wieder schaute ich mir die Aufnahme von mir in den Nachrichten an, und der Geschmack von Galle füllte meinen Mund. Ich schluckte und betrachtete die Details des Videos genauer. Das Bild war körnig und dunkel und ein wenig unscharf. Die Gestalt, die sich auf die Kamera zubewegte, hielt den Kopf gesenkt und trug Schwarz von Kopf bis Fuß: schwarze Stiefel, schwarze Jeans, schwarzes T-Shirt. Der Hut verbarg ihr Gesicht.

Ich wusste natürlich, dass das ich war, aber ein anderer Betrachter würde vielleicht nur irgendeine Frau sehen. Meine Kleidung war unauffällig. Ebenso meine Handtasche, ein billiger Stoffbeutel, den ich vor einem Monat im Schlussverkauf erstanden hatte. Tausende Frauen in London hatten die gleiche Tasche – das war die Gefahr, wenn man in einem beliebten Geschäft einkaufte. Ich konnte kaum bis zur nächsten Ecke laufen, ohne mindestens zwei Frauen mit der gleichen Tasche über der Schulter zu sehen.

Das einzige Detail, durch das man mich identifizieren konnte, war mein Hut. Jemand, der mich schon mal mit diesem Hut gesehen hatte und aufmerksam war, würde ihn wahrscheinlich wiedererkennen. Die weiche Filzkrempe war auf eine ungewöhnliche Art hochgefaltet und wurde von einer dicken Hutnadel festgehalten. Aber war der Hut auffällig genug, dass jemand anderes ihn als meinen erkennen würde?

Jason hatte mir den Hut zum Geburtstag geschenkt. Wir hatten im vorherigen Sommer einen Tag damit verbracht, die Küstenstadt Margate zu erkunden, und ich fand die vereinzelten Vintageläden auf der Hauptstraße dort sehr charmant. Der Hut war mir sofort ins Auge gefallen, und ich hatte ihn anprobiert, dabei vor dem Spiegel posiert und Jason zum Lachen gebracht. Fast hätte ich ihn gekauft, aber ich hatte eigentlich seit meinem achtzehnten Lebensjahr keine Hüte mehr getragen, also hatte ich es mir anders überlegt. Egal, wie schön der Hut war, ich würde ihn ja eh nie tragen. Ein paar Wochen später packte ich an meinem Geburtstag genau diesen Hut aus, in den ich mich verliebt hatte. Jasons Aufmerksamkeit hatte mich berührt, aber wie erwartet schaffte es der Hut fast nie auf meinen Kopf.

Also vielleicht würde es gar nicht so einfach sein, mich zu identifizieren. Vielleicht würde man niemals herausfinden, wer die Frau auf dieser Aufnahme war.

Ich wusste, dass ich Calum nicht umgebracht hatte. Also, selbst wenn die Polizei letztendlich herausfand, dass ich auf dem Video zu sehen war, müsste ich ihr nur endlich alles erklären. Aber bis dahin musste ich hoffen, dass es dazu nicht kommen würde. Es musste andere Hinweise geben, andere Beweisstücke, die die Polizei zum Mörder führen würden. Sobald sie diesen Spuren nachging, gäbe es gar keinen Grund mehr, weiter nach der mysteriösen schwarz gekleideten Frau zu suchen. Und dann gäbe es auch keinen Grund für mich, irgendjemandem von den Details meiner Affäre zu erzählen.

Sicherheitshalber holte ich den besagten Hut aus einem Haufen getragener Kleidung neben dem Wäschekorb hervor und stopfte ihn schnell ins oberste Fach meines Kleiderschranks, wo ich ihn unter Gästehandtüchern und alten Schals versteckte.

Bald würde sich die ganze Sache erledigt haben, sagte ich mir.

Das musste sie einfach.

14. KAPITEL

Mit der Gießkanne in der Hand öffnete ich die Haustür und erstarrte.

Ein Blumenstrauß in zartem, rosafarbenem Seidenpapier erwartete mich gleich hinter dem umgedrehten »Willkommen« meines Fußabtreters. Aber dies war kein wohlgesinntes Geschenk.

Ich war wie festgewurzelt und versuchte, mir den Anblick zu erklären. Nachdem ich die Tür leise hinter mir geschlossen hatte, ging ich auf das seltsame Bündel einige Schritte vor mir zu. Das Dutzend Rosen, das sorgsam in dünnen Schichten von Seidenpapier arrangiert worden war, musste ursprünglich rot gewesen sein, war jetzt aber so trocken, dass die Blüten braun geworden waren. Fast schon schwarz.

Mir stellten sich die Härchen im Nacken auf. Was für ein Mensch schickte einem denn tote Blumen? Schlimmer noch, was für ein Mensch würde sie in einem hübschen Strauß anrichten und sie vor meiner Haustür hinterlassen?

Ich berührte die Blumen vorsichtig, und sofort zerbröselten die Blütenblätter. Sie mussten schon seit Wochen vertrocknet sein.

Sollte das etwa ein Streich sein?

Aus dem Nichts heraus musste ich an den Tweet zurückdenken, den ich vor nur wenigen Tagen entdeckt hatte – der, von dem ich mich überzeugt hatte, er sei nur ein alkoholisiertes Versehen gewesen. Seitdem hatte ich nicht mehr darüber nachgedacht, aber jetzt blickte ich mit mehr Paranoia auf die Welt. Wenn ich diesen Tweet nicht selbst gepostet hatte … Der Gedanke ließ mich erschaudern. Das würde heißen, dass mein Account gehackt worden war oder, schlimmer noch – dass jemand mein Handy aus meiner Tasche genommen hatte, um den Tweet zu verfassen. So oder so, wenn ich es nicht gewesen war, dann wusste irgendjemand anders zu viel über Calum und mich. Aber ich war betrunken gewesen und konnte mich immer noch nicht daran erinnern, was gegen Ende der Nacht passiert war. Vielleicht war es wirklich nur, wie ursprünglich vermutet, ein dummer, harmloser, betrunkener Tweet gewesen. Oder vielleicht war es eine Warnung. Und das hier war die nächste.

»Nein«, sagte ich laut und streng. Doch das war nur eine schwache Verteidigungslinie gegen die vorrückende Armee beängstigender Gedanken.

Natürlich war es keine Warnung. Es gab eine logische Erklärung hierfür. Es musste sie geben.

Ich hob den Strauß nervös hoch und drehte ihn um, auf der Suche nach einem Kärtchen, einem Zettel, irgendeinem Hinweis darauf, warum er vor meiner Tür aufgetaucht war. Aber ich fand nichts.

Vielleicht hatte Calum sie bestellt, bevor er gestorben war. Ich schüttelte den Kopf. Das war aus zu vielen verschiedenen Gründen unmöglich. Vielleicht hatte Alex sie geschickt oder Fran, und die Blumenhändlerin hatte einen Fehler bei der Bestellung gemacht, und zwar einen gewaltigen. Oder vielleicht waren sie für jemand anderen, vielleicht für einen Nachbarn in einer nahe gelegenen Wohnung. Auf dem Strauß stand keine Adresse, keinerlei Anhaltspunkt, dass er wirklich für mich bestimmt war.

Die unheimliche Lieferung musste nicht gleich einen bösen Hintergrund haben, nur weil ich Angst hatte. Der Tweet ebenso wenig.

Die ganze Sache war so dumm, so sinnlos, dass ich die kleine grüne Gießkanne aus lauter Frustration auf das Pflaster warf. Als sie nicht zerbrach, kickte ich sie gegen die nächste Wand, weil ich sonst geschrien hätte. Immer noch kein Schaden. Ich trat wütend darauf, hörte ein Krachen und genoss kurz das kranke, befriedigende Gefühl der Zerstörung. Es war erleichternd, über *irgendetwas* Kontrolle zu haben.

Ich versuchte, mich zusammenzureißen. Mein plötzlicher Gewaltausbruch hatte mich selbst überrascht. Ich war nur hinausgegangen, um kurz meine Ruhe zu haben, aber jetzt fühlte ich mich noch schlechter als zuvor, als ich mit Jason drinnen gefangen gewesen war. Sein wöchentliches Fußballspiel war abgesagt worden, und er war die letzten Stunden lang ununterbrochen durch die Wohnung geschlichen. Ich hatte so getan, als würde ich lesen, aber jedes Mal, wenn ich an Calum denken musste – was unweigerlich passierte –, schossen mir Tränen in die Augen, und ich musste sie wegblinzeln, bevor mein Mann meine Trauer bemerkte.

Ich hatte gehofft, dass etwas frische Luft mir helfen würde, die Ruhe zu bewahren, aber jetzt, mit einem Strauß vertrockneter Blumen in der Hand, wünschte ich mir, ich wäre einfach im Haus geblieben.

Während ich die grünen Plastikscherben mit meinem Pantoffel über die Pflastersteine schob, spürte ich ein Prickeln im Nacken.

Ich wurde beobachtet. Da war ich mir sicher.

Langsam drehte ich mich auf dem Absatz um, wobei ein Stück der Gießkanne über den Stein kratzte. Ich sah mich um und vermied dabei sorgsam plötzliche Bewegungen, während mein Herz so heftig hämmerte, dass es mir fast aus der Brust sprang. Unser winziger Vorgarten war leer. Ich sah nach rechts und nach links. Da war niemand.

Mein Blick wanderte nach oben, zur Straße und zu den Häusern auf der anderen Seite. Dann zu einer Werbung für Cola light auf dem oberen Stockwerk eines Doppeldeckerbusses, der gerade an der Haltestelle anhielt. Ich wurde wirklich beobachtet.

Ein alter Mann guckte neugierig aus dem Fenster und amüsierte sich sichtlich über meinen Wutausbruch. Als unsere Blicke sich trafen, zog er seine buschigen grauen Augenbrauen überrascht hoch. Ich verzog meinen Mund zu einem sarkastischen Lächeln und winkte ihm zu in der Hoffnung, dass er sich für seine Neugier schämen würde.

Er guckte sofort weg, offensichtlich verlegen, jetzt, wo ich seine Anwesenheit zur Kenntnis genommen hatte, und ich drehte mich schnell zur Haustür um. Als ich bemerkte, was ich noch immer in der Hand hielt, verharrte ich.

Ich musste den Strauß entsorgen. Eilig ging ich durch das Gartentor und zum nächsten öffentlichen Mülleimer, in den ich den Strauß stopfte. Ich wollte einfach nur vergessen, dass ich ihn je gesehen hatte.

Momentan hatte ich größere Sorgen.

»Ich habe die Wäsche gefaltet«, rief Jason aus unserem Schlafzimmer, als ich die Haustür hinter mir schloss.

»Danke«, antwortete ich und warf einen Blick in den Spiegel im Flur, um mich zu vergewissern, dass ich gefasst genug aussah.

»Ich hatte eben eine Idee: Wie wäre es, wenn wir einfach ein paar Tage wegfahren?«, fragte Jason, als er um die Ecke kam. »Wir setzen uns ins Auto, fahren irgendwohin aufs Land, übernachten in einem Gutshaus oder so, lesen, trinken Tee …«

Er führte den Satz nicht zu Ende und sah mich erwartungsvoll an.

»Wie bist du denn auf die Idee gekommen?«, fragte ich misstrauisch.

»Die kam mir gerade eben einfach so, aber das heißt ja nicht, dass es eine schlechte Idee ist.«

Ich verengte die Augen zu Schlitzen. Er klang seltsam, fast schon nervös.

»Komm schon, Bethany, weißt du nicht mehr, dass wir früher manchmal spontan waren? Ich vermisse das. Ich glaube, es würde uns guttun, aus dem Alltag herauszukommen und ein paar Tage zusammen zu verbringen, ohne den Stress und den ganzen Wahnsinn hier in der Stadt. Und bei … na ja, bei dem, was in den letzten Tagen passiert ist, könntest du sicherlich etwas Ruhe gebrauchen. Nur für ein langes Wochenende. Ich kann mir Montag freinehmen.«

Kurz dachte ich nach. Ich war mir nicht sicher, ob es eine gute Idee war, mich auf kleinem Raum mit dem Mann aufzuhalten, vor dem ich meine ganzen Geheimnisse verbergen musste, aber ich hätte so ziemlich alles getan, um den ständigen Erinnerungen an Calums Tod zu entkommen. Am Morgen würde das Bild von mir auf den Titelseiten aller Zeitungen prangen, und damit wollte ich nicht konfrontiert werden. Falls die Polizei mich identifizierte, hatte sie ja meine Telefonnummer. Ich war zu erschöpft, um darüber nachzudenken, was ich dann tun würde. Wenn es passierte, würde ich irgendwie damit umgehen müssen. Vielleicht war ein Wochenende außerhalb von London genau das Richtige für mich.

Ich verbannte die Gedanken an die Polizei und an Überwachungskameras und sah Jason an, der seltsam bleich war.

»Okay.«

»Okay?« Sein Gesichtsausdruck heiterte sich auf.

»Ja. Okay«, wiederholte ich ungeduldig.

»Großartig! Fang ruhig schon an, für uns beide zu packen. Ich kümmere mich um die Unterkunft.«

Er hüpfte regelrecht ins Wohnzimmer, und ich fragte mich, wie ich es ein ganzes Wochenende lang mit einem übermäßig gut gelaunten Jason aushalten würde. Viel lieber wäre ich alleine weggefahren, um trauern zu dürfen, ohne mir darüber Sorgen zu machen, wer mich dabei sah und ob jemand etwas ahnte. Leichte Schuldgefühle erfüllten mich. Jason war seit Calums Tod unglaublich liebenswert zu mir gewesen, und das trotz meines unerklärlichen abweisenden Verhaltens. Was er wohl darüber dachte? Ich musste mich am Wochenende wirklich bemühen, netter zu ihm zu sein. Jason hatte nichts falsch gemacht.

Ich holte unsere Reisetaschen aus dem Schrank und stopfte wahllos Kleidungsstücke hinein, ohne darauf zu achten, ob irgendetwas zusammenpasste. Dann hielt ich inne und zog mein Handy aus der Tasche. So unbegründet er auch war, ich wurde den Verdacht nicht los, dass mein untypischer Tweet deshalb nicht nach mir geklungen hatte, weil jemand anders ihn geschrieben hatte. Ich setzte mich auf die Bettkante und scrollte durch meine Tweets. Seitdem hatte ich nichts mehr gepostet, und es gab keinerlei auffällige Aktivität auf meinem Account. Zum letzten Mal hatte ich vor sechs Monaten etwas getwittert: den Link zu einer neuen Ausstellung mit Tierfotos, auf die ich mich gefreut hatte.

Siehst du, schimpfte ich gedanklich mit mir. Kein Grund, sich den Kopf zu zerbrechen.

Sicherheitshalber richtete ich trotzdem ein neues Passwort ein, mit Ziffern und Sonderzeichen, damit es nicht so leicht zu erraten wäre. Und dann löschte ich die App. Ich fühlte mich erleichtert. Als hätte ich alles unter Kontrolle. Ich merkte, dass ich unbewusst den Atem angehalten hatte, und atmete nun langsam aus.

Als Jason wieder nach Hause kam, nachdem er den Mietwagen abgeholt hatte, hatte ich schon geduscht und schminkte mich gerade fertig.

»Für die Unterhaltung!«, erklärte er, während er einen Armvoll Brettspiele zum Auto trug. Ich zwang mir ein mattes Lächeln ab. Er kam rein und ging wieder raus, um die Taschen aus dem Flur zu tragen, plante dabei Wanderausflüge auf dem Land und Abende in Pubs mit richtigem Ale und wedelte stolz mit Zahnbürsten durch die Luft, um zu zeigen, dass er sie nicht vergessen hatte.

Es war zu viel. Er überkompensierte, und ich musste mich zurückhalten, um ihn nicht anzuschreien. Es war nicht seine Schuld, sagte ich mir erneut. Er wollte mich einfach nur aufmuntern. Ich erkannte, dass seine übertriebene Fröhlichkeit nicht enden würde, bis er nicht seine Mission erfüllt hatte, also atmete ich ein paarmal tief ein, entspannte meine zu Fäusten geballten Hände und bemühte mich, ein überzeugendes Lächeln aufzusetzen.

Während ich durch das Autofenster zusah, wie London an uns vorbeiglitt, fragte ich mich, wie ich nur in dieser unmöglichen Situation gelandet war. Wie ich einen Mann hatte betrügen können, der nichts als Loyalität verdiente.

Ich erinnerte mich daran, wie meine damalige Chefin mich kurz nach der Verlobung auf einen Kaffee eingeladen hatte. Carol war seit drei Jahren geschieden gewesen, aber die Wunde schien noch immer frisch. Ihr Ehemann hatte sich damals wie das größtmögliche Klischee verhalten, war mit seiner Sekretärin durchgebrannt und hatte seine Frau mit zwei kleinen Kindern sitzen gelassen. Carol war die Art von geschiedener Frau, die Männer hasste und sie für alles verantwortlich machte; die sich offenbar gerne an ihre Verbitterung und ihre Wut klammerte, als ob jegliches Glück ein Zeichen dafür wäre, dass sie ihrem Ex verziehen hätte. Ich mochte Carol trotz ihrer Ansichten über die Ehe. Sie war eine angenehme Frau, solange man sich nicht zum Thema Beziehungen vorwagte. Während ich an diesem Tag meinen Kaffee getrunken hatte, hatte Carol mich vor den Gefahren gewarnt, sich auf eine Ehe einzulassen.

»Du denkst, dass es dir nicht passieren wird, Bethany. Ich hätte auch nie gedacht, dass ich mich einmal scheiden lassen würde. Aber du kennst die Person, die du heiratest, nicht wirklich. Du denkst, dass du sie kennst, aber das stimmt nicht. Du bist noch so jung, du willst doch noch nicht alle anderen Optionen abschreiben.«

Ich hatte Dankbarkeit für ihren Ratschlag vorgetäuscht und ihr versichert, dass ich wusste, was ich tat, vielen Dank. Ich hatte das damals wirklich geglaubt, aber wenn ich jetzt daran zurückdenke, wird mir klar, wie naiv ich bei meinem Ehegelübde gewesen war.

Carol hatte dennoch nicht recht gehabt. Ich hatte Jason wirklich so gut gekannt, wie ich dachte. Er war verlässlich. Ein Fels in der Brandung. Ergeben, liebevoll, zuverlässig – alles, was man sich von einem Ehemann wünschte. Aber mich selbst kannte ich nicht wirklich. Ich hätte niemals vermutet, dass ich mein Gelübde brechen würde.

Alle Frauen machen sich an ihrem Hochzeitstag Sorgen, dass ihr Mann sie eines Tages betrügen wird. Nicht weil alle Männer Schweine sind, wie Carol es mir hatte einreden wollen, sondern weil wir alle wissen, dass der Reiz des Neuen irgendwann nachlässt und überall Versuchungen lauern. Es gibt einen Grund, weshalb Frauen wollen, dass ihre Männer Eheringe tragen, weshalb wir ihnen gerahmte Fotos von uns in weißen Kleidern ins Büro mitgeben, weshalb wir hässliche Kindermädchen einstellen.

Wir markieren unser Revier, aber Männer scheinen nicht von derselben Angst geplagt zu werden, wenn es um ihre Frauen geht. Frauen tragen ihre Eheringe wie ein Ehrenabzeichen, das andere Frauen eifersüchtig machen soll. Frauen, so scheint es, neigen nicht von Natur aus zum Fremdgehen.

Abgesehen von mir.

Ich konnte Jason nicht für meine Affäre verantwortlich machen, ich konnte nicht auf einen Makel seinerseits zeigen und so tun, als wäre es seine Schuld, dass ich einen anderen brauchte. Er war immer ein vorbildlicher Ehemann gewesen. Wir lachten immer noch zusammen, wir sprachen über alles – oder eher fast alles – und hatten einigermaßen befriedigenden Sex. Okay, natürlich ging nicht jede Nacht ein Feuerwerk hoch, aber das hätte ich nach so langer Zeit zusammen auch nicht erwartet.

Er war perfekt.

Außer dass er noch am Leben und Calum tot war.

Und dafür hasste ich ihn.

15. KAPITEL

Auf der Rückfahrt am Montag blieb ich wach – je näher wir London kamen, desto besorgter wurde ich. Unsere Auszeit in den Cotswolds war viel angenehmer gewesen als erwartet, vor allem, weil die Polizei nicht aufgetaucht war, um nach einer Erklärung zu verlangen und von mir ein Geständnis einzufordern, dass ich die Gestalt auf der verschwommenen Aufnahme war. Genau das hatte ich die ganze Zeit befürchtet; bei jedem unbekannten Geräusch wurde mein Mund trocken, als hätte ich mir gerade eine komplette Flasche Rotwein in den Rachen gekippt. Aber nachdem ich ein ganzes Wochenende ohne einen beängstigenden Anruf oder meinen Namen in den Schlagzeilen überlebt hatte, entzündete sich ein Funke Hoffnung in mir. Man wusste nicht, dass ich es war.

Bisher zumindest.

Jason war, anders als erwartet, nicht übermäßig anhänglich gewesen. Im Gegenteil, er gestand mir den Abstand zu, den ich dringend brauchte, sodass ich mich ausruhen konnte. Jeden Morgen ging er auf den örtlichen Markt, um fürs Frühstück einzukaufen, und ich war dankbar, dass er nicht da war, wenn ich aus meinem unruhigen, angsterfüllten Schlaf erwachte und von Kopf bis Fuß in Schweiß gebadet war. Ich starrte auf die Verzierungen an der Decke und war erleichtert darüber, alleine zu sein. Meine Erschütterung war nicht nur Calums Tod zuzuschreiben, auch wenn mein Brustkorb sich jedes Mal zusammenzog, wenn ich daran dachte. Aber immer, wenn dieses Gefühl nachließ, kehrte stattdessen die Erinnerung an das Video der Überwachungskamera zurück.

Dann sprang ich aus dem Bett, voller Entschlossenheit, nicht in Panik zu verfallen, während ich verzweifelt versuchte, die beunruhigenden Gedanken zu ignorieren, die sich in meinem Kopf ständig wiederholten wie eine gesprungene Schallplatte.

Bis Jason mit frischen Croissants und Himbeeren in unsere kleine Hütte zurückgekehrt war, hatte sich die anfängliche Panik wieder in meinem Blutkreislauf verlaufen und pulsierte durch meine Adern als ein schwacher, hämmernder Schmerz. So konnte ich funktionieren. Ich hatte keine andere Wahl. Das Bett war perfekt gemacht, frisch bezogen mit von Rosen verzierten Laken, die die Spuren meiner morgendlichen Panik verdeckten.

Unter dem Vorwand, dass ich noch Arbeit für meine Kunden nachholen musste, die ich in den letzten Tagen vernachlässigt hatte, verbrachte ich einen Großteil des Wochenendes hinter dem Schutzschild meines Laptops und ignorierte Jasons gelegentliche Bitten, hinauszugehen und die Natur zu genießen. Letztendlich gab er auf und ging alleine spazieren.

In diesen Momenten allein unternahm ich das Einzige, was mir einfiel. Ich saß vor dem leuchtenden Bildschirm mit den Fingern über der Tastatur und fragte mich, was ich zu finden hoffte.

Als ich *Kitty Palmer* in die Google-Suchleiste eingab, durchfuhr mich der Gedanke, dass ich eigentlich nur sicherstellen wollte, dass die Polizei anzulügen die richtige Entscheidung gewesen war.

Die jüngsten Suchergebnisse waren ziemlich vorhersehbar: kurze Zusammenfassungen der Affäre und des Überfalls auf Kitty gefolgt von Spekulationen – sie hatte jeglichen Kommentar verweigert – darüber, wie sie wohl auf den Tod ihres früheren Geliebten reagiert hatte. Bis vor wenigen Tagen hatte es seit dem Säureangriff kaum Ergebnisse über Kitty gegeben. Sie hatte ein exklusives Interview gegeben, das angeblich ihre rekonstruktiven Operationen bezahlt hatte, und hatte sich seitdem geweigert, mit der Presse zu sprechen. Calum hatte darauf bestanden, ihre medizinischen Eingriffe zu bezahlen, aber sie wollte nichts mehr mit ihm und seinem Geld zu tun haben und war entschlossen gewesen, für alles selbst aufzukommen. So schuldete sie ihm nichts.

Die älteren Artikel stammten alle aus der Zeit, als die Affäre gerade erst an die Öffentlichkeit gedrungen war und die Klatschseiten selbstgefällig von allen Details berichteten: von den Dessousmarken, die sie angeblich bevorzugte, zu Geschichten von ihren Freunden über anzügliche Abenteuer auf den Toiletten von Nachtclubs und den Rücksitzen von Taxis. Alles erfunden, wenn man Calum glaubte. Ich hatte ihn trotz meiner Neugier nie nach Details gefragt. Es hatte mir besser gepasst, so zu tun, als hätte es sie nie gegeben.

Aber plötzlich wollte ich alles wissen.

Ein paar Klicks weiter fand ich das Interview mit ihr.

Ich schnappte nach Luft, als nach und nach die Fotos des Artikels auf meinem Bildschirm luden und das ganze Fenster füllten.

Links war die Kitty abgebildet, die Calum Bradleys Interesse geweckt hatte – aus gutem Grund. Groß, schlank, platinblond … Sie gehörte allein für ihr Aussehen auf die Cover von Zeitschriften, nicht für einen aufgebauschten Skandal. Aber das Foto auf der rechten Seite sprang mir noch viel mehr ins Auge. Es zeigte ebenfalls Kitty, aber ohne die Bildunterschrift hätte ich sie nie erkannt. Die Säure hatte ihre überwältigende Schönheit völlig verzerrt. Manche Teile ihres Gesichts waren hoffnungslos zerstört und deshalb operativ entfernt worden. Die verbleibende Haut war rosa und glänzend und von zahllosen Unebenheiten und tiefen Furchen übersät. Nur ein Bereich ihres Gesichts, etwa so groß und rund wie ein Bierdeckel, auf der linken Hälfte ihrer Stirn, war unverändert. Die glatte, weiche Haut bildete einen markanten Kontrast zu den Narben.

Ich wollte wegklicken, aber ich musste mehr erfahren.

Der Medienrummel war unglaublich, las ich. *Nichts hätte mich darauf vorbereiten können. Natürlich verlor ich meinen*

Job. Es heißt immer, dass keine Werbung schlechte Werbung ist, aber wenn man für eine PR-Agentur arbeitet und mit einem Kunden schläft, zählt das definitiv als negative Werbung. Kurz nachdem die Affäre zu Ende gegangen war, bekam ich die ersten Drohbriefe. Manche Leute waren wütend auf mich, weil ich etwas mit einem verheirateten Mann angefangen hatte, und manche fanden einfach nur, dass ich nicht gut genug war, um Calums Aufmerksamkeit zu verdienen. Man drohte mir an, mich umzubringen, mich zu vergewaltigen … und das Schlimmste an all dem war, dass diese furchtbaren, bösartigen Leute wussten, wo ich wohnte. Also musste ich umziehen und mir ein Postfach zulegen und eine neue Telefonnummer, die nicht im Telefonbuch stand. Es ist unglaublich, was für Maßnahmen ich ergreifen musste, um meine Privatsphäre zu schützen. Normalerweise sind die Konsequenzen, wenn man eine Affäre mit seinem Chef hat, vergleichsweise geringfügig. Vielleicht muss man sich einen neuen Job suchen, und vielleicht bereut man die Sache, aber bei mir war es alles so öffentlich. Es war schwer, vor allem, weil ich zu dem Zeitpunkt erst dreiundzwanzig war. Ich war naiv und habe ein paar dumme Entscheidungen getroffen, das gebe ich ganz ehrlich zu, aber ich kann es trotzdem immer noch nicht fassen, wie viele Menschen etwas, das sie gar nicht betraf, so persönlich nahmen.

Als sie nach Calum gefragt wurde, verweigerte sie jeglichen Kommentar, und der Interviewer widmete sich dem eigentlichen Thema des Exklusivinterviews: den grausigen Details des Überfalls.

Na ja, es war ein ganz normaler Tag. Ich ging gerade nach dem Einkaufen von der Haltestelle nach Hause, und auf einmal war ich klatschnass. Ich dachte erst, es wäre Wasser. Ich bin mir nicht über die Details im Klaren, weil alles so schnell ging. Es war eine Frau – das war das Einzige, was ich bemerkte, weil sie mich laut anschrie. Sie nannte mich eine dreckige Schlampe, und dann rannte sie lachend davon. Sekunden später fühlte ich das Brennen. Das waren schlimmere Schmerzen, als ich je zuvor gespürt hatte. Ich kann es Ihnen nicht beschreiben. Glücklicherweise wurde ich dann ohnmächtig, aber als Nächstes wachte ich im Krankenhaus auf, und ehrlich gesagt fing der eigentliche Albtraum da erst richtig an.

Ich konnte kein weiteres Wort davon lesen. Mein Magen drehte sich um, als ich die Gräueltaten verarbeitete, die Kitty hatte ertragen müssen. Und all das für Vergehen, die viel weniger schlimm gewesen waren als meine.

Das Wissen, dass ich die richtige Entscheidung getroffen hatte, fühlte sich nicht gut an. Doch es war nicht nur die richtige Entscheidung, sondern die einzig mögliche. Aber wenn überhaupt, fühlte ich mich mit dieser Sicherheit nur noch schlechter. Ich konnte der Polizei nicht die Wahrheit anvertrauen. Nicht, wenn das meine Strafe sein könnte.

In der Hoffnung, den Anblick von Kittys vernarbtem Gesicht irgendwie zu verdrängen, widmete ich mich einer neuen Suchanfrage.

Claire Bradley gab ich ein und fand mich 629.000 Ergebnissen gegenüber, angefangen mit den jüngsten Schlagzeilen.

Untröstliche Bradley-Witwe verlässt Wohnung zum ersten Mal seit Tagen

Bradley-Witwe Claire kann vor Trauer nichts essen, verrät enger Freund

Seltener Gefühlsausbruch von Claire Bradley hinter 799-£-Sonnenbrille

Ich wollte der Versuchung widerstehen, auf die Artikel zu klicken, aber ich konnte mir einfach nicht die Gelegenheit entgehen lassen, eine ausnahmsweise mal nicht makellose Claire zu sehen, selbst in einer so furchtbaren Situation. Aber anstatt mich an dem Anblick ihres aufgedunsenen, geröteten Gesichts und ihrer zerzausten Haare zu ergötzen, verspürte ich plötzliches Mitgefühl. Auch sie hatte Calum verloren.

Ich schüttelte das sich anbahnende Mitleid ab und kehrte zu meinen Suchergebnissen zurück, wo ich die reißerischen Schlagzeilen ignorierte und stattdessen Claires Wikipedia-Eintrag anklickte.

Er verriet mir nicht viel, nur dass sie Ende dreißig und das einzige Kind eines Investment-Bankmanagers und dessen ebenso reicher Ehefrau war. Er erwähnte keine Vorliebe fürs Erstechen oder sonst irgendetwas, was mich davon überzeugen könnte, dass sie wahrscheinlich ihren Ehemann ermordet hatte.

Ich war mir nicht einmal sicher, woher mir dieser Gedanke gekommen war, außer dass der Ehepartner immer der wahrscheinlichste Täter war. Aber mir fiel kein Motiv ein. Eifersucht? Calum hatte gesagt, dass sie nichts von uns wusste und auch nichts wissen wollte, aber vielleicht hatte sie es herausgefunden, wurde von einem eifersüchtigen Wutanfall gepackt und war uns gefolgt, um ihn zu ermorden. Aber das erschien mir unwahrscheinlich. Sie hatte ihre eigenen Affären. Oder vielleicht wollte sie einfach sein ganzes Geld haben. Das schien mir noch mehr an den Haaren herbeigezogen – sie hatte ihr eigenes beachtliches Vermögen. Was auch immer ich gesucht hatte, als ich mit meiner Recherche begonnen hatte, ich hatte es nicht gefunden und würde es wahrscheinlich auch nie finden. Ich war Claire nie begegnet, aber sie hatte sich Calums Regeln für Affären einfallen lassen, also wusste ich mit Sicherheit, dass sie ein Geheimnis für sich behalten konnte.

Was für Geheimnisse verbarg sie jetzt?

Wieder auf der Ergebnisseite angelangt, filterte ich die Artikel der letzten Tage, seit Calums Mord in die Nachrichten gekommen war. Das brachte mir ebenso viele Schlagzeilen, die genauso oberflächlich waren wie die, die ich mir gerade eben angeguckt hatte.

In Frauenzeitschriften ergötzte man sich an allem, was Claire tat: von den berühmten Freunden, mit denen sie sich sehen ließ, bis hin zu ihren modischen Outfits bei jedem der zahlreichen Events, an denen sie teilnahm.

In den Klatschseiten war man weniger gütig und konzentrierte sich auf die wenigen unvorteilhaften Fotos, die es von ihr gab, oder spekulierte darüber, warum sie keine Kinder hatte. Die einzigen beiden Erklärungen, auf die man sich offenbar einigen konnte, waren Egoismus und Unfruchtbarkeit.

Ich fand ein Interview in der britischen Ausgabe der *Vogue* von vor ein paar Jahren, in dem Claire offen über ihre Entscheidung gesprochen hatte, keine Kinder zu bekommen.

Es war eine bewusste Entscheidung, hatte sie gesagt, unter einem Schwarz-Weiß-Foto von ihr in einem teuer aussehenden Bleistiftrock und einer Bluse.

Calum und ich haben lange darüber gesprochen, aber letztendlich haben wir akzeptiert, dass unser Lebensstil sich nicht wirklich dazu eignet, Kinder großzuziehen. Als Eltern hätten wir für unsere Kinder da sein wollen. Das ist bei unseren Berufen nicht möglich, und wir sind beide keine Menschen, die irgendetwas halbherzig machen. Alles oder nichts.

Ich zog eine Augenbraue hoch. So ungern ich ihre Meinung teilte, in dieser Hinsicht hatte sie recht. Durch die Welt zu reisen und mit einer Vielzahl von verschiedenen Männern zu schlafen, bildete nicht unbedingt ein idyllisches Umfeld, um eine Familie zu gründen.

Abgesehen von ihren Entscheidungen über Kinder war der Rest des Interviews ziemlich harmlos und verriet nicht mehr als ihren Lieblingslippenstift (*Meistens trage ich* Bobbi Brown Rum Raisin. *Ich habe im Laufe der Jahre etliche ausprobiert, aber früher oder später lande ich immer wieder bei den Klassikern)* und ihre abendlichen Schönheitsrituale (*Ich schwöre auf das* Olio-Lusso-*Gesichtsöl von* Rodin, *ohne das ich nie ins Bett gehe).*

Ich war frustriert davon, dass meine Suche keine Früchte trug, und wandte mich ihren Social-Media-Profilen zu, um einen Blick auf die echte Claire zu erhaschen, die nicht für Interviews zurechtgemacht worden war.

Ich wühlte mich durch ihr Instagram-, ihr Twitter-Profil und ihre öffentliche Facebook-Seite, wo sie überall seit dem Mord nichts mehr gepostet hatte, und natürlich gab es dort nichts zu finden außer Partys, Zeitschriftenartikel und Benefizgalas. Zwischendurch warf ich immer wieder einen Blick auf meinen eigenen Twitterfeed. Um sicherzugehen. Aber es gab dort nichts Neues und keinen Grund zur Sorge. Ich versuchte, meine Paranoia abzuwehren, und konzentrierte mich wieder auf meine aktuelle Aufgabe.

Kurz zog ich in Erwägung, Claire zu kontaktieren und ihr die Wahrheit zu erzählen, damit sie die Polizei in die richtige Richtung lenken konnte. Die Möglichkeit dazu hatte sie, und ich wusste, dass sie den Mund halten konnte. Wenn es ihr passte. Aber ich hatte meine Zweifel daran, dass sie mir wohlgesinnt wäre oder mir glauben würde, dass ich nichts Nützliches gesehen hatte.

Vielleicht konnte ich der Polizei einen anonymen Hinweis geben, dass sie Claire unter die Lupe nehmen sollte, aber ich war mir sicher, sie hatte sich sowieso als Erstes mit der Ehefrau beschäftigt. Und ich verfügte auch über keinerlei hilfreiche Hinweise, bis auf eine Vermutung, die auf nichts anderem beruhte als auf Informationen, die ich aus Krimiserien gesammelt hatte. Es wäre verschwendete Zeit gewesen und außerdem noch gefährlich. Man konnte Telefonanrufe zurückverfolgen, und mir war wirklich nicht danach, zu erklären, warum ich eine

Hotline anrief, um über die Ehefrau meines toten Kunden zu reden. Ich würde klingen, als hätte ich den Verstand verloren.

Seufzend klappte ich meinen Laptop zu und hoffte, dass die Metropolitan Police wirklich zu den besten auf der Welt gehörte, sodass sie den Mörder schnell finden würde. In der Zwischenzeit musste ich mich bedeckt halten und aufs Beste hoffen. Mehr konnte ich nicht tun.

Tagsüber war es recht einfach, Jason aus dem Weg zu gehen, aber abends kam er von seinem Spaziergang wieder, bewaffnet mit frischem Fleisch und Gemüse, damit wir zusammen kochen und uns entspannen konnten. Ich sah zu, wie er in der rustikalen Küche mit den Holzverkleidungen Möhren schnitt und über die Beförderung sprach, die er sich erhoffte. Es war so unfair. Ich wollte nicht Jason vor mir haben, sondern Calum.

Jason bemerkte, dass ich ihn anstarrte, und unterbrach sich. »Woran denkst du?«, fragte er lächelnd.

Ich zwang mich, zurückzulächeln. »Nichts. Ich guck dich nur gerne an.«

Er strahlte regelrecht. In mir zog sich alles zusammen in dem Wissen, dass ich ein schlechter Mensch war.

Erstaunlicherweise war ich traurig, als es an der Zeit war, unsere kleine Hütte auf dem Land zu verlassen. Nicht, weil ich gerne mit Jason mitten im Nichts feststeckte und so tun musste, als wäre alles in Ordnung. Aber ich wusste, wozu ich zurückkehren würde: zu einem Leben ohne Calum und einer Großfahndung nach einer unbekannten Frau, die in Wahrheit ich war. Viel lieber hätte ich mich weiter verkrochen und den Kopf in den Sand gesteckt. Das war sicher.

Als Jason das Mietauto in unsere schmale Straße lenkte, schickte ich ein kurzes Dankgebet an einen Gott, den ich schon seit Jahren ignorierte. Es waren keine Polizeiautos zu sehen. Ich fragte mich, ob ich beobachtet wurde, ob die Polizisten irgendwo außer Sichtweite lauerten und bereit waren, sich auf mich zu stürzen und mich zu fragen, wo ich zum Zeitpunkt von Calum Bradleys Ermordung gewesen war.

»Hebst du die Post auf?«, fragte Jason und rauschte an mir vorbei, um unsere Taschen ins Schlafzimmer zu tragen. Ich sah hinab und bemerkte erst jetzt den Papierhaufen, auf dem ich stand. Ich sammelte ihn ein, folgte Jason und warf die Umschläge auf den Küchentisch, bevor ich direkt zum Fernseher ging. Erst nachdem ich die Nachrichten geguckt hatte, um mich zu vergewissern, dass man die unbekannte Frau nicht als mich identifiziert hatte, sowie meine Tasche ausgepackt und eine Maschine Wäsche angestellt hatte, fielen mir die ungeöffneten Umschläge wieder ein.

Ich sortierte die Rechnungen in einen Stapel für mich und einen Stapel für Jason, der gerade ein Hemd für die Arbeit am nächsten Tag bügelte und dabei vor sich hin pfiff. Der letzte Umschlag auf dem Haufen ließ mich stutzen.

Statt einer Adresse war darauf nur mein Name mit einem fetten schwarzen Filzstift geschmiert – in einer kindlichen, unordentlichen Handschrift. Ich drehte ihn um, aber es stand kein Absender darauf. Misstrauisch öffnete ich den Umschlag und zog ein einzelnes Blatt Papier heraus, das um etwas Dickeres, Festeres gefaltet war. Ein Foto.

Ich drehte es um, und Adrenalin jagte durch meine Adern, eine Insektenarmee krabbelte über meine Haut bis in meine Fingerspitzen. Mehrere Sekunden lang starrte ich auf das Foto: Mir war klar, was ich da sah, aber ich konnte mir nicht erklären, was es bedeutete. Es war ein unscharfes Schwarz-Weiß-Bild. Das gleiche, das überall in den Nachrichten und den sozialen Medien gezeigt wurde.

Ich ballte die Hände so kraftvoll zu Fäusten, dass meine Nägel fast meine Handballen aufkratzten. Irgendjemand wusste, dass ich das auf der Aufnahme war. Mir fiel das Stück Papier wieder ein, das um das Foto gefaltet gewesen war, und ich hob es vom Boden auf, auf den ich es hatte fallen lassen. Darauf prangte die gleiche kindliche Schrift wie auf dem Umschlag, die mal nach rechts und mal nach links lehnte, als hätte ein Rechtshänder sie mühsam mit der linken Hand zustande gebracht. Die Nachricht war kurz.

> Ich gebe Menschen nur selten Ratschläge, aber hier ist ein Gratis-Tipp: Wenn ich du wäre, würde ich mit niemandem reden. Außer du willst, dass die Polizei die Wahrheit erfährt. Die ganze Wahrheit. Ich weiß nämlich alles, Bethany.

16. KAPITEL

Mein Abendessen kroch mir wieder den Hals hoch, als mir klar wurde, dass diese Nachricht nicht per Post zugestellt worden war. Jemand hatte sie persönlich abgeliefert. Wer auch immer sie geschickt hatte, wusste, wer ich war, wo ich wohnte und was ich getan hatte.

Das Blut gefror mir in den Adern.

Wer hatte die Nachricht geschickt, und was wusste diese Person wirklich? Sie hatte mich eindeutig als die Frau auf dem Bild der Überwachungskamera identifiziert, aber das hieß ja nicht, dass sie auch von der Affäre wusste. Oder doch?

Ich rannte zur Haustür und schob den Riegel vor. Jason bestand immer darauf, dass ich hinter mir abschloss, aber ich hielt das für übertrieben. Dieser Teil von London war sicher. Zumindest hatte ich das geglaubt.

Aber jetzt, wo ich wusste, dass der Absender dieser Nachricht vor meinem Haus gestanden hatte, schien Jason nicht mehr so unvernünftig zu sein. Ich hatte keine Ahnung, ob diese Person eine körperliche Gefahr für mich darstellte, aber ihre Anonymität war beängstigend. Was wollte sie von mir, und wenn sie wusste, wo ich wohnte, warum hatte sie die Nachricht nicht einfach per Post geschickt? Kurz fragte ich mich, was wohl passiert wäre, wenn ich zu Hause gewesen wäre, als die Nachricht abgeliefert wurde, aber stattdessen versuchte ich zu sammeln, was ich bereits wusste.

Irgendjemand konnte mich als die Frau auf der Aufnahme identifizieren. An sich war das nicht so verwunderlich – ich hatte es erwartet, seit ich das Bild in den Nachrichten gesehen hatte. Aber wer auch immer hinter der Nachricht steckte, war offensichtlich nicht zur Polizei gegangen, was ich überhaupt nicht verstand.

Ich versuchte, vernünftig darüber nachzudenken und mir zu erklären, wer mir die Nachricht mit dem Foto geschickt haben könnte. Es war jemand, der wusste, wo ich wohnte, wobei meine Adresse nicht schwer zu finden war. Ich hatte nie versucht, sie geheim zu halten, dafür hatte es nie einen Grund gegeben. Aber andererseits musste die Nachricht von jemandem zu meinem Haus gebracht worden sein, der mich kannte. Ein Fremder würde nicht die Aufnahme sehen, jemanden identifizieren, dem er noch nie zuvor begegnet war, meine Adresse herausfinden und dann persönlich eine Nachricht abliefern, nur um mir mitzuteilen, dass er mich erkannt hatte. Stattdessen hätte er einfach die Polizei informiert. Das schränkte die Liste der möglichen Verdächtigen etwas ein, wenn auch nicht sehr.

Und dann stellte sich noch die Frage, worüber ich nicht reden sollte. Natürlich war es in meinem Interesse, der Polizei nicht zu verraten, dass das Bild mich zeigte, aber das konnte der Absender wohl kaum meinen. Verrate den Bullen nicht dein Geheimnis, sonst verrate ich es ihnen – was für eine absurde Drohung wäre das denn?

Kurz sprangen meine Gedanken zurück zu meiner Internetrecherche am Wochenende. Könnte Claire dahinterstecken? Könnte sie mir auf diese Weise mitteilen, dass sie mir auf die Schliche gekommen war und von der Affäre wusste, weil sie Angst hatte, dass ich sonst jemandem von ihren Affären erzählte? Wahrscheinlich wollte sie ihre Geheimnisse ebenso schützen wie ich meine.

Aber es wäre kontraproduktiv, mir damit zu drohen, der Polizei zu verraten, dass die Aufnahme mich zeigte, wenn sie nicht wollte, dass ihre eigenen Affären ans Licht kamen. Vor lauter Angst drehten meine Gedanken sich im Kreis. Ich konnte mir die krakeligen Worte auf dem Zettel, den ich in meine Tasche gesteckt hatte, nicht erklären.

Das Einzige, woran ich keine Zweifel hatte, war, dass jemand genug wusste, um mich in große Schwierigkeiten zu bringen.

Und dieser Jemand wusste, wo ich wohnte.

17. KAPITEL

Arme Fran.

Sie hatte mich nicht mit Absicht so sehr genervt, aber nachdem ich eine halbe Stunde lang Interesse an ihren Spekulationen darüber vorgetäuscht hatte, wer hinter Calums Tod steckte, konnte ich mir nicht mehr auf die Zunge beißen. Danach war sie still, und ich ärgerte mich über meinen unnötigen Wutanfall. Ich müsste mich demnächst bei ihr entschuldigen. Aber nicht heute.

Den ganzen Nachmittag über guckte ich auf die Uhr und freute mich darauf, Alex wiederzusehen. Ein Abend mit ihr war genau das Richtige, um runterzukommen. Als ich im Pub ankam, vibrierte mein Handy in meiner Hosentasche. Vier Nachrichten waren kurz nacheinander angekommen.

B, es tut mir so leid, aber ich muss in eine Krisensitzung. Großer Fall.

Werd es heute Abend nicht schaffen, sorryyyy. Hoffe, du bist noch nicht unterwegs.

Oh Gott, hab eben die Uhrzeit gesehen, du bist schon da, oder? Du hast was bei mir gut. Tut mir echt leid.

PS hab dich lieb, Kuss

Ich rief bei ihr an, bekam aber sofort die Mailbox zu hören. Also gab ich auf und schickte ihr eine Nachricht.

Du schuldest mir echt was. Jetzt muss ich alleine trinken, und das ist deine Schuld. Hab dich auch lieb, viel Glück bei deinem Fall. Kuss

Ich stand vor dem vollen Pub und überlegte, was ich jetzt machen sollte. Kurz erwog ich, nach Hause zu gehen, den Riegel vorzuschieben und in angsterfüllter Stille auf jedes potenziell bedrohliche Geräusch zu lauschen. Ich stellte mir vor, wie ich im Dunkeln ein Küchenmesser umklammerte und angespannt darauf wartete, dass Jason nach Hause kam.

Ich schüttelte den Kopf. Das war keine Option. Ich war eh schon unterwegs, und Jason würde erst in ein paar Stunden von der Arbeit kommen. Nein. Ich brauchte etwas zu trinken, und wenn ich alleine trinken musste, dann würde ich das eben tun.

Als ich über den Golden Square ging, auf dem unzählige Menschen nach der Arbeit tranken und Pingpong spielten, bemerkte ich kaum, was für ein schöner Abend es war. Im Frühjahr brummte London vor Menschen, die sich mit einem Pint in der Hand nach draußen drängten und die warme Abendsonne aufsaugten. Aber zu viele dunkle Gedanken gingen mir durch den Kopf, als dass ich so wie alle anderen den hellen Abend hätte genießen können. Natürlich ärgerte es mich, dass Alex abgesagt hatte, aber ich wusste, dass es nicht ihre Schuld war, und außerdem war es wirklich keine Überraschung. Sie war sogar ohne beruflichen Stress unzuverlässig, was uns zu sehr unterschiedlichen Freundinnen machte. Als ich sie kennenlernte, war ich erst vor wenigen Monaten nach London gezogen und von der riesigen Stadt noch völlig überwältigt. Natürlich war ich von London begeistert gewesen. Es war so dynamisch und lebendig. Es hatte seinen eigenen Herzschlag und seine eigene Lebenskraft, dank seiner vielen unterschiedlichen Bewohner. Man konnte sein, wer man sein wollte, weil es ohnehin niemanden interessierte, und das hatte etwas ebenso Beängstigendes wie Aufregendes an sich. Die Anonymität gab mir eine Art Freiheit, die ich noch nie zuvor erlebt hatte, und zum ersten Mal in meinem Leben begann ich zu erkunden, wer ich wirklich war.

Wenn ich nicht mit Kollegen trank oder kiffte, befriedigte ich meine Neugier auf andere Arten: Ich nahm Kurse im Aktzeichnen, lernte Französisch, was ich mir schon mein Leben lang vorgenommen hatte, und meldete mich für einen Poledance-Kurs an.

Auch wenn die meisten dieser Hobbys überteuert und kurzlebig waren, genoss ich es, neue Sachen auszuprobieren und neue Leute kennenzulernen. Wie Alex. Sie und ich waren die einzigen Teilnehmerinnen gewesen, die unseren Poledance-Unterricht wahnsinnig komisch fanden und die ganze Stunde hysterisch lachend verbrachten, vor allem, weil wir beide so unkoordiniert waren. Alex' hoch gewachsener, durchtrainierter Körper weigerte sich, sich anmutig um die Stange zu winden, und ich hatte überhaupt keine Kraft in meinem Oberkörper. Unsere selbstironischen Lachanfälle handelten uns vernichtende Blicke von den anderen Teilnehmerinnen ein, was uns natürlich nur noch mehr zum Lachen brachte. Es schien unvermeidlich, dass wir uns anfreunden würden, also gingen wir an einem Abend nach einer weiteren erfolglosen Unterrichtsstunde zusammen einen trinken – was dann schnell in einer ziemlich alkoholisierten Kneipentour endete. Selten in meinem Leben hatte ich einen so schlimmen Kater gehabt wie am nächsten Morgen.

Erstaunlicherweise überlebte unsere Freundschaft viel länger als unser Interesse an dem Kurs. Sie begleitete uns durch Alex' drei nächsten Beförderungen und durch meinen Furcht einflößenden Sprung in die Selbstständigkeit. Sie brachte mir bei, wie man hohe Absätze trug, ohne dabei umzuknicken, und ich tröstete sie nach zahlreichen Trennungen. Sie war der einzige Mensch, der mich immer zum Lachen bringen konnte, und ich wusste, dass heute keine Ausnahme gewesen wäre, trotz der Ereignisse der letzten Tage. Aber als Anwältin musste sie oft bis spät arbeiten oder sehr kurzfristig Termine wahrnehmen. Mit Alex musste man oft Pläne verschieben.

Als ich in meinem liebsten Tapasrestaurant in der Nähe der Carnaby Street ankam, war nur noch ein Hocker an der Bar frei, also setzte ich mich hin und war dankbar, da es dort nicht zu sehr auffallen würde, dass ich alleine war.

Ich bestellte mir ein großes Glas Weißwein und eine Auswahl Tapas und lehnte mich zurück, um über die Nachricht und die Bilder der Überwachungskamera nachzudenken. Einmal mehr zerbrach ich mir den Kopf darüber, ob ich nicht doch irgendetwas Nützliches gesehen hatte in jener Nacht.

Aber wie immer blieben meine Gedanken bei Calum hängen. Diesmal war es meine eigene Schuld. Ich hatte dieses Restaurant nicht wegen der Atmosphäre ausgewählt. Mein Appetit galt den Erinnerungen an Calum.

Wir waren nie zusammen essen gegangen. Zumindest nicht alleine. Gelegentlich gab es ein Geschäftsessen mit Kollegen, aber es wäre zu riskant gewesen, uns zu zweit in einem Restaurant blicken zu lassen, meinte Calum, und ich hatte mich nie darüber beschwert. Wenn wir hungrig waren, bestellten wir etwas zu essen, aber es war kein fettiges Phat Thai oder billiger gebratener Reis, der dann geliefert wurde. Stattdessen rief Calum irgendwo an, und wie durch Magie erreichten uns vollständige Steakgerichte in luxuriöser Verpackung, auf der das grün-goldene Harrods-Logo prangte.

An einem Abend, als unsere Mägen nach Stunden im Bett geknurrt hatten, fragte er mich, was ich essen wollte. Ich hatte mich nicht getraut zuzugeben, dass mein heimliches Laster Domino's war, aber Calum hatte nicht nachgegeben.

»Jetzt sag schon, was isst du am liebsten zum Abendessen?«, fragte er.

»Na ja, das ist nichts, was man bestellen kann.«

Er lachte.

»Du bist so süß. Ich denke, dass ich da schon eine Lösung finden werde«, sagte er. Für seinen herablassenden Ton boxte ich ihn spielerisch in die Seite, zierte mich aber nicht weiter und nannte ihm den Namen meines Lieblingsrestaurants. Und eine halbe Stunde später wurde uns eine Platte mit heißen, frischen Tapas geliefert.

Jedes Mal, wenn er die Tür öffnete, um die Essenslieferung entgegenzunehmen, sahen seine Mitarbeiter natürlich nichts anderes als einen geschäftlichen Termin, der länger dauerte als erwartet. Meine Kameras waren sorgsam um seinen Schreibtisch herum aufgebaut, und ich arbeitete – komplett angezogen und von der Wohnungstür aus gut sichtbar – konzentriert an der Beleuchtung. Ein ganz normales Fotoshooting. Kein Grund zur Neugier.

Ich freute mich ungemein, dass Calum mein Vorschlag fürs Abendessen geschmeckt hatte, und das Restaurant wurde zu einer unserer Stammadressen für Fast Food. Und meine Dosis Domino's Pizza bekam ich immer noch zu Hause mit Jason.

Als ich jetzt alleine in einem unserer Lieblingsrestaurants – das wir nie zusammen besucht hatten – saß, hatte ich unsere übliche Auswahl an Gerichten bestellt, aber ich konnte mich nicht dazu bringen, irgendetwas davon zu essen. Es war aber auch dumm von mir gewesen. Wie hatte ich denken können, dass ich eine Mahlzeit, die ich immer mit ihm geteilt hatte, jetzt noch genießen konnte, wo ich nur von Erinnerungen zehrte?

»Bethany? Bist du das?«

Kurz starrte ich den Mann neben mir an und musste dann vor lauter Überraschung lachen. »Oh! Vincent, hi. Entschuldige, ich war gerade ganz woanders.«

Er beugte sich vor und küsste mich auf die Wange, was mir genug Zeit gab, um mich zusammenzureißen und ein Lächeln aufzusetzen.

»Was führt dich denn hierher?«

»Ich bin mit dem Rest vom Team hier«, sagte er und deutete auf einen Tisch hinter sich. Ich blickte über seine Schulter hinweg und sah dort eine ganze Reihe bekannter Gesichter. Tracey, Calums Pressesprecherin, winkte mich heran.

»Bethany! Setz dich doch zu uns – im Ernst, neben mir ist noch ein Platz frei. Komm schon!«

Ich konnte mir nichts Schlimmeres vorstellen, als mit einer Gruppe von Leuten, die mich an Calum erinnerten, Small Talk zu halten, aber es ließ sich nicht vermeiden. Die Einladung abzulehnen, wäre unhöflich, wo ich doch ganz offensichtlich alleine war.

Ich sagte der Bedienung Bescheid, dass ich mich umsetzte, nahm mein Glas mit, suchte mir einen Platz bei den anderen und nickte allen zur Begrüßung zu. Neben Tracey saß Ingrid, eine junge Frau mit trendigem silbernem Haar, die irgendwo in der Verwaltung arbeitete, und neben ihr saß Laurie, die die Pressestelle von Bradley Enterprises leitete. Sie hatte vor Erschöpfung tiefe Ringe unter den Augen und fuhr sich mit der Hand durch ihr leicht fettiges Haar, während sie auf ihrem Handy tippte und nicht auf ihre Umgebung achtete. Ich beneidete sie im Moment nicht um ihren Job. Neben Laurie saß Mark und daneben der Rest des Sicherheitsteams. Der Größte und Massigste der Truppe war auch ihr Chef, ein ein schüchternder, aber erstaunlich freundlicher Typ namens Ben Matthews. Er lächelte warm, und ich wurde den anderen beiden Männern vorgestellt, die ich zwar vom Sehen kannte, mit denen ich aber nie gesprochen hatte. James und Reggie. Als Vincent sich neben mich setzte, wandte ich mich ihm zu, um nach Antworten zu forschen.

»Warum seid ihr heute Abend alle hier?«

»Wir mussten alle mal aus dem verdammten Bürogebäude raus. Da ist es einfach zu deprimierend.«

Um den Tisch herum hörte ich zustimmendes Raunen.

»Ich würde sagen, wir wollen halb unsere Sorgen wegtrinken und halb Calums Leben würdigen. Eine Art Totenwache, so was in der Richtung.«

»Was ist im Büro so los?«

»Na ja, in mancher Hinsicht ist alles wie immer«, meldete sich Mark. »Der Vorstand hat schon einen neuen Geschäftsführer ernannt, auch wenn wir darüber öffentlich noch nicht sprechen dürfen, solange es nicht offiziell verkündet wurde. Aber gleichzeitig fühlt sich alles total anders an. Es ist wirklich nicht dasselbe ohne Calum.«

»Er hat echt Leben in die Bude gebracht, oder?«

Vincent prustete und verschluckte sich fast an seinem Bier. Als ich ihn anguckte, tat er meinen besorgten Blick mit einer Handbewegung ab.

»So kann man es auch sagen«, antwortete Mark, noch bevor Vincent sich wieder beruhigt hatte. »An manchen Tagen war er großartig. Ich denke, er hat sich von seiner besten Seite gezeigt, wenn ihr alle dabei wart, aber, wisst ihr, er konnte auch ein echtes Arschloch sein.«

»Wie an dem Tag, an dem er uns allen Donuts gekauft hat?«, fragte ich, überrascht von Marks Antwort. Ich hatte immer angenommen, dass er und sein Chef sich wirklich gut verstanden hatten. Sie schienen sich nahezustehen, sogar befreundet zu sein.

Um einen neutralen Gesichtsausdruck bemüht, fragte ich mich auf einmal, was ich noch alles nicht über Mark wusste. Es war ein beiläufiger Kommentar gewesen, und ich wusste, dass alle Leute manchmal von ihrem Boss genervt waren. Fran war wahrscheinlich gerade mit ihren Freunden unterwegs und erzählte ihnen, was für eine ätzende Zicke ich heute Morgen zu ihr gewesen war. Aber irgendetwas an Marks Tonfall verursachte ein Kribbeln in meinem Nacken.

»Ja, zum Beispiel«, stimmte Vincent mir zu und riss mich aus meinen Gedanken. »Außer dass keiner von uns ihm je so die Stirn geboten hat, also haben wir nie Donuts bekommen.«

Seine Kollegen lachten vereinzelt. Für mich war es seltsam, dass Männer wie Mark und Vincent davor Angst gehabt hatten, Calum zu widersprechen, aber wahrscheinlich sah die Situation anders aus, wenn der eigene Job auf dem Spiel stand. Ich war nicht Calums Angestellte gewesen und hatte mir keine Sorgen um meinen Broterwerb machen müssen, als ich ihn wegen seines kindischen Verhaltens zur Rede gestellt hatte.

Dann herrschte Stille. Eine peinliche Stille, in der wir alle die Blicke senkten, unsere Getränke hin und her schoben und unruhig auf unseren Stühlen saßen. Laurie tippte nach wie vor ununterbrochen auf ihrem Handybildschirm rum.

Tracey räusperte sich. »Und wie läuft es bei dir, Bethany? Triffst du dich hier mit jemandem?«

Mein Gesicht wurde heiß, als ich nach einer Erklärung suchte, die mich nicht so erbärmlich klingen ließ, wie ich es war.

»Nein«, sagte ich zu laut. Niemand würde das für Selbstbewusstsein halten. Ich versuchte es noch mal. »Nein, ich hatte nur einen Termin in der Nähe und habe beschlossen, kurz auf dem Weg nach Hause etwas essen zu gehen. Das hier ist eins meiner Lieblingsrestaurants.«

»Calum hat mir dieses Restaurant empfohlen«, sagte Mark. »Du teilst also offensichtlich seinen guten Geschmack.«

Ich fühlte mich etwas betrogen, auch wenn ich dazu kein Recht hatte. Wo wir Essen bestellt hatten, war kein Geheimnis. Calums Mitarbeiter wussten es natürlich, und hier hatten wir regelmäßig bestellt. Es gab keinen Grund, weshalb er das Restaurant nicht hätte weiterempfehlen sollen, aber trotzdem war mir bei dem Gedanken unwohl.

Ich zwang mir ein Lächeln ab. »Echt? Das wusste ich nicht.«

Um die Aufmerksamkeit von mir abzulenken, lehnte ich mich zurück und tat so, als wäre ich an Lauries unüberhörbarem Geflüster interessiert. Sie sprach mit Tracey, aber der ganze Tisch konnte mithören.

»Sie wissen überhaupt nichts«, sagte sie. »Also rufen sie mich die ganze Zeit an und hoffen, dass ich irgendetwas Zitierbares sage. Mittlerweile denken sie sich einfach Sachen aus, damit ich irgendeinen Kommentar dazu abgebe, den sie drucken können. Alles Stümper.«

»Könnt ihr sie nicht verklagen?«

»Die Rechtsabteilung behält den Blick darauf. Aber wir müssten die halbe Londoner Presse verklagen, und das ist kaum möglich.«

Ich versuchte, mich zu konzentrieren, aber Lauries Worte beunruhigten mich. Die Presse hatte immer noch nichts zu berichten. Ich sagte mir, dass das nichts heißen musste, dass die Polizei einfach ermittelte, ohne dem Rest der Welt alle Details mitzuteilen. Sicherlich gab es mittlerweile einen Verdächtigen. Man konnte keinen so brutalen Mord begehen, ohne Spuren zu hinterlassen.

Die Polizei hatte Calums Angestellte und die Filmcrew befragt, so viel wusste ich. Hieß das, dass die Kommissare vielleicht gegen irgendjemanden hier am Tisch ermittelten? Dachten sie vielleicht auch, dass man sich Mark genauer angucken müsste? Nervös sah ich mich um und versuchte, die Gesichtsausdrücke der anderen zu lesen, um in irgendeiner Bemerkung oder Bewegung einen Hinweis zu finden.

Jemand drückte mir ein Shotglas in die Hand, und als ich den Blick senkte, bemerkte ich, dass ein Salzstreuer und ein Teller mit Limettenstücken herumgegeben wurden. Oh Gott. Tequila. Das würde nicht gut gehen. Mich in dieser Gesellschaft zu betrinken, war das Letzte, was ich wollte. Ich hatte zu viele Geheimnisse, die ich nach ein paar Shots aus Versehen verraten könnte. Ich wollte nicht, dass noch ein ungenügend rätselhafter Tweet auf meinem Feed auftauchte. Aber ich konnte auch nicht Nein sagen. Diese Runde war zu Calums Ehren, verkündete Vincent.

Als alle bereit waren, hoben wir unsere Gläser und stießen an.

»Auf Calum«, sagte Vincent, und wir wiederholten die Worte einstimmig.

Ich leckte über meinen Handrücken und warf den Kopf in den Nacken, um den Tequila hinunterzuwürgen. Ich schauderte, als die Flüssigkeit meinen Rachen hinunterlief, und verzog dann das Gesicht, nachdem ich in die Limette gebissen hatte. Als ich die Augen aufmachte, grinste Vincent mich an und amüsierte sich über meine Reaktion. Ich hatte Shots nie gemocht, Tequila am wenigsten, und an der Uni war ich jahrelang dafür aufgezogen worden, wie ich auf das Getränk reagierte. Der Alkohol landete in meinem Magen, der sofort rebellierte. Jetzt bereute ich, dass ich mein bestelltes Essen nicht gegessen hatte, und wollte nur noch aus dem Restaurant raus, um frische Luft zu schnappen und alleine zu sein.

»Ich muss echt los«, sagte ich in die Runde.

»Nein, wir fangen doch gerade erst an«, sagte Tracey.

»Ich will mich nicht noch mehr aufdrängen, als ich es eh schon getan habe«, sagte ich. Vincent wollte widersprechen, aber ich unterbrach ihn sofort. »Ganz im Ernst, das passt schon. Ich muss eh los, ich muss bald zu Hause sein.«

Am liebsten wollte ich über den Tisch klettern, sie alle aus dem Weg schieben, entkommen.

»Ist alles in Ordnung?«, fragte Mark, legte mir eine Hand auf den Arm und sah mir in die Augen. Schweiß bildete sich auf meiner Oberlippe, und in meinem Kopf drehte sich alles.

»Ja, alles okay«, erklärte ich bestimmt und versuchte, meinen Herzschlag zu beruhigen.

Ich zog ein paar Scheine aus meinem Geldbeutel und legte sie auf den Tisch, bevor ich mich an Mark vorbeidrängte und seine besorgten Blicke ignorierte. Dann winkte ich in die Runde und hastete aus dem Restaurant, um die frische, kalte Abendluft einzuatmen. Ich ärgerte mich darüber, dass ich so dumm gewesen war, überhaupt hierhergekommen zu sein.

18. KAPITEL

Sobald ich gehört hatte, dass Jason gegangen war, rannte ich zur Haustür und ging mein neues Sicherheitsritual durch, das beinhaltete, alle Schlösser mehrmals zu überprüfen und alle Fenster zu kontrollieren. Ich holte ein Messer aus der Küche und schlich durchs Haus, um hinter den Duschvorhang und in die Schränke zu lugen. Nach zwei Suchdurchgängen hatte ich mich davon überzeugt, dass ich alleine im Haus war.

Ich hatte nicht genug Energie, um einen weiteren Tag im Büro zu verbringen. Um meine Angst zu mildern, redete ich mir ein, dass der Absender der Nachricht mittlerweile unzählige Gelegenheiten dazu gehabt hätte, mir Leid zuzufügen, wenn er das wollte. Es schien, als wollte er mir nur Angst machen.

Ziel erreicht.

Trotzdem wurde ich das Gefühl nicht los, dass ich überwacht wurde, dass die Person, die mir die Nachricht geschickt hatte, vor der Haustür lauerte oder durchs Fenster spähte. Für den Fall der Fälle zog ich alle Vorhänge zu.

Dann rief ich Fran an, um mich zu vergewissern, dass sie genug zu tun hatte. Als eine Art Entschuldigung vertraute ich ihr den Auftrag eines kleineren Kunden an. Ich war mir nicht sicher, ob sie mir meinen ungehaltenen Tonfall verziehen hatte, aber sie schien sich zu freuen, ihr eigenes Projekt zu bekommen. Als ich Fran eingestellt hatte, hatte ich ihr klar gesagt, dass sie sich erst würde beweisen müssen, bevor ich ihr die Chance gab, selbst zu fotografieren, und sie hatte die Gelegenheit ergriffen und sich bald als die perfekte Assistentin herausgestellt. Sie war nie schlecht drauf, anders als ich manchmal.

Meines Erachtens war Fran ein würdiger Protegé, also hatte ich viele kleinere Aufgaben an sie abgegeben, wie Shootings vorzubereiten, Locations auszukundschaften und Fotos für kleinere Kunden zu retuschieren. Bislang war ich von ihren Fähigkeiten beeindruckt gewesen und hatte mir selbst dafür auf die Schulter geklopft, so eine gute Assistentin eingestellt zu haben. In ein paar Jahren würde sie mich wahrscheinlich in den Schatten stellen, aber hoffentlich immer noch als Mitarbeiterin meines Unternehmens. Wenn ich das wollte, musste ich sie gut behandeln.

Nachdem ich mich versichert hatte, dass sie sich nicht im Stich gelassen fühlte, versprach ich ihr, demnächst zu ihr ins Büro zu kommen, und öffnete meine To-do-Liste.

Zwanzig Minuten lang zerbrach ich mir den Kopf, ob ich laut Musik hören sollte, um meine Gedanken zu übertönen und mich davon abzuhalten, jedes noch so kleine Geräusch zu analysieren, oder ob ich Stille haben wollte, um sofort zu merken, falls etwas passierte. Als Kompromiss stellte ich letztendlich ein Coldplay-Album in der Zufallswiedergabe an und drehte die Lautstärke runter. Es half nicht.

Mein Handy klingelte, und ich erkannte Constable Claytons Stimme, noch bevor sie ihren Namen genannt hatte. Das änderte nichts daran, dass mein Magen sich auswrang wie ein nasser Lappen, als ich ihren Namen dann hörte.

Es war so weit. Das war der Anruf, auf den ich gewartet hatte, und trotzdem fühlte ich mich auf einmal völlig unvorbereitet.

»Mrs. Reston, ich habe Ihre Assistentin und Ihren Ehemann angerufen, um zu bestätigen, wo Sie zum Zeitpunkt von Mr. Bradleys Ermordung waren«, fing sie an.

Verdammt noch mal, Jason. Das hättest du auch mal erwähnen können.

»Wir haben mit Ihrer Assistentin, Miss Briscoe, gesprochen, und sie hat bestätigt, dass sie das Büro um 18.00 Uhr verlassen hat und dass sie denkt, Sie wären gegen 22.30 Uhr gegangen. Stimmt das?«

Panisch durchwühlte ich mein Gedächtnis. Was hatte ich zu Fran gesagt? Was hatte ich der Polizei im letzten Gespräch erzählt? Hoffentlich sagte ich jetzt nichts Falsches.

»Ja, das klingt richtig«, sagte ich und hoffte, dass sie meine Angst nicht durchs Telefon riechen konnte.

»In Ordnung. Und Mr. Reston hat uns gesagt, dass er kurz vor Mitternacht nach Hause kam und dass Sie zu dem Zeitpunkt schon geschlafen haben«, sagte sie. »Stimmt das?«

»Ja«, bestätigte ich mit mehr Zuversicht. »Ich war bei der Arbeit und dann bin ich nach Hause gegangen. So wie ich es Ihnen bereits gesagt habe. Bin ich, ich meine, sind Sie … Haben Sie einen Verdächtigen?«

»Wir können leider nicht über die Ermittlung sprechen, Mrs. Reston. Ich versuche nur, noch offene Fragen zu klären. Sie verstehen sicherlich, warum wir so viele Details wie möglich sammeln, um zu rekonstruieren, wo sich Mr. Bradley vor dem Mord aufgehalten hat. Wir melden uns bei Ihnen, wenn wir noch mehr Informationen benötigen, und falls Ihnen in der Zwischenzeit noch irgendetwas einfällt, rufen Sie mich bitte an.«

Ich legte auf und saß reglos da, während ich versuchte, das Gespräch zu verarbeiten. Ich wusste nicht, ob ich lachen oder weinen sollte. Also wusste die Polizei nicht, dass die Aufnahme mich zeigte. Oder falls sie es vermutete, war sie sich nicht sicher. Eines stand fest: Mein falsches Alibi für die Nacht überzeugte offensichtlich niemanden, dass ich nichts mit der Sache zu tun hatte.

Es war so frustrierend, dass die Polizei sich auf Details konzentrierte, von denen sie nicht wusste, dass sie irrelevant waren. Wie mich.

Die Ermittler mussten endlich aufhören, sich auf die Bilder der Überwachungskamera zu fixieren, und nach dem eigentlichen Täter suchen. Es musste doch auch andere Hinweise geben, andere Spuren, die man verfolgen konnte, außer einer verschwommenen Aufnahme, die nichts verriet.

Ich wühlte in den Schreibtischschubladen nach einem Block und einem Stift. Wenn die Polizei keine anderen Verdächtigen in Betracht zog, dann würde ich es wohl tun müssen. Die Person, die Calum ermordet hatte, würde mit der Tat davonkommen, nur weil die Ermittlung in meine Richtung zeigte.

Das war eine falsche Fährte, aber natürlich konnte ich der Polizei das nicht sagen. Ich hatte keine Ahnung, wozu der Absender der Nachricht fähig war, wenn ich seine Befehle nicht befolgte, und ich wollte nicht das Risiko eingehen, mit der Polizei zu sprechen.

Oben auf die Seite schrieb ich *Zufälliger Überfall?* und strich die Worte dann wieder durch. Calums Brieftasche hatte nicht gefehlt, und darin steckte ein ganzes Bündel von Zwanzigpfundscheinen. Wer auch immer ihn umgebracht hatte, es war um seinen Tod gegangen, nicht um das Bargeld in seinem Portemonnaie.

Darunter schrieb ich *Drogen? Rache? Misslungener Deal?*.

Die Presse hatte über all diese Theorien spekuliert, weil es keine echten Neuigkeiten gab. Sie waren alle nicht glaubwürdig, aber sie waren auch nicht völlig undenkbar. Calum hatte Geheimnisse. Ich war eins davon. Ich war nicht naiv genug, um irgendetwas für unmöglich zu erklären, egal, wie unwahrscheinlich es mir schien. Aber es gab auch keine Beweise dafür, dass an irgendeiner dieser Möglichkeiten etwas dran war, also überlegte ich weiter.

Ein verrückter Fan.

Das schien mir einigermaßen plausibel, aber dennoch unwahrscheinlich. Ein Großteil von Calums Fans schien ihn beschützen zu wollen und nicht darauf erpicht, ihm wehzutun. Ich holte mein Handy hervor, um auf Google nach Kittys Angreiferin zu suchen. Den Nachrichten zufolge war sie noch am Tag der Tat verhaftet worden, nachdem sie in einem Pub damit angegeben hatte, wie erfolgreich ihre Mission gewesen war. Sie saß im Gefängnis und hatte noch zehn Jahre ihrer Strafe vor sich.

Vielleicht gab es noch mehr Leute wie sie, wobei ich annahm, dass das Sicherheitsteam jegliche Informationen über Stalker – sowohl frühere als auch aktuelle – im Rahmen der Ermittlung an die Polizei weitergeleitet hatte. Das gehörte zu den ersten Fragen, die die Polizei gestellt haben musste, wenn sie auch nur ansatzweise kompetent war.

Ich überlegte weiter.

Sicherheitsteam.

Die Mitglieder des Teams wussten, wann Calum sich wo aufhielt, und jeder von ihnen hatte das Können und die Körperkraft, um einen Mord zu begehen. Aber aus genau diesen Gründen waren sie seit Calums Mord eingehend befragt und überprüft worden. Die Polizei hatte sogar eine Presseerklärung abgegeben, dass das Sicherheitsteam für unschuldig befunden worden war. Ich kannte Ben und die anderen Männer nicht besonders gut, aber ich kannte Vincent, und ich wusste, wie ernst er seine Pflichten nahm. Egal, wohin Calum ging, Vincent war immer einen Schritt hinter ihm, und sein bedrohliches Aussehen reichte aus, um potenzielle Angreifer abzuschrecken. Niemand würde vermuten, dass hinter all den Muskeln ein Mann steckte, der die neue Kollegin auffing, wenn sie in den Sitzungssaal hineinstolperte. Ich war froh, dass die Polizei ihn nicht für verdächtig hielt, damit ich unsere Freundschaft nicht hinterfragen musste.

Claire.

Sosehr ich auch wollte, dass sie es gewesen war, wusste ich doch, dass sie ein hieb- und stichfestes Alibi hatte. Sie war im Laufe der Nacht mehrmals auf einer Benefizgala fotografiert worden. Die Zeitstempel von Tweets bewiesen, dass sie sich nicht davongeschlichen haben konnte, um ihren Ehemann zu ermorden. Neben ihren Namen schrieb ich *Auftragsmörder*?, nur um alle Möglichkeiten in Erwägung zu ziehen. Das wäre eine Möglichkeit, ihr Alibi zu umgehen – und sie war zweifelsohne reich genug, um einen Profi anzuheuern –, aber mir fiel nach wie vor kein gutes Motiv ein.

Mark.

Ich konnte Mark gut leiden. Nie hätte ich ihn für fähig gehalten, seinen Boss umzubringen, aber *irgendjemand* hatte den Mord begangen, und es gab keinen Grund, weshalb dieser Jemand nicht Mark sein könnte. Er war mit vielen geheimen geschäftlichen Angelegenheiten von Calum vertraut, und er wusste immer, wo sein Chef war. Die Neuigkeit, dass er nicht unbedingt Calums größter Fan gewesen war, hatte mir die Augen geöffnet. Es hatte mich überrascht, aber vielleicht gab es böses Blut zwischen den beiden. Und das könnte ein Motiv sein. Ich unterstrich Marks Namen.

Ich tippte mir mit dem Stift ans Kinn und überlegte, ob es noch jemanden gab, der Gründe und Gelegenheit gehabt hätte, Calum umzubringen.

Kitty?

Sie hatte immer darauf bestanden, dass sie Calum nicht hasste, aber sie wollte auch nichts mehr mit ihm zu tun haben. Das konnte ich ihr nicht verübeln. Schließlich war sie diejenige gewesen, die mit den Konsequenzen ihrer Affäre leben musste. Sicher, er hatte an seinem Ruf arbeiten müssen, aber das war nichts im Vergleich zu dem Preis, den sie bezahlt hatte. Aber warum sollte sie sich jetzt an ihm rächen? Der Überfall war schon Jahre her. Das Timing ergab keinen Sinn.

Mein Telefon klingelte, und ich schrie auf.

»Mark! Hallo.« Erfolglos versuchte ich, meine Stimme ruhig klingen zu lassen.

»Ist alles in Ordnung, Bethany? Störe ich gerade?«

»Nein, alles in Ordnung, kein Problem.«

Ich sah hinab auf Marks Namen, den ich auf dem Zettel vor mir unterstrichen hatte, und der Gedanke kam mir, dass ich bei dieser Gelegenheit herausfinden könnte, ob ich ihn auf der Liste stehen lassen sollte.

»Ich dachte nur … na ja, dass es vielleicht die Polizei wäre. Die rufen ständig an und fragen mich, was ich Mittwochabend gemacht habe, und ehrlich gesagt macht mich das schon ein wenig fertig. Ich meine, ich war bei der Arbeit.«

»Oh, ich weiß genau, was du meinst«, sagte er. »Geht mir genauso. Ich war alleine zu Hause, was niemand bestätigen kann, also fragen sie mich immer wieder.«

Bingo.

Ich umkringelte seinen Namen dreimal.

»Mach dir keine Sorgen. Niemand denkt wirklich, dass wir es waren. Die Polizei macht einfach ihre Arbeit.«

Ich murmelte eine unverbindliche Antwort.

»Wie dem auch sei, wie geht es dir denn sonst? Du bist gestern Abend so plötzlich gegangen, deshalb wollte ich mal nachfragen.«

Ich versuchte zu lachen, aber es klang eher wie ein Keuchen. »Mit mir ist alles in Ordnung«, brachte ich heraus. »Ich vertrage nur echt keinen Tequila.«

»Warum hast du ihn dann getrunken?« Gute Frage.

»Gruppenzwang oder so.« Diesmal war mein Lachen echt.

»Na ja, ich bin froh, dass es dir gut geht. Es gibt ein paar Sachen, über die ich mit dir reden wollte. Ich wollte gestern Abend nichts sagen, weil dir das den Tag wahrscheinlich noch mehr vermiest hätte als der Alkohol.«

Ich fühlte mich, als würden meine Innereien zerquetscht werden. Es konnte doch nicht noch mehr schlechte Nachrichten geben. Schweigend wartete ich darauf, dass Mark fortfuhr.

»Ich tue dir das nur ungern an, aber die Produzenten haben beschlossen, dass sie … dass sie von dieser ganzen Situation profitieren und die Show in den nächsten Wochen senden wollen.«

»Was? Aber … aber es ist doch noch nicht einmal eine Woche her! Das können die nicht machen«, rief ich.

»Können sie schon«, entgegnete er. »Und offenbar werden sie das auch. Sie wissen, dass die Einschaltquoten Rekorde knacken werden, wenn die Show jetzt gezeigt wird, wo jeder über Calum redet. Und sie wollen deine ganzen Fotos. Der Bildband soll ein paar Wochen nach der Ausstrahlung erscheinen.«

Ich war sprachlos. Calum wäre außer sich gewesen, wenn er gewusst hätte, dass man aus seinem Tod Gewinn schlagen wollte. Er hatte die Idee mit der Show von Anfang an gehasst, und jetzt würde sie durch seinen Mord noch aufgebauscht werden. In meiner Brust bildete sich ein Knäuel aus Wut, Verwirrung und Trauer, und ich musste mich zwingen, es zu ignorieren. Es ging schließlich um meine Arbeit.

»Was genau brauchen sie? Und bis wann?«

»Danke, Bethany. Ich bin auch sauer. Diese ganzen Produzenten sind Schweine, aber daran können wir nichts ändern. Wir haben deine Bilder bis einschließlich der vierten Folge, aber wir brauchen den Rest bis nächsten Dienstag. Schaffst du das?«

Ich seufzte und verabschiedete mich innerlich von meiner Freizeit.

»Okay. Das wird knapp, aber ich bekomme es schon hin.«

»Danke. Und hör mal, ich … also, es gibt ein Datum für das Begräbnis. Diesen Freitag. Aber, na ja, man versucht, das Ganze von der Presse abzuschirmen, also wurde ich gebeten, so wenige Leute wie möglich zu verständigen. Die Familie und … und die engsten Freunde. Ich habe versucht, noch ein paar Kollegen auf die Liste zu setzen, aber man hat sogar *mir* nur zähneknirschend erlaubt zu kommen.«

Die Wut, die ich gerade unterdrückt hatte, schoss wieder meinen Hals hoch und hätte sich fast in einem Hagel von Flüchen entladen. Die engsten Freunde. Ich war nur die Fotografin. Natürlich hatte man mich nicht eingeladen. Mein Atem rasselte, als ich mir die nächsten Worte abzwang.

»Das verstehe ich natürlich«, log ich. »Ich hatte gar nicht erwartet, eingeladen zu werden.«

»Danke, Bethany. Das war übrigens auch der Grund, weshalb wir gestern Abend ausgegangen sind. Das Team wollte sich auch verabschieden. Es tut mir leid, dass ich dich nicht eingeladen habe, aber es waren halt nur die Angestellten.«

»Ist okay, Mark.« Ich versuchte, entspannt zu klingen. »Ich hab totales Verständnis dafür. Ich weiß es zu schätzen, dass ich mich eine Weile lang zu euch setzen durfte.«

»Gerne doch. Hey, wir sollten bei Gelegenheit mal was trinken gehen, wenn du mit den Fotos fertig bist. Ich lade dich ein, als Dankeschön.«

»Okay, solange es kein Tequila ist.«

Er lachte und legte auf. Ich starrte auf mein Handy und fragte mich, ob ich gerade mit Calums Mörder gesprochen hatte. Ich konnte es mir nicht vorstellen. Mark hatte wirklich aufgebracht gewirkt, als ich ihn gesehen hatte. Andererseits wusste ich nicht, wie ein Mörder sich benehmen würde. Ich malte einen vierten Kreis um seinen Namen und beschloss, sicherheitshalber weitere Nachforschungen anzustellen.

In der Zwischenzeit hatte ich aber einen Abgabetermin, den ich auf gar keinen Fall verschieben durfte, und ich würde einen Teufel tun und meinem Ruf noch weiter schaden. Noch nie zuvor hatte ich einen Abgabetermin verpasst, und ich würde jetzt nicht damit anfangen.

Ich klappte meinen Laptop auf und bereitete mich innerlich darauf vor, für den Rest des Tages Calums sehr lebendiges – und sehr gewinnbringendes – Gesicht zu betrachten.

19. KAPITEL

In den letzten Tagen war die U-Bahn eine ganz neue Erfahrung für mich geworden.

Seit ich nach London gezogen war, versuchte ich, wie alle Einheimischen, anderen Fahrgästen nie in die Augen zu sehen. Das liegt nicht daran – anders, als die Touristen glauben -, dass wir alle schlecht gelaunt wären und zwischenmenschliche Interaktionen hassten. Es ist viel komplizierter. Wenn man zu den Hauptverkehrszeiten in der Bahn zerquetscht wird, mit einem Fremden im Rücken und einem anderen Fremden, gegen den die eigenen Brüste gedrückt werden, dann ist es eine Form der Höflichkeit, so zu tun, als würde das alles nicht passieren, und die unangenehmen Berührungen einfach zu ignorieren. Blickkontakt zu vermeiden, erhält die Illusion von Abstand aufrecht in einer Situation, in der körperlicher Abstand unmöglich ist.

Aber jetzt war ich dazu übergegangen, alle Leute in der Bahn daraufhin zu mustern, ob irgendjemand die unausgesprochene Regel, andere nicht anzustarren, missachtete. Ich suchte nach neugierigen Fahrgästen, die mich vielleicht von dem Videomaterial der Überwachungskamera erkennen könnten. Niemand würdigte mich auch nur eines Blickes.

Als ich die Haustür öffnete, sah ich einen Haufen weißer Umschläge. Ich erstarrte und drehte mich dann langsam auf der Stelle um, vermied plötzliche Bewegungen, während ich nachsah, ob jemand hinter mir stand oder mich von der anderen Straßenseite aus beobachtete. Ich ließ die Tür offen stehen für den Fall, dass ich schnell hineinrennen musste, und ging mit zitternden Händen die Umschläge durch. Rechnung, Kontoauszug, Werbung, Rechnung, Amazonpäckchen für Jason, Amazonpäckchen für mich.

Erleichtert ging ich ins Haus zurück und verschloss und verriegelte die Tür hinter mir. Ich riss mein Päckchen auf und las die Anleitung für das Pfefferspray, das ich mir sofort bestellt hatte, nachdem ich den Drohbrief mit dem Foto erhalten hatte. Ich schob es in meine Handtasche, die ich dann zusammen mit der restlichen Post auf den leeren Küchentisch warf.

Während ich geistesabwesend meine Einkäufe in den Kühlschrank räumte, erstellte ich einen Plan für die ganzen Retuschen, um die ich mich für Mark kümmern musste. Ich sah kurz durchs Küchenfenster und merkte, wie sonnig es draußen war, wie viele Leute mit ihren Hunden spazieren gingen, joggten, in der Sonne lagen. Kurz hielt ich inne und starrte auf die vereinzelten Wolken, die den blauen Himmel befleckten, und fragte mich, was ich jetzt wohl tun würde, wenn Calum noch am Leben wäre – ob ich bei ihm wäre, ob ich mit ihm lachen und reden und flirten würde.

Ich unterbrach meine Träumerei und drehte mich um, um den Schrank hinter mir zu öffnen und eine Dose Tomaten wegzuräumen. Als ich auf den Zehenspitzen stand, um an das oberste Fach zu kommen, verharrte ich, denn mein Gehirn verarbeitete erst jetzt die Informationen, die meine Augen bereits aufgenommen hatten. Mit meiner ganzen Kraft befahl ich meinen Armen, die Dose wieder abzustellen, und meinem Körper, sich umzudrehen und noch mal nachzusehen.

Da lag etwas. Auf dem Küchentisch. Der Küchentisch, der leer gewesen war, als ich vor ein paar Minuten die Küche betreten hatte. Oben auf dem Stapel von Rechnungen und Werbung, den ich extra zweimal durchgegangen war, weil ich genau hiervor so große Angst gehabt hatte.

Na ja, nicht vor exakt diesem Szenario. Ich hatte Angst gehabt vor einem Umschlag, der durch den Briefschlitz in meiner Haustür geschoben worden war. Auf dem Tisch, dem ich nur für wenige Minuten den Rücken zugewandt hatte, lag ein Umschlag aus festem, cremefarbenem Papier: die Art von Umschlag, in der man eine Hochzeitseinladung vermuten würde. Aber das hier war keine Einladung.

Angst wand sich um meinen Brustkorb und drückte ihn immer fester zusammen. Ich wirbelte herum und erwartete, dass jemand hinter mir lauern würde, aber die Küche war leer. Ich drehte mich wieder zurück, die Augen weit aufgerissen, und hoffte fast, dort jemanden stehen zu sehen: Es wäre irgendwie einfacher, wenn ich wüsste, wer dahintersteckte, und ihm entgegentreten könnte; aber gleichzeitig betete ich auch, dass ich alleine war.

Niemand war zu sehen. Aber vor nur wenigen Augenblicken war jemand da gewesen, nur ein paar Schritte von mir entfernt, so leise wie ein Flüstern und völlig unbemerkt. Es hatte sich angefühlt, als hätte ich nur wenige Sekunden lang aus dem Fenster geblickt, und in dieser Zeit war jemand hier bei mir in der Küche gewesen. Mein ganzer Körper wurde plötzlich von einem heftigen Schauder ergriffen, als mir klar wurde, dass diese Person noch immer im Haus sein könnte.

Ich starrte auf die unsauberen Buchstaben auf dem Umschlag, die meinen Namen schrien, und griff hinter mich, um das größte Messer aus dem Messerblock auf der Küchenzeile zu ziehen. Mit zitternden Händen schlich ich vorwärts. Der Umschlag, dieser harmlose Gegenstand aus Papier, hätte genauso gut eine Giftschlange sein können. Die Vorstellung, ihn zu berühren, fühlte sich gefährlich an, wahnsinnig. Mit einer schnellen Bewegung schnappte ich mir den Brief und meine Handtasche und rannte zur Haustür, um zittrig das Schloss zu öffnen, das ich kurz zuvor so sorgsam verschlossen hatte.

Ich knallte die Tür hinter mir zu und blinzelte voller Unentschlossenheit, was ich nun tun sollte. Meine Lungen brannten, als hätte ich gerade einen Sprint hinter mich gebracht, und mein ganzer Körper zitterte. Vor meinen Augen tanzten schwarze Punkte.

Ich hörte Schritte, die näher kamen. Ich umklammerte das Messer und griff mit meiner freien Hand nach der Mauer hinter mir. Ich hatte das Gefühl, mich nicht auf den Beinen halten zu können, ohne etwas Solides unter meinen Fingern zu spüren.

Die Räder eines Kinderwagens kamen in Sichtweite, und Erleichterung durchflutete mich, als eine Mutter mit ihrem Kleinkind auf dem Gehweg vor mir erschien. Sie sah mich neugierig an. Ich wollte nach ihr rufen und sie um Hilfe bitten, aber ich brachte kein Wort heraus.

Und wie hätte sie mir auch helfen können?

Sie wich meinem Blick sofort aus und ging weiter, wobei sie ihren Sohn eng an sich zog.

»Nein«, flüsterte ich. Mehr brachte ich nicht heraus, aber das reichte nicht. Ich wollte meine Beine dazu zwingen, ihr hinterherzurennen, mich an sie klammern, einfach nur, weil sie keine Bedrohung darstellte. Sie war ungefährlich. Aber sie war nicht mehr da. Und ich war alleine.

Plötzlich wurde mir klar, warum sie so schnell weitergegangen war. Ich hatte immer noch das Küchenmesser in der Hand, und meine Hände zitterten vor Anstrengung.

Mit einem Klirren ließ ich die Waffe fallen.

Was, wenn sie die Polizei rief? Ich könnte es ihr nicht verübeln, denn ich musste beängstigend ausgesehen haben. Dass mich noch jemand so zu Gesicht bekommen würde, konnte ich nicht riskieren. Ich setzte mich auf die Gartenmauer und strich meine Haare glatt, dann meine Kleidung. Ich füllte meine Lungen mit frischer Luft und atmete langsam aus, bis das Zittern aufhörte.

Der Absender konnte in mein Haus eindringen. In mein verschlossenes Haus.

Ich musste mir den Brief ansehen. Er war noch geschlossen. Mittlerweile war er zerknickt und von meinen verschwitzten

Händen feucht. Als ich den Umschlag öffnete, erblickte ich ein weiteres Foto hinter dem klammen Papier. Mit zitternden Händen zog ich es hervor, und das Dröhnen in meinem Kopf wurde zu einem lauten Brüllen. Ich blinzelte und musste um die Kontrolle über meinen Körper kämpfen.

Wenn die Polizei ein Motiv haben wollte, dann hielt ich es jetzt gerade in den Händen.

Das Foto zeigte mich in Calums Wohnung, deutlich zu erkennen durch die offenen Schiebetüren, wie ich voller sichtbarer Wut mit den Armen gestikulierte. Calums Gesichtsausdruck war ungläubig, und er hielt die Hände leicht erhoben. Flehend.

Verdammt noch mal, das sah übel aus.

Ich hatte gedacht, dass die schlimmste Konsequenz unseres Streits eine Trennung sein könnte. Aber dieses Foto, zusammen mit dem Bild von mir mit meinem Schlapphut in der Mordnacht, und dazu noch meine bisherigen Lügen … Das alles schrie »Mordverdächtige«.

Irgendjemand hatte uns beobachtet. Es sah aus, als wäre das Foto aus einem nahe gelegenen Gebäude geschossen worden, möglicherweise aus dem Wohngebäude nebenan. Die Sicht war zum Teil verstellt von etwas, das aussah wie eine Wand, aber Calum und ich waren eindeutig zu erkennen. Und ebenso eindeutig war, dass wir mitten in einem Streit steckten.

Das Hämmern in meinem Kopf wurde noch lauter, wie Wellen, die sich, vorangetrieben von einem unerbittlichen Wind, am Ufer brachen. Ich schloss die Augen und zwang mich, mehrmals tief durchzuatmen. Langsam glättete ich den Brief, der mittlerweile von meiner geballten Faust zerknittert worden war. Ich entkrampfte meine Finger, um die Nachricht lesen zu können, und war nicht darüber erstaunt, dieselbe angestrengte, undeutliche Handschrift zu sehen wie auf dem Brief, den ich vor nur wenigen Tagen erhalten hatte.

Wut steht dir nicht, Bethany, aber Angst schon.
Sie stand Calum auch gut. Sie war ihm ins Gesicht geschrieben, als er gestorben ist.
Aber darum geht es nicht.
Es geht um Folgendes: Ich weiß, was dir noch gut steht, Bethany – ein Tatmotiv.

PS: Du hast keine Milch mehr. So heißt man doch keinen Gast willkommen!

20. KAPITEL

Meine Hand verharrte über einem Milchkarton. Dann zog ich sie schnell wieder weg, als würde die Plastikverpackung weiße Hitze ausstrahlen.

Seit bestimmt schon zwanzig Minuten stand ich in meinem örtlichen Supermarkt, rührte mich nicht vom Fleck und hatte mittlerweile die Hilfe von drei verschiedenen freundlichen Mitarbeitern abgelehnt. Ich wollte keine Aufmerksamkeit auf mich ziehen, aber ich war vor Unentschlossenheit wie gelähmt. Es muss gestört ausgesehen haben, wie mein Blick von Vollmilch zu fettarmer Milch zu Magermilch huschte.

Das Frösteln, das mir über die Haut lief, angefangen in meinem Nacken, bevor es dann meinen ganzen Körper erfasste und jede Ritze zwischen meinen Organen erfüllte, hatte nichts mit dem Kühlregal vor mir zu tun.

Calums Mörder war in meinem Haus gewesen.

Die Wahrheit leuchtete ständig in meinem Bewusstsein auf wie eine unbarmherzige Erinnerung. Ein Mörder war in meinem Haus gewesen, während ich auch dort war. In meiner Küche. Nur wenige Schritte von mir entfernt. Er hatte meinen Kühlschrank geöffnet, dessen Inhalt inspiziert und mir dann eine Nachricht geschrieben. In. Meinem. Haus.

Und jetzt, anstatt ruhig darüber nachdenken zu können, was ich als Nächstes tun sollte, wog ich ab, ob ich Milch kaufen sollte.

Mein Magen verkrampfte sich, als ich an die Worte zurückdachte, die auf das kleine Stück Papier geschmiert worden waren. Ich hatte die Nachricht nur einmal gelesen, aber das hatte gereicht. Die Worte waren in meine Netzhäute eingebrannt. Ich konnte den Anblick nicht vergessen.

Natürlich wollte ich nicht, dass der Eindringling sich zu Hause fühlte. Natürlich sollte ich keine Milch kaufen.

Aber ich musste Milch kaufen, oder nicht? Die Nachricht hatte keine Drohung beinhaltet, keine explizite Forderung, aber meine Vorstellungskraft ergänzte die ungeschriebenen Worte. Ich zwang mich zu einer Entscheidung. Zu der richtigen Entscheidung.

Das Adrenalin, das mich bei meiner Flucht aus dem Haus angetrieben hatte, baute sich ab und hinterließ nichts als Erschöpfung. Als ich mit leeren Händen den Supermarkt verließ, wurde mir klar, dass ich nirgendwohin gehen konnte. Dass ich niemanden hatte, den ich um Hilfe und Rat fragen konnte. Ich musste alleine mit der Situation klarkommen. Ich wusste nicht, auf welche Weise der Mörder mich beobachtete, und er hatte mir sehr eindeutig gesagt, dass ich mit niemandem reden sollte. Ich konnte es nicht riskieren, jemand anderen in Gefahr zu bringen, nur weil ich mich ausheulen wollte.

Ich versuchte zusammenzutragen, was ich über meinen Stalker wusste. Über Calums Mörder. Der jetzt mehr getan hatte, als nur Nachrichten durch meinen Briefschlitz zu werfen. So Furcht einflößend das auch gewesen war, es verblasste neben dem Wissen, dass dieser Mensch außerdem Calum ermordet hatte. Und es bedeutete, dass er ebenso leicht mich umbringen könnte, wenn ich seinen Anweisungen nicht gehorchte. Was war sein Plan? Ich unterdrückte ein Schaudern. Jetzt war nicht der richtige Zeitpunkt, um Angst zu haben und Schwäche zu zeigen. Wenn ich dieser verworrenen Situation entkommen wollte, musste ich die Fassung bewahren. Um mich von Spekulationen darüber abzulenken, wie es sich wohl anfühlte, erstochen zu werden, konzentrierte ich mich angestrengt auf die Fakten.

Das Bild, das ich gerade erhalten hatte, auf dem Calum und ich uns stritten, bedeutete, dass der Mörder mich – oder uns oder vielleicht auch nur Calum – wochenlang beobachtet hatte, mindestens. Das bedeutete, dass er auch von der Affäre wusste.

Und wie der erste Brief bewiesen hatte, konnte er mich als die Frau auf der Überwachungsaufnahme identifizieren. Wer auch immer es war, er wollte es danach aussehen lassen, als hätte ich ein Mordmotiv. Er hatte meine Adresse, konnte irgendwie unbemerkt mein Haus betreten, und, was am rätselhaftesten war, er wollte, dass ich den Mund hielt. Aber worüber?

Ich musste etwas tun, Maßnahmen ergreifen und nicht nur verzweifelt meinen Gedanken nachhängen, die sich eh nur im Kreis drehten. Was ich machen wollte – was ich unbedingt machen musste –, war, zum Polizeirevier zu rennen, nach Constable Clayton zu fragen, ihr alles zu erzählen, die Fassungslosigkeit auf ihrem Gesicht zu sehen und nach Polizeischutz zu verlangen. Gestern war ich noch davon überzeugt gewesen, dass ich lügen musste, um meinen Ruf zu retten. Jetzt würde ich den Medienrummel und die Schande freiwillig auf mich nehmen, wenn ich dadurch Calums Mörder entkommen konnte.

Was brachte mir mein Ruf, wenn ich tot war?

Stattdessen suchte ich über Google nach einem Schlosser, rief an und erzählte der fröhlichen Frau am anderen Ende, dass ich meinen Hausschlüssel verloren hatte. Sie sagte mir, Barry sei unterwegs. Ich hoffte, dass Barry groß und einschüchternd war. Während ich wartete, rief ich Jason an. Ich konnte nicht riskieren, dass er einfach nach Hause kam und mir seinen Schlüssel gab, also behauptete ich, mein Schlüssel wäre im Schloss abgebrochen.

Die nächsten vierzig Minuten verbrachte ich an der Bushaltestelle auf der anderen Straßenseite, starrte auf mein Haus und suchte das Küchenfenster nach Bewegungen ab. Ich sah keine.

Barry kam in einem knallgelben Lieferwagen an, mit dem er laut an einem Laternenpfahl vorbeischrammte, als er vor meinem Haus hielt. Das Geräusch ließ mich zusammenzucken, wie Fingernägel auf einer Tafel.

»Hallo.« Er nickte mir zu, als er auf den Gehweg trat. »Sind Sie Mrs. Reston?«

»Genau. Hallo, danke, dass Sie so schnell gekommen sind«, sagte ich, etwas enttäuscht, dass er ungefähr so alt war wie mein Vater und ähnlich gebaut. Er würde wahrscheinlich keinen Mörder abwehren können, wenn einer in meinem Haus lauerte. Trotzdem war er besser als nichts. Ich musste nicht alleine ins Haus gehen.

»Sie haben Ihren Schlüssel verloren, hm? Keine Sorge. Das dauert nicht lange, Sie können in null Komma nichts wieder in Ihr Haus. Wenigstens ist heute schönes Wetter.«

Nach zehn Minuten voller mühsamem Small Talk hatte er das Schloss ausgetauscht, und ich bat ihn unter dem Vorwand herein, dass mein Portemonnaie im Haus war.

Eigentlich sollte ich Barry eine Tasse Tee anbieten. Aber ich hatte immer noch keine Milch.

Ich ließ Barry in der Küche warten und schlich auf Zehenspitzen durchs Haus. Panik schnürte mir die Kehle zu, sodass ich kaum noch atmen konnte. Ich hatte mir schon hundert Mal gesagt – um es mir selbst einzureden –, dass der Mörder zahlreiche Gelegenheiten gehabt hätte, mich anzugreifen, wenn er das denn gewollt hätte. Aber ich erstarrte trotzdem jedes Mal vor Angst, wenn ich eine Tür aufriss oder einen Vorhang zur Seite zog. Noch nie war ich so dankbar dafür gewesen, in einer kleinen Wohnung zu leben. Es gab nur wenige Orte, an denen ein erwachsener Mensch sich hier hätte verstecken können.

Bewaffnet mit einem Bündel Zwanziger, kehrte ich in die Küche zurück, dankte Barry für seine Geduld und verabschiedete mich von ihm.

Als ich wieder alleine war, mit neuen Schlössern, aber immer noch ohne ein Gefühl von Ruhe oder Sicherheit, schenkte ich mir ein großes Glas Wodka ein und trank es in drei Schlucken aus. Vielleicht würde das meine Nerven beruhigen oder mich zumindest bei klarem Verstand halten, bis Jason nach Hause kam.

Mit zitternden Händen zog ich die Drohbriefe und die Fotos aus dem Seitenfach meiner Handtasche, um sie erneut zu inspizieren. Ich schluckte angestrengt, als mir der Wodka wieder hochkam, und konzentrierte mich auf das Foto von unserem Streit.

Jemand hatte uns beobachtet. Jemand konnte in die Wohnung hineinsehen.

Die Worte aus dem ersten Brief schrien mich an. *Ich weiß nämlich alles.* Fast erstickte ich an der plötzlichen Erkenntnis. Unser Fotoshooting. Wenn jemand unseren Streit gesehen hatte, wenn jemand uns beobachtet hatte, dann hatte er vielleicht auch gesehen, was wir nur wenige Wochen vor diesem Streit getan hatten. War es das, wovon der Mörder angeblich wusste?

Und wenn er das Fotoshooting gesehen hatte, wusste er dann auch von dem Beweismaterial?

Die Speicherkarte, die in einem Businessratgeber klebte.

Der Beweis, dass Calum und ich eine Affäre miteinander gehabt hatten.

21. KAPITEL

Ich konnte nicht fassen, dass ich seit Calums Tod keinen Gedanken mehr an unsere Fotos verschwendet hatte und an die Speicherkarte, auf der sie verewigt waren. Ich hatte die Idee dieses Fotoshootings von Anfang an gehasst, aber Calum hatte in Anbetracht seines Geburtstages darauf bestanden. Ich hatte versucht, seine übliche Vorsicht gegen ihn zu verwenden.

»Ein Haufen Nacktfotos von uns beiden ist doch sicherlich noch viel belastender als ein paar SMS auf unseren Handys«, sagte ich.

»Man kann eine Speicherkarte nicht hacken. Solange ich niemandem diese Fotos zeigen will – und das will ich nicht –, wird niemand sie je zu sehen bekommen«, antwortete er. »Außer mir. Ich werde sie mir ständig angucken.«

Er zwinkerte mir zu, und ich gab nach. Ich hatte bei Calum immer nachgegeben.

Ich war so nervös gewesen, so zögerlich. Als Fotografin hasste ich es, auf der anderen Seite der Kamera zu stehen. Ich flehte Calum an und versuchte, ihn davon zu überzeugen, wie unvorteilhaft ich auf Fotos aussah, wie unwohl ich mich vor der Linse fühlte.

»Du wirst überhaupt nicht unvorteilhaft aussehen, wenn ich mit dir fertig bin«, war seine Antwort gewesen, die natürlich ein Feuer auf meinen Wangen auslöste. Und unter meinem Rock.

Ich hatte für den Anlass ein Set aufwendige, einschnürende Reizwäsche gekauft. Calum wollte Nacktfotos, aber ich hatte gehofft, dass er seine Meinung ändern würde, wenn er die Spitze und Riemchen und Strapse sah, die ich am Morgen mit viel Mühe um meinen Körper gewunden hatte. Nachdem ich die Kamera aufgebaut hatte, hatte ich meine ganze Kleidung bis auf das komplizierte Ensemble ausgezogen und den hungrigen

Blick aus Calums Augen genossen. Nur drei Kameraklicks später wollte er aber, dass ich es auszog. Nach einem unbeholfenen Kampf gegen die zahlreichen Riemchen kehrte ich zehn Minuten später zu ihm ins Bett zurück, und als unsere Körper sich berührten, packte mich der Nervenkitzel, und die Gefahr machte den Genuss noch viel intensiver.

Nachdem ich mir die Zeit genommen hatte, ein paar Bilder zu löschen und die anderen zu retuschieren, war mir viel wohler bei der Sache. Die Fotos, die ich Calum letztendlich geschenkt hatte, waren sexy, aber nicht vulgär.

Aber auch wenn es kein großformatiges *Playboy*-Foto war, war es mehr als genug. Genug, um unsere Affäre ans Licht zu bringen, genug, um zu beweisen, dass ich gelogen hatte. Genug, um ein Motiv erkennen zu lassen. Das Foto, das ich in den Händen hielt, ließ erahnen, dass wir mehr als nur Kollegen waren, aber es bewies eigentlich nichts. Es würde mich verdächtig aussehen lassen, daran bestand kein Zweifel. Aber es war nichts im Vergleich zu dem Geburtstagsgeschenk, das ich Calum nur wenige Tage vor seinem Tod überreicht hatte.

Angst flammte in mir auf, als ich mir vorstellte, wie die Polizei die Wohnung nach Hinweisen durchsuchte. Hatte sie die Speicherkarte schon gefunden? Ich schüttelte den Kopf. Das war unmöglich, sonst hätte man mich sicherlich schon über unsere Beziehung befragt. Vielleicht hatte Calum recht gehabt. Vielleicht würde niemand jemals die Speicherkarte in ihrem unerwartet praktischen Versteck finden.

Ich wollte zu Bradley Enterprises laufen, darum betteln, in seine Wohnung gelassen zu werden, und das einzige Beweisstück für unsere Affäre zerstören. Stattdessen atmete ich tief ein und zwang mich, die mir offenstehenden Optionen vernünftig zu analysieren. In Calums Wohnung zu stürmen, würde nur Aufmerksamkeit auf mich ziehen. Ich wollte nichts mehr, als die Speicherkarte zu zerstören, aber ich rief mir ins

Gedächtnis, dass die Polizei sie noch nicht gefunden hatte. Selbst wenn der Mörder wusste, dass Calum die Fotos irgendwo gespeichert hatte, konnte er doch auf keinen Fall wissen, wo. Aus dem benachbarten Gebäude heraus, von dem aus der Mörder uns beobachtet hatte, konnte man nicht weit genug in Calums Wohnung blicken, um seinen Schreibtisch zu sehen. Der einzige Grund, weshalb unser Streit überhaupt fotografiert werden konnte, waren die weit aufgerissenen Türen gewesen. Also selbst wenn jemand von unserem privaten Fotoshooting wusste, konnte er unmöglich wissen, wo die Bilder versteckt waren.

Ich konnte nicht den Versuch riskieren, die Speicherkarte zu zerstören, nur um dadurch ihre Existenz offenzulegen. Mir blieb nichts anderes übrig, als darauf zu hoffen, dass man den Mörder finden würde, bevor Calums Wohnung gründlicher durchsucht wurde.

Ich hatte gedacht, dass die Last auf meinen Schultern unmöglich noch schwerer hätte werden können, aber jetzt fühlte ich mich, als würde ich unter dem Gewicht fast in die Knie gehen. Ich schloss die Augen, konzentrierte mich auf meine Atmung, fragte mich, wie es sich wohl anfühlte, den Verstand zu verlieren. Sicherlich so ähnlich, wie ich mich jetzt fühlte. Die Stille in meiner Wohnung war so drückend, dass ich hörte, wie der Sekundenzeiger auf der Küchenuhr vorwärts marschierte. Es fühlte sich an wie ein Omen. Eine Warnung.

Meine Zeit würde bald ablaufen. Nur wusste ich noch nicht, was genau mit voller Wucht auf mich zukam oder wie ich es aufhalten konnte.

Ob ich es aufhalten konnte.

22. KAPITEL

Ich stemmte meine behandschuhten Hände in die Hüfte und starrte auf die Tür.

Ich konnte nicht abschätzen, wie viel Zeit ich hatte. Calums Begräbnis würde bald anfangen, aber ich wusste nicht, wer sprechen würde, wie lange diese Person bei den Details seines Lebens verweilen würde, was sie sagen würde. Ob man ihn als einen regelrechten Heiligen darstellen würde, wie man es so oft bei Begräbnissen tat.

Ich schüttelte den Kopf. Jetzt war nicht der richtige Zeitpunkt, um mir die Grabrede auszumalen, die ich nie halten würde. Ich musste einen Weg finden, in Marks Wohnung und wieder hinaus zu kommen, ohne jegliche Spuren zu hinterlassen.

Seine Adresse herauszufinden, war leichter gewesen als erwartet. Eine kurze Online-Recherche, zwanzig Pfund für einen Webservice, der möglicherweise nicht ganz legal war, und Minuten später hatte ich alle nötigen Details. Es war ein wenig verstörend, dass man persönliche Informationen so leicht kaufen konnte.

Aber jetzt hatte ich ein Problem. Natürlich konnte ich nicht einfach durch die Haustür spazieren. Selbst in einer so ruhigen Straße würde ich damit viel zu viel Aufmerksamkeit auf mich ziehen. Stattdessen war ich über den Zaun gesprungen, der den kleinen Hintergarten von der Gasse hinter dem Haus abtrennte, und sah mich zwei ordentlich verschlossenen Fenstern und einer verriegelten Tür gegenüber.

Gehetzt suchte ich unter Steinen und Blumentöpfen und dem Fußabtreter nach einem Ersatzschlüssel. Nichts.

Aber ich war nicht ganz unvorbereitet gekommen. Den Vormittag hatte ich damit verbracht, online Videos darüber zu gucken, wie man ein Schloss knackte, und ich hatte die Anleitungen befolgt, um aus Haarnadeln und Büroklammern mein eigenes Werkzeug herzustellen.

Die ersten Male hatte ich an einem Vorhängeschloss geübt, das ich in meiner Sporttasche aufhob, und es frustriert ans andere Ende des Zimmers geworfen, weil die Herausforderung einfach unbezwingbar erschien. Aber ich hatte nicht aufgegeben, und nach mehreren Dutzend Versuchen hatte ich mich von dem kleinen Vorhängeschloss zu einem stabileren vorgearbeitet, das den Schuppen im Hinterhof verschloss. Ich hatte es auch an meiner Haustür versucht – und mich dabei nervös umgesehen, für den Fall, dass jemand mich für eine Einbrecherin hielt und die Polizei rief –, aber das Schloss war viel zu komplex für mich gewesen. Ich konnte nicht einmal den Spanner ins Schloss einfädeln, aber ich war trotzdem nicht enttäuscht – vielmehr erleichtert, dass mein Zuhause endlich wieder sicher war.

Ich hatte gehofft, meine neu erlernten Fähigkeiten nicht einsetzen zu müssen, denn ich war mir nicht einmal sicher, ob ich es unter Druck schaffen würde – die Vorstellung, wirklich ein Schloss zu knacken, ließ mir dieses ganze Unternehmen so *kriminell* vorkommen –, aber ich musste es versuchen. Mark hatte kein Alibi. Und ich wusste nicht, was er wirklich von seinem Chef hielt.

Wenn Mark Calum ermordet hatte, musste es in seinem Haus irgendwelche Beweise dafür geben. Und wenn ich sie finden und die Polizei irgendwie darauf hinweisen konnte, dann würde sie endlich diese furchtbare Aufnahme von der Überwachungskamera ignorieren und anfangen, den Fall zu lösen.

Ich bemühte mich, meine Hände für die bevorstehende heikle Aufgabe ruhig genug zu halten, und zog die kleinen Werkzeuge aus meiner Gesäßtasche. Ich kniete mich vor der Tür hin, drückte den Spanner in den unteren Teil des Schlosses und hielt den Druck darauf mit meinem Knöchel aufrecht.

Dann machte ich mich mit dem Haken an die Arbeit und bewegte ihn vorsichtig, bis ich fühlte, wie die einzelnen Stifte gesetzt wurden. Drei Stifte waren in Position, als meine Finger auf dem Spanner verrutschten und ich von vorne anfangen musste. Ich fluchte und begann dieselbe Prozedur noch einmal, langsam und vorsichtig.

Nach drei erfolglosen Versuchen zog ich schon in Erwägung, einfach einen Stein durchs Fenster zu schmeißen, als das Schloss endlich mit einem Klicken nachgab und die Tür sich einen Spalt breit öffnete.

Eine plötzliche Woge von Stolz überkam mich, die schnell meinem schlechten Gewissen wich. Ich verletzte Marks Privatsphäre. Doch ich schüttelte den Kopf und verdrängte diesen Gedanken. Wenn er der Mörder war, verdiente er noch viel Schlimmeres. Und wenn nicht … na ja, ich würde ja nichts stehlen. Ich wollte nur … sichergehen.

Ich trat ins Haus und schloss die Tür leise hinter mir.

Ein paar Augenblicke lang blieb ich regungslos stehen, bis ich etwas anderes hören konnte als nur mein eigenes Keuchen. Es gab kein Zurück mehr, ich war in ein fremdes Haus eingebrochen. Ich hatte ein Verbrechen begangen.

Ich sah mich in der Wohnung um. Hier lebte Mark also. Es war ordentlich, in einem besorgniserregenden Ausmaß. Also musste ich bei meiner Suche vorsichtig sein, methodisch. Ich hatte die Wohnung durch die kleine saubere Küche betreten, die aussah, als würde sie nie benutzt werden. Auf der Arbeitsfläche aus weißem Marmor stand ein hölzerner Messerblock, in dem ein Spalt leer war. Das größte Messer fehlte.

Mein Herz raste in meiner Brust.

Langsam und vorsichtig öffnete ich Schubladen und Schränke. Könnte dieses fehlende Messer vielleicht die Mordwaffe sein?

Als ich eine Stimme hörte, wurde ich stocksteif und horchte.

Mark konnte unmöglich schon wieder zu Hause sein. Mehr Stimmen. Ein Lachen. Meine Schultern entspannten sich. Die Geräusche kamen von der Straße. Ich beschleunigte meine Suche ein wenig, riss einen Schrank auf und schaute in einen Geschirrspüler voller heißer, sauberer Teller und Besteck. Der Spülgang musste gerade fertig geworden sein.

Ich lugte hinein und wurde kurz von dem Dampf geblendet, atmete dann aber tief aus, als ich ein glänzendes, silbernes Messer im obersten Fach erblickte. Es gab also doch kein fehlendes Messer.

Ich hastete durch den Rest des Hauses, schüttete einen geflochtenen Wäschekorb aus, um zu sehen, ob darin blutige Kleidung versteckt war, durchwühlte Schreibtischschubladen auf der Suche nach festem, cremefarbenem Schreibpapier oder Teleobjektiven. Aber ich fand nichts, was auch nur ansatzweise verdächtig war.

Ernüchtert ging ich noch einmal durch jedes Zimmer, um mich zu vergewissern, dass alles genauso aussah wie vorher. Ich fühlte mich wie eine Idiotin. Was hatte ich denn erwartet? Aber nur, weil Mark nicht dumm genug war, um Beweismaterial bei sich zu Hause herumliegen zu lassen, hieß das nicht, dass er unschuldig war.

Noch war ich nicht bereit, seinen Namen einfach von meiner Liste zu streichen. Das Fragezeichen blieb bestehen, bis ich einen Weg fand, um seine Schuld oder Unschuld zu beweisen.

Ich verließ die Wohnung so, wie ich sie auch betreten hatte, und zog die Tür hinter mir zu. Bevor ich über den Zaun zurück in das Gässchen kletterte, riss ich die Müllsäcke hinter dem Schuppen auf, ohne mir einen Kopf um die Sauerei zu machen. Sollte er halt denken, dass es ein Fuchs gewesen war. Ich wühlte durch Essensreste und Milchkartons in der verzweifelten Hoffnung, dass er etwas Brauchbares weggeworfen hatte. Aber es war ganz normaler Müll.

Einen Moment lang stand ich still und betrachtete den Haufen nutzlosen Abfall vor meinen Füßen.

Ich war einer Lösung dieses Wirrwarrs immer noch nicht näher gekommen. Calums Leiche wurde in die Erde hinabgelassen, während ich durch das Haus seines Assistenten schlich und nach Beweisen suchte, die es möglicherweise gar nicht gab.

Und ich wurde Stück für Stück von meinen dreckigen Geheimnissen begraben, über die Calums Mörder viel zu viel wusste.

23. KAPITEL

Das neue Schloss half kaum gegen meine Ängste, weshalb ich sofort erleichtert zusagte, als Alex mich gleich am Montagmorgen anrief und fragte, ob ich mich mit ihr zwischen zwei Terminen auf einen Kaffee treffen wollte.

»Tut mir wirklich leid, dass ich dich letztens versetzt habe«, sagte sie und nippte an ihrem Latte. »Und dass wir jetzt nur Zeit für einen kurzen Kaffee haben.«

»Besser als nichts«, erwiderte ich. »Aber du schuldest mir immer noch einen richtigen Cocktailabend.«

Sie stimmte mir zu und stürzte sich dann auf eine detaillierte Obduktion ihres letzten gescheiterten Dates.

»Ich habe ihm erzählt, dass ich im Fitnessstudio gerne Gewichte hebe, was er offenbar als Einladung interpretiert hat, sich über meine Ernährung auszulassen. Er hat mir dann genau vorgerechnet, wie viel Protein sich in meiner Mahlzeit befindet, und angefangen, einen Diätplan für mich zu erstellen. Ich hätte ihm fast meinen Teller ins Gesicht geworfen, aber mein Essen war köstlich, und ich wollte es nicht verschwenden.«

Ich lachte, gefühlt zum ersten Mal seit Monaten. Ich wollte Alex umarmen, einfach nur, weil sie mir eine halbstündige Ruhepause von meiner Angst gewährt hatte. Aber jetzt, wo ich wieder zu Hause war, kam die Angst zurück. Angestrengt lauschte ich auf jedes kleinste Geräusch.

Einen Fluchtweg parat zu haben, machte mich etwas weniger nervös, also arbeitete ich gerade im Flur, als mein Telefon klingelte.

»Mrs. Reston, hier ist Detective Constable Clayton.«

Langsam fühlte sich das an wie ein Teil meines normalen Tagesablaufs, dieser Anruf der Ermittlerin. Das änderte nichts daran, dass mein Herz jedes Mal anfing zu rasen und mein Kopf dröhnte. Wusste die Polizei etwas? Und wenn ja, was genau wusste sie? So viele Geheimnisse standen zur Auswahl, dass ich mich kaum entscheiden konnte, welche Wahrheit mir am meisten Angst machte.

»Oh, hallo. Wie kann ich Ihnen helfen?«, fragte ich mit zittriger Stimme.

»Nun ja, ich wollte Sie nur fragen, was es mit Ihrem Profilbild auf sich hat.«

»Wie bitte?«

»Ihr Profilbild auf Facebook.«

»Was ist damit?«

Ich hörte auf, durch einen Ordner zu scrollen, sodass ich mich ganz auf das Gespräch konzentrieren konnte. Hatte ich etwas verpasst? Mein Profilbild war ein Foto von mir und Jason auf der Hochzeit eines Freundes vor mehreren Jahren. Wir hatten beide gerade genug Champagner getrunken, um zur Höchstform aufzulaufen, aber nicht so viel, dass es unangenehm gewesen wäre.

Ein Freund hatte ein Foto von uns auf der Tanzfläche gemacht, wo Jason seinen eigenen Worten zufolge seine besten Moves gezeigt hatte, während ich hemmungslos lachte. Das waren einfachere Zeiten gewesen.

»Na ja, ich war neugierig, weshalb Sie gerade dieses Bild gewählt haben.«

»Äh … Ich möchte ja nicht unhöflich sein, aber ich denke nicht, dass das wirklich relevant ist, oder?«

»Ich denke schon, Mrs. Reston.«

Eine Pause. Ich klickte auf meinen Browser und öffnete einen neuen Tab, um Facebook aufzurufen. Was könnte an diesem Foto denn bitte relevant sein?

Ich runzelte die Stirn, als ich vierzig neue Benachrichtigungen sah. Während ich auf mein Profil klickte, spürte ich, wie mir vor lauter verwirrter Panik die Hitze in die Wangen stieg.

Auf meinem Profilbild war nicht ich zu sehen.

Na ja, schon. Aber niemand sollte wissen, dass ich es war.

Es war ein Standbild von der Überwachungskamera. Dasselbe Bild, das Calums Mörder mir mit seiner ersten Nachricht geschickt hatte.

Die Worte schossen so schnell aus mir heraus, dass ich über sie stolperte.

»Das war ich nicht! Ich habe das Profilbild nicht geändert!«

Stille.

»Im Ernst, ich weiß nicht, wie das passiert ist«, erklärte ich flehend. Ich musste sie irgendwie dazu bringen, mir zu glauben. »Ich habe das nicht als mein Profilbild eingerichtet, das verspreche ich Ihnen. Irgendjemand muss meinen Facebook-Account gehackt haben.« Ich konnte die Worte nicht schnell genug herausbringen. »Das bin nicht ich.«

»Bitte beruhigen Sie sich, Mrs. Reston. Sie möchten mir also sagen, dass jemand anderes ohne Ihre Erlaubnis auf Ihr Facebook-Profil zugegriffen und Ihr Profilbild geändert hat?«

»Ja, genau das möchte ich damit sagen.«

»Wissen Sie, warum jemand so etwas tun sollte?«

»Ich habe keine Ahnung.«

»Und dieses Foto …?«

Eine Pause.

»Mrs. Reston, sind Sie das auf diesem Foto?«

»Was? Nein. Natürlich nicht. Das ist von der Überwachungskamera von der Nacht, in der Calum gestorben ist. Von dieser Frau.«

»Ja, dessen bin ich mir bewusst. Ich möchte wissen, ob Sie die Frau auf diesem Bild sind.«

Ich hatte keine Wahl.

»Nein.«

Wieder herrschte Stille. Dann ein Seufzen.

»Mrs. Reston, ich möchte Sie bitten, sich morgen um zehn Uhr für eine förmliche Vernehmung auf dem Polizeirevier zu melden.«

»Eine förmliche Vernehmung. Was heißt das?«

Meine Zunge war pelzig. Ich konnte mir denken, dass es nichts Gutes war.

»Im Grunde genommen bedeutet es, dass Ihre Antworten vor Gericht gegen Sie verwendet werden können.«

»Meinen Sie ... also ... bin ich ... stehe ich unter Verdacht?«

»Bitte kommen Sie einfach morgen um zehn, Mrs. Reston.«

Ein Klicken. Dann nichts mehr.

Regungslos saß ich da und versuchte zu verarbeiten, was gerade passiert war. Ich hatte keine Ahnung, was genau eine förmliche Vernehmung war, aber ich war mir sehr sicher, dass ich mich ihr nicht unterziehen wollte.

Ich griff nach meinem Handy, um den Begriff nachzuschlagen, als es erneut klingelte. Rufnummer unterdrückt. Ich zögerte. Im Moment brachten mir Telefonanrufe immer nur schlechte Nachrichten, und ich war mir nicht sicher, ob ich davon noch mehr verkraften konnte. Andererseits musste ich wissen, worum es ging, musste mich vorbereiten, damit ich richtig reagieren konnte, was auch immer mich erwartete.

Mit einem Stoßgebet, dass jemand sich einfach nur verwählt hatte, tippte ich auf den grünen Kreis.

»Hallo?«

Keine Antwort.

»Hallo, hier ist Bethany.«

Ein lautes Piepen wie von einem Anrufbeantworter. Dann hörte ich eine Stimme. Es war wieder Constable Clayton.

»Na ja, ich war neugierig, warum Sie gerade dieses Bild gewählt haben.«

»Hallo? Constable Clayton?«

Hatten wir darüber nicht gerade gesprochen?

Dann drang eine andere Stimme an mein Ohr, laut und deutlich. Meine Stimme.

»Äh … Ich möchte ja nicht unhöflich sein, aber ich denke nicht, dass das wirklich relevant ist, oder?«

Ich schnappte nach Luft.

»Ich denke schon, Mrs. Reston.«

Mein Gespräch mit der Kommissarin. Jemand hatte es aufgenommen und spielte es mir jetzt vor. Wie konnte das möglich sein?

Das Blut gefror mir in den Adern, während ich meiner verzweifelten Stimme zuhörte, die Clayton panisch antwortete.

»Hallo?«, fragte ich, um mir selbst ins Wort zu fallen. »Wer ist da?«

Die Aufnahme wurde unterbrochen, und ich wartete in stummer Angst auf eine Erklärung.

Eine neue Stimme durchschnitt die Stille. Sie war verzerrt, fast schon roboterhaft. Aber trotz des elektronischen Knisterns waren die Worte glasklar.

»Ich dachte, ich hätte dir gesagt, dass du nicht mit der Polizei reden sollst. Was muss ich denn noch tun, damit du endlich auf mich hörst?«

Ein Klicken und dann nichts mehr. Wie benommen starrte ich auf das Handy in meiner Hand.

Ich wurde verfolgt. Ich wurde überwacht. Ich war gefangen.

Wenn all das vor Wochen passiert wäre – oder auch nur vor ein paar Tagen –, wäre ich schreiend und weinend aus dem Haus gerannt und hätte die Polizei um Hilfe angefleht. Aber jetzt … jetzt lebte ich ständig in lähmender Furcht.

In meinem ganzen Leben hatte ich noch nie so große Angst gehabt und war noch nie so hilflos gewesen. Ich konnte nichts gegen diesen Ansturm beängstigender Übergriffe tun.

Ich hatte keine Ahnung, was der Mörder wollte oder wie weit er gehen würde, um seine Ziele zu erreichen. Und ich konnte nicht mit der Polizei reden. Natürlich konnte ich das nicht – jetzt erst recht nicht. Der Mörder würde es wissen. Er wusste alles. Mir blieb nichts anderes übrig, als abzuwarten.

Also machte ich das Einzige, was ich tun konnte. Tief atmete ich ein, zittrig und verängstigt.

Ich öffnete mein Fotobearbeitungsprogramm.

Und dann arbeitete ich weiter, in meinem beengten, dunklen, permanent überwachten Hausflur.

24. KAPITEL

Ich hörte es, als ich gerade die einzige saubere, nicht zerknitterte Kleidung anzog, die ich finden konnte – schwarze Jeans, schwarzes T-Shirt und eine schwarze Lederjacke. Ich verharrte und lauschte dem Geräusch. Da war es wieder, ein gedämpftes Knarzen auf der anderen Seite der geschlossenen Schlafzimmertür.

Ich versuchte, ruhig zu bleiben. Das neue Schloss an der Wohnungstür war sicher. Niemand konnte ins Haus gelangen. Wahrscheinlich drang das Geräusch einfach nur durch die Decke aus der Wohnung über uns.

Ich schlich an der Schlafzimmerwand entlang und gab mir Mühe, dabei kein Geräusch zu verursachen. Glücklicherweise hatte ich am Vorabend ein Messer in die oberste Schublade meines Nachttisches gelegt. Den Blick auf die Türklinke gerichtet, von der ich halb erwartete, dass sie sich jeden Moment senken würde, streckte ich die Hand aus. Meine Finger berührten den hölzernen Boden der Schublade. Ich bewegte meine Hand am Rand entlang, vorbei an Zetteln und Nagelfeilen, ohne darauf zu achten, ob ich mich schnitt. Oh Gott, hatte Jason etwa das Messer gefunden und es in die Küche zurückgebracht?

Ich zog die Schublade ganz auf und wandte meinen Blick von der Tür ab, um mich ganz auf einen weißen Umschlag zu konzentrieren, auf dem ein einzelnes hingekritzeltes Wort prangte:

Bethany.

25. KAPITEL

Abgesehen von meinem ersten Flug als Kind hatte ich nie zu Panikattacken geneigt. Aber als ich auf den weißen, ordentlichen Umschlag in meinem Nachttisch hinabsah, wusste ich, dass sich meine Kehle und meine Brust auf dieselbe Art zuschnürten wie damals, als meine Panik meinen Berufswünschen ein frühzeitiges Ende bereitet hatte.

Ich versuchte, nach Luft zu schnappen, aber es war hoffnungslos. Mein Brustkorb wurde zusammengedrückt, und einen Moment lang dachte ich, ich würde gleich einen Herzinfarkt erleiden. Ich hörte ein seltsames, ersticktes Geräusch, das von weit weg zu kommen schien, bis mir klar wurde, dass es aus meinem Mund kam.

Ich war gefangen.

Die Welt um mich herum drehte sich weiter, aber ich konnte nicht atmen, mich nicht bewegen, nicht sprechen. Nach einer gefühlten Ewigkeit, die wahrscheinlich nur ein paar Sekunden gedauert hatte, gelang es mir, tief einzuatmen. Langsam entspannten sich meine Muskeln, bis ich es schaffte, mich, noch immer zitternd, auf die Bettkante zu setzen, aber wenigstens hatte die Panik ihre eisernen Finger von mir gelöst. Ich konnte das Unvermeidbare nicht länger aufschieben.

Ich riss den Umschlag auf und zog einen einzelnen Bogen Papier hervor, den jemand in meinem Schlafzimmer hinterlassen hatte, während ich im Bett neben meinem Ehemann geschlafen hatte.

Die Worte krochen über die Seite in derselben gekritzelten Handschrift, die ich zuvor schon gesehen hatte.

Macht dir unser Spiel so viel Spaß wie mir, Bethany? Ich würde es noch viel mehr genießen, wenn du tun würdest, was ich dir sage. Willst du etwa auch sterben? Ich

verspreche dir, dass es nicht so schnell gehen würde wie bei Calum.
Wenn du leben willst, redest du mit niemandem. Auch nicht, während du schläfst. Man weiß nie, wer vielleicht zuhört.

Ich las die Nachricht drei Mal, sehr langsam, und rannte dann in die Küche. Der Messerblock stand in der Mitte der Arbeitsfläche, und der leere Schlitz starrte mich an wie ein zusammengekniffenes Auge.

Calums Mörder konnte also immer noch in mein Haus eindringen, trotz des neuen Schlosses. Er hatte mein Messer mitgenommen. Er hatte an meinem Bett gestanden, während ich neben Jason schlief. Wer auch immer es war, er war vielleicht noch im Haus.

Adrenalin peitschte durch meine Venen, und ich sprang wieder auf, schob den Brief in meine Handtasche und rannte aus dem Haus, als würde es gerade in Flammen aufgehen.

26. KAPITEL

Ich rief die Kommissarin an, als ich im Büro ankam.

»Mrs. Reston, ich habe Sie vor einer halben Stunde hier erwartet.« Ihr freundlicher, warmer Ton überraschte mich.

»Entschuldigen Sie bitte. Ich musste dringend etwas bei der Arbeit erledigen und habe es nicht geschafft. Es tut mir wirklich leid.«

»Sie verstehen schon, dass dies eine ernsthafte Angelegenheit ist, nicht wahr, Mrs. Reston? Wir möchten Sie förmlich vernehmen im Rahmen einer Mordermittlung.«

»Ja, ich … das verstehe ich«, sagte ich und wünschte mir, dass ich ihr einfach die Wahrheit sagen könnte, auch wenn ich wusste, wie unmöglich das war. »Wie gesagt, es hat sich etwas ergeben, das ich nicht verschieben konnte.«

»Ich verstehe. Würden Sie dann bitte später aufs Polizeirevier kommen?«

»Nein, heute schaffe ich das nicht. Hören Sie, Constable Clayton, ich habe es Ihnen doch schon gesagt, mein Facebook-Account ist gehackt worden. Ich habe die Sicherheitslücke an Facebook gemeldet und mein Passwort geändert, ebenso wie meine Passwörter auf all meinen anderen Social-Media-Accounts. Ich weiß nicht, was ich Ihnen sonst noch sagen soll.«

»Sie könnten damit anfangen, was Sie wirklich in der Nacht gemacht haben, in der Mr. Bradley ermordet wurde.«

»Das habe ich Ihnen doch schon gesagt.«

»Ja, Sie haben gesagt, dass Sie in Ihrem Büro waren. Aber wissen Sie, ich finde es doch äußerst praktisch für Sie, dass Sie in Ihrem Büro waren, wo niemand uns Ihre Anwesenheit bestätigen kann. Und es ist ein unglaublicher Zufall, dass eine Frau von Ihrer Körpergröße und Ihrem Körperbau auf der Überwachungskamera auftaucht und dass dieses Foto dann als Ihr Profilbild auf Facebook landet.«

»Daran ist überhaupt nichts praktisch, das kann ich Ihnen versichern.«

»Das mag vielleicht sein, Mrs. Reston, aber Sie können sicherlich nachvollziehen, warum ich das verdächtig finde.«

Die Wärme war gänzlich aus ihrer Stimme verschwunden. Es war keine Frage, also antwortete ich auch nicht.

»Sie sind nicht verpflichtet, zu der Vernehmung zu erscheinen, aber wir empfehlen Ihnen nachdrücklich, es zu tun, damit Sie Ihren Teil der Geschichte schildern können. So oder so werden wir unsere Ermittlung fortführen, und wenn wir Hinweise darauf finden, dass Sie ein Verbrechen begangen haben, wird der nächste Schritt darin bestehen, Sie zu verhaften und anzuklagen. Ich glaube, dass Sie irgendwie in diesen Mord verwickelt sind, also rate ich Ihnen, uns alles zu erzählen, was Sie wissen und was irgendwie für den Fall relevant sein könnte.«

Meine Kehle war so zugeschnürt, dass ich nicht antworten konnte, also legte ich einfach auf.

Die Lage war ernst.

Die Polizei wusste, dass ich involviert war. Es war wahrscheinlich nicht schwer, zu diesem Schluss zu kommen, wo ich doch kein richtiges Alibi hatte. Die Liste von Frauen, die eng mit Calum zusammengearbeitet hatten, war keineswegs endlos. Und sie wurde noch viel kürzer, wenn man sich auf die Frauen beschränkte, deren Körperbau meinem ähnelte. Ich vermutete, dass die anderen ein überzeugenderes Alibi hatten als ich. Aber ich war es nicht gewesen.

Wer auch immer hinter dem Mord steckte, wusste jedoch genug über mich, um mich schuldig aussehen zu lassen.

Und er hatte sichergestellt, dass ich zu große Angst hatte, um die Geschichte aus meiner Sicht zu erzählen.

Mühsam schluckte ich den Knoten in meiner Kehle hinunter. Ich konnte nicht einfach abwarten, bis er wieder zuschlug. Also zog ich einen Notizblock aus meiner Handtasche und suchte nach der Adresse, die ich neben Marks geschrieben hatte, als ich meine Zahlung auf der fragwürdigen Webseite geleistet hatte. Dann gab ich die Adresse in mein Handy ein.

Eine Stunde später stand ich in einer Straße mit kleinen, deprimierenden Reihenhäusern im Norden Londons. Der graue Himmel verschlimmerte das bedrückende Gefühl, das von den beengten Häusern ausging. Nicht der kleinste Tupfer Farbe verzierte die Fassaden. Stattdessen wurden sie von Spuren der Verwahrlosung geschmückt: ein langer Riss hier, ein kaputter Zaun da.

Als sie endlich um die Ecke gebogen kam, hatte ich schon fast wieder aufgegeben. Es war eh ein Schuss ins Blaue gewesen. Vielleicht war sie gar nicht da, vielleicht verbrachte sie den ganzen Tag im Haus ... vielleicht wohnte sie gar nicht mehr hier. Es war überraschend genug gewesen, dass Marks Adresse gestimmt hatte. Ich hätte nicht erwartet, dass diese hier auch richtig war.

Aber da war sie, unverwechselbar, auf dem Weg nach Hause mit einem Kaffeebecher in der Hand. Perfekt.

Ich überquerte die Straße und ging schnell auf sie zu, wobei ich den Kopf gesenkt hielt und auf mein Handy guckte.

Unser Zusammenprall lief wie am Schnürchen.

»Aua!«

»Oh Gott«, sagte ich zu der mit Kaffee überschütteten Frau vor mir. »Entschuldigung! Das war voll und ganz meine Schuld! Ich habe gar nicht geguckt, wohin ich gehe.«

»Oh.« Sie starrte immer noch auf die Sauerei hinab, die ich auf ihrem weißen Oberteil verursacht hatte. »Na ja, ich habe wohl auch nicht wirklich aufgepasst.«

Sie sah aus, als würde sie gleich in Tränen ausbrechen.

»Bitte erlauben Sie mir wenigstens, Ihnen einen neuen Kaffee zu kaufen.«

»Das ist wirklich nicht not...«

»Ich bestehe darauf«, sagte ich. »Ich habe ein schlechtes Gewissen, es war wirklich meine Schuld. Bitte.«

Misstrauisch sah sie mich an, und ich erwiderte ihren Blick.

»Der Coffee Shop ist ein paar Minuten von hier entfernt …«

»Da wollte ich eh hin.«

Plötzlich lachte sie kurz auf. »Na gut, ich könnte das Koffein gut gebrauchen«, erklärte sie, und ich lächelte zustimmend.

»Ich heiße Bethany«, stellte ich mich vor und streckte ihr die Hand entgegen.

»Kitty.«

27. KAPITEL

Während ich uns zwei Kaffee bestellte, versuchte ich, die Frau, die am Fenster saß und hinausblickte, nicht anzustarren.

Die Operationen hatten einen bemerkenswerten Unterschied gemacht, aber nicht ihre frühere Schönheit wiederhergestellt. Die unförmigen Wangenknochen und tiefen Löcher in ihrem Fleisch, die ich in dem Artikel gesehen hatte, der kurz nach dem Überfall veröffentlicht worden war, waren verschwunden. Aber ihre Haut war noch immer glänzend, straff, uneben. Ihr Haar, das früher einmal voluminös und wellig gewesen war, hing jetzt strähnig und ungekämmt hinunter. Ihr eigentlich weißes Oberteil, nun von Kaffee befleckt, war ihr ein paar Nummern zu groß, ihre Jeans waren weit und unauffällig. Sie sah nicht aus wie eine Frau, die sich nach einem grauenhaften Angriff wieder ins Leben zurückgekämpft hatte und siegreich aus ihren schlimmen Erfahrungen hervorgegangen war. Sie sah aus, als hätte sie aufgegeben.

Ich stellte ihren Latte vor ihr ab und setzte mich.

»Na dann, danke für den neuen Kaffee.« Sie stand auf.

»Gehen Sie schon?«

»Ich … ja, ich meine, ich dachte …«

»Wollen Sie nicht kurz sitzen bleiben?«

»Ich weiß nicht …«

Sie war schüchtern. Nervös.

»Ich verspreche Ihnen, meinen Kaffee festzuhalten und Sie nicht anzurempeln«, sagte ich in der Hoffnung, nicht allzu verzweifelt zu klingen.

»Nur wenn ich Sie nicht störe.« Ihre Stimme war so leise, dass ich sie kaum hören konnte.

»Natürlich nicht. Bitte.« Ich deutete auf den Stuhl, von dem sie gerade aufgestanden war, und sie setzte sich auf die Kante, als wäre sie bereit, jeden Moment aufzuspringen und zu fliehen.

»Also – Kitty, nicht wahr? –, wohnen Sie hier in der Gegend?«

Sie nickte.

»Ich spiele mit dem Gedanken, mir gleich um die Ecke eine Wohnung zu kaufen«, sagte ich. »Die Preise hier in der Gegend sind ja noch einigermaßen in Ordnung. Na ja, im Vergleich zum Rest der Stadt, meine ich.«

Sie lachte, und ihre Schultern entspannten sich. »Das wundert mich nicht. Die Gegend hier ist nicht besonders angesagt.«

»Sie sind kein Fan von diesem Viertel?«

»Nein. Ich hasse es hier. Ich habe es mir nicht ausgesucht, hier zu wohnen, das können Sie mir glauben. Aber … na ja, es ist einiges passiert, und meine einzige wirkliche Option war es, wieder bei meinen Eltern einzuziehen.«

»Böse Trennung?«

Sie vermied es, mir in die Augen zu sehen.

»So was in der Art.«

Ich musste irgendwie auf Calum kommen, aber ich wollte sie auch nicht verschrecken. Sie wirkte ohnehin schon nervös und misstrauisch. Ich musste vorsichtig an die Sache herangehen.

»Was machen Sie beruflich, Kitty?«

»Oh, ich … na ja, ehrlich gesagt bin ich gerade auf Jobsuche.«

»Und in welchem Bereich suchen Sie?«

»Ich war früher im PR-Bereich tätig, aber ich glaube, ich brauche etwas Neues …«

Sie sprach nicht weiter, abgelenkt von einer Gruppe von Frauen am Nebentisch. Ich sah hinüber und bemerkte, dass sie sich flüsternd unterhielten und dabei alle paar Sekunden in unsere Richtung guckten.

Ich warf ihnen einen bösen Blick zu, den sie gar nicht bemerkten, und versuchte, Kittys Aufmerksamkeit wieder auf mich zu ziehen.

»Und, was gibt es hier in der Gegend so? Irgendwelche empfehlenswerten Restaurants?«

»Sorry, ähm ...«

Sie machte sich nicht einmal die Mühe zu antworten. Sie saß über ihren Kaffee gebeugt da und versuchte, so wenig wie möglich aufzufallen. Es gelang ihr nicht.

Ich hörte das Wort *Calum*, gefolgt von gedämpftem Kichern. Als ich versuchte, einen Blick auf Kittys Gesicht hinter dem Vorhang ihrer Haare zu erhaschen, sah ich, dass ihre Haut einen seltsam gräulichen Ton angenommen hatte.

»Hören Sie nicht auf die«, sagte ich und stellte mir entsetzt vor, dass ich so leicht an ihrer Stelle sein könnte.

Sie nickte, sah aber weiterhin hinab und umklammerte ihren Kaffee. Ich wusste, dass ich einfach gehen, mir eine Entschuldigung ausdenken und das Café verlassen sollte, bevor ich irgendetwas tat, womit ich Aufmerksamkeit erweckte. Mich einzumischen wäre einfach nur dumm.

Aber ich war wütend. Wütend auf die Person, die Kitty das angetan hatte. Wütend darüber, dass Calum mit den Schuldgefühlen für etwas gelebt hatte, wofür er nicht verantwortlich war. Wütend, dass diese ignoranten Frauen so grausam sein konnten. Und ja, wütend, weil ich in einer Situation steckte, die ich nicht verdient hatte. Es hatte sich in mir angesammelt, dieses Knäuel von Zorn und Selbstmitleid, das so verworren war, dass ich die beiden Emotionen nicht mehr unterscheiden konnte.

Ich stand auf und ging hinüber zu den Frauen, bevor Kitty mich aufhalten konnte. Bevor ich mich aufhalten konnte.

»Entschuldigung. Kann ich Ihnen irgendwie helfen?«

Mein aggressiver Tonfall blieb nicht unbemerkt. Sie starrten mich mit eingefrorenen Mienen an, während ihre Blicke zwischen mir und Kitty hin- und herhuschten.

»Nein, im Ernst. Ich möchte Ihnen die Gelegenheit geben, es mir ins Gesicht zu sagen, weil Sie ja offensichtlich eine ganze Menge über mich und meine Freundin da drüben loswerden wollen.«

Die Frauen sahen sich peinlich berührt an. Eine Rothaarige in knallig lilafarbenen Yogaleggings ergriff zögerlich das Wort.

»Wir haben nicht … Ich meine, wir wollen keinen Ärger machen. Wir interessieren uns gar nicht für Sie, wir haben uns nur unterhalten.«

»Das sah aber ganz anders aus«, erwiderte ich wütend. »Es sah aus, als würden Sie tratschen wie ein paar Teenager, denen selbst nichts Interessantes passiert, worüber sie reden könnten.«

Es fühlte sich gut an, meine Wut rauszulassen.

»Sie müssen echt kein bisschen Selbstwertgefühl haben: eine Gruppe erwachsener Frauen, die auf jemandem rumhackt, der anders ist, nur damit Sie sich verdammt noch mal besser fühlen können …«

Ich kam nicht dazu, meinen Wortschwall zu Ende zu führen, weil alle Köpfe sich auf einmal zur Tür drehten. Ich wirbelte herum und sah gerade noch, wie Kitty hinausstürmte. Ich ignorierte das Murmeln, das im Café umherging, und eilte ihr hinterher.

»Kitty! Ist alles in Ordnung?«

Sie hielt den Kopf gesenkt und ging weiter, ohne mich zu beachten.

»Kitty.«

Ich holte sie ein und packte sie am Arm. Sie hielt inne, sah mich aber immer noch nicht an. Es war trotzdem offensichtlich, dass sie in Tränen ausgebrochen war.

»Es tut mir so leid. Ich weiß, dass ich das nicht hätte tun sollen, aber ich war einfach so wütend auf diese Frauen. Die hätten nicht so über Sie reden sollen.«

»Ich bin es gewohnt«, flüsterte sie.

»Das sollten Sie nicht sein. Es ist furchtbar. Und es sagt mehr über diese Frauen als über Sie, also hören Sie am besten gar nicht darauf.«

»Warum haben Sie mich überhaupt verteidigt? Sie kennen mich doch gar nicht.«

»Ich muss Sie nicht persönlich kennen, um zu wissen, dass das nicht in Ordnung war.«

»Niemand ist sonst so nett zu mir«, sagte sie, und ich spürte einen Hauch von Mitgefühl.

Ihr Leben musste ziemlich traurig sein, wenn ich der netteste Mensch darin war. Ich hatte wenigstens Alex und Jason. Menschen, denen ich wichtig war. Die für mich da waren in dieser furchtbaren Situation, auch wenn sie keine Ahnung hatten, was gerade los war.

»Hören Sie, es tut mir wirklich leid, was Sie gerade durchmachen. Und ich weiß, dass es nicht leicht sein kann, wenn Leute einen so angucken oder über einen tuscheln und was auch immer sie sonst noch machen. Aber falls es irgendwie hilft, ich kann ein bisschen nachvollziehen, wie Sie sich fühlen.«

Sie riss den Kopf hoch und sah mich zornig an. »Niemand kann nachvollziehen, wie ich mich fühle.«

»Ich meine es ernst, Kitty. Es ist kompliziert, aber glauben Sie mir, ich verstehe es, zumindest teilweise.«

»Wer zum Teufel sind Sie?«

»Ich – ich heiße Bethany, das habe ich Ihnen doch gesagt.«

»Sind Sie Journalistin?«

»Nein! Kitty, ich bin nur …«

»Polizei?«

Sie spuckte das Wort aus, und jegliche Spur von Schüchternheit hatte sich aufgelöst.

»Nein, natürlich nicht.«

»Ich weiß nicht, wer Sie sind oder was Sie wollen, aber ich habe Ihnen nichts über mich erzählt, und auf einmal wissen Sie ganz genau, was ich durchmache?«

»Nein, es ist nur ...«

»Nichts da. Sie sind auch nicht besser als diese Schlampen gerade eben. Sie machen bloß einen auf nett, trinken Kaffee mit mir. Ich brauche Ihr Mitleid nicht. Was ich brauche, ist, dass Sie mich verdammt noch mal in Ruhe lassen. Ich will nichts als meine Ruhe, und jetzt kommen Leute wie Sie wieder aus allen Richtungen und belästigen mich, um mir die Sache anzuhängen oder die Vergangenheit wieder auszugraben. Finden Sie nicht, dass ich schon genug durchgemacht habe?«

Sie schrie und gestikulierte wild. Meine Wangen brannten. Die anderen Fußgänger drehten neugierig die Köpfe nach uns um.

»Ich habe es schon allen Leuten gesagt – ich war es nicht, okay? Fragen Sie diese Polizistin. Ich habe ein Alibi. Nicht dass ich Ihnen irgendeine Erklärung schulde, aber was zum Teufel, Sie wollen eine Stellungnahme? Hier ist meine Stellungnahme: Verziehen Sie sich. Lassen Sie mich mein miserables Leben in Ruhe weiterleben. Wenn ich das nächste Mal Leute wie Sie in meiner Nähe sehe, können Sie mit einer Unterlassungsklage rechnen.«

Und mit den Worten ging sie. Ich verfolgte sie nicht. Dafür schämte ich mich zu sehr.

Sie hatte recht. Nach allem, was sie erlitten hatte, verdiente sie es nicht, weiter belästigt zu werden – von der Presse, von der Polizei, von mir. Aber ich hatte die Wahrheit herausfinden müssen.

Als ich weiterging, den Kopf gesenkt, um die selbstgefälligen Blicke der Frauen im Café zu ignorieren, wurde mir klar, dass ich einfach Constable Clayton hätte fragen können, ob sie mit Kitty gesprochen hatte. Vielleicht hätte sie mir nicht geantwortet, aber es wäre ein weniger erbärmlicher Anfang gewesen als das hier.

Wie viele andere Menschen würde ich auf meiner Suche nach der Wahrheit noch verletzen? Mein kurzes Gespräch mit Kitty hatte eine Welle von Dankbarkeit für Jason in mir ausgelöst, einfach nur, weil er mir zur Seite stand. Ich konnte ihm nicht immer alles erzählen, aber er liebte mich. Und er war immer für mich da. Ich war nicht alleine.

Ich rief ihn an.

»Lass uns heute Abend etwas essen gehen«, sagte ich. »Es fühlt sich an, als hätten wir kaum Zeit miteinander verbracht, seit wir übers Wochenende weg waren.«

»Ich habe eigentlich keine Lust. Wollen wir nicht lieber zu Hause bleiben?«

»Bitte, Jason? Ich möchte dich dafür entschädigen, dass ich das Pubquiz verpasst habe.«

Er seufzte unwillig.

»Und dafür, dass ich in letzter Zeit so anstrengend war«, fügte ich hinzu. »Mir ist schon bewusst, dass ich ein bisschen distanziert war, aber ich weiß es wirklich zu schätzen, wie großartig du in letzter Zeit zu mir warst. Bitte sag Ja.«

»Na gut, von mir aus«, gab er nach. »Aber können wir nicht so lange machen? Ich bin völlig fertig. Die Arbeit ist irre im Moment.«

»Kein Problem.«

*

Voller Erleichterung lächelte ich, als Jason ins Restaurant kam und mich auf die Wange küsste. Er war immer noch mein

Anker, der einzige feste Halt, an den ich mich klammern konnte, während dieser Tornado durch mein Leben fegte und alles um mich herum zerstörte.

Nachdem er sich gesetzt hatte, fiel mir die Stille auf, die sich zwischen uns über den Tisch ausbreitete. Es gab keinen Small Talk, keine Unterhaltung über unsere Arbeitstage. Er sah über meine Schulter hinweg, also folgte ich seinem Blick. Das Restaurant war voller Pärchen, dazu eine Gruppe von jungen Männern in Anzügen, deren Wortgeplänkel mit jedem Bier lauter wurden. Ich konnte nicht erkennen, was Jason so ablenkte.

»Jason?«

Keine Antwort.

»Hey, Jason, ist alles in Ordnung?« Vorsichtig berührte ich seine Hand.

Man hätte meinen können, dass meine Finger unter Strom gestanden hätten. Er richtete sich ruckartig auf, die Augen vor Schreck weit aufgerissen, das Gesicht aschfahl.

»Ganz ruhig! Ich bin's bloß. Was ist denn mit dir los?«

Er schüttelte den Kopf und senkte den Blick. »Gar nichts«, sagte er wütend.

»Bist du dir sicher …?«

»Ich habe gesagt, dass alles in Ordnung ist«, fuhr er mich an. »Lass uns einfach bestellen.«

Ich durfte mich nicht lange mit dem Gefühl von verletztem Stolz aufhalten, das sich in mir ausbreitete. Es ging um mehr als nur meine Gefühle. Die eigentliche Frage war, warum mein Mann mir auf einmal die kalte Schulter zeigte. Wusste er etwas? Von der Affäre, von den Lügen, von meiner Rolle als Londons meistgesuchte Verdächtige … Gedanklich ging ich all meine Sünden durch. Es könnte um jede beliebige davon gehen.

Es könnte um alle gehen.

Während wir schweigend auf unsere Pasta warteten und Jason sich weiterhin weigerte, mich anzuschauen, versuchte ich, mir seine Reaktion vorzustellen. Wie hatte er alles herausgefunden? Würde er mich verlassen? Und wie lange wusste er schon davon? Mir wurde bewusst, dass ich ihn seit Calums Tod so gut wie gar nicht beachtet hatte. Sogar an dem Wochenende auf dem Land war ich so abgelenkt gewesen, dass mein Mann kaum mehr als ein kleines Ärgernis gewesen war, ein Hintergrundgeräusch.

Ich war Jason so dankbar dafür gewesen, dass er mich in Ruhe gelassen hatte, aber war er mir vielleicht aus anderen Gründen aus dem Weg gegangen? Ich nippte an meinem Wein und rief mir die letzten Tage ins Gedächtnis. Jason war kaum mehr als eine Randbemerkung gewesen, eine Anwesenheit im Zimmer, durch die ich mich sicherer gefühlt hatte, weil ich nicht allein gewesen war.

War ich dabei, ihn zu verlieren? Ich sah ihn an, wie er mir gegenüber am Tisch saß, und fragte mich, ob mich dieser Gedanke überhaupt verletzen durfte, nach meiner Affäre.

Unser Essen wurde gebracht, und wir aßen schweigend, begleitet nur vom Klappern des Bestecks und dem Klirren eines Weinglases, als es auf dem Weg zum Mund an den Tellerrand stieß.

»Jason«, sagte ich endlich, um die Stille zu durchbrechen, »gibt es etwas, worüber du mit mir reden möchtest?«

Endlich hob er den Kopf und erwiderte meinen Blick. Er sah nicht wieder zur Seite, und ich versuchte, seinen Gesichtsausdruck einzuschätzen. War das Kränkung in seinen Augen oder Angst? Wut oder Traurigkeit? Er sah bleich aus, das bemerkte ich jetzt, seine blauen Iriden waren dunkler als sonst und lagen tief in den schattigen Augenhöhlen.

»Entschuldige, Bethany«, sagte er und sah wieder auf seinen Teller hinab. »Ich habe gar nicht bemerkt, dass ich ganz woanders war. Es ist nur wirklich viel los bei der Arbeit.«

Er hätte sich wenigstens ein bisschen mehr anstrengen können, wenn er mich schon anlog.

»Worum geht es denn?«

Er schüttelte den Kopf. Gespräch vorbei. Langsam bereute ich es, dass ich auf das Abendessen im Restaurant bestanden hatte. Das hier war fast noch unangenehmer, als zu Hause zu sein. Dort konnten wir einander wenigstens in aller Gemütlichkeit ignorieren.

Voller unbeschreiblicher Müdigkeit seufzte ich, sah Jason an und bot ihm an, nach Hause zu gehen. Er runzelte die Stirn und starrte auf den sich erhellenden Bildschirm seines Handys.

»Tut mir echt leid, aber ich muss rangehen«, sagte er. Sein Gesicht sah in dem unnatürlichen blauen Licht geisterhaft aus. »Es ist das Büro. Ich bin gleich wieder da.«

Großartig. Ich sah ihm hinterher, wie er mit dem Handy am Ohr vom Tisch aufstand, und ließ meine Gabel klappernd auf den Teller fallen. Während ich mich auf meinem Stuhl zurücklehnte, trank ich weiter meinen Wein und spürte, wie mir langsam etwas schwindelig wurde. Ich kniff die Augen zusammen.

»Ich muss gehen«, sagte Jason, als er von irgendwo hinter mir wiederkam. Er sah nervös aus, angespannt, reizbar. »Es gab eine Art Notfall bei der Arbeit. Ein Datenleck. Wir wurden alle reingerufen, um unsere Kunden zu informieren.«

»Jetzt gleich?«

»Ich weiß. Ich bin auch nicht gerade glücklich darüber, aber wir müssen den Kunden Bescheid geben, bevor die Medien es tun. Wenn die Presse davon erfährt, stecken wir in riesigen Schwierigkeiten.«

Das kam mir bekannt vor.

»Ich verstehe«, sagte ich und meinte es auch. »Geh ruhig. Ich sehe dich nachher zu Hause.«

Und bevor ich noch mehr sagen konnte, hatte er sich schon umgedreht und war aus dem Restaurant geeilt, wo er mich wieder allein ließ, mit einem Teller Lasagne, den zu essen ich mich nicht zwingen konnte, und dem Weinglas, das ich definitiv brauchen würde, um heute Abend in mein leeres Haus zurückkehren zu können.

28. KAPITEL

Mühsam fädelte ich meinen Schlüssel ins Schloss und verfluchte mich dabei dafür, Jasons Weinglas nach meinem eigenen ausgetrunken zu haben, wo ich doch aufmerksam sein musste. Ich trat durch die Haustür, schloss sie hinter mir und vergaß dabei meine kürzlich eingeführte Angewohnheit, zweimal abzuschließen. Eigentlich gab ich sie sogar ganz auf. Sie hatte sich als vergeblich herausgestellt.

An der Spüle kippte ich mir ein Glas Wasser in den Rachen und füllte ein zweites, und meine Gedanken wurden mit jedem Schluck klarer. Mein Blick glitt zum Wohnzimmer. Irgendetwas stimmte nicht. Ich konnte erst nicht genau erkennen, was es war, aber dann blieb mein Blick am Couchtisch beim Fenster hängen. Etwas, was nicht dorthin gehörte, glänzte immer mal wieder im Licht der vorbeifahrenden Autoscheinwerfer. Im Halblicht konnte ich den Gegenstand nicht identifizieren, konnte ihn nicht einordnen. Ich ging auf den Couchtisch zu, und mit jedem Schritt wuchs meine Furcht. Ich musste mich zwingen, weiterhin einen Fuß vor den anderen zu setzen.

Das konnte nicht sein. Es war ein Traum: der, in dem ich mich bewegen wollte, aber die Luft um mich herum fest und undurchdringlich war. Die letzten Schritte zum Fenster fühlten sich endlos an. Ich wusste, was es war, noch bevor ich am Tisch ankam, aber ich betete dennoch, dass ich mich geirrt hatte.

Die gezahnte, schwarze Klinge strahlte Bosheit aus. Sie war schlank und scharf, ein Messer, das auf Effizienz und Kraft ausgelegt war. Zähne glänzten entlang der Klinge, wie die eines Raubtiers, das nach Blut gierte. Und sie war über und über mit Blut bedeckt. Dunkel, getrocknet und fast so schwarz wie das Messer selbst.

Calums Blut.

Mein Magen rutschte mir in die Kniekehlen, und Panik explodierte in meinem Kopf.

Ich musste es loswerden. Der Couchtisch war durch das Wohnzimmerfenster gut sichtbar, also könnte jeder Passant das Messer sehen, mit dem Calum umgebracht worden war. Ohne nachzudenken, hob ich es auf – und erstarrte. Ich hielt die Mordwaffe in meinen bloßen Händen. Meine Fingerabdrücke würden jetzt darauf zu erkennen sein. Ich kniff die Augen zusammen. Ich musste nachdenken, damit die Panik nicht überhandnehmen konnte, und überlegen, was ich mit dem Messer in meiner Hand tun sollte.

Plötzlich vibrierte mein Handy in meiner Tasche. Ein Brummen, dann ein zweites.

Ich musste dieses Messer loswerden. Ich griff nach meinem Handy und hielt die blutige Waffe dabei weiterhin in meiner zitternden linken Hand. Mit dem Daumen strich ich über den Bildschirm und sah zwei Nachrichten von einer unbekannten Nummer. Ich öffnete sie, eine nach der anderen.

Lächeln bitte!

Ich würde gerne sehen, wie du dich jetzt noch herausredest.

Mein ganzer Körper zitterte, als die dritte Nachricht, ein Foto, auf meinem Bildschirm lud. Während sich das Laderad drehte, schwankte ich auf meinen Füßen und musste mich an der Lehne eines Sessels festhalten. Das Bild erschien plötzlich und glasklar, und mir entfuhr ein erstickter Schrei.

Das Foto war vor nur wenigen Sekunden aufgenommen worden.

Es zeigte mich. Hier. Jetzt.

Mit Calums Mordwaffe in der Hand.

29. KAPITEL

»Alex!«, schrie ich und schlug mit der Faust gegen ihre dünne, hölzerne Wohnungstür. »Alex! Hier ist Bethany! Mach sofort die Tür auf!«

Ich hämmerte fester und schneller gegen die Tür, bis meine Faust taub wurde, aber ich gab nicht auf. Endlich wurde die Tür aufgerissen und Alex stand vor mir, zerzaust und verwirrt, ihr Gesichtsausdruck besorgt.

»Was zum Teufel soll das, Bethany? Hast du eine Ahnung, wie spät es ist? Ich habe Nachbarn, schon vergessen? Oh Gott! Du siehst furchtbar aus. Was ist passiert?«

Ich drängelte mich an Alex vorbei in ihre Wohnung und wartete, bis sie die Tür geschlossen hatte. Dann zog ich einen Zwanzig-Pfund-Schein aus meiner Tasche und drückte ihn ihr in die Hand.

»Jetzt habe ich dich bezahlt. Das macht dich zu meiner Anwältin, oder?«

Alex starrte auf den zerknitterten Schein in ihrer Hand und sah dann wieder mich an. »Bist du betrunken, Bethany? Das ist nicht witzig. Du kannst nicht einfach mitten in der Nacht hier aufkreuzen und das ganze Haus für einen dummen Scherz wecken.«

»Alex, schau mich an. Das ist kein Scherz. Du musst mir sagen, dass du meine Anwältin bist und dass alles, was ich dir jetzt erzähle, vertraulich ist. Bitte.« Ich fing an zu schluchzen. »Bitte, Alex. Bitte.« Meine Schluchzer blieben mir in der Kehle hängen und wurden zu Schluckauf.

»Okay«, sagte sie, legte einen Arm um mich und führte mich zu ihrer Couch. »In Ordnung. Ich weiß nicht, worum es geht, also kann ich dir nicht sagen, ob dafür die Schweigepflicht gilt, aber ich bin deine beste Freundin. Du kannst mir alles erzählen. Setz dich erst mal, während ich Kaffee koche – nein, keine

Widerrede –, und dann kannst du mir erzählen, was zum Teufel passiert ist.«

30. KAPITEL

Als der Kaffee gekocht war und ich mich so weit beruhigt hatte, dass ich in vollständigen Sätzen sprechen konnte, setzte ich mich Alex gegenüber und erzählte ihr, was passiert war.

Sobald ich zu reden anfing, strömten die Worte nur so aus mir heraus. Als ich zu meinem ungestümen ersten Mal mit Calum in seiner Wohnung kam, wurden Alex' Augen groß, aber sie schwieg.

Ich erklärte im Detail, wie wir unsere Affäre geheim gehalten hatten, und beschrieb unseren Streit, der sich mittlerweile anfühlte, als wäre er schon eine Ewigkeit her. Unser Treffen in Kensington, unser letztes Lebewohl. Ich durchlebte noch einmal den Moment, in dem ich von Calums Tod erfahren hatte, in dem mir klar wurde, dass ich ihn als Letzte lebendig gesehen hatte, abgesehen von seinem Mörder. Ich beichtete Alex, dass ich die Polizei angelogen hatte, um meine Affäre aus den Schlagzeilen zu halten, und dass ich in Marks Wohnung eingebrochen war, um nach Beweisen zu suchen.

Als ich zu den Drohbriefen kam, zog ich sie aus meiner Handtasche. Ich zeigte Alex die Fotos, und als ich schon dachte, dass sie die Augen gar nicht noch weiter aufreißen könnte, holte ich das Messer hervor, das ich schnell abgewischt und in ein Küchenhandtuch gewickelt hatte, bevor ich aus dem Haus gegangen war.

In jeder anderen Situation hätte ich den fassungslosen Ausdruck auf dem Gesicht meiner durch nichts aus der Fassung zu bringenden Freundin genossen, aber im Moment war mir das egal. Alex sah sich bedächtig das Foto auf meinem Handy an und legte es dann wortlos hin.

»Bethany«, sagte sie schließlich, nach einer derart langen Pause, dass ich langsam nervös wurde. »Warum hast du mir davon nicht früher erzählt? Warum hast du das alles geheim gehalten?«

Einen Moment lang sah ich ihr in die Augen.

»Ist das eine ernsthafte Frage? Alex, es sieht aus, als hätte ich Calum Bradley ermordet. So was kann man nicht mal eben nebenbei ins Gespräch einfließen lassen.«

»Das ist mir egal. Du hättest früher zu mir kommen sollen. Gott. Ich meine, wie lange erträgst du das alles jetzt schon ganz alleine? Beeindruckend, dass du noch nicht zusammengebrochen bist.«

Ich zuckte mit den Schultern. Ich wusste auch nicht, wie ich es geschafft hatte, aber ich lebte noch. Atmete noch.

Alex setzte noch eine Kanne Kaffee auf und nahm neben mir Platz, hielt meine Hand, stellte mir Fragen und ließ mich unklare Teile der Geschichte wiederholen.

»Okay. Wir müssen uns überlegen, was für Optionen dir jetzt bleiben«, sagte sie endlich.

»Bleiben mir überhaupt noch welche?«

»Natürlich. Hast du dran gedacht, zur Polizei zu gehen?«

Ich lachte.

»Alex, wer auch immer dahintersteckt, hat mich im Schlaf beobachtet«, erklärte ich in herablassendem Tonfall. »Er kann in mein Haus einbrechen, ohne Spuren zu hinterlassen. Er hört meine Gespräche ab. Und er hat jemanden umgebracht. Ich habe nicht vor, die eine Sache zu tun, die er mir explizit verboten hat.« Sie antwortete nicht, also sprach ich weiter: »Es ist nicht so, als würde ich nur ein kleines bisschen verdächtig aussehen. Bilder von mir mit der Mordwaffe in der Hand? Und meine Fingerabdrücke auf dem Messer? Das ist nicht bloß verdächtig. Das schreit: schuldig!«

Ich wartete darauf, dass sie mir sagen würde, dass meine Ängste irrational waren. Konzentriert schloss sie die Augen.

»Als Anwältin muss ich dir raten, mit all diesen Informationen zur Polizei zu gehen und darauf zu vertrauen, dass sie sich darum kümmern wird«, sagte sie.

»Und als meine Freundin?«

»Na ja …« Sie machte eine Pause. »Ich kann total verstehen, warum du zögerst. Du wurdest in eine echt beängstigende Lage gebracht. Viele Hinweise zeigen in deine Richtung, und nichts deutet auf irgendjemand anderen. Die Drohbriefe sind ein guter Anfang, beweisen aber leider nicht wirklich etwas. Mit all dem, was der Mörder jetzt in den Händen hat, könnte er leicht beweisen, dass du die Mordwaffe hattest, nämlich das Messer, ein Motiv, nämlich eure Beziehung, und die Gelegenheit, nämlich dass du dich in dieser Nacht mit Calum getroffen hast. So ungern ich es also sage, als deine Freundin würde ich dir nicht raten, jetzt zur Polizei zu gehen. Das heißt, dass wir selbst herausfinden müssen, wer dieser Mistkerl ist und wie wir ihn aufhalten.«

»Ja. Glaub mir, ich habe es versucht. Ich zerbreche mir ständig den Kopf darüber, wer es sein könnte, aber ich weiß es einfach nicht. Zuerst dachte ich, dass es Claire sein könnte. Ich weiß nicht, warum – vielleicht war sie eifersüchtig oder so. Und sie ist seine Ehefrau, also war sie natürlich verdächtig.«

»Hast du nicht gesagt, dass sie ein Alibi hat?«, warf Alex ein. »Und das Motiv ergibt keinen Sinn. Sie braucht sein Geld nicht. Vielleicht könnte es eine Art eifersüchtige Rachetat sein, und sie hat jemanden dafür bezahlt, ihn umzubringen, aber hast du nicht gesagt, dass sie ihre eigenen Affären führt? Und ich weiß, dass du das wahrscheinlich nicht hören willst, aber jeder weiß, dass Calum sie schon einmal betrogen hat.«

Ich zuckte zusammen, widersprach ihr aber nicht. »Ich weiß.« Ich seufzte. »Ich habe sie dann eh ausgeschlossen. Ich habe auch überlegt, ob es Kitty sein könnte, aber sie hat offenbar ebenfalls ein Alibi, also bleibt nur noch Mark übrig.«

»Wer ist Mark?«

»Calums Assistent. Er hat kein Alibi für die Nacht und war offenbar doch kein großer Fan von seinem Chef.«

»Motiv?«

»Weiß ich nicht. Mir fällt keins ein, außer dass er Calum gehasst hat, vielleicht. Es ist schon ein bisschen an den Haaren herbeigezogen. Und ich habe nichts in seiner Wohnung gefunden, was in seine Richtung zeigt.«

»Trotzdem. Es wurden schon aus banaleren Gründen Morde begangen als Hass auf den Chef. Aber was ist mit den Nachrichten und dem Stalking? Wie sollte er in deine Wohnung einbrechen können und, was noch viel wichtiger ist, warum?«

Darauf hatte ich keine Antwort. Ich hatte mir dieselbe Frage immer wieder gestellt, aber jedes Mal ohne Antwort.

»Na gut, es ist zwar nicht viel, aber von mir aus ist er ein möglicher Verdächtiger«, erklärte Alex. »Merken wir ihn uns. Noch jemand?«

Ich schüttelte den Kopf, und wir starrten beide auf den Boden, als könnten wir dadurch eine Antwort heraufbeschwören.

»In Ordnung«, sagte Alex nach einer Weile. »Lass uns rekapitulieren, was wir wissen. Diese Person kennt dich ganz offensichtlich. Ich meine, sie stalkt dich seit Wochen.«

»Vielleicht hat sie auch nur Calum gestalkt«, erwiderte ich. »Ich war mit ihm in seiner Wohnung, aber ich war nicht unbedingt das geplante Stalking-Opfer. Zumindest nicht von Anfang an.«

»Stimmt. Was noch? Er weiß, wo du wohnst. Er weiß, wie man ohne Schlüssel in dein Haus hinein- und wieder herauskommt, oder es ist ihm gelungen, unbemerkt Kopien des Schlüssels zu machen. Er weiß offenbar Bescheid, wenn du mit der Polizei sprichst, was heißt … Oh Gott! Zieh deine Klamotten aus, Bethany! Hol dir ein paar Sachen aus meinem Zimmer, lass deine Kleidung dort liegen und mach die Tür zu. Was, wenn du verwanzt bist?«

Meine Haut kribbelte. Ich hatte mir schon gedacht, dass mein Telefon verwanzt war, aber die Idee, dass *all* meine Gespräche aufgenommen wurden, war mir gar nicht gekommen. Ich sprang auf und zog mich in Alex' Zimmer aus, wobei ich das Bedürfnis hatte, all meine Sachen zu verbrennen. Ich verknäuelte meine Kleidung zusammen mit meiner Handtasche und meinem Handy und warf dann Decken darüber, um jegliche Geräusche abzudämpfen. Gekleidet in einen Flanellpyjama, ging ich zurück ins Wohnzimmer und sah, wie Alex gerade die Tür verriegelte.

»Es tut mir leid, Alex«, sagte ich, denn ich wusste, in welche Gefahr ich meine Freundin gebracht hatte. »Ich wollte nicht, dass du in diese ganze Sache verwickelt wirst, aber ich wusste einfach nicht, an wen ich mich sonst wenden sollte.«

»Hör mir mal zu«, erwiderte sie mit eindringlicher Stimme, während sie mich mit sich aufs Sofa zog. »Hör mir erst mal zu und sei nicht gleich sauer, dass ich das jetzt sage. Ich weiß, dass du mir nicht glauben wollen wirst, aber mir ist jemand eingefallen, der ein Motiv hat, der Zutritt zu deiner Wohnung hat und der dich kennt. Er könnte ohne Probleme in deine Wohnung kommen, und du hast gesagt, dass er sich in letzter Zeit seltsam benommen hat. Wäre es möglich …« Sie hielt inne, und in mir stieg Angst auf, als mir klar wurde, was sie gleich sagen würde. »Könnte es Jason sein?«

31. KAPITEL

Ich starrte Alex an und weigerte mich, ihren Vorschlag in Erwägung zu ziehen.

»Auf gar keinen Fall«, sagte ich zu laut.

»Ich weiß, es tut mir ja auch leid, aber denk doch mal kurz darüber nach. Wenn er es herausgefunden hätte …«

»Wenn er herausgefunden hätte, dass Calum und ich eine Affäre hatten«, unterbrach ich sie, »dann hätte er mich darauf angesprochen und nicht den Typen umgebracht, mit dem ich geschlafen habe. Wir hätten uns gestritten, wir hätten uns angeschrien, das wäre es gewesen. Er ist nicht gewalttätig, und er ist bestimmt kein Psychopath.«

»Das habe ich auch nicht gesagt.«

»So klingt es aber, verdammt noch mal«, erwiderte ich abweisend. »Nicht nur unterstellst du ihm, dass er einen Mord begangen hat, weil er betrogen wurde – was übrigens völlig absurd ist, denn wenn du Jason auch nur ein klein wenig kennen würdest, wüsstest du, dass er zu Gewalt gar nicht fähig ist –, sondern du meinst auch, dass er so verdammt gut darin ist, dass er das Verbrechen direkt unter meiner Nase begangen hat und ich nicht gemerkt habe, dass ich mein Bett mit einem Mörder teile. Fasst es das so ungefähr zusammen? Oder habe ich noch was vergessen?«

»Komm schon, Bethany.« Alex breitete flehend die Arme aus. »Hör mir einfach mal zu. Bitte?«

Ich antwortete nicht, sondern verschränkte abwartend die Arme vor der Brust.

»Ich weiß, dass du ihn nicht für fähig hältst, eine solche Tat zu begehen«, sagte sie, und ich zog eine Augenbraue hoch. »Aber es ist wirklich nicht so, als hätten nette Typen noch nie jemanden umgebracht. Der eifersüchtige Ehemann ist ehrlich gesagt schon ein richtiges Klischee. Und ich will auch nicht sagen, dass du dumm bist, oder so was, aber du bist seit Calums Tod ziemlich abgelenkt gewesen. Du hast nicht wirklich darauf geachtet, was um dich herum passiert, und du hast definitiv kaum auf Jason geachtet.«

»Ich war aber bestimmt nicht *so* abgelenkt.«

Ich würde es nicht zugeben, aber sie hatte recht. Vor nur wenigen Stunden war mir klar geworden, wie wenig ich Jason überhaupt bemerkt hatte, seit ich von Calums Tod erfahren hatte. Hatte er sich schon die ganze Zeit seltsam benommen?

»Vielleicht nicht«, sagte Alex. »Aber ich denke trotzdem, dass er es sein könnte, weil sonst niemand so leicht Zutritt zu deiner Wohnung hat wie der mysteriöse Absender dieser Nachrichten. Er hat es mehrmals unbemerkt in deine Wohnung geschafft, sogar nachdem du das Schloss hast austauschen lassen, und er weiß Dinge über dich, die sonst niemand weiß. Irgendein gewöhnlicher Irrer könnte das alles gar nicht. Er muss dich kennen … dich wirklich gut kennen. Und wen gibt es sonst noch, der außer Jason ein Motiv – und ja, ich weiß, dass du es für unwahrscheinlich hältst, aber es ist trotzdem ein Motiv – und die Gelegenheit hatte?«

Stur starrte ich geradeaus und wollte nicht darüber nachdenken, was Alex gerade gesagt hatte. Wenn ich zugab, dass sie nicht unrecht hatte, dann musste ich all die Fakten verarbeiten, sie filtern und letztendlich entscheiden, ob mein Ehemann ein Mörder war.

»Nur weil Jason in unsere Wohnung kann, heißt das nicht, dass er es war«, sagte ich. »Du musst dir schon etwas mehr Mühe geben, bevor ich meinem eigenen Mann einen Mord unterstelle.«

»Das ist nicht der einzige Grund«, sagte Alex. »Und das weißt du auch. Was ist damit, dass er sich beim Abendessen so seltsam verhalten hat und dann plötzlich abgehauen ist? Er hätte Zeit gehabt, nach Hause zu gehen, das Messer abzulegen und wieder zu verschwinden, bevor du zurückkommen würdest. Hast du mir nicht gesagt, dass er spät weg war an dem Abend, an dem Calum ermordet wurde? Und dann wollte er aus London weg, kurz nachdem Calums Tod in den Nachrichten kam ... Du musst zugeben, dass da einiges zusammenkommt.«

Ich wollte ihre Worte ignorieren. Sie ausblenden und eine halbe Stunde zurückspulen. Aber es war zu spät für Ahnungslosigkeit. Ich erlaubte der Idee, in meinen Gedanken Wurzeln zu schlagen, um zu sehen, ob sie keimen würde.

Bislang war ich so beeindruckt davon gewesen, wie gut ich meine Geheimnisse vor Jason versteckte, dass ich womöglich verpasst hatte, was direkt vor meiner Nase passierte. Vielleicht war ich eine miserable Lügnerin, und Jason hatte schon die ganze Zeit von meiner Affäre gewusst. Wenn das stimmte, dann verdiente er einen Preis dafür, wie gut er mich getäuscht hatte.

Aber ich kannte Jason. Und ich wusste, dass er nicht dazu in der Lage war, jemanden umzubringen, egal unter welchen Umständen. Er war der liebste, sanftmütigste Mensch, den ich je getroffen hatte – das war einer der Gründe, weshalb ich mich vor all den Jahren in ihn verliebt hatte. Er entschuldigte sich immer zuerst nach einem Streit, er vergab einem sofort nach jeder Kränkung, er war der Einzige, der über eine falsche Entscheidung des Schiedsrichters beim Fußball lachte, anstatt zu fluchen und sich aufzuregen. Er war, im wahrsten Sinne des Wortes, ein guter Mensch. Ich konnte den Jason, den ich kannte und liebte, nicht mit einer Version von ihm vereinbaren, die dazu in der Läge wäre, Calum zu ermorden.

Aber rein theoretisch: Falls er von der Affäre wusste und falls er – und das war äußerst unwahrscheinlich – so von rasender Eifersucht gepackt worden war, dass er Calum brutal ermordet hatte, würde er wirklich versuchen, mir den Mord in die Schuhe zu schieben? Unabhängig davon, ob er es vielleicht wollte, hielt ich ihn nicht für in der Lage, mich so zu bestrafen und zu verspotten. Andererseits, wenn er wirklich zu einem Mord fähig wäre, würde das auch heißen, dass ich keine Ahnung hatte, was Jason nach diesem Mord tun oder nicht tun würde.

Ich versuchte, alle Ereignisse der letzten Wochen durch den Filter von Alex' Theorie zu betrachten. Ich wollte es nur ungern zugeben, aber sie war überzeugender als alle Theorien, die mir für meine Liste von Verdächtigen eingefallen war. Fast war ich schon überrascht, dass ich die Idee nicht zumindest in Erwägung gezogen hatte.

Ich dachte zurück an den Tag, an dem ich von Calums Tod erfahren hatte. Jason war kein bisschen erstaunt über meine Trauer gewesen, obwohl ich offensichtlich stärker litt, als irgendjemand von mir hätte erwarten können. Und ganz zufälligerweise war er nie zu Hause gewesen, als die Drohbriefe ankamen. Er hatte natürlich Zutritt zu unserer Wohnung und konnte unbemerkt kommen und gehen. Und selbstverständlich hätte er ganz einfach vor ein paar Nächten das Messer aus meinem Nachttisch herausnehmen können. Der ganze Plan wäre noch nicht einmal eine Herausforderung für ihn gewesen.

Jason hatte, genau wie der Rest des Landes, das Bildmaterial von der Überwachungskamera gesehen, das den vermeintlichen Mörder zeigte, nämlich mich. Der Hut war ein Geschenk von ihm gewesen, und zwar nicht irgendein Geschenk. Er hatte sich viel Mühe gemacht, um es für mich zu kaufen, um dafür zu sorgen, dass dieses Kleidungsstück, das ich so bewundert hatte, in meinem Schrank landete. Er musste mich auf dem Video erkannt haben. Ich schüttelte den Kopf und schalt mich selbst dafür, dass ich ihn für einen völligen Idioten gehalten hatte, der nicht einmal seine eigene Frau erkennen würde. Natürlich wollte er mich bestrafen.

»Ich meine …«, setzte ich zögerlich an. Könnte es etwa wahr sein? Wenn ich diese Idee ernsthaft in Erwägung zog, gab es kein Zurück mehr, dann konnte ich nicht mehr das Beste in meinem Mann sehen. Entweder war er zu einem Mord fähig, oder er war es nicht. Ich hasste mich dafür, aber ich konnte nicht abstreiten, dass an Alex' Worten etwas dran war.

»Er konnte mir beim Abendessen kaum in die Augen sehen«, sagte ich, ohne mich darauf einzulassen, ihr zuzustimmen. »Und er ist noch nie für einen Notfall bei der Arbeit so plötzlich davongelaufen wie heute Nacht. Das kam mir schon seltsam vor.«

»Ja, das ist komisch«, stimmte sie mir zu und ließ die Stille um uns herum wachsen, bis ich etwas sagen musste.

»Es kann nicht Jason gewesen sein.« Die plötzliche Erkenntnis erfüllte mich mit Erleichterung. »Die Drohbriefe. Ich habe den ersten bekommen, als wir übers Wochenende weg waren, also kann er es nicht gewesen sein.«

Alex überlegte kurz.

»Hast du als Letzte das Haus verlassen an dem Tag, an dem ihr abgefahren seid?«

Ich dachte an den ersten Morgen von Jasons spontanem Kurzurlaub zurück.

»Ich glaube schon«, sagte ich. »Jason hat das Mietauto abgeholt, und ich habe in der Zeit gepackt. Dann hat er die Taschen aus dem Gang geholt und sie ins Auto gebracht, während ich abgeschlossen habe.«

»Und er hätte den Brief nicht auf dem Weg ins Haus fallen lassen können, als ihr nach Hause gekommen seid?«

»Nein, er hat die Taschen getragen. Und ich kam gleich nach ihm rein. Die Nachricht lag schon da.«

Alex lehnte sich auf der Couch zurück und suchte offensichtlich immer noch nach einem Grund, weshalb mein Mann doch hinter allem stecken könnte.

»Du kannst es nicht so hindrehen, als wäre er es gewesen, wenn er es nun mal nicht war«, sagte ich bissig. »Was ist mit Mark? Der hat immer noch kein Alibi.«

»Es ist nicht so, als wollte ich, dass es Jason war. Natürlich nicht. Ich denke nur, dass es passen würde, und ja, ich weiß, dass die Nachricht da war, als du nach Hause gekommen bist, aber dafür kann es auch eine logische Erklärung geben. Nichts weist auf Mark hin, außer dass er kein Alibi hat. Es gibt viel mehr Hinweise darauf, dass Jason es gewesen sein könnte.«

»Mark mochte Calum nicht«, sagte ich. »Das ist ein Motiv.«

»Vielleicht. Aber du hast gesagt, dass es nur ein beiläufiger Kommentar war, nicht, dass er ihn schon länger hasste. Ich schließe Mark nicht aus, aber du kannst bei so wenigen Hinweisen nicht ernsthaft denken, dass er es war, und gleichzeitig Jason kaum verdächtigen.«

»Oh«, brachte ich hervor, als mir etwas wieder einfiel.

»Was?«

»Er ist noch mal zurück ins Haus gegangen. Jason. Nachdem ich abgeschlossen hatte und eingestiegen war, hat er gesagt, dass er sein Ladekabel vergessen hat, und ist es holen gegangen. Da hätte er die Nachricht hinterlassen können.«

Wir sahen uns an, und keine von uns wollte es aussprechen. Ich wusste, dass Alex' Theorie Hand und Fuß hatte. Aber trotzdem. Es konnte doch nicht mein eigener Ehemann gewesen sein. Oder doch?

»Okay«, sagte ich vorsichtig. »Sagen wir mal – rein theoretisch –, dass Jason es war. Was dann?«

»Wir können nicht einfach zur Polizei gehen, wenn wir uns nicht sicher sind«, antwortete Alex. »Wir müssen ihn beobachten und herausfinden, was er vorhat und ob es irgendwelche Beweise gegen ihn gibt.«

»Wenn ich bis jetzt noch nichts bemerkt habe …«

»Du wusstest nicht, dass es überhaupt etwas zu bemerken

gab. Jetzt wirst du darauf achten. Aber du musst dich normal verhalten, Bethany, okay? Er darf nicht merken, dass du ihn verdächtigst.«

Ich nickte, obwohl mir mulmig zumute war. Konnte ich Jason wirklich davon überzeugen, dass alles wie immer war, jetzt, wo ich es für möglich hielt, dass er Calum umgebracht hatte?

Wenn er von der Affäre wusste, von der ich mir so sicher gewesen war, dass ich sie geschickt verheimlicht hatte, dann würde er mich jetzt auch durchschauen. Ich fühlte mich betrogen, auch wenn mich das natürlich zu einer Heuchlerin machte.

»Ich werde außerdem mit einem Freund von der Polizei reden und ihn fragen, ob er mir irgendetwas über Calums Fall berichten kann«, sagte Alex.

Natürlich bemerkte sie den Blick, den ich ihr zuwarf.

»Ich habe ihm mal einen, äh, Gefallen getan. Er schuldet mir ganz schön was.«

Ich schaffte es zu lächeln, trotz der Umstände. Ihr armer Freund bei der Polizei hatte keine Chance. Er würde in null Komma nichts jegliche Informationen, über die er verfügte, bereitwillig mit ihr teilen. Ich nannte das den Alex-Effekt.

»Und was machen wir mit dem Messer?«

Es entging mir nicht, dass ich soeben das Wort *wir* benutzt hatte. Ich verwickelte sie nur noch weiter in diese Sache, aber jetzt, wo sic die Wahrheit kannte, ertrug ich den Gedanken nicht, die Situation weiterhin alleine bewältigen zu müssen.

Sie saß regungslos da und biss sich auf die Wange.

»Ganz ehrlich«, sagte sie endlich, »ich weiß es nicht.«

»Na ja, als meine Anwältin, was rätst du mir?«

»Schätzchen, ich kann nicht deine Anwältin sein.«

»Aber du hast gesagt …«

»Nein, als du reinkamst und mich gebeten hast, deine Anwältin zu werden, habe ich gesagt, dass ich nicht wüsste, ob die berufliche Schweigepflicht hierfür überhaupt gilt.«

»Ich habe es dir nur erzählt, weil du es niemandem weitererzählen darfst!«

»Wem zum Teufel, denkst du denn, werde ich es erzählen? Natürlich werde ich dich nicht der Polizei ausliefern. Ich werde kein Wort darüber sagen. Aber ich bin Scheidungsanwältin. Das Einzige, was ich über Kriminalfälle weiß, habe ich in der Uni gelernt, und das ist ziemlich lange her. Außerdem bin ich mir ziemlich sicher, dass ich als Anwältin das Messer den Bullen übergeben müsste. Also denke ich, dass du nicht wirklich willst, dass ich dich vertrete, oder?«

»Aber, Alex, der Killer darf nicht denken, dass ich mit jemandem geredet habe«, flüsterte ich. »Ich bin nur zu dir gekommen, damit er, wenn er davon erfahren würde, wüsste, dass meine Geheimnisse bei dir sicher sind.«

Alex stieg die Röte in die Wangen. Ich war die schlechteste Freundin der Welt, sie auch in Gefahr zu bringen. Ich versuchte, in mir das schlechte Gewissen zu wecken, das ich eigentlich haben sollte. Aber ich war so erleichtert, endlich jemandem alles erzählt zu haben, dass ich kaum noch Platz hatte für andere Emotionen wie Reue.

»In Ordnung, dann bin ich eben deine Anwältin. Deine *Scheidungsanwältin*. Wie es aussieht, wirst du früher oder später eine brauchen.« Sie schenkte mir ein ironisches Lächeln. »Wenn ich im Büro bin, bereite ich die Formulare vor, damit du offiziell als meine Mandantin aufgelistet wirst. Aber um ehrlich zu sein, wenn es Jason war, wäre er davon wahrscheinlich auch nicht begeistert.«

Ich pustete meine Wangen auf und atmete dann langsam aus. Es gab keine ideale Lösung. Fürs Erste musste das reichen.

»Und das Messer …?«

Alex sah mich eindringlich an.

»Hör mir gut zu, Bethany«, sagte sie. »Dieses Messer ist ein Beweisstück, das zur Verhaftung von Calums Mörder führen könnte.« Sie sprach jedes Wort sehr deutlich aus. Ich verzog das Gesicht. »Also solltest du es der Polizei übergeben und ihnen alles erzählen, was du weißt.« Langsam und bedächtig zog sie die Augenbrauen hoch. »Wenn du das nicht tust – und die Polizei es findet –, könnte es furchtbare Konsequenzen für dich geben.«

»In Ordnung. Also … wenn ich es verschwinden …«

»Als Anwältin«, unterbrach sie mich, »wäre ich verpflichtet, die Polizei zu informieren, wenn du es ihr nicht übergibst – sofern ich wüsste, was du damit getan hast.«

Ich nickte, langsam und bedächtig. Also war das Messer nach wie vor mein Problem.

»Okay. Gut. Schön, dass wir das geklärt haben«, sagte Alex. »Jetzt solltest du duschen gehen und dich frisch machen. Ich könnte noch mehr Koffein vertragen und habe Hunger. Ich hole uns was beim Bäcker, okay?«

Sie musste meinen verwirrten Gesichtsausdruck bemerkt haben, denn sie deutete auf die Wand, wo die Uhr 6.30 anzeigte. Es war schon Morgen. Ich nickte, um ihrem Vorschlag zuzustimmen.

Sie zog sich an, schlüpfte in ein Paar himmelhohe Absätze, wie sie sie immer trug, und ging schnellen Schrittes aus der Wohnung. Allein in der Stille, starrte ich das Messer auf dem Tisch an und ging in Gedanken noch mal durch, was Alex gerade gesagt hatte. Ich sollte es der Polizei übergeben, das wusste ich. Aber seit ich diese Briefe erhalten hatte, lag eine Kluft zwischen dem, was ich tun sollte, und dem, was ich wirklich tat.

Mit der Polizei zu sprechen, stand also völlig außer Frage, gerade jetzt, wo meine Fingerabdrücke wahrscheinlich überall auf der Waffe prangten und es – irgendwo – ein Foto von mir gab, auf dem ich sie in der Hand hielt.

Ich konnte mir nicht ausmalen, wie gründlich ich überwacht wurde. Nur, wenn ich zu Hause war? War mein Telefon verwanzt? Oder wusste der Mörder – ich weigerte mich, ihn ohne handfeste Beweise Jason zu nennen – jederzeit, wo ich war und was ich dort tat? Nervös sah ich mich um, und mein Blick blieb an der silbernen Wanduhr hängen, an den Fotorahmen im Regal, an dem Kronleuchter, der tief über dem Kaffeetisch hing. Könnte der Mörder Kameras und Mikrofone versteckt haben?

Ich konnte meine beste Freundin nicht in noch größere Gefahr bringen. Sie war ohnehin schon ein potenzielles Opfer. Beweismaterial in ihrem Haus zu verstecken, würde sie zur Komplizin in einem Mordfall machen und ihre Karriere gefährden. Das kam gar nicht infrage.

Aber warum hatte sie sich dann so seltsam verhalten, als sie mir erklärt hatte, dass sie nichts mit dem Messer zu tun haben wollte? Das hätte sie auch einfach sagen können, ohne die übertriebene Mimik und die überdeutliche Aussprache. Vielleicht hatte sie mir mehr sagen wollen als nur, dass ich die Waffe verschwinden lassen sollte. Sie war regelrecht aus der Wohnung gerannt, nachdem sie mit mir gesprochen hatte, und ich dachte mir jetzt, dass es dafür vielleicht noch einen anderen Grund als ihre Lust auf Frühstück gegeben hatte. Sie hatte die perfekte Gelegenheit geschaffen – ich konnte das Messer irgendwo hier verstecken, wo niemand danach suchen würde. Alex musste gar nicht darüber Bescheid wissen und würde deshalb auch nichts tun, was ihrem beruflichen Verhaltenskodex widersprach. Und sollte das Messer doch jemals gefunden werden, würde ich klarstellen, dass ich es ohne ihr Mitwissen versteckt hatte, was sie natürlich bestätigen würde.

Laut bedankte ich mich bei ihr und durchsuchte die Wohnung nach einem geeigneten Versteck. Hinter den Büchern im Regal erschien mir zu einfach, unter dem Bett wäre es zu gut sichtbar, eine Kiste mit der Aufschrift »Ablage« wäre zu offensichtlich. Letztendlich fand ich eine große Plastikdose in der hintersten Ecke des Küchenschranks, auf der »Mehl« stand, worüber ich fast lachen musste. Alex war kaum dazu in der Lage, ein Fertiggericht aufzuwärmen. Sie würde sicherlich nicht in näherer Zukunft mit dem Backen anfangen.

Ich wickelte das Messer sowie das Handtuch, in dem ich es transportiert hatte, in Frischhaltefolie, legte es in das Mehl und schüttelte den Behälter dann, bis es völlig bedeckt war. Dann stellte ich die Plastikdose zurück in den Schrank und vergewisserte mich, dass alles am selben Ort stand wie vorher.

Bis Alex mit zwei Latte macchiato und genug Blätterteigpasteten fürs ganze Haus zurückkam, hatte ich geduscht, mich angezogen und Jason geschrieben, dass ich bei Alex übernachtet hatte. Als Grund nannte ich Männerprobleme – ihre natürlich. Sie habe moralische Unterstützung gebraucht, also sei ich vorbeigekommen, um mich um sie zu kümmern. Jason zufolge war der Notfall, um den er sich am Vorabend sofort hatte kümmern müssen, so schlimm gewesen, dass er die ganze Nacht durchgearbeitet hatte und nicht nach Hause gekommen war.

Zum ersten Mal in unserer Ehe hatte ich keine Ahnung, was ich zu ihm sagen sollte, wenn er am Abend durch die Wohnungstür kommen würde. Ich hatte den ganzen Tag Zeit, um mich darauf vorzubereiten, aber wahrscheinlich würde alle Zeit der Welt nicht ausreichen, um mich für ein Gespräch mit einem Mann zu wappnen, den ich jetzt des Mordes verdächtigte. Die Vorstellung, mit ihm allein zu sein, machte mich nervös, aber mir blieb keine andere Wahl, wenn ich die Wahrheit ans Licht bringen wollte.

»Danke«, sagte ich zu Alex, als sie zur Arbeit aufbrach. Es war nicht in Worten auszudrücken, wie dankbar ich ihr war.

»Das versteht sich doch von selbst. Du musst dich nicht bei mir bedanken. Nein, im Ernst – du würdest dasselbe für mich tun, daran habe ich keine Zweifel. Okay, also du musst Jason mit Adleraugen beobachten. Versuch nicht, ihn zu ködern, das wäre zu offensichtlich. Achte darauf, wann er weggeht und wann er nach Hause kommt – und schreib es dir wirklich auf –, und tu nachts so, als würdest du schlafen, um zu sehen, was er macht. Beobachte ihn einfach und sag mir Bescheid, wenn irgendetwas passiert. Vielleicht irre ich mich ja, was ich natürlich hoffe. Aber wenn ich recht habe … sei einfach vorsichtig, okay?«

Meinen eigenen Ehemann bespitzeln. Wie war es dazu bloß gekommen? Trotzdem nickte ich, weil ich wusste, dass es keine Alternative gab.

»Du schaffst das schon«, sagte Alex und wollte wahrscheinlich aufmunternd klingen, aber es kam furchtbar herablassend rüber.

Ich verdrehte die Augen, und Alex grinste mich an. Wir waren der Situation kein bisschen gewachsen und wussten es beide. Aber sie war für mich da, und diese Tatsache machte mich zum ersten Mal seit Calums Tod nahezu glücklich. Und sie hatte recht – zumindest in einer Hinsicht: Wenn es andersherum wäre, würde ich auch alles Mögliche tun, um Alex zu beschützen, und ich würde niemals zulassen, dass sie für ein Verbrechen bestraft würde, das sie nicht begangen hatte. Zumindest nicht, ohne sie bis zum Äußersten zu verteidigen.

»Okay, ich muss zur Arbeit«, sagte Alex. »Aber bleib ruhig so lange hier, wie du willst. Schlaf ein wenig. Du siehst furchtbar aus.«

32. KAPITEL

Ich war besessen.

Ich musste genau wissen, was Jason den Tag über trieb. Musste wissen, ob er wirklich dahintersteckte, wie Alex es vermutete, oder ob er völlig unschuldig war und ich es mir verzeihen konnte, ihn überhaupt verdächtigt zu haben.

Ich öffnete das kleine Notizbuch, das ich in einem Fach meiner Handtasche versteckt hatte, und fügte der dürftigen Liste, die ich bislang geschrieben hatte, eine weitere Zeile hinzu. Die vollständige Liste sah jetzt so aus:

Mittwoch, 20.04 Uhr: Jason kommt von der Arbeit nach Hause.
23.17 Uhr: Jason schläft.
Donnerstag, 7.13 Uhr: Jason ist gegangen.
9.33 Uhr: Handschrift auf den Briefen mit Jasons verglichen. Keine Übereinstimmung.
10.19 Uhr: Versucht, sein iPad-Passwort zu erraten. Kein Erfolg.
10.59 Uhr: Alles durchsucht, von seiner Wäscheschublade bis zum Schrank mit dem Durchlauferhitzer. Nichts Verdächtiges gefunden.
11.03 Uhr: Werde zu Jasons Arbeitsplatz gehen, um herauszufinden, was er in seiner Mittagspause macht.

Ich verzog das Gesicht, als ich mir die Liste durchlas. Ich kam noch nicht mal auf das iPad-Passwort meines eigenen Ehemanns. Es war lächerlich, dass ich mich für fähig hielt, diesen Fall zu lösen. Aber ich versuchte es trotzdem, durchwühlte seine Sachen und verzeichnete jedes Detail seines Tagesablaufs in der verzweifelten Hoffnung, eine Spur zu finden.

Drei Anrufe von Constable Clayton hatte ich bereits ignoriert, deren Nummer ich mittlerweile auf meinem Handy eingespeichert hatte, um Überraschungen zu vermeiden, aber ich hatte das Gefühl, dass es nur eine Frage der Zeit war, bis sie beweisen konnte, dass ich mehr mit ihrer Ermittlung zu tun hatte, als ich behauptete. Dann würde ich sie nicht mehr ignorieren können.

Angetrieben von nichts als der Tatsache, dass mir als Alternative nur blieb, den ganzen Tag herumzusitzen und mich zu fragen, ob die Polizei gleich vor der Tür stünde, machte ich mich fertig, packte meine Kamera ein und ging zur Haltestelle.

Auf dem Weg ging ich die Einstellungen in meinem Handy durch, stellte das GPS aus und schaltete das Handy dann ganz aus, nur um sicherzugehen. Ich konnte mein Handy nicht ganz loswerden, aber ich musste so vorsichtig wie möglich sein, und seit Alex in Erwägung gezogen hatte, dass mein Handy abgehört wurde, wurde ich diesen unheimlichen Gedanken nicht mehr los. Ich wusste nicht, auf welche Art ich beobachtet wurde, aber jemand wusste, was ich vorhatte, und ich würde es meinem Stalker nicht zu leicht machen.

Als ich am anderen Ende aus der U-Bahn ausstieg, stellte ich mein Handy wieder an und fand zwei Nachrichten von Alex vor, beide kurz und erfreulich:

Habe meinen Freund bei der Polizei erreicht. Gebe dir Bescheid, sobald ich mich mit ihm getroffen habe. Kuss

Sei vorsichtig. Halt mich auf dem Laufenden. Kuss

Ich schaltete den Flugmodus auf meinem Handy ein und ging auf eine Gruppe von Büroangestellten in fast identischen Anzügen zu, die sich vor dem Mittagessen noch einen Kaffee holten. Vor Jasons Bürogebäude blieb ich stehen. Das große Hochhaus mit Glasfronten hatte keinerlei Persönlichkeit, nur scharfe Ecken und klinisch gerade Linien. Ich wusste nicht, wie irgendjemand es aushielt, im einzigen Teil von London zu arbeiten, der keine Seele hatte, aber Jason versicherte mir immer, dass es ihm hier gefiel.

Ich folgte dem Geruch von Backwaren zu einem kleinen Café, das nicht völlig überfüllt war, und setzte mich auf den Rand eines Hockers am Fenster. In einer Hand hielt ich einen besonders heißen Latte, und mit der anderen holte ich mein Handy aus meiner Hosentasche, stellte eine Verbindung mit dem WLAN her und schrieb Alex, dass ich gerade Jason verfolgte. Sie antwortete: *Sei vorsichtig. Kuss.* Sehr hilfreich. Und dann blieb mir nichts anderes übrig, als zu warten.

Ich zögerte einen Moment lang, ohne den Touchscreen zu berühren, bevor ich ein neues Suchfenster im Privatmodus öffnete. Das schlechte Gewissen darüber, dass ich meinem eigenen Ehemann nachspionierte, nagte an mir, zusammen mit dem Kaffee in meinem leeren Magen. Ich war nicht bereit, Jason als einzigen Verdächtigen zu akzeptieren. Nicht ohne handfeste Beweise zu finden, dass er involviert war, oder mich zumindest zu vergewissern, dass es niemand anderes sein konnte.

Erneut tippte ich auf den Bildschirm, und es dauerte nur den Bruchteil einer Sekunde, bis alle Suchergebnisse für *Mark Dunbar verdächtig* angezeigt wurden. Die obersten waren Nachrichtenartikel, in denen das Wort »verdächtig« vorkam und unabhängig davon der Name von Calums Assistenten erwähnt wurde. Aber nicht im selben Satz. Ich scrollte weiter und fand endlich, wonach ich suchte. Ein Thread mit dem Titel *Wer hat Calum Bradley ermordet?* in einem Forum über wahre Kriminalfälle. In den Posts schien es vor allem um interne Streitereien zu gehen und darum, andere User zu verspotten, aber ein paar Beiträge schienen etwas mehr Substanz zu haben.

Ich gebe zu, dass diese Theorie ein paar Löcher hat, schrieb jemand namens daily_doily93. *Aber ich denke, dass Mark Dunbar verdächtig ist und dass man ihn genauer unter die*

Lupe nehmen sollte. Zuerst einmal muss ich klarstellen, dass das nur eine Theorie ist und ich keine Beweise habe, um sie zu stützen. Aber was wäre, wenn Calum Mark dabei erwischt hätte, Geld von Bradley Enterprises zu unterschlagen? Denkt doch mal drüber nach: Er hat Zugriff auf alle Informationen und Systeme, die er dafür braucht, jeder in der Firma vertraut ihm, er könnte es wahrscheinlich ohne Probleme tun. Aber dann erfährt Calum davon, will sich außerhalb der Arbeit mit ihm treffen, um ihn darauf anzusprechen (weil er ihn eigentlich gerne mag, weil er nicht in einer offiziellen Besprechung darüber reden will). Sie streiten sich. Mark gerät in Panik, weil er nicht wegen Betruges ins Gefängnis will, also bringt er Calum um und ruft dann einen seiner Freunde im Sicherheitsteam an und überzeugt ihn davon, die Kameras in der Nähe zu deaktivieren. Ich habe mit privater Security wie der von Bradley Enterprises zusammengearbeitet, und die haben Zugriff auf alle möglichen Systeme, die ein normaler Wachmann nicht nutzen kann. Verkehrskameras, Überwachungskameras, direkte Infos vom MI5 … Also könnte das alles aus der Entfernung gemacht worden sein, weshalb sie alle ein überzeugendes Alibi haben. Meine Theorie ist, dass die Frau mit dem Hut nur eine unschuldige Passantin ist, die zufälligerweise zum falschen Zeitpunkt an der falschen Kamera vorbeigelaufen ist. Um an die Wahrheit heranzukommen, müsste die Polizei nur Marks Finanzen überprüfen. Ich bin mir ziemlich sicher, zu wissen, was sie dann finden würde …

Ich verzog das Gesicht. Es war keine überzeugende Theorie, vor allem, weil ich wusste, dass Calum sich an diesem Abend nicht mit Mark getroffen hatte und dass die mysteriöse Frau nicht einfach nur eine x-beliebige Passantin war. Aber während ich die Vorwürfe durchdachte, fragte ich mich, ob nicht vielleicht doch ein Funken Wahrheit in dem steckte, was daily_doily93 sich überlegt hatte. War es möglich, dass Mark Geld von den Konten von Bradley Enterprises unterschlagen hatte? Dazu in der Lage wäre er sicherlich. Er hatte mehr Zugriff auf Calums Geschäfte als irgendwer anders in der Firma. Er kannte die Passwörter seines Chefs, seine Schwächen. Und er war mit den Typen aus dem Sicherheitsteam befreundet. Vielleicht könnte Vincent mir sagen, ob es wirklich möglich war, diese Kameras aus der Ferne zu deaktivieren. Vielleicht könnte ich mehr Informationen über Marks Beziehung zu Calum aus ihm herauskitzeln. Wenn Mark seinen Chef hasste – dafür gab es natürlich keine Beweise, aber es war gut möglich – und wenn er beim Stehlen erwischt worden war, wäre es gar nicht so sehr an den Haaren herbeigezogen, dass er Calum ermordet haben könnte. Was jedoch keinen Sinn ergab, waren die Drohbriefe und das Stalking. Vielleicht hatte er Informationen über Calum gesammelt, um ihn zum Schweigen zu bringen, falls er jemals erwischt werden sollte. Aber dann wurde ihm klar, dass Calum schon alles wusste und sich nicht erpressen lassen würde. Vielleicht dachte er, dass Calum mir von dem Diebstahl erzählt hatte, und deshalb wollte er jetzt mich zum Schweigen bringen.

Je mehr ich darüber nachdachte, desto plausibler erschien es mir. Ich wünschte mir, ich hätte Zugriff auf seine Finanzen, aber ich wusste nicht, wo ich anfangen sollte. Ich konnte es nicht riskieren, noch mal bei ihm zu Hause einzubrechen – wenn er festgestellt hatte, dass irgendetwas nicht an seinem Platz war, würde er sicherlich zusätzliche Sicherheitsmaßnahmen ergreifen. Außerdem bezweifelte ich, dass er bei sich zu Hause Beweise dafür aufheben würde, dass er einen der reichsten Männer im Land bestohlen hatte.

Ich tippte eine E-Mail an Vincent und entschuldigte mich dafür, dass ich so schnell aus dem Restaurant abgehauen war, als ich ihn das letzte Mal gesehen hatte. Ich fragte ihn, ob er sich mit mir auf einen Drink treffen wollte, damit wir uns vernünftig unterhalten konnten, und dann drückte ich mir selbst die Daumen und wartete.

Zur Mittagszeit zitterten meine Hände nach den drei Tassen Kaffee, die ich getrunken hatte. Ich hasste es, mit meinen Gedanken alleine gelassen zu werden. Sie wandelten sich jeden Moment, huschten von Hass auf meinen Ehemann und felsenfester Überzeugung, dass er der Mörder war, zu völliger Überzeugung, dass er unschuldig war und es stattdessen Mark gewesen sein musste.

Ich starrte in die Ferne, als ich plötzlich Jasons dunkelblauen Anzug in einem Sturm aus Blau, Schwarz und Anthrazit erblickte. Es überraschte mich, dass ich ihn noch immer so leicht in einer Menschenmenge erkannte, selbst wenn ich gar nicht aufpasste. Es war seine Art zu gehen: Er lehnte sich immer ein klein wenig nach rechts, ein Überbleibsel von einer alten Fußballverletzung. Das war untrüglich, zusammen mit der selbstsicheren Art und Weise, wie er den Kopf hochhielt.

Ich stand von meinem Stuhl auf und trat von einem Fuß auf den anderen in der Hoffnung, wieder etwas Gefühl in meine Beine zu bekommen, und dann ging ich hinaus in das Meer von Bank- und Versicherungsangestellten, die gerade Mittagspause machten, um meinem Mann zu folgen. Glücklicherweise hatte ich daran gedacht, unauffällige Kleidung zu tragen, sonst wäre ich viel zu sehr aufgefallen. In meinem weißen Oberteil, schwarzen Jeans und Pumps passte ich fast ins Bild.

Ich folgte Jason durch die Menschenmengen, vorbei an Restaurants und auf die Themse zu, wo weniger Leute und nur hin und wieder ein Café zu sehen waren. Überall sonst in London war das Ufer überlaufen von Menschen, die während ihrer Mittagspause etwas Sonne tanken wollten, aber hier im Geschäftszentrum waren die Massen zu sehr darauf konzentriert, nicht von der Karriereleiter zu fallen, um sich von Belanglosigkeiten wie einem Sonnenbad ablenken zu lassen. Außerdem konnten sie es sich leisten, sich einfach am Wochenende im Sonnenstudio zu bräunen.

Ich versuchte, außer Sichtweite zu bleiben, während Jason über den Uferpfad ging und alle paar Sekunden auf sein Handy guckte. Nach ein paar Hundert Metern blieb er stehen, und ich drückte mich flach an eine leuchtende Reklametafel, um nicht gesehen zu werden. Von meinem Versteck hinter dem blendend hellen Bildschirm aus konnte ich Jason sehen, der sich gerade noch in meinem Sichtfeld nervös umsah und immer wieder einen Blick auf sein Handy warf.

Das war zu verdächtig, um es nicht festzuhalten. Ich zog die Kamera aus meiner Tasche und machte ein paar Fotos. Vielleicht würde Alex eine Idee haben, weshalb Jason sich so seltsam verhielt.

Weiter flussabwärts fiel mir ein anderer Mann auf. Er ging mit zielgerichteten, entschlossenen Schritten in unsere Richtung. Jason ließ plötzlich die Schultern hängen und tippte auf seinem Handy, um unauffällig auszusehen, erreichte damit aber genau das Gegenteil.

Der Fremde blieb plötzlich vor meinem unbeholfenen Mann stehen, um sich den Schuh zuzubinden. Jason sah überrascht aus, aber dann bemerkte ich, dass seine Lippen sich bewegten. Die beiden sprachen miteinander.

Ich machte so viele Fotos wie möglich und versuchte dabei, den Mann möglichst gut aufs Bild zu bekommen, ohne aus meinem Versteck hervorzutreten. Ihr Gespräch dauerte nicht länger als ein paar Sekunden, und dann stand der Mann auf und bot mir einen ungehinderten Blick auf sein Gesicht. Ich konzentrierte mich und drückte noch ein paarmal auf den Auslöser, bevor er sich entspannt wieder umdrehte und in dieselbe Richtung zurückging, aus der er gekommen war.

Ich war so damit beschäftigt, auf dem Bildschirm meiner Kamera zu überprüfen, ob man sein Gesicht auf den Bildern auch gut sehen konnte, dass ich fast verpasste, wie Jason sich vorbeugte. Anspannung erfasste meinen gesamten Körper, als ich erkannte, was Jason gerade aufhob: einen weißen Umschlag.

Er hielt den Umschlag in beiden Händen, drehte ihn um und riss ihn auf.

Ich stand da und rührte keinen Muskel, bis auf meinen Finger, der krampfhaft immer wieder auf den Auslöser drückte, in der Hoffnung, dass die Kamera auch auf diese Distanz erfassen könnte, was im Umschlag war. Jasons Hand verharrte über der Öffnung, die er gerade in den Umschlag gerissen hatte, schob ihn dann aber in seine Jackentasche, als wäre ihm plötzlich ein dringender Grund eingefallen, weshalb er nicht hineinsehen sollte.

Ich musste entkommen, bevor er mich bemerkte. Schnellen Schrittes ging ich denselben Weg zurück, den ich gekommen war, und hielt mich dabei so nah wie möglich an das Gitter zwischen dem Fußweg und dem Fluss. Ich bemühte mich, zielstrebig auszusehen, als wäre ich eine ganz normale Angestellte in diesem Bürodistrikt – dem sogenannten Canary Wharf –, die im Stress war und zu ihrem nächsten Termin zurückhetzte. Ich täuschte sogar ein leichtes Hinken vor, damit Jason mich nicht an meinem Gang erkennen würde, so wie ich ihn zuvor.

Ich schaffte es zurück in das Durcheinander der Mittagsmassen und trat in ein Café, um mich ein wenig zu verstecken, bis Jason in sein Bürogebäude zurückgekehrt war. Gerade bestellte ich mir eine Suppe, als eine Stimme hinter mir erklang und mir das Herz in die Kniekehlen sacken ließ.

»Bethany?«

Ich drehte mich um und sah meinen Mann ein paar Schritte hinter mir in der Schlange. Er starrte mich an, als hätte er gerade seine Ex bei seiner Hochzeit gesehen.

»Jason, hi, ich wollte dich gerade anrufen und dich fragen, ob du runterkommen und dich zu mir setzen willst«, log ich.

»Aber … aber warum bist du überhaupt hier?«, fragte er und gab sich keinerlei Mühe, seine Verwirrung zu überspielen.

»Oh, ich habe mir nur eine Location für einen neuen Kunden angeguckt, den Fran aufgetan hat. Es ist eine Firma, also wollen wir einen professionellen Hintergrund. Ich dachte, vielleicht da unten am Wasser, mit den Hochhäusern im Hintergrund.«

Ich schnappte mir die Suppe, die mir der ungeduldige Typ in der Schürze entgegenstreckte, und ignorierte die genervten Seufzer, die vom Ende der Schlange zu mir drangen. Ich ging zurück zur Schlange, um mich zu Jason zu stellen, und plapperte nervös weiter über das imaginäre Fotoshooting, für das ich hier war.

Nachdem er sein Sandwich bekommen hatte, fragte ich ihn, ob er mit mir zum Fluss kommen wollte, wo ich ein paar Fotos machen würde. Vor meinen Augen wurde sein Gesicht ein paar Farbtöne blasser.

»Ist alles in Ordnung?«, fragte ich und spielte die besorgte Ehefrau.

»Ich muss nur … ähm, mir ist nur gerade aufgefallen, dass ich spät dran bin für einen Termin«, sagte er und errötete dabei unnötig. Die Lüge war ch schon offensichtlich. »Es tut mir echt leid, aber ich kann nicht bleiben. Bis nachher?«, fragte er und eilte dann aus dem Café, bevor ich ihm antworten konnte. Ich sah zu, wie seine Gestalt immer kleiner wurde, und überlegte dann, wie ich jetzt vorgehen sollte.

Ich musste unbedingt wissen, was sich in diesem Umschlag befand und wer der mysteriöse Fremde war. Offensichtlich wollten die beiden nicht zusammen gesehen werden, was diese ganze Aktion wie aus einem schlechten Spionagefilm erklärte, aber ohne den Inhalt des Umschlags wusste ich nicht, warum.

Vielleicht war es der nächste Brief, den Jason in unserem Haus ablegen sollte, um mir noch mehr Angst einzujagen, oder vielleicht sein Alibi für die Mordnacht. Möglicherweise waren es noch mehr belastende Fotos von mir, die von demselben stalkenden Fotografen gemacht worden waren, der schon meinen Streit mit Calum festgehalten hatte.

Mir fiel ein, dass meine Schritte wahrscheinlich auch jetzt überwacht wurden, was bedeutete, dass ich zum Fluss gehen und Fotos von meiner ausgedachten Location machen musste, wenn ich die Chance bewahren wollte, dass Jason mir glaubte. Vielleicht wusste er schon, dass ich sein zwielichtiges Treffen mit dem Fremden gesehen hatte, aber falls nicht, musste ich den Schein wahren.

Als ich das Café verließ, wurde mir klar, dass ich Alex' Anschuldigung langsam Glauben schenkte. Ich wollte es nicht wahrhaben, aber Jason benahm sich nicht wie ein normaler Ehemann. Sein Verhalten war verdächtig. Ich konnte nicht weiterhin so tun, als hätte die Theorie, Jason sei der Mörder, weder Hand noch Fuß.

Nachdem ich etwa fünfzig Fotos geschossen hatte, die ich auf dem Weg nach Hause wieder löschen wollte, packte ich meine Kamera ein. In dem Moment sah ich eine Telefonzelle und wühlte in meiner Handtasche nach Kleingeld. Ich suchte Alex' Nummer aus meinem Handy heraus und wählte.

»Alex Taylor.«

»Ich bin's, ich rufe von einer Telefonzelle aus an.«

»Gute Idee. Wie läuft das Stalking?«, fragte sie.

»Ähm … können wir uns irgendwo treffen?« Falls jemand an ihrem Ende der Leitung zuhörte, wollte ich nicht, dass derjenige erfuhr, was ich gesehen hatte.

»Klar, komm einfach nach der Arbeit bei mir vorbei. Ich werde früher hier abhauen und bin dann gegen sechs Uhr zu Hause.«

Sobald Alex die Tür geöffnet hatte, wies sie mich an, mich sofort umzuziehen und mein Handy unter einen Haufen Decken zu legen.

»Was ist passiert?«

Ich berichtete ihr von meinem Nachmittag, und als ich sagte, dass ich Fotos gemacht hatte, schnappte sie sich ihren Laptop. Wir scrollten durch die Bilder und sahen uns die Aufnahmen genauer an, auf denen das schmale, kantige Gesicht des mysteriösen Mannes gut zu sehen war. Ich schnitt den Hintergrund aus, damit wir sein Gesicht besser unter die Lupe nehmen konnten.

»Erkennst du ihn?«, fragte Alex.

»Ich habe ihn noch nie gesehen.«

»Klick weiter zu den Bildern, auf denen Jason den Umschlag aufhebt. Hast du ein scharfes machen können?«

»Ich denke schon. Ja! Hier ist es.«

Ich vergrößerte den Ausschnitt mit dem kleinen weißen Umschlag, um Details erkennen zu können. Er war unbeschriftet.

Wir sahen uns an, weil keine von uns beiden sich sicher war, was wir nun tun sollten.

»Oh!«, rief ich, als mir die E-Mail einfiel, die ich auf dem Weg zu Alex' Wohnung gelesen hatte.

»Was?«

»Samstagabend treffe ich mich mit Vincent«, sagte ich. »Ich werde versuchen herauszufinden, wie Marks Beziehung zu Calum wirklich aussah. Und ob irgendjemand im Sicherheitsteam ihn verdächtig gut zu kennen scheint.«

»Wer ist Vincent?«, fragte sie.

»Einer der Typen aus Calums Sicherheitsteam«, erklärte ich und brachte sie auf den neuesten Stand über die Theorie, die ich online gelesen hatte.

»Das ist alles spekulativ«, murmelte sie und kniff die Augen zusammen.

»Das sind alle Vermutungen über Jason auch.«

»Stimmt auch wieder«, gab sie zu. »Und es kann ja nicht schaden, sich Mark etwas genauer anzusehen. Aber sei bitte vorsichtig, was du diesem Sicherheitstypen sagst und wie du es sagst. Es wäre nicht schlau, dir anmerken zu lassen, dass du auf eigene Faust ermittelst.«

»Ich werde vorsichtig sein«, versprach ich ihr. »Hast du etwas Neues herausgefunden?«

»Ja und nein. Ich habe mit meinem Freund von der Polizei gesprochen, um herauszufinden, was er über den Fall weiß. Natürlich musste ich subtil vorgehen, also konnte ich ihn nicht zu sehr mit Fragen löchern, aber ich hatte den Eindruck, dass keiner weiß, wo man anfangen soll. Er hat einen Verdächtigen erwähnt – er hat dich als ungenannten Kollegen von Mr. Bradley bezeichnet –, aber die Polizei hat nicht genug Indizien, um irgendjemanden offiziell anzuklagen, und sie kann nicht beweisen, dass du das auf der Überwachungskamera bist. Die Mordwaffe war ein Messer, das regulär in Outdoorgeschäften verkauft wird, es gibt keine Fingerabdrücke oder DNA-Spuren am Tatort, und es gibt keine Zeugen. Die Ermittler denken, dass ein Störsender benutzt wurde, um die ganzen Überwachungskameras in der Gegend zu deaktivieren, aber auch da gibt es keine eindeutigen Spuren. Es klingt, als würden die Polizisten alle Panik schieben, weil der Fall so einen Medienrummel verursacht. Aber für dich sind das zumindest gute Neuigkeiten.«

»Wahrscheinlich«, stimmte ich zu. »Es wären bessere Neuigkeiten, wenn sie einfach mal herausfinden würden, wer es war. Wie kann jemand einen Mord begehen, ohne auch nur eine einzige Spur zu hinterlassen?«

»Offensichtlich wusste der Mörder, was er tat.«

Ich hatte immer noch Angst – natürlich hatte ich das –, aber sie verlor zunehmend den Kampf gegen die Entschlossenheit, dieses Rätsel zu lösen, in das ich verwickelt worden war. Meine

Vernunft war von einem brennenden Verlangen ersetzt worden, als Siegerin hervorzugehen. Der Falle des Mörders zu entkommen. Denn wenn ich logisch an die Sache heranging, sollte ich Angst vor Jason haben. Wenn es auch nur die geringste Möglichkeit gab, dass er Calum so brutal ermordet hatte, was für grauenhafte Pläne hielt er dann für mich bereit? Aber trotzdem fand ich in mir keinen Platz für Panik.

Wut, das schon. Aber der Mann, den ich hatte weinen sehen, weil sein Fußballteam verloren hatte, war kein Mann, vor dem man sich fürchten musste. Und überhaupt, wenn er mir hätte wehtun – mich körperlich verletzen – wollen, dann hätte er dazu zahlreiche Gelegenheiten gehabt, bevor ich ihn auch nur ansatzweise verdächtigt hatte. Offenbar hatte er größeren Spaß daran, mit mir zu spielen. *Unser Spiel* hatte er es in der letzten Nachricht genannt. Zorn stieg wie Lava aus den Tiefen meiner Seele auf, und ich atmete kalte Luft ein, um ihn zu löschen.

»Ich weiß bloß nicht, wie lange ich das hier noch aushalte«, gab ich zu.

»Oh, Bethany, ich weiß, wie schwer das alles für dich ist«, sagte Alex und rückte näher an mich heran, um mich zu umarmen. »Aber du bist so tapfer, du musst nur weiter durchhalten. Bald ist das alles vorbei.«

Ich nickte und bemühte mich verkrampft, ihr zu glauben.

Aber eine eindringliche Stimme in meinem Kopf erinnerte mich an etwas, das ich seit Tagen zu ignorieren versuchte. Ich wusste nicht, wie ich mir so sicher sein konnte. Aber ich hatte eine überwältigende Vorahnung, dass diese Tortur noch lange nicht vorbei war.

33. KAPITEL

Die Polizei stand vor meiner Haustür.

In der Zeit, in der ich meine Wohnung verlassen hatte, um Brot zu kaufen, war sie gekommen.

Als Erstes bemerkte ich das Auto mit den verräterischen blauen und roten Lichtern, das auf der Straße vor meinem Haus geparkt war. Ruckartig blieb ich stehen und wog ab, ob ich mich umdrehen und wegrennen oder hierbleiben sollte, um herauszufinden, was genau die Polizisten wollten. Vielleicht war es nur eine Überwachungsmaßnahme. Oder vielleicht hatten sie die nötigen Beweise gefunden, um mich zu verhaften.

Ich überquerte die Straße und schlich mich an, bis ich ins Auto spähen konnte. Es war leer. Das schloss also Überwachung aus. Ich bewegte mich in Zeitlupe, mit angespannten Muskeln, als wollte ich mich gegen eine Prügelei wappnen, bis ich mich hinter der Bushaltestelle gegenüber von meiner Wohnung verstecken konnte.

Von dort aus konnte ich sie gut sehen: zwei Männer in Polizeiuniform, die vor dem Hauseingang standen. Einer lugte durch das Fenster, und der andere klopfte an die Tür. Ich fragte mich, wie lange sie wohl schon dort warteten.

Der größere Mann klopfte erneut an, dann stemmte er die Hände in die Hüften. Ich konnte sehen, wie er die Schultern hob und wieder senkte, als hätte er aufgegeben, und als er sich umdrehte, duckte ich mich schnell hinter die Haltestelle und betete, dass er meine Füße nicht sah.

Ihre Stimmen, die vor meiner Haustür kaum ein Flüstern gewesen waren, wurden jetzt lauter, als die Männer den Pfad hochgingen.

»Versuchen wir es heute Nachmittag noch mal. Irgendwann muss sie ja nach Hause kommen.«

»Hoffentlich bekommen die das mit dem Durchsuchungsbefehl bald auf die Reihe, dann müssen wir uns keinen Kopf mehr machen, ob sie da ist oder nicht.«

Die Autotüren wurden geschlossen, und erst als der Motor ansprang und sich dem leisen Brummen des Verkehrs anschloss, erlaubte ich mir, mich zu entspannen. Die Polizei hatte noch nichts gefunden.

Aber sie war mir dicht auf den Fersen – und mir rannte die Zeit davon.

34. KAPITEL

Sobald ich in der Wohnung war, zog ich alle Vorhänge zu. Sollte die Polizei zurückkommen – zumindest ohne Durchsuchungsbefehl –, würde ich einfach so tun müssen, als wäre ich nicht zu Hause. Noch bevor ich dazu kam, mein weiteres Vorgehen zu planen, leuchtete Alex' Name auf meinem Handy auf. Ich ärgerte mich, dass ich vergessen hatte, es auszuschalten, aber ich konnte den Anruf nicht ignorieren.

»Ich habe eine Nachricht bekommen, Bethany.« Alex' Stimme klang angespannt und matt.

»Du hast was?«

Mein Gehirn registrierte zwar, was sie gesagt hatte, aber das war zu unerwartet und jenseits von allen schlimmen Szenarien, die ich mir schon ausgemalt hatte. Sie konnte das nicht so meinen, wie ich es verstanden hatte.

»Eine Nachricht. Ich habe eine Nachricht bekommen. Von … also es ist dieselbe Handschrift wie auf deinen.«

Die Angst traf mich wie ein unerwarteter Faustschlag in den Rücken. Die heftige Erschütterung durchdrang meinen ganzen Körper. Dort war der Umschlag also gelandet.

»Wo?«

»Auf meinem Bett.«

Der Mörder war also auch an sie herangekommen. Und es war meine Schuld, ich hatte ihn zu ihr geführt, direkt zu ihrer Haustür. Ich wusste genau, wie verletzt sie sich gerade fühlen musste. Mir erging es ebenso, aber ich konnte es jetzt nicht mehr ändern.

»Kannst du herkommen?«

»Ich bin unterwegs.«

Diesmal hielt ich mich nicht mit den öffentlichen Verkehrsmitteln auf. Das Taxi hielt vor Alex' blassvioletter Haustür, die sie schon seit Jahren neu anstreichen wollte. Als sie die Tür aufriss, war sie bleich und wütend.

»Rein«, knurrte sie.

Ich gehorchte.

»Zieh dich aus.«

Alex reichte mir einen flauschigen Bademantel, an dessen Kragen noch das Preisschild hing. Sie trug ebenfalls einen. Ich blinzelte, zog mich aus und legte meine Kleidung in ihre ausgestreckten Hände.

Alex knüllte sie zusammen, stopfte sie in ihre Waschmaschine und drehte ruckartig an den Knöpfen, um sie anzuschalten.

»Handy.«

Ich sah ihr dabei zu, wie sie mein jetzt ausgeschaltetes Handy in eine Plastikdose voller Reis legte, die neben einem uralten Radio stand. Dieses drehte sie dann auf, und wir wurden von furchtbarem Punkrock aus den Neunzigern erschlagen.

»Bad«, sagte sie, und ich folgte ihr ins Badezimmer mit den schwarz-weißen Fliesen, das aussah, als hätte sie es eins zu eins von einer Pinterest-Seite übernommen. Alex schlug die Tür zu und drehte mit derselben Wucht die Dusche auf, sodass das Bad bald von wirbelndem, heißem Dampf erfüllt wurde.

Ich fragte mich, wie viele Spionagefilme sie in letzter Zeit gesehen hatte und ob irgendwelche dieser Taktiken wirklich funktionierten, aber ich wollte das Fass nicht zum Überlaufen bringen, indem ich andeutete, dass sie es gerade übertrieb. Sie schien eh schon instabil, und auch wenn ich Alex in ziemlich ungesunden Zuständen gesehen hatte, war dieser hier etwas ganz Neues.

Nicht dass ich ihr deshalb Vorwürfe machen konnte.

»Ich habe mein Laptop-Ladekabel heute Morgen vergessen, also bin ich zwischen zwei Terminen nach Hause gegangen, um es zu holen«, fing sie an und wandte sich mir zu, um mir in die Augen zu sehen. »Und das hier lag auf meinem Kopfkissen. Meinem *Kopfkissen*, Bethany.«

Sie griff in die Tasche ihres Bademantels und zog ein einzelnes Blatt Papier hervor.

»›Willst du spielen?‹«, las sie vor und wurde mit jeder Silbe lauter. Ich wollte ihr sagen, dass sie doch etwas leiser sein sollte, und sie an all die Maßnahmen erinnern, die sie ergriffen hatte, um nicht gehört zu werden, aber ich wagte es nicht, sie zu unterbrechen.

»›Du hast keine Einladung bekommen, aber wenn du ungebeten auf meiner Party aufkreuzen willst, gibt es eine Hausregel: Ruf nicht die Bullen. Oh, und mach mich nachher nicht für deinen Kater verantwortlich.‹«

Stumm starrte ich sie an, während die Worte in meine Poren sickerten.

»Das tut mir so leid, Alex«, sagte ich. »Ich wollte dich auf keinen Fall in diese ganze Sache hineinziehen.«

Mein Hass auf Jason, wenn er denn wirklich der Mörder war, sprühte Funken und flammte auf. Er konnte mir wehtun. Das war immer noch widerwärtig, aber das konnte er tun. Wir waren verheiratet. Es war fast schon eine ungeschriebene Regel, dass man seinen Partner emotional fertigmachen durfte. Aber nicht Alex.

»Ich bin noch nicht fertig«, fuhr sie mich an. »Es war nicht nur der Brief. Das hier war auch im Umschlag.«

Sie drückte mir etwas in die Hand. Ein Foto. Ich blickte hinab, und vor dem Hintergrund einer heruntergekommenen Bartoilette sah ich Alex' Gesicht über einer Linie aus weißem Puder, mit dem Finger auf einem Nasenloch. Ein paar Sekunden lang starrte ich auf das Foto, bevor ich den Blick wieder hob.

»Das war vor einem verdammten Monat, Bethany. Einem *Monat*!«

»Aber …«

Ungestellte Fragen hingen zwischen uns in der Luft, während wir uns stumm in die Augen sahen. Ich fragte mich, ob mein Gesichtsausdruck Alex' widerspiegelte: weit aufgerissene Augen, fahle Haut, offener Mund, sprachlos. Was ging hier vor? Hatte Calums Mörder Alex die ganze Zeit gestalkt? War es bei diesem ganzen Albtraum von Anfang an um mich gegangen, und er hatte gar nichts mit Calum zu tun?

»Wie zur Hölle ist er an dieses Foto gekommen?« Alex hatte ihre Stimme wiedergefunden. »Und was weiß er sonst noch über mich? Wenn das hier in den falschen Händen landet …«

Ich sah Alex an. Meine beste Freundin: immer stark, immer kompetent, nie aus der Fassung zu bringen. Aber jetzt waren ihre Wangen mit Mascara verschmiert, und ihr Gesicht war zu einer Maske aus purer Panik verzerrt.

»Bethany, niemand darf dieses Foto sehen. Wenn das irgendwie an die Öffentlichkeit gelangt, ist meine Karriere vorbei. Das wäre das Ende für mich.«

Ich wusste, wie viel ihr Job ihr bedeutete. Sie war gut darin – sogar herausragend. Die Auszeichnungen, die sie gesammelt hatte, bewiesen das ebenso wie ihre Mandanten, die ihr ein kleines Vermögen zahlten, damit sie nicht die Hälfte ihres bedeutend größeren Vermögens verloren. Der Mörder wusste, dass ihre Karriere zu bedrohen der effektivste Weg war, um ihre Aufmerksamkeit zu bekommen. So ein Dreckskerl.

Worte konnten diese Situation nicht ändern, also durchquerte ich die dampferfüllte Luft zwischen uns und umarmte sie, bis ihre Schluchzer von meiner Schulter gedämpft wurden. Erst als ich den Eindruck bekam, dass wir beide am Dampf um uns herum ersticken würden, gingen wir ins Wohnzimmer.

Ich drängte ihr ein Glas Wasser auf.

»Was soll das überhaupt heißen: ›Mach mich nachher nicht für deinen Kater verantwortlich‹?«

»Er hält das hier für eine Art Spiel«, sagte ich. »Er hat Spaß daran, uns in den Wahnsinn zu treiben.«

Alex' Atmung war zu schnell und zu flach. Ich sah ihr dabei zu, wie sie an ihrem Wasser nippte und versuchte, ihre zitternden Hände gerade zu halten, und mein ganzer Körper schmerzte vor Reue, dass ich zu ihr gekommen war, dass ich ihr von meinen Geheimnissen erzählt hatte, dass ich sie in solche Gefahr gebracht hatte.

»Entschuldige, dass ich so eine Szene gemacht habe«, sagte sie schließlich, wobei ihre Stimme fast von einem nervigen Gitarrensolo übertönt wurde, das hoffentlich dafür sorgte, dass niemand sonst uns zuhören konnte.

»Das war einfach nur der Schock, aber jetzt habe ich mich beruhigt. Jetzt will ich nichts, als dieses Stück Scheiße dranzukriegen. So kann ich ihn doch nennen, oder? Ich weiß, dass ihr verheiratet seid, aber ...«

»Hey, wir wissen immer noch nicht mit Sicherheit, dass er dahintersteckt.«

Das war heuchlerisch von mir. Vor nur wenigen Momenten hatte ich Jason auch dafür gehasst, dass er ihr das angetan hatte. Aber sobald Alex mit dem Finger auf ihn zeigte, fühlte es sich an wie Verrat, ihr zuzustimmen.

»Fängst du wieder damit an?« Unruhig stand sie wieder auf.

»Warum willst du unbedingt, dass er es ist?«

»Warum weigerst du dich so standhaft, die Fakten zu akzeptieren?« Sie zählte sie an den Fingern ab, einen nach dem anderen. »Erstens: Außer ihm weiß niemand, dass du hier warst. Zweitens: der Umschlag. Drittens: Er kann ohne Schlüssel in dein Haus. Viertens: Er haut ab, kurz bevor das Messer bei dir zu Hause auftaucht. Soll ich weiterreden?«

Ich hob beide Hände als Zeichen meiner Kapitulation.

»Ich will mich nicht mit dir streiten. Ich denke bloß nicht, dass das ganze Stalking, die aufgenommenen Telefongespräche, die Überwachungskameras ... na ja, ich denke einfach nicht, dass Jason dazu die nötigen Fähigkeiten hat.«

»Arbeitet er nicht als Informatiker?«

Ich schüttelte den Kopf, während Alex den Trocknerdurchgang der Waschmaschine anmachte, und sah dann zu, wie sich meine Kleidung in der Metalltrommel unentwegt drehte.

»Nein, das hab ich dir doch schon mal gesagt. Er ist Risikoanalyst bei einer Versicherung.«

»Na, das klingt ja praktisch.«

»Ist es nicht. Er analysiert Einzelhandelsgeschäfte für Versicherungen. Das hat nichts mit Lebensversicherungen zu tun oder was auch immer du dir jetzt gerade vorstellst.«

»Trotzdem. Er könnte sich mit Sachen auskennen, von denen du gar nichts weißt.«

»Das ist mir schon klar«, fuhr ich sie an. »Ich sage doch nur, dass wir keine handfesten Beweise gegen ihn haben, außer dass er den Umschlag aufgehoben hat. Das reicht noch nicht. Wenn er es ist, hat er seine Spuren extrem gründlich verwischt.«

»Hat er das wirklich?«, fragte Alex, holte die Nachricht aus ihrer Tasche und zog beide Augenbrauen hoch. »Fingerabdrücke.«

»Was für Fingerabdrücke?«, fragte ich voller Sorge, dass sie wirklich jeglichen Realitätsbezug verloren hatte. »Deine und meine? Was anderes würde man darauf jetzt nicht mehr finden.«

»Ich bin doch keine Idiotin«, sagte sie. »Das ist eine Kopie. Das Original ist ordentlich eingetütet zusammen mit dem Umschlag und dem Original des Fotos, damit ich das alles der Polizei übergeben kann.«

Ihr Gesichtsausdruck hatte von völliger Verzweiflung zu einer Art Selbstbewusstsein gewechselt. Keine Ahnung, wie sie das in sich gefunden hatte. Beeindruckt von ihrer inneren Stärke, fragte ich mich, ob ich mir die Hoffnung erlauben durfte, dass es doch noch einen Ausweg aus dieser Zwickmühle gab. Ich wusste, dass es unwahrscheinlich war. Aber es *war* möglich, dass der Stalker zu irgendeinem Zeitpunkt einen Fehler gemacht hatte.

»Alex, hat er deine Wohnung durchsucht?«, fragte ich, als mich ein plötzlicher Einfall ablenkte. »Hast du überall nachgesehen?«

»Sonst war alles, wo es hingehört«, sagte sie. »Und ich habe alle möglichen Verstecke durchsucht, um mich zu vergewissern, dass dieses Arschloch nicht immer noch in meiner Wohnung ist, wenn du das meinst.«

Ich machte eine nervöse Pause. Hoffentlich hatte ich ihr ungewöhnliches Verhalten vor ein paar Tagen richtig gedeutet.

»Nein, es ist bloß … na ja, es geht um das Messer. Ich, ähm … als ich letztens hier war, habe ich es hier versteckt.«

Ruckartig drehte Alex den Kopf, um mir direkt in die Augen zu sehen.

»Du hast WAS?«

Oh, Scheiße.

»Ich dachte … letztens, als du gesagt hast, dass ich dir nicht sagen soll, was ich damit gemacht habe …«

»Damit habe ich gemeint, dass du es irgendwo loswerden sollst, ohne mir davon zu erzählen. Was zur Hölle hast du dir dabei gedacht?«

Sie sah so verängstigt aus, wie ich mich fühlte. Ich hatte sie völlig falsch verstanden, und jetzt hatte der Mörder auch sie im Visier. War er deshalb hier gewesen?

»Also?«, fragte sie mit schriller Stimme. »Wo zum Teufel ist es? Hat er es mitgenommen? Oh Gott, eins verspreche ich dir, Bethany …«

Wortlos ging ich zum Küchenschrank. Ich konnte ihr nicht in die Augen sehen, konnte mich nicht ihrem vernichtenden Blick aussetzen.

Ich öffnete den Schrank, holte Dosen und Kartons in verschiedenen Größen und Formen hervor und warf sie auf die

Bank hinter mir, bis ich mit den Fingern endlich den Plastikbehälter in der hintersten Ecke berührte.

Ich nahm den Deckel ab, warf ihn beiseite und griff dann mit der Hand ins Mehl, ohne darauf zu achten, dass ich mich an der Klinge schneiden könnte. Wenigstens würde das heißen, dass das Messer noch da war.

Erleichterung durchflutete mich, als meine Finger den Griff ertasteten, und triumphierend zog ich das Messer hervor, wobei ich den Küchenboden mit weißem Puder bedeckte.

»Ich habe es in Plastikfolie gewickelt«, erklärte ich und legte das seltsam geformte Paket auf die Kochinsel.

Wir starrten beide darauf, als ob es auf einmal zum Leben erwachen und uns angreifen könnte.

»Es tut mir so sehr leid«, sagte ich und wandte mich ihr zu. Sie hatte die Arme vor der Brust verschränkt, und ihr Gesicht hatte einen dunklen Pinkton angenommen. Am liebsten wollte ich im Boden versinken. »Ich habe Mist gebaut. Ich hätte dich gar nicht erst in diese Sache hineinziehen sollen, und ich habe dich völlig falsch verstanden, als ich letztens hier war. Ich bin eine furchtbare Freundin. Am besten gehe ich jetzt sofort los, um das hier zu entsorgen.«

»Ich komme mit«, sagte Alex.

»Nichts da. Das ist nicht dein Problem. Ich kümmere mich drum.«

»Man kann sich offensichtlich nicht darauf verlassen, dass du dich vernünftig darum kümmerst«, erwiderte sie, und ich knirschte mit den Zähnen. »Also werde ich sichergehen, dass niemand dieses Teil finden wird.«

»Im Ernst, Alex, ich kann das schon erledigen.«

»'nen Teufel kannst du. Hör auf, mit mir zu diskutieren, okay? Dafür bin ich jetzt nicht in der Stimmung.«

Ich starrte auf das Messer, als könnte es mir all seine Geheimnisse verraten.

»Es ist bloß … Ich will nicht mit dir streiten, aber er hat es nicht gefunden, als er hier war. Es sieht nicht mal so aus, als hätte er deine Wohnung durchsucht. Ich meine, ich würde es natürlich gerne loswerden, versteh mich nicht falsch. Aber ich frage mich einfach, ob das wirklich die schlauste Entscheidung ist!«

»Warum sollten wir es behalten? Ich bin nicht bereit, das zu riskieren, jetzt, wo ich weiß, dass jemand einfach hier einbrechen kann. Außerdem, wenn meine Wohnung verwanzt ist, dann weiß Jason jetzt auch, dass es hier ist, stimmt's? Und dann wird er es definitiv holen kommen.«

»Wir wissen nicht mit Sicherheit, dass es Jason ist«, erinnerte ich sie.

»Von mir aus.« Wegwerfend wedelte sie mit der Hand. »*Der Mörder* weiß jetzt auch, dass es hier ist.«

Als Antwort auf ihren Sarkasmus kniff ich die Augen zusammen, aber ich wollte ihr nicht widersprechen. Sie war ohnehin schon wütend genug auf mich.

»Gibt es wirklich keine anderen Möglichkeiten?«, fragte ich. »Ich verstehe ja, was du meinst, und du hast auch recht, aber dieses Messer ist nun mal der einzige Beweis, der Calums wahren Mörder überführen könnte. Vielleicht könnte man nachverfolgen, wer es gekauft hat, oder irgendwelche Fingerabdrücke oder DNA-Spuren finden oder sonst etwas, das beweist, dass ich es nicht war. Ich denke nicht, dass es eine besonders schlaue Idee ist, den einzigen Beweisgegenstand des Mords wegzuwerfen.«

»Es ist eine furchtbar schlechte Idee.« Alex nickte. »Aber wie du schon gesagt hast, ist der Mörder schlau. Wahrscheinlich viel zu schlau, um irgendwelche Spuren auf der Mordwaffe zu hinterlassen, vor allem, wenn er wissen musste, dass du sie möglicherweise der Polizei übergibst. Und überhaupt, selbst wenn irgendetwas an diesem Messer einen Hinweis darauf liefern könnte, wer Calum ermordet hat, können wir es kaum zur Polizei bringen und von ihr untersuchen lassen, nicht wahr?«

Ich zögerte und durchwühlte meine Gedanken nach einer anderen Lösung.

»Vielleicht können wir es zur Verwahrung woanders hinbringen. An einen neutralen Ort.«

»Zum Beispiel?«

Ich trommelte mit den Fingerspitzen auf die kühle Marmorarbeitsplatte, ging gedanklich verschiedene Optionen durch und verwarf sie alle sofort wieder.

»Ein Tresorfach?«, fragte ich und fuhr fort, bevor Alex antworten konnte: »Nein, das wäre zu offensichtlich. Ein öffentliches Schließfach. Vergiss es. Zu gefährlich. An Schließfächern sind immer auch Überwachungskameras, das habe ich in Filmen gesehen.«

Alex und ich sahen uns an, als könnten wir so aus der anderen eine Antwort herauslocken.

»Wie wäre es mit einem öffentlichen Ort, wie dem Hyde Park? Wir könnten es vergraben?«, schlug ich letztendlich vor.

Alex kaute auf ihrer Unterlippe herum. »Vielleicht«, sagte sie nach einer Pause. »Aber auch das wäre gefährlich. Was, wenn ein Hund es ausgräbt? Oder wenn jemand uns dabei beobachtet und misstrauisch wird? Wenn irgendjemand es findet, sehen wir nur noch verdächtiger aus, wenn wir versucht haben, es zu verstecken.«

»Es gibt also keine gute Lösung«, sagte ich verzweifelt.

Alex schloss die Augen und stieß einen dramatischen Seufzer aus. »Ich denke wirklich, dass wir es ein für alle Mal loswerden müssen. Das ist nicht ideal, aber wenn der Mörder weiß, dass wir es haben, wird er diese Tatsache nur gegen uns benutzen. Ich denke, dass es weniger riskant ist, das Messer zu zerstören, als abzuwarten, ob er es wieder an sich nehmen wird, oder zu hoffen, dass er der Polizei nicht den Hinweis gibt, hier danach zu suchen.«

Ich biss mir auf die Wange und überdachte ihre Worte. Ein Hauptbeweisstück zu beseitigen, war zweifelsohne unklug, aber Alex hatte recht. Wenn wir es loswurden, konnten wir sicherstellen, dass es nicht mehr benutzt werden konnte, um mich noch schuldiger aussehen zu lassen. Wenn wir es behielten, waren zu viele Dinge nicht mehr unter unserer Kontrolle.

»Okay, wo entsorgen wir es?«, fragte ich.

»Im Fluss?«, schlug Alex vor, ihre Stimmlage hatte sich hochgeschraubt, und ihre Augenbrauen waren synchron dazu nach oben geschnellt.

Ich legte den Kopf schräg und dachte nach. »Das könnte funktionieren«, gab ich zu. »Dort wird es wahrscheinlich niemand finden.«

»Genau.«

»Es ist trotzdem immer noch ein Risiko.«

»Ja. Aber wir haben eigentlich keine Wahl, oder? Wir müssen uns irgendeinen Ort aussuchen.«

Trotz der wachsenden Angst, die sich in mir ballte, nickte ich.

»Letzte Chance, um noch auszusteigen«, sagte ich. »Ich kann das auch alleine machen. Du solltest wirklich hierbleiben und dich aus der Sache heraushalten, finde ich.«

Alex stand auf.

»Ich hole meinen Schlüssel.«

35. KAPITEL

Mir war übel.

Alex hatte darauf bestanden, dass wir zu Fuß gingen, dann den Bus in die falsche Richtung nahmen, dann ein wenig weitergingen und dann in den Zug stiegen, nur um sicherzustellen, dass uns niemand verfolgte. Wir hatten uns auf eine Stelle an der Themse geeinigt, die weit weg von ihrer und auch von meiner Wohnung war, damit das Messer nicht zu leicht mit einer von uns in Verbindung gebracht werden könnte, falls es doch am Ufer angespült wurde.

In Barnes traten wir aus dem Bahnhof heraus und sahen uns misstrauisch um. Niemand war zu sehen. Das war eigentlich schon der Fall gewesen, seit wir Alex' Wohnung verlassen hatten, aber trotzdem wurden wir beide das Gefühl nicht los, dass uns jemand verfolgte.

»Mir ist schon klar, dass ich mir das wahrscheinlich nur einbilde«, sagte Alex, »aber ich erwarte die ganze Zeit, dass jemand gleich aus einem Busch herausspringt und mich packt.«

»Ich weiß genau, was du meinst«, murmelte ich. »Bringen wir das einfach hinter uns, damit wir nach Hause gehen können.«

Im Dunkeln eilten wir zur Brücke, den Blick auf die Füße gerichtet, um unsere Gesichter vor Überwachungskameras zu verbergen, gekleidet in dunkle Jeans und Kapuzenpullover, von denen wir hofften, dass wir in ihnen unauffällig aussehen würden. Zu meiner Rechten hörte ich das sanfte Plätschern der Themse und hoffte, dass ich ihr vertrauen konnte, am Morgen nicht mein Geheimnis an ihre schlammigen Ufer zu spucken.

Wir blieben in der Mitte der Brücke stehen und sahen nach Westen. Ich schaute mich um, aber die Brücke war leer. Trotz der Windstille zitterte ich in der Abendluft.

»Komm schon, beeil dich«, sagte ich, als Alex das in Plastikfolie gewickelte Messer unter ihrem Pullover hervorholte. Ich hielt es in meinen ausgestreckten Händen, während Alex vorsichtig die Folie abwickelte und darauf achtete, das Messer nicht zu berühren. Ein Hauch von Schwarz wurde sichtbar, Stahl schimmerte, als würde das Messer uns wissend zuzwinkern. Ich schauderte, zog die restliche Folie beiseite und balancierte das blanke Messer auf einer Handfläche.

Um den Griff gründlich abzuwischen, benutzte ich das Handtuch, in das ich das Messer zu Hause gewickelt hatte.

»Bist du dir sicher, dass das die Fingerabdrücke vollständig beseitigen wird?«, fragte ich Alex.

»Ja, ich bin mir sicher. Na ja, natürlich nicht aus eigener Erfahrung. Aber alles, was ich online gelesen habe, sagt, dass das ausreicht.«

Ich warf noch einen Blick über Alex' Schulter. Dann über meine.

Einen Moment lang zögerte ich noch, aber ich wusste bereits, dass ich meine Meinung nicht ändern würde. Mit einer plötzlichen Bewegung ließ ich das Messer von der Brücke fallen und wartete, bis ich den Schlag hörte, als es auf die Wasseroberfläche traf.

Dann herrschte Stille.

Wir sahen einander an. Alex zuckte kaum merkbar die Schultern, und dann verließen wir wortlos unseren Tatort.

36. KAPITEL

Gerade erst hatte ich aufgehört zu zittern, obwohl ich schon seit einer halben Stunde wieder in Alex' Wohnung war. Ich hatte geduscht und die frisch gewaschene Kleidung wieder angezogen, in der ich vor ein paar Stunden angekommen war.

Das Messer lag auf dem Boden der Themse, das Handtuch, mit dem ich meine Fingerabdrücke abgewischt hatte, war in einem Eimer mit Bleichmittel eingeweicht, und die Plastikfolie, die ich um das Messer gewickelt hatte, war in einem Mülleimer in der Nähe von Clapham Junction gelandet. Wenn das nicht reichte, wusste ich auch nicht weiter.

»Ich sollte nach Hause gehen«, sagte ich. Ich fühlte mich leicht benommen und furchtbar müde. Alles, was ich wollte, war mein eigenes Bett, selbst wenn ich das möglicherweise mit einem Mörder teilte. Auf halbem Weg zur Tür fiel mir noch etwas ein. »Ach, mein Handy. Kann ich es jetzt wiederhaben?«

Alex sprang vom Sofa auf.

»Entschuldige, das habe ich ganz vergessen«, sagte sie. Sie wühlte in dem Reisbehälter herum, zog mein Handy hervor und reichte es mir, während sie nach ihrem eigenen griff.

Ich machte mein Handy an und wusste, dass ich mir eine Ausrede ausdenken musste, falls Jason versucht hatte, mich zu erreichen. Keine neuen Nachrichten auf meiner Mailbox, aber eine Facebook-Meldung leuchtete auf dem Bildschirm auf.

Verwirrt runzelte ich die Stirn. Warum hätte Alex mich in einem Post markieren sollen?

»Alex, was ist das?«, fragte ich und klickte auf die Meldung, um sie mir genauer anzuschauen.

Ein Stadtplan erschien auf dem Bildschirm, auf dessen Mitte der Fluss abgebildet war.

Ich blickte noch genauer hin. Das war Barnes Bridge. Genau

die Stelle, an der wir vor einer Stunde gestanden hatten, um eine Mordwaffe in die Themse zu werfen.

Mein Herz hämmerte mir in den Ohren.

Über der Karte war ein Statusupdate von Alex, veröffentlicht vor etwas über einer Stunde.

Mal wieder was angestellt. ;-)

»Was zum Teufel, Alex?« Ich spuckte die Worte aus wie eine Anklage.

Sie hatte mir Vorwürfe gemacht, weil ich das Messer nicht vernünftig entsorgt hatte. Und jetzt hatte sie über eine Situation Witze gemacht, die weder lustig noch öffentlich war. Zorn überkam mich, schnell und rot, blendend. Ich hatte Alex vertraut. Ich hatte mein Leben riskiert, als ich ihr meine Geheimnisse verraten hatte. Ich hatte auch ihres riskiert, aber ich würde sie nie noch weiter in Gefahr bringen, indem ich darüber auf Facebook schrieb. War das meine Strafe dafür, das Messer in ihrer Wohnung versteckt zu haben? Hatte sie deshalb darauf bestanden mitzukommen? Wollte sie eigentlich, dass ich verhaftet wurde?

Meine Gedanken kehrten zurück zu dem Abend, an dem ich erstmals zu Alex gekommen war. »Ich rate dir, mit all diesen Informationen zur Polizei zu gehen und darauf zu vertrauen, dass sie sich darum kümmern wird«, hatte sie gesagt. Wollte sie mich auf diese Weise dazu zwingen, auf sie zu hören?

Alex sah von ihrem eigenen Handy auf. Ihr Gesicht war aschfahl geworden.

»Das war ich nicht«, flüsterte sie. »Natürlich war ich das nicht, Bethany. Wie hätte ich das denn machen sollen?«

»Das würde ich auch gerne wissen.«

»Ich hatte mein Handy nicht dabei, es war die ganze Zeit hier, genau wie deins.«

Ich schüttelte den Kopf. Sie hatte mehrmals die Gelegenheit gehabt, das Handy zu holen, während ich nicht hingesehen hatte.

»Niemand außer dir wusste, wo wir waren, Alex.«

»Offenbar wusste es noch jemand. Jason muss ...«

»Hör endlich mit deinen besessenen Anschuldigungen gegen Jason auf«, schrie ich sie an. »Jason ist mein Mann!«

»Okay. Tut mir leid«, flehte sie. »Aber diese Facebook-Meldung ist nicht von mir. Denk doch mal darüber nach. Wenn ich dir wirklich etwas anhängen wollte – was ich nicht will –, dann würde ich mich doch nicht selbst mit beschuldigen. Für wie blöd hältst du mich denn?«

Ich sah sie an und versuchte, die Wahrheit in ihren Augen zu erkennen.

»Außerdem wurde dein Facebook-Account doch auch schon gehackt. Der Mörder hat offensichtlich Zugriff auf unsere Handys. Komm schon, Bethany. Das war ich nicht, und das weißt du genauso gut wie ich.«

Sie hatte recht. Selbst wenn sie mich in Schwierigkeiten bringen wollte, wäre sie nicht so dumm, sich selbst dabei ebenso schuldig aussehen zu lassen. Ich hasste dieses Gefühl, den Menschen, die ich liebte, nicht glauben zu können, alles zu hinterfragen, jedes Wort zu analysieren. Alex war meine beste Freundin. Sie war der einzige Mensch, auf den ich mich stützen konnte. Ich konnte mich nicht mehr an meinen Mann wenden, was hieß, dass, wenn ich Alex nicht vertrauen konnte, ich wirklich niemandem mehr vertrauen konnte. Ich musste das Risiko eingehen. Ich musste die Entscheidung treffen, ihr zu glauben. Sie hatte sowieso recht. Es ergab keinen Sinn, dass sie diese Meldung geschrieben hätte. Ich wollte mich aus meiner Haut herausschälen und eine Weile lang nicht mehr ich selbst sein. Wenn Alex dieses Update nicht gepostet hatte, dann war uns doch jemand gefolgt.

Ich betete, dass noch niemand den Facebook-Status gesehen hatte, dass er zwischen politischen Tiraden und lustigen Videos übersehen worden war. Aber als ich hinunterscrollte, sah ich siebzehn Mal »Gefällt mir« und zwei Likes, und dazu eine Handvoll Kommentare.

Klingt nach Spaß, Süße. Wann gehen wir mal wieder aus und stellen was an? ;-)

Mysteriös. Was treibst du so?

Lol. Typisch Alex.

»Lösch es«, verlangte ich.

»Natürlich lösche ich es, verdammt noch mal, aber darum geht es doch nicht, oder?«

»Ich glaube, mein Twitter-Account wurde auch gehackt«, sagte ich, als ich mich plötzlich an den Tweet erinnerte, den ich im Bus entdeckt hatte. Es war nur ein paar Wochen her, fühlte sich aber an wie eine Ewigkeit. Damals war ich mir sicher gewesen, dass ich nie etwas so Verantwortungsloses twittern würde, hatte mich aber davon überzeugt, dass ich betrunken genug gewesen sein musste, um meine Vernunft auszuschalten. Jetzt war ich mir nicht mehr so sicher.

»So wie dein Facebook-Account?«

Ich nickte. »Das war vor Ewigkeiten. Bevor Calum … bevor das alles passiert ist. Es war an dem Morgen, nachdem wir in dieser Bar gewesen sind. Ich war verkatert, als ich es gemerkt habe, und bin einfach davon ausgegangen, dass ich unglaublich betrunken gewesen sein muss und etwas getwittert hatte, was ich nicht hätte schreiben sollen. Ich konnte es mir nicht erklären, aber nach allem anderen, was seitdem passiert ist, habe ich es irgendwie ganz vergessen.«

»Heißt das, dass der Mörder das alles auch schon gemacht hat, als Calum noch am Leben war?«

Ich stieß ein ersticktes Gurgeln aus. Ich hatte gedacht, dass die Nachricht, die ich nach dem Wochenende mit Jason erhalten hatte, der Erstschlag gewesen war. Aber Alex hatte recht. Er hatte mich schon gequält, bevor Calum überhaupt ermordet worden war, nur war es mir nicht bewusst gewesen.

»Oh«, brachte ich hervor, als ich die Zeitleiste zusammenstückelte.

»Was?«

»Oh, Alex, mir ist gerade was aufgefallen.«

»Was denn?«

»Calum ... er ... er ist an dem Tag gestorben, an dem ich diesen Tweet bekommen habe.«

Wir starrten einander an; Alex' Augen waren vor Schock aufgerissen, ich rang verzweifelt um Antworten. Der Tweet war eine Warnung gewesen.

»Ich hole meinen Laptop«, sagte Alex. »Und dann löschen wir unsere Social-Media-Accounts.«

Ich nickte. Wie konnte das alles nur immer schlimmer werden? Jetzt wusste ich also, dass es keine Affekthandlung gewesen war, kein spontaner Anfall von Gewalt. Jemand hatte das ganze Verbrechen geplant, bis ins kleinste Detail hinein. Er bedrohte mich nicht, weil er dachte, dass ich zu viel wusste. Er hatte schon gewusst, dass ich mit Calum in South Kensington sein würde, und er hatte gewusst, warum.

Und jetzt hängte er mir den Mord an, Schritt für Schritt. Ich hatte keine Chance.

»Alex«, sagte ich. Ich wollte nicht aussprechen, was mir gerade in den Sinn gekommen war.

»Hmm«, antwortete sie, während sie hastig auf der Tastatur tippte.

»Wenn er weiß, dass wir gerade die Mordwaffe weggeschmissen haben, meinst du, dass er dafür auch Beweise hat?«

Sie hielt mit den Fingern über der Tastatur inne. Ich konnte sehen, wie sie zurückzuckte, als sie erwog, ob wir vielleicht in noch größeren Schwierigkeiten steckten als gedacht.

»Keine Ahnung«, gab sie zu. »Aber wenn er sie hat, erfahren wir das bestimmt bald genug.«

37. KAPITEL

Ich beobachtete die Spieler aus meinem Versteck hinter einem Baum heraus und überlegte, was ich als Nächstes tun sollte.

Jason spielte jeden Sonntag in einem Fünferteam Fußball, und als er mir um 7.32 Uhr – eine Uhrzeit, die ich pflichtbewusst in meinem stetig wachsenden, völlig nutzlosen Notizbuch über sein Kommen und Gehen eintrug – verkündete, er würde Fußball spielen gehen, packte mich eine plötzliche Erkenntnis. Sobald er gegangen war, rannte ich zur Tür und zählte bis zehn, bevor ich ihm folgte.

Ich war so weit hinter Jason, dass ich ihn fast aus den Augen verlor, aber gerade, als ich um die Ecke bog, erhaschte ich einen Blick darauf, wie seine Sporttasche im Eingang der Bahnstation verschwand. Ich joggte, um ihn nicht wieder aus dem Blick zu verlieren, und blieb ihm so eng auf den Fersen wie möglich, ohne dabei gesehen zu werden.

Ich beobachtete, wie er in die zweite Bahn einstieg, die am Gleis einfuhr, und stieg eilig in den nächsten Wagen, kurz bevor die Türen schlossen. Tief kauerte ich mich in einen leeren Sitz, versteckte mein Gesicht halb hinter meinem Schal und hielt den Blick auf Jason gerichtet.

Ich hatte immer noch keine Ahnung, ob Jason der Mörder war, und ich war es leid, ununterbrochen dieselbe Diskussion in meinem Kopf zu führen, aber was auch immer die richtige Antwort war, ich musste sie finden. Jason zu verfolgen, würde vielleicht gar nichts beweisen, oder vielleicht auch alles. Und ich konnte nicht einfach zu Hause sitzen und abwarten. Ich musste etwas tun vor meinem Treffen mit Vincent am Abend.

Nach ein paar Stationen stieg Jason aus. Ich wartete, bis der Warnton erklang und die Türen sich zu schließen begannen, und sprintete dann hinter ihm auf den Bahnsteig.

Kurz drückte ich mir die Daumen, dass ich nicht meine Zeit verschwendete, und trat durch die Schranken hinaus in die kühle, frische Morgenluft. Unvermittelt blieb ich stehen und duckte mich hinter eine Säule. Jason sprach mit jemandem. Ich erhaschte einen Blick auf dunkles Haar, muskulöse Beine, ein Arsenal-Tattoo auf dem linken Bizeps. Steve.

Ernüchtert seufzte ich und schrieb eine weitere Zeile in mein Notizbuch:

7.58 Uhr: Jason trifft sich mit Steve an der Haltestelle Battersea Park

Allerdings konnte ich mir nicht sicher sein, dass sie wirklich Fußball spielen würden, trotz des schwarz-weißen Balls unter Steves Arm und der Kniestrümpfe, die sie beide trugen. Sie wandten sich zum Gehen, und ich wartete ein paar Sekunden, bevor ich ihnen unter die Fußgängerbrücke folgte und dann entlang der Straße, die zum Park führte.

Als wir uns den Toren zu der riesigen Grünanlage am Fluss näherten, fühlte ich mich immer mehr wie eine Idiotin und überlegte, einfach kehrtzumachen, nach Hause zu gehen und mich voller Scham unter der Decke zu verkriechen. Aber es bestand immer noch die Chance – wenn auch nur eine winzig kleine, das gab sogar ich zu –, dass meinem Mann zu folgen mir irgendetwas verraten würde. Also verfolgte ich ihn weiter, bis ich endlich hinter einem Baum stand, zusah, wie er Steve den Ball zukickte und mit einer Gruppe von Männern lachte, und ich einsehen musste, dass mein Mann wirklich nur Fußball spielte.

8.34 Uhr: Jason spielt Fußball mit Steve und seinen Kumpels.

Wo ich schon den ganzen Weg hierhergekommen war, gab es nun auch keinen Grund mehr, aufzugeben. Ich beschloss, zu warten und ihm nach Hause zu folgen, um zu sehen, ob er irgendwelche Umwege machte.

Ich spazierte ein paar Schritte, ging dabei Joggern und Müttern mit Kinderwagen aus dem Weg und suchte nach einer Bank, von der aus ich Jasons Fußballspiel hören konnte, ohne gesehen zu werden.

Beim Gehen fiel mir ein, dass Alex sich mittlerweile mit ihrem Freund von der Polizei hätte treffen müssen. Sie hatte sich noch nicht bei mir gemeldet, was seltsam war. Ich stellte mein Handy an und rief sie an, aber nachdem es ein paarmal geklingelt hatte, ging die Mailbox an.

»Ruf mich an. Ich will Neuigkeiten.«

Als ich eine Bank gefunden hatte, sah ich mich kurz daraufhin um, ob ich beobachtet wurde, aber der einzige Mensch in Sichtweite war eine Joggerin, die in mehrere wasserdichte Schichten gehüllt war und auf ihre Uhr starrte. Ich setzte mich und zog die Briefe aus meiner Tasche, um jeden einzelnen noch mal gründlich zu lesen und in den Kurven und Schlaufen der Buchstaben nach Hinweisen zu suchen. Langsam las ich die Worte, immer wieder, bis sie auf dem dicken, cremefarbenen Papier aussahen wie Hieroglyphen. Das Briefpapier war ungewöhnlich. Meiner Bildung aus Krimiserien zufolge sollten Drohbriefe aus Buchstaben zusammengesetzt sein, die aus Zeitungen und Zeitschriften herausgeschnitten und dann auf ein weißes Blatt Papier geklebt worden waren. Reguläres Gewicht. Reguläres Format.

Diese kleinen, stabilen Karten wären passender für Dankesbriefe an den Gastgeber eines eleganten Abendessens oder für leidenschaftliche Liebeserklärungen. Ich war mir absolut sicher, dass Jason solches Papier nicht besaß. Zumindest nicht zu Hause. Normalerweise schrieb er mit irgendeinem Kugelschreiber, den er aus der zweiten Schublade in der Küche gefischt hatte, auf die Rückseite eines herumliegenden

Kassenzettels oder Umschlags. Seine Schrift war ordentlich, vollkommen gleichmäßig und immer leserlich. Andererseits war es sicherlich nicht allzu schwer, eine fürchterliche Schrift vorzutäuschen. Marks Zuhause hatte ich auch nach luxuriösem Briefpapier durchsucht, aber nichts gefunden, was auch nur ansatzweise ähnlich aussah.

Ich stopfte die Briefe zurück in meine Tasche. Die Beweismittel anzustarren, hatte nur noch mehr Fragen aufgeworfen und keinerlei Antworten erzielt.

Antworten. Ich hatte immer noch nichts von Alex gehört. Wenn nichts furchtbar schiefgelaufen war, sollte ihr Treffen mit dem Polizisten schon längst vorbei sein. Ich rief sie erneut an, aber diesmal ertönte das Wartezeichen nur einmal, bevor ich an die Mailbox weitergeleitet wurde. Ich beendete den Anruf. Ein Klingeln. Bedeutete das, dass sie meine Anrufe blockierte? Vielleicht hatte Alex noch eine Nachricht erhalten – noch eine Drohung. Die erste Nachricht an sie war schon ziemlich persönlich gewesen, aber wenn man bedachte, dass der Absender eine Mordwaffe in mein Wohnzimmer gebracht hatte, konnte es definitiv noch viel schlimmer werden.

Eine Meldung blinkte auf meinem Handy auf, und ich schnappte nach Luft. Während ich versuchte, die winzigen Worte zu lesen, die soeben auf dem Bildschirm aufgetaucht waren, unterdrückte ich mühsam das heftige Zittern meiner Hände.

Aber eine ruhige Hand konnte die Schlagzeile auch nicht ändern. Es war die jüngste Eilmeldung der BBC.

Sie zeigte das Foto von mir mit dem Messer in der Hand, gleich unter der Schlagzeile: *Gesucht für den Bradley-Mord: Fotografin Bethany Reston.*

38. KAPITEL

Mein Herz sprang mir in die Kehle.

Mit einem flauen Gefühl im Magen klickte ich auf die Schlagzeile.

Das war es. Die Ereignisse, die ich die ganze Zeit voller Furcht erwartet hatte, waren aus dem Reich meiner paranoiden Albträume herausgetreten. Sie waren real geworden.

Panik trübte meinen Blick, und ich zwickte mir selbst heftig in den Arm, um mich zur Konzentration zu zwingen.

Ich studierte jedes einzelne Wort des Artikels und fand heraus, dass eine anonyme Quelle – ich musste gar nicht erst raten, wer diese Quelle war – das Bild gleichzeitig an die Polizei und die Presse geschickt hatte und dass ich jetzt im Mittelpunkt einer Großfahndung in der ganzen Hauptstadt stand.

Mich überkam Angst, als ich mir vorstellte, wie Hunderte Polizisten den Park durchkämmten und sich bereit machten, sich auf mich zu stürzen.

Das war das Ende. Man würde mich finden – es war nur eine Frage der Zeit –, und dann würde die ganze Welt denken, dass ich eine Mörderin sei. Ich hatte keinerlei Beweise, die jemand anderen verdächtiger aussehen ließen. Nicht einmal Jason. Der Mord war mir mustergültig angehängt worden, und wenn ich erst einmal festgenommen war, konnte ich auch nichts mehr tun, um die Wahrheit herauszufinden.

Ich beugte mich auf der Bank nach vorne und übergab mich, bis meine Rippen schmerzten und mein Kopf sich von der Anstrengung drehte.

Dann wischte ich mir den Mund ab und rief Alex wieder an.

»Bethany«, sagte sie mit ernster, ausdrucksloser Stimme.

»Du hast meine Anrufe ignoriert.« Es war keine Frage.

»Ja. Ich konnte nicht mit dir reden, während andere Leute in der Nähe waren. Hast du die Nachrichten gesehen?«

»Gerade eben.«

»Oh Gott, Bethany, das tut mir so leid.«

Keuchend stieß ich hervor: »Was mache ich jetzt?«

»Ich weiß es nicht, aber in den Nachrichten hieß es, dass die Polizei noch kein Motiv gefunden hat. Das ist gut, glaube ich. Aber hör mal, die gehen jetzt zu deinem Haus, wahrscheinlich auch in dein Büro. Sie werden Jason und Fran befragen. Und mich wahrscheinlich auch. Du musst dich erst mal versteckt halten, dich nicht sehen lassen. Versuche einfach, keine Aufmerksamkeit auf dich zu ziehen, während ich so viel herausfinde wie möglich. Ich rufe dich nachher an, aber lass dein Handy ausgeschaltet und guck erst in ein paar Stunden wieder darauf. Wenn die Polizei es jetzt noch nicht überwacht, fangen sie bestimmt bald damit an.«

»Okay«, erwiderte ich. Eine komplexere Antwort zu formulieren, schaffte ich nicht.

»Ich hab dich lieb«, sagte Alex und legte auf.

Ein paar Sekunden lang starrte ich mein Handy an.

»Ich dich auch«, flüsterte ich dem Bildschirm zu.

Das war es also.

Ich hatte gewusst, dass dieser Moment kommen würde, seit die Bilder von der Überwachungskamera veröffentlicht worden waren, aber an jedem Tag, an dem ich nicht verhaftet wurde, hatte ich mir eingeredet, dass sich alles finden würde. Dass man mich nicht erwischen würde.

Aber jetzt erkannte ich, was für eine Wahnidee das gewesen war. Jetzt war ich auf der Flucht vor der Polizei.

Ich wickelte mir meinen Schal so um den Kopf, dass er mein Haar und die Hälfte meines Gesichts verdeckte, dann suchte ich eine Sonnenbrille aus den Tiefen meiner Tasche hervor und hoffte, dass das Ergebnis glamourös aussehen würde und nicht wie eine billige Verkleidung.

Ich wusste nicht, wohin ich gehen sollte, während ich auf

Alex' Rückruf wartete, also entschloss ich mich, nahe am Fluss zu bleiben. Hier konzentrierten sich die Jogger auf ihre Atmung, und Hundeherrchen hetzten an einem vorbei in der Hoffnung, ihr Ziel zu erreichen, ohne die kleinen mitgebrachten Plastikbeutel benutzen zu müssen. Sie sahen alle kaum auf, was mir gerade recht war.

Ich hielt am Ufer an, lehnte mich ans Geländer und sah hinab auf das trübe Wasser, um meine Gedanken zu ordnen. Ich konnte nicht unter die Wasseroberfläche sehen, aber das musste ich auch nicht. Ich wusste schon, dass die Geheimnisse, der Verrat und die Verzweiflung von Jahrtausenden am Flussgrund lagen, abgetragen von versteckten Strömungen und bedeckt von Sand und Algen. Und darunter auch eine Mordwaffe, die Alex und ich hineingeworfen hatten.

Kurz fragte ich mich, wie es sich wohl anfühlen würde zu ertrinken. Das dreckige Wasser in meine Lungen einzuatmen und nicht mehr Bethany zu sein.

Wahrscheinlich würde ich Erleichterung verspüren. Ich zu sein war eine Last, derer ich langsam überdrüssig wurde. Ich war nichts als eine Gefahr für mich selbst und für die Menschen, die ich liebte. Ich hatte niemandem wehtun wollen, nicht wirklich, aber auch ohne Absicht hatte ich nichts als Leid und Zerstörung verursacht.

Calum war meinetwegen gestorben. Claire war meinetwegen eine Witwe. Jason hatte meinetwegen vielleicht jemanden umgebracht. Alex war meinetwegen bedroht worden. Die ganze Polizei hatte wochenlang wertvolle Zeit und Ressourcen verschwendet, auch das meinetwegen.

Ich fragte mich, wie viele Opfer ein Mensch hinterlassen durfte, bevor es offensichtlich wurde, dass er die Gesellschaft nicht länger belasten sollte. Ich war mir ziemlich sicher, dass ich das angemessene Maximum überschritten hatte.

Fasziniert starrte ich auf mein verzerrtes Spiegelbild, das

sich grotesk in der Strömung unter mir wandelte. Mein Handy vibrierte. Ich warf einen Blick auf den Bildschirm, der mich auf eine neue Nachricht von einer unterdrückten Nummer hinwies.

Ich hätte mein Handy gleich ausmachen sollen, als Alex aufgelegt hatte, aber ich konnte kaum noch einen vernünftigen Gedanken fassen. Ich fühlte mich benommen, als wäre ich soeben aus tiefem Schlaf erwacht. Für einen Moment erwog ich, das Handy in den Fluss zu schmeißen und die Themse zu meiner Asservatenkammer zu machen, aber es war meine einzige Verbindung zu den wenigen Menschen, die noch an mich glaubten. Ich konnte es nicht einfach entsorgen. Und überhaupt, wie sollte Alex mich über neue Informationen in Kenntnis setzen, wenn sie mich nicht erreichen konnte?

Ich drückte mit dem Finger auf die Home-Taste und fragte mich, ob man Handys über Textnachrichten aufspüren konnte. Vielleicht war dies eine Art Falle der Polizei, durch die sie mich finden und verhaften könnte.

Und dann wurde mir die Nachricht auf meinem Bildschirm angezeigt, und die Polizei erschien mir auf einmal als das geringste meiner Probleme.

Ich weiß alles über das nette kleine Fotoshooting, das du für Mr. Bradley gemacht hast, und ich weiß, dass die Bilder noch existieren. Glaub bloß nicht, dass ich sie nicht finden werde.

39. KAPITEL

Ich wollte schreien.

Natürlich hätte ich versuchen müssen, irgendwie an die Speicherkarte zu kommen, als sie mir das erste Mal wieder eingefallen war. Aber ich war mir so sicher gewesen, dass die Polizei den Mörder finden würde, bevor irgendjemand Calums Wohnung gründlich durchsuchte, und hatte mich davon überzeugt, dass jeglicher Versuch, die Speicherkarte zu zerstören, einfach viel zu riskant wäre.

Dumme, naive Bethany.

Ich konnte mir eine Erklärung für das Foto mit der Mordwaffe überlegen. Ohne das Messer konnte die Polizei auf keinen Fall beweisen, dass Calum mit genau dieser Waffe ermordet worden war. Und das Foto von unserem Streit hätte auch eine angeregte Diskussion über das Projekt sein können. Aber es gab keine denkbare Erklärung für die Beweise, die wir an dem Tag des Fotoshootings erschaffen hatten. Das gab der Polizei ein Motiv. Mein Fall würde schnell zu den Akten gelegt werden, man würde nur schnell einen Blick darauf werfen und mit mir dann kurzen Prozess machen.

Die Polizei hatte die Speicherkarte noch nicht gefunden. Wahrscheinlich wusste sie noch gar nicht von ihrer Existenz, sonst wäre ich schon vor langer Zeit in den Schlagzeilen gewesen. Aber der Mörder wusste davon. Woher nur?

Ich hatte niemandem von Calums Geburtstagsgeschenk erzählt. Nicht einmal Alex. Jemand anderes hätte nur davon erfahren können, wenn Calum geredet hätte, was all seinen Prinzipien widersprach, oder wenn der Mörder das Fotoshooting mit eigenen Augen gesehen hätte.

An dem Tag, an dem wir uns gestritten hatten, war jemand im Gebäude neben Bradley Enterprises gewesen, hatte uns beobachtet und alles dokumentiert, was wir taten. Ich hatte gehofft, dass das das einzige Mal gewesen war, aber der Mörder musste uns schon davor beobachtet haben. Er musste genug gesehen haben – natürlich nicht *alles*, sonst hätte er ja selbst belastende Fotos gemacht –, um zu erkennen, was wir vorhatten. Ich hatte die Kamera neben ein riesiges Fenster gestellt, um das Licht so gut wie möglich zu nutzen, also selbst wenn der Mörder uns nicht dabei aufgenommen hatte, hätte er wissen können, dass wir Fotos gemacht hatten.

Ich musste vor ihm an diese Bilder kommen, sie zerstören und dadurch einen blassen Hoffnungsschimmer bewahren, dass ich dieser Sache noch entkommen könnte. Sonst gab es nur Indizienbeweise, die vielleicht noch nicht einmal reichen würden, um mich des Mordes anzuklagen. Ich war mir nicht sicher, aber ich war bereit, das Risiko einzugehen, wenn ich dadurch den einzigen Beweis, dass Calum und ich ein Paar gewesen waren, zerstören konnte.

Ich riss mich von dem plätschernden Wasser los und ging nervös zur Bushaltestelle. Den Kopf gesenkt, versuchte ich natürlich zu wirken, aber jeder Passant, an dem ich vorbeiging, stellte eine Gefahr dar. Ich wollte nicht die U-Bahn nehmen, wo ich gefangen wäre und man mich zu leicht verhaften könnte. Aus einem Bus konnte man schnell aussteigen, und die Leute achteten noch weniger auf andere Fahrgäste als in der U-Bahn. Busse zogen die Irren an. Man wollte es nicht riskieren, die falsche Person zu lange schräg anzuschauen. Die Konsequenzen reichten von unangenehm bis furchtbar.

Ich bezahlte bar für eine neue aufladbare Fahrkarte und setzte mich im oberen Stock des Busses in eine der hinteren Reihen. Ich hatte einen Plan. Keine Ahnung, ob er funktionieren würde, aber ein anderer Weg fiel mir nicht ein. Ich musste in Calums Wohnung gelangen, was bedeutete, dass ich der von der Empfangsdame sorgfältig überprüften Besucherliste hinzugefügt und an den verschiedenen Sicherheitsvorkehrungen des Gebäudes vorbeigelassen werden musste.

Es gab nur eine Person, die zu beidem autorisiert war. Und das bedeutete, dass ich jemandem vertrauen musste, der vielleicht Calums Mörder war.

Ich stieg an der Haltestelle High Street Kensington aus und fischte mein Handy aus meiner Tasche. Während ich am Eingang zu den Kensington Gardens Ausschau nach einem Münztelefon hielt, suchte ich in meinem Handy nach der Nummer, die ich brauchte. In der Kabine hielt ich den Hörer ans Ohr. Nichts. Fluchend ging ich weiter zu der einzigen anderen Kabine in Sichtweite. Diese hatte gar keinen Hörer. Innerlich verfluchte ich den Aufstieg der Mobiltelefone und ging ein bisschen weiter am Rand des Parks entlang, wobei ich meine Hand über die schwarzen Metallstangen des Zauns gleiten ließ, die das Laubwerk dahinter immer wieder verdeckten. Endlich fand ich ein funktionierendes Münztelefon und wählte die Nummer.

»Hier spricht Mark.« Die schroffe Stimme am anderen Ende der Leitung klang ernst.

»Mark. Hier ist Bethany.«

»Bethany? Von wo aus rufst du an?« Verwirrung ließ seine Stimme schrill klingen.

»Oh, mein Handy funktioniert nicht«, log ich. »Also rufe ich vom Festnetz aus an.«

»Ist alles in Ordnung?«

Ich hatte keine Ahnung, ob Mark mich für schuldig hielt oder ob er überhaupt schon wusste, dass nach mir gefahndet wurde. Was noch viel wichtiger war, ich wusste nicht, ob *er* schuldig war. Ich hatte keine Ahnung, ob ich ihm vertrauen konnte, aber zu diesem Zeitpunkt hatte ich keine Wahl mehr. Ohne ihn hatte ich keinerlei Chance, in Calums Wohnung zu kommen, ohne sofort verhaftet zu werden. Wenn er der

Mörder war, dann riskierte ich, das Versteck der Speicherkarte an den einzig anderen Menschen zu verraten, der von ihr wusste. Aber sosehr ich mich auch bemühte, mir einen besseren Plan auszudenken, mir fiel kein anderer ein. Ich kratzte mit einem Fingernagel über das dicke Telefonkabel und überlegte mir meine nächsten Worte vorsichtig.

»Na ja, das hängt davon ab. Bist du … ich meine, weißt du …?« Ich ließ die unvollständige Frage im Raum stehen. Wenn Mark die Nachrichten gesehen hatte, die mittlerweile wahrscheinlich überall gezeigt wurden, dann wusste er genau, was ich meinte.

»Ja«, sagte er mit ausdrucksloser Stimme. »Und die Polizei hat mich angerufen, um zu fragen, ob du an diesem Abend einen Termin mit Calum hattest. Ich wusste nicht, was ich machen sollte, also habe ich einfach die Wahrheit gesagt: dass euer letzter Termin an dem Dienstag gewesen war.«

»Das ist okay«, sagte ich und versuchte, beruhigend zu klingen. »Aber du weißt, dass ich nichts damit zu tun habe. Oder?« Ich hörte selbst, wie verzweifelt meine Worte klangen.

»Natürlich«, erwiderte er prompt und heftig. »Natürlich weiß ich das. Aber warum redest du nicht einfach mit der Polizei und klärst die Sache auf?«

»Das geht nicht«, sagte ich. »So einfach ist es nicht. Ich würde es dir gerne erklären, aber das kann ich gerade nicht. Nicht heute.«

Er seufzte tief. »Also, was brauchst du? Ich nehme mal an, dass du nicht zum Plaudern anrufst.«

»Es tut mir leid«, sagte ich, denn ich wusste, wenn Mark unschuldig war, würde ich ihn gleich in eine furchtbare Lage manövrieren. Ich fühlte mich, als hätte ich so was wie eine umgekehrte Midas-Gabe: Jeder, den ich berührte, wurde vom Mörder ins Visier genommen. Andererseits, wenn er der Mörder war, dann würde ich ihm gleich genau die Information geben, die er haben wollte. Für einen von uns beiden würde das hier nicht gut enden. Oder vielleicht für uns beide. Aber mir blieb keine andere Wahl, und ich hatte nicht mehr viel Zeit.

»Aber ich muss dich um einen Gefallen bitten. Einen großen Gefallen. Ich könnte mir irgendeine Ausrede ausdenken, aber ich bin lieber ehrlich. Um es ganz kurz zu halten, ich muss etwas aus Calums Wohnung holen. Ich kann dir nicht sagen, was es ist, aber es könnte helfen, meine Unschuld zu beweisen.«

Mein Herz pochte in meiner Kehle. Wenn Mark derjenige gewesen war, der mir gerade die Nachricht über das Fotoshooting geschickt hatte, dann wüsste er jetzt ganz genau, was ich aus der Wohnung holen wollte. Und sobald er auflegte, würde er direkt in die Wohnung gehen und danach suchen. Ich fühlte mich, als würde ich gleich an meiner eigenen Angst ersticken.

»Bethany …« Marks Stimme verstummte.

»Mark, bitte«, flehte ich ihn an. »Ich würde dich nicht danach fragen, wenn es nicht unbedingt notwendig wäre. Ich weiß, dass ich viel von dir verlange, und ich bringe dich nur ungern in diese Situation, aber ich verspreche dir, dass ich nicht lange brauchen werde. Bitte.«

Stille erfüllte die Leitung, während Mark über meine Bitte nachdachte.

»In Ordnung«, sagte er, gefühlt nach mehreren Minuten. »Aber ich bestimme, wie wir vorgehen.«

40. KAPITEL

Während ich auf die Knightsbridge zuging, stellte ich mir Calums Wohnung vor meinem inneren Auge vor und wusste genau, wohin ich gehen musste – rein und wieder raus –, um die Speicherkarte zu holen und die Beweise für immer aus der Welt zu schaffen. Ich musste sie sofort vernichten.

Ich hatte überlegt, ein Taxi zum Fluss zu nehmen und sie hineinzuwerfen, aber man könnte mich unterwegs anhalten, und Wasser würde die Daten auf der Karte vielleicht nicht vollständig zerstören. Ich hatte schon einmal eine Speicherkarte in eine Teetasse fallen lassen und nach etwas Panik und gründlichem Abwischen war sie nicht einmal beschädigt gewesen. Vielleicht wäre Feuer eine bessere Wahl. Oder sie in kleine Stückchen zu zerbrechen, die ich an verschiedenen Orten wegwerfen würde, sodass man sie nie wieder zusammensetzen könnte.

Ein Teil von mir wollte einen letzten Blick auf die Bilder werfen, jedes Pixel betrachten und mir ins Gedächtnis einprägen, wie er mich angesehen hatte. Wie ich mich in seinen Armen gefühlt hatte. Aber ich wusste, dass ich mich mit meinen bisherigen Erinnerungen begnügen musste und mit den Fotos, die ich für den Bildband gemacht hatte und an denen nichts verdächtig war.

Wieder sah ich auf die Uhr. Ich war zu früh dran. Mark hatte mich angewiesen, ihn im Park in der Nähe von Calums Wohnung zu treffen. Da ich mein Handy weggeworfen hatte, musste ich einfach darauf vertrauen, dass er wie verabredet kommen würde. Das Warten war unerträglich. Mein Vertrauen zu Mark schwankte bei jedem Schritt des Minutenzeigers, auf den ich jetzt hinabstarrte. In einem Moment war ich überzeugt, dass er mir half, weil er völlig unschuldig war, und im nächsten war ich mir sicher, dass das alles nur eine List war, damit er genug Zeit hatte, um die Speicherkarte zu finden, während ich geradewegs in eine Falle der Polizei wanderte. Ich konnte unmöglich wissen, welche der beiden Theorien stimmte. Vielleicht sollte ich eine Münze werfen, um wenigstens irgendeine Antwort zu bekommen, selbst wenn sie dem Zufall überlassen war, dachte ich. Aber letztendlich beschloss ich, dass ich nicht mit dem Stress umgehen könnte, falls die Münze auf der falschen Seite landete.

Jetzt betete ich, dass es keine Falle war, und ging vom Fußpfad über den sandigen Reitweg zum Rand des Parks, dort, wo er auf den Straßenasphalt traf. Trotz der fallenden Temperaturen schwitzte ich. Hoch, runter, Pfad, Sand, Gras. Sand. Pfad, Sand, Gras.

»Bethany«, zischte eine Stimme hinter einem Baum.

»Mark?«, flüsterte ich. »Du hast mich fast zu Tode erschreckt! Was machst du da drüben?«

Unter anderen Umständen hätte ich über seine schlechte Nachahmung eines Undercoveragenten gelacht. Aber an dieser ganzen Situation war überhaupt nichts lustig. Ich winkte ihn zu mir heran, voller Erleichterung, dass er überhaupt gekommen war, und er schlich zu mir.

»Bist du dir sicher, dass wir das machen müssen?«, fragte er. »Ich meine, kannst du mir nicht einfach sagen, was ich wo holen soll, und dann kann ich es dir bringen? Ich denke wirklich, dass das die beste Vorgehensweise wäre.«

Darüber hatte ich auch schon nachgedacht. Ich wollte nicht in die Wohnung gehen und es riskieren, geschnappt zu werden, genauso wenig, wie Mark mir helfen wollte. Aber sosehr ich die Mission auch ihm überlassen wollte, Mark zu vertrauen war keine Option. Selbst wenn er nicht der Mörder war, könnte die Polizei ihn überzeugt haben, dass ich es war, und auf diese Weise könnte sie zu leicht finden, wonach ich suchte. Ich war nicht scharf darauf, auf frischer Tat ertappt zu werden.

Ich wollte daran glauben, dass ich einfach nur paranoid war, aber die Vorstellung, nicht die Kontrolle über die Speicherkarte zu haben, war unerträglich. Sobald ich an den Umschlag dieses Buches herankam, konnte ich sie zerstören, und dann blieb mir noch ein bisschen Hoffnung.

»Bitte, Mark«, flehte ich. »Wenn es einen anderen Weg gäbe, würde ich mich sofort auf ihn stürzen, glaub mir. Aber du musst mir jetzt einfach vertrauen. Kannst du das?«

Einen Moment lang sah er mir nur direkt in die Augen und versuchte, meine Beweggründe zu durchschauen. Dann seufzte er.

»Ja, kann ich«, sagte er letztendlich. »Aber du musst genau tun, was ich dir sage. Verstanden?«

Ich nickte. Angst kroch mir die Kehle hoch, als ich darüber nachdachte, auf wie viele verschiedene Weisen dieser Plan fehlschlagen konnte. Schlau war er nicht. Er war sogar regelrecht schwachsinnig, aber mir fiel keine andere Möglichkeit ein, meine geheime Affäre mit Calum auch weiterhin geheim zu halten.

»Erst mal musste du dich umziehen«, sagte Mark, setzte seinen Rucksack ab und öffnete ihn.

»Okay?«, sagte ich zweifelnd. Ich nahm den Stoffballen entgegen und wickelte ihn auseinander, bis ich einen dunklen Overall in der Hand hielt, so wie ihn Handwerker und Installateure trugen. Ich sah ihn an und blickte dann zu Mark hoch.

»Du bist da, um die Wohnung für eine Ausräucherung zu inspizieren«, erklärte er. »Wir haben gestern Kakerlaken gefunden.« Mit den Fingern formte er bei dem Wort »gefunden« Anführungszeichen in der Luft. »Ich habe einen Schadensbericht geschrieben und einen Arbeitsauftrag für die Schädlingsfirma gefälscht, die angeblich morgen früh kommen soll. Du bist hier, um die Räume zu untersuchen und abzuschätzen, wie lange die Firma in der Wohnung brauchen wird.«

Als ich ihm zur Eingangstür folgte, durch die ich schon so oft gegangen war, erhaschte ich einen Blick auf mein Spiegelbild und verzog das Gesicht. Ich sah lächerlich aus in meinem Overall und mit der Basecap, die ich mir tief ins Gesicht gezogen hatte. Ich konnte nur hoffen, dass es ausreichen würde.

Wir traten in das riesige Foyer, das vor Marmor und Chrom und Spiegeln glänzte. Überdimensionierte Pfingstrosensträuße prangten auf Beistelltischen, und um sie herum standen Designersessel aus Leder, die kaum jemals benutzt wurden. Das erste Mal, als ich in einem dieser Sessel gesessen hatte, hatte ich fast die Nerven verloren, und jetzt floh ich zum zweiten Mal fast aus dieser monumentalen Eingangshalle. Als ich drei Wachleute entdeckte – einen an der Tür, einen neben dem Empfangstisch und einen direkt neben den Aufzügen –, schrie alles in mir, dass ich mich auf der Stelle umdrehen und zur Tür hinaussprinten sollte. Neben mir hustete Mark leise.

»Geh weiter«, flüsterte er so leise, dass nur ich ihn hören konnte. Ich setzte weiterhin einen Fuß vor den anderen und konzentrierte mich auf den Grund, aus dem ich hier war. Ein kleines Stück Technologie, vollgepackt mit den Beweisen Tausender verstohlener Berührungen.

Bei einem der süß riechenden Beistelltische blieb ich stehen, während Mark gelassen zum Empfangstisch ging und sich in keiner Weise anmerken ließ, dass er einer Mordverdächtigen half. Während er mit der eleganten Frau im engen grauen Kleid und mit einer Brille mit breiter Fassung plauderte, warf ich aus den Augenwinkeln Blicke auf die Wachleute, die wie Statuen in dem glänzenden Raum aufgestellt waren. Sogar in dem Overall und mit der schmuddeligen Kappe war ich noch zu erkennen, falls jemand sich die Mühe machen sollte, genau hinzusehen. Aber sie rührten sich nicht vom Fleck, also trat ich nur von einem Fuß auf den anderen und wartete, während meine Nerven sich immer mehr anspannten, bis ich mir sicher war, dass sie gleich zerreißen würden.

Die Empfangsdame nickte und deutete auf die Aufzüge, wobei sie alle paar Sekunden ohne auch nur einen Hauch von Neugier in meine Richtung blickte. Mark lachte kurz und sah sich um, bedeutete mir, mit ihm zu kommen, und ging dann zu den Aufzügen vor.

Ich folgte ihm schnell und bemühte mich, in seinem Schatten unauffällig und unsichtbar zu erscheinen. Ich zählte die Schritte zum Aufzug, weil ich nur so die Panik, die in meiner Brust aufblühte, im Griff behalten konnte. Zwölf, dreizehn, vierzehn. Dann waren wir bei den Aufzügen angelangt, und Mark drückte auf den Pfeil nach oben. Ich hörte den Signalton des Aufzugs, als er ankam, und wir traten beide hinein.

Fast weinte ich vor Erleichterung, als die schweren Metalltüren sich langsam schlossen. Ich sah Mark an, dessen Brust sich einmal heftig hob und dann in einem erleichterten Seufzer senkte.

Dann hörte ich das Klacken hoher Absätze auf dem harten Marmorboden, und eine Hand schob sich vor die linke Hälfte der Aufzugtür, um ihre Reise in die Mitte aufzuhalten.

»Warten Sie!«

Die schicke Empfangsdame lugte in den Aufzug, und ich schloss die Augen, wartete darauf, dass sie mich hinauszerrte und verlangte, dass ich bei ihr bliebe, während sie die Polizei rief.

»Mark, können Sie mir bitte noch die Auftragsnummer für die Arbeiten morgen zukommen lassen?«, sagte sie. »Ohne die Nummer kann ich die Leute nicht anfangen lassen.«

Mark runzelte die Stirn, nickte der jungen Frau aber trotzdem zu.

»Danke«, sagte sie und verschwand so schnell, wie sie gekommen war.

Meine Lungen explodierten fast. Sie fühlten sich an, als hätte ich minutenlang die Luft angehalten, aber als die Türen wieder zuglitten und die Lücke zwischen uns und dem Foyer immer kleiner wurde, atmete ich tief und gierig ein. Mark fluchte keuchend, als Adrenalin durch ihn hindurchflutete.

Ich starrte auf die digitale Anzeige über unseren Köpfen, auf der die Nummer ständig anstieg, bis der Aufzug langsamer wurde und ohne zu ruckeln im obersten Stock des Gebäudes stehen blieb. Die Penthousesuite hatte ihr eigenes Sicherheitspersonal, aber die Wachen kannten Mark und gingen in der Regel davon aus, dass alles in Ordnung war, wenn er einen Gast mitbrachte und dieser auch vom Empfang durchgewunken worden war.

Ein muskelbepackter Berg von einem Mann drehte sich um, und ich senkte den Kopf in der Hoffnung, dass er mich nicht erkannt hatte. Das alles wäre schnell vorbei, wenn er meine amateurhafte Verkleidung durchschaute. Ich kämpfte gegen den Drang an, mich umzudrehen und loszurennen, und versuchte, ganz in Marks Schatten zu verschwinden.

»Hi, Reggie«, sagte Mark ruhig.

»Hey, Mark«, antwortete Reggie gelangweilt. Ich folgte Mark, als er um die Ecke bog und weiterging. Mein Puls hämmerte gegen meine Speiseröhre.

Den Sicherheitsmann zu sehen, half meinem Gedächtnis auf die Sprünge: Ich hatte eigentlich geplant, mich mit Vincent zu treffen, um mehr über Mark herauszufinden. Ich schüttelte den Kopf. Das war jetzt auch egal. Und überhaupt, wenn die Speicherkarte nicht mehr da war, hatte ich meine Antwort bezüglich Marks Schuld ja.

Als wir die spiegelnde Oberfläche von Calums Wohnungstür erreichten, blieb ich stehen.

»Ich muss alleine reingehen«, sagte ich.

»Bethany …«, setzte er an, aber ich hob eine Hand, um ihn zu unterbrechen. Dieses Geheimnis musste bei mir enden.

»Mark. Du hast gesagt, dass du mir vertraust. Bitte.«

Ich konnte sehen, wie sich die Muskeln in seinem Kiefer anspannten.

»Von mir aus. Aber nur, weil ich weiß, dass Calum dir vertraut hat, und es gibt nicht viele Menschen, von denen ich das behaupten kann. Aber beeil dich, okay?«

»Danke«, flüsterte ich und griff nach dem kühlen Chromtürgriff.

Ohne lange darüber nachzudenken, drehte ich ihn hastig, wie wenn man ein Pflaster abreißt. Fast erwartete ich, Constable Clayton hinter der Tür zu sehen, aber mich erwartete nichts als Stille. Ich atmete aus. Vielleicht war Mark doch auf meiner Seite.

Meine Augen brauchten ein paar Sekunden lang, während sie sich an die Dunkelheit in der Wohnung gewöhnten. Die Jalousien waren geschlossen, sodass es sich mitten am Tag anfühlte wie tiefste Nacht. Ich machte eine kleine Lampe bei der Tür an.

Jemand war hier gewesen.

Wahrscheinlich die Polizei. Oder vielleicht der Mörder. Vielleicht Mark, gleich nachdem er mit mir telefoniert hatte. Der Overall schien zu schrumpfen und mich zu ersticken. Ich wollte nichts mehr, als mich aus ihm herauszuschälen. Aber dafür hatte ich keine Zeit. Wer auch immer hier gewesen war, hatte die Wohnung nicht systematisch durchwühlt. Ein paar Schubladen standen offen, ein paar Möbelstücke waren verschoben. Es war keine große Veränderung, aber ich wusste, wie ordentlich Calum seine Wohnung haben wollte. Er räumte immer hinter sich auf und ließ nie zu, dass irgendetwas für mehr als ein paar Sekunden am falschen Ort lag. Sein Ordnungswahn war fast schon zwanghaft gewesen. Ich hatte ihn damit aufgezogen, aber er hatte mir gesagt, dass er seinen Erfolg unter anderem seinem Perfektionismus zu verdanken hatte.

Gegen sein Vermögen konnte ich nicht argumentieren.

Ich schritt über den glatten Boden im Flur zu seinem riesigen Schlafzimmer. Als ich zum ersten Mal hier gewesen war – an dem Tag, an dem ich Calum kennengelernt hatte –, hatte ich ihn so gewöhnlich gefunden. Was wäre wohl passiert, wenn er in meinen Augen so unauffällig geblieben wäre? Wäre er jetzt noch am Leben? Wäre ich glücklich? Ich schüttelte den Kopf und versuchte, den Teufelskreis von »was wäre, wenn« zu ignorieren, in dem ich mich zu leicht verlieren könnte. Dafür war ich nicht hier. Wenn ich jetzt sentimental wurde, wäre ich stundenlang hier gefangen.

Ich musste die Speicherkarte holen, sie zerstören und so schnell wie möglich wieder verschwinden.

Ich wandte mich von dem Raum, der so voller Erinnerungen steckte, ab und ging auf das Regal zu, wo ich das Buch erblickte, das meine Geheimnisse verbarg. Ich packte es oben am Buchrücken, kippte es und ergriff das Buch mit beiden Händen.

Und dann hörte ich es.

Hinter mir, ein winziges Geräusch, ein Schlurfen, ein Schuh auf dem Holzboden.

Ich erstarrte.

Stille.

Aber es war zu spät, ich hatte das Geräusch bereits gehört. Es kam aus der Nähe des Betts, dem ich nahe genug war, dass der Ursprung des Geräusches in Sichtweite sein musste. Ich erwog wegzulaufen, aber wohin? Erneut hörte ich ein Schlurfen. Es kam näher. Mein Verstand schrie mich an, dass ich etwas unternehmen müsste, aber mein Körper war festgefroren und unnachgiebig. Einen Moment lang kniff ich die Augen zu und wirbelte dann herum, ohne lange darüber nachzudenken, um der Gestalt in dem dämmrigen Zimmer entgegenzutreten.

»Jason?«

Dazu führt eine jahrelange Ehe: dass man jemanden im Dunkeln und ohne Vorwarnung trotzdem erkennt.

Selbst wenn er einen mit einem Messer bedroht.

41. KAPITEL

»Bethany!«, stieß Jason hervor und ließ das Messer klirrend zu Boden fallen. »Gott sei Dank! Ich hatte gehofft, dass du es bist, aber ich war einfach so nervös … Ich wusste nicht … Entschuldige.« Er klang, als wäre er außer Atem.

»Was zum Teufel tust du hier?« Ich konnte mir seine Anwesenheit nicht erklären. Niemand außer Mark wusste, dass ich hierherkommen würde. Ich hatte mein Handy weggeworfen. Jason hätte nicht wissen können, dass ich hier sein würde, und er hätte nicht unbemerkt in die Wohnung eindringen können. Das war unmöglich.

»Das Gleiche würde ich auch gerne von dir wissen.«

Ich starrte ihn an. Hatte er den Verstand verloren? Ich brachte kein Wort heraus, mir fiel keine einzige passende Antwort ein.

»Bethany«, sagte er und ging auf mich zu. »Ist alles in Ordnung?«

Ich wollte ihm gerade erklären, dass überhaupt ganz und gar nichts in Ordnung war, als mir einfiel, dass ich immer noch nicht erledigt hatte, wofür ich hergekommen war.

In meiner Panik, als Jason vor mir aufgetaucht war, hatte ich die Speicherkarte vergessen.

Ich wirbelte herum, riss das Buch vom Regal und öffnete es dann so ruckartig, dass der Buchrücken riss.

Fast schrie ich vor Erleichterung auf, weil sie noch da war, sorgsam an den Einband geklebt, genau dort, wo Calum sie hinterlassen hatte.

Also hatte der Mörder sie nicht gefunden. Allerdings stand er unter Umständen neben mir und wartete nur darauf, sie meinen Händen zu entreißen. Solange ich sie schnell vernichtete, konnte er sie nicht gegen mich verwenden.

Diese Speicherkarte könnte für mich den Unterschied zwischen Gefängnis und Freiheit bedeuten. Bevor Jason sehen konnte, was ich in den Händen hielt, oder es mir wegnehmen konnte, wandte ich mich von ihm ab und verbog die Speicherkarte mit den Fingern, bis sie einmal in der Mitte zusammengefaltet war. Dann verbog ich sie in die andere Richtung, hin und her, immer schneller, bis das Plastik so spröde war, dass es zerbrach. Ich musste die Bruchstücke separat zerstören, um sicherzugehen, dass die Daten auf keinen Fall wiederhergestellt werden konnten. Ich steckte mir eine Hälfte in den Mund und schluckte sie, zuckte dabei zusammen, als die scharfe Kante meine Speiseröhre aufkratzte. Dann rannte ich in die Küche, warf die andere Hälfte in den Müllhäcksler und drückte auf den Schalter an der Wand, bis das brutale Geräusch von Metall, das sich durch Plastik biss, verstummte.

Dann wandte ich mich Jason zu, der mir in die Küche gefolgt war und mich jetzt anstarrte, sein Gesicht ein personifiziertes Fragezeichen.

»Ich weiß nicht, warum du hier bist«, sagte ich, »aber ich denke, es ist verdammt noch mal Zeit, dass wir beide ein ehrliches Gespräch miteinander führen.«

42. KAPITEL

Ich konnte nicht hören, was an der Tür gesagt wurde; nur das leise Brummen von Männerstimmen. Dann Jason mit lauterer Stimme: »Mark! Bitte!«

Mehr Flüstern und dann Stille, in der Jason in den Wohnraum zurückkehrte, wo ich auf einem Stuhl in mich zusammengesackt war, zu verwirrt und erschöpft, um all die Fragen zu stellen, die sich in meinem Gehirn um Vorrang zankten.

Ich starrte meinen Mann an.

»Was machst du hier? Und wie bist du überhaupt reingekommen?«, fragte ich, als er sich mir gegenüber hinsetzte und sich müde mit der Hand durchs Haar fuhr.

»Mark«, sagte er, als wäre das eine Erklärung.

Ich kniff die Augen zusammen.

»Das ist die Wahrheit!«, beharrte er und hob beschwichtigend die Hand.

»Ich behaupte ja gar nicht, dass das nicht die Wahrheit ist, Jason. Ich verstehe es nur nicht. Eine Antwort, die länger als ein Wort ist, wäre hilfreich.«

»In Ordnung.« Er seufzte. »Nach dem Fußball heute Morgen habe ich die Nachrichten gesehen – und ich hatte ungefähr hundert Nachrichten bekommen von Leuten, die mich gefragt haben, ob es mir gut geht …«

»Ob es *dir* gut geht?« Ich schnaufte.

Er ignorierte mich und sprach weiter. »Ich konnte dich nicht erreichen, und ich wusste nicht, wo du sein könntest, also habe ich versucht, Alex anzurufen …«

»Moment. Du hast mit Alex gesprochen?«

Panik stieg in mir auf. Wie viel hatte sie ihm wohl erzählt?

»Hast du vor, mich nach jedem Satz zu unterbrechen? Hör mir einfach zu.«

Er hob erneut die Hand, um weitere Fragen zurückzuweisen. Ich ließ mich wieder in den Sessel fallen und verschränkte ablehnend die Arme vor der Brust.

»Sie wusste nicht, wo du warst, also habe ich herumtelefoniert und alle Leute gefragt, ob sie mir Bescheid sagen können, wenn sie von dir hören. Ich habe den Empfang hier angerufen und darum gebeten, dass man mich zurückruft, falls du dich melden solltest.«

»Und Mark hat mich verraten«, sagte ich voller Erschöpfung, als mir klar wurde, dass ich niemandem vertrauen konnte.

»Er hat dich nicht verraten, Bethany. Er war besorgt. Und er wusste nicht, was er tun sollte. Du hast ihn in eine ziemlich verzwickte Lage gebracht.«

»Oh, *er* ist derjenige in einer verzwickten Lage?«

»Um Himmels willen, jetzt hör auf damit. Meinst du wirklich, dass wir nicht wissen, wie schlimm das hier für dich ist? Deshalb helfen wir ja.«

»Was heißt ›wir‹?«, fragte ich verwirrt. »Und wie genau helft ihr mir bitte?«

»Mark und ich. Er hat mir erzählt, dass du hierherkommen würdest, und mich vor dir in die Wohnung gelassen. Ich wusste, dass du dich nicht freiwillig irgendwo mit mir treffen würdest – du hast ja nicht einmal meine Anrufe angenommen –, also dachte ich mir, dass ich dich nur sehen könnte, wenn ich dorthin käme, wo du auch bist.«

»Wie, er hat dich einfach reingelassen?«

»Na ja, jein. Er wollte die Polizei rufen, also habe ich … na ja, wir haben uns geeinigt.«

»Was soll das heißen?«

»Darum geht es jetzt nicht. Hör mir gut zu, wir haben nicht viel Zeit, und ich muss wissen, was du weißt, damit wir diesen Fall endlich lösen können.«

»Was meinst du mit ›den Fall lösen‹?«

Ich fühlte mich so dumm, weil ich seine Worte ständig als Frage wiederholte, aber ich konnte gerade nicht schnell genug denken, um dem Gespräch zu folgen. Ich war immer noch damit beschäftigt, diesen Anblick irgendwie zu verarbeiten: mein Ehemann in der Wohnung meines toten Liebhabers. Ich war in einem Albtraum gefangen.

»Ich weiß, dass du es nicht getan hast«, sagte er. »Aber alles zeigte in deine Richtung. Die … na ja, die Affäre. Das Video. Ich konnte genau sehen, wohin das führen würde, und das konnte ich nicht zulassen.«

Ich blinzelte. Hatte er gerade *die Affäre* gesagt?

»Ja. Ich wusste Bescheid«, sagte er, als hätte er meine Frage erahnt. »Ich meine, ich habe es vermutet, aber als er gestorben ist und ich deine Reaktion gesehen habe, war ich mir sicher. Ich bin kein Idiot, Bethany«, fügte er hinzu, als er meinen Gesichtsausdruck sah.

Stille hing zwischen uns, beschwert von allem, was ungesagt blieb. Ich wusste, dass ich mich entschuldigen sollte. Das machte man, wenn man von seinem Ehepartner mit der eigenen Untreue konfrontiert wurde. Aber in diesem Moment erschien mir eine Entschuldigung abgedroschen.

Ich wagte es, einen Blick auf sein Gesicht zu werfen, und machte mich auf das Schlimmste gefasst. Wenn er von der Affäre wusste, könnte Alex' Theorie über sein Motiv stimmen. Er musste vor Zorn außer sich gewesen sein, und seine Wut hatte ihn dazu getrieben, den Mann zu ermorden, mit dem ich ihn betrog.

Er sah mir geflissentlich nicht in die Augen, sondern hielt den Blick gesenkt, damit ich ihn nicht einschätzen konnte.

»Hör zu, ich war …«, setzte er an. »Ich meine, ich bin am Boden zerstört, und ganz ehrlich gesagt würde ein Teil von mir unglaublich gerne sehen, wie du dafür Höllenqualen leidest.

Dir zu helfen war nicht mein erster Impuls, das kannst du mir glauben. Aber im Gegensatz zu dir bin ich kein selbstsüchtiges Arschloch.«

Schamesröte stieg mir ins Gesicht, aber ich konnte ihm kaum widersprechen.

»Und auch wenn ich es wirklich besser wissen sollte, liebe ich dich. Was ganz ehrlich gesagt ziemlich lästig ist.«

Ich rutschte auf dem Sessel hin und her. Ich hatte seine Liebe nicht verdient. Und ich war mir nicht mehr sicher, ob ich sie überhaupt noch haben wollte. Nicht, wenn er für all das hier verantwortlich war.

»Warum hast du die ganze Zeit nichts gesagt?«

»Äh, na ja, das ist der kompliziertere Teil. Wie gesagt habe ich vermutet, dass du etwas mit Calum hattest, aber ich war mir nicht sicher, bis er gestorben ist. Ich dachte auch nicht, dass du irgendetwas mit seinem Tod zu tun hattest oder so, aber als ich die Bilder von der Überwachungskamera gesehen habe, wurde mir klar, dass du in ernsthaften Schwierigkeiten steckst. Und während wir die Nachrichten geguckt haben, in denen die Bilder zum ersten Mal gezeigt wurden, habe ich eine SMS bekommen. Von einer verdeckten Nummer.«

»Oh, Scheiße.«

Mein Entsetzen darüber, dass Jason auch bedroht worden war, vermischte sich auf gewisse Weise mit einem heftigen Gefühl der Erleichterung. Wenn er auch solche Nachrichten erhalten hatte, dann konnte er nicht der Mörder sein. Ich hatte von Anfang an gewusst, dass er zu so etwas Furchtbarem nicht in der Lage war. Zumindest hatte ich es glauben wollen, aber jetzt konnte ich endlich aufhören, mir den Kopf darüber zu zerbrechen. Jason war wirklich derselbe Mann, den ich geheiratet hatte. Er war kein Mörder. Was bedeutete, dass ich meine Energie die ganze Zeit an die falsche Person verschwendet hatte.

»Was stand darin?«

Er holte sein Handy aus seiner Jackentasche und scrollte ein paar Sekunden lang, bis er sich endlich räusperte und vorlas.

»›Sag kein Wort: nicht zu den Bullen und vor allem nicht zu deiner Frau. Sonst ist sie als Nächste dran.‹«

Ich ächzte. Wer auch immer der Mörder war, er konnte auf alle Menschen, die mir wichtig waren, Druck ausüben. Er kontrollierte mein Leben und bewegte uns wie Schachfiguren über das Brett, manövrierte uns genau dorthin, wo er uns haben wollte.

»Natürlich konnte ich nach dieser Drohung nicht mit dir reden. Ich bin in Panik geraten und habe versucht, dich in Sicherheit zu bringen, weshalb ich mit dir übers Wochenende wegfahren wollte. Ich wusste, dass das nichts ändern würde, aber ich musste … ich hatte keine Ahnung, wie ich dich beschützen sollte. Und dann habe ich eines Tages in deiner Tasche nach dem Schlüssel für den Schuppen gesucht und diese Drohbriefe gefunden, und da wusste ich, dass du bis zum Hals in Schwierigkeiten steckst. Seitdem habe ich Nachforschungen angestellt und versucht, etwas herauszufinden, was die Polizei vielleicht übersehen hat. Irgendetwas. Ich wollte mit dir darüber reden, wirklich, aber ich hatte solche Angst, dass man dir wehtun würde. Also habe ich nichts gesagt. Es war so schrecklich. Und dann, als ich heute erfahren habe, dass die Polizei nach dir sucht, und ich wusste, wo du warst, dachte ich, dass wir endlich über das alles reden und herausfinden können, was zum Teufel wirklich passiert ist. Es sieht nicht so aus, als hätten wir noch viel zu verlieren.«

Ich stützte den Kopf in die Hände und meine Ellenbogen auf die Knie und versuchte verzweifelt, aus Jasons Worten die Wahrheit herauszusieben.

»Aber … was ist mit dem Mann am Fluss«, setzte ich endlich an, »bei deiner Arbeit …«

»Oh, das hast du gesehen«, sagte er mit dem Anflug eines Lächelns auf dem Gesicht. »Das dachte ich mir schon. Aber warum bist du mir überhaupt gefolgt?«

Ich sah hinab auf meine zitternden Hände und wünschte mir, dass ich mich einfach in Luft auflösen könnte, denn ich schämte mich zu sehr, um ihm zu antworten. Ich hätte eh nicht die richtigen Worte gefunden. Jason füllte die Stille.

»Du dachtest, dass ich es war«, sagte er mit heiserer Stimme.

Ich wollte ihm nicht in die Augen sehen, zwang mich aber dazu. Es war meine Schuld, dass er hier war, dass man ihn bedroht hatte. Ich war ihm zumindest ein wenig Ehrlichkeit schuldig. Sobald unsere Blicke sich trafen, hasste ich mich. Selbstsüchtiges Arschloch war noch eine zu nette Beschreibung für mich.

»Mein Gott, Bethany«, flüsterte er. Er hatte die Augen weiter aufgerissen, als ich es je zuvor gesehen hatte. »Glaubst du wirklich, dass ich zu so etwas fähig wäre?«

»Nein!«, sagte ich, überrascht davon, wie bestimmt ich klang. »Natürlich nicht. Aber ich wusste nicht, was ich denken sollte. Ich habe die Briefe bei uns im Haus gefunden, und es war nicht so, als wäre ein Fenster zerschlagen gewesen oder als hätte es irgendeinen anderen Hinweis darauf gegeben, dass jemand eingebrochen ist, nicht einmal, nachdem ich die Schlösser ausgetauscht hatte. Und wie du dich beim Abendessen im Restaurant verhalten hast und dann der Typ mit dem Umschlag am Fluss … Ich wollte nicht glauben, dass du es gewesen sein könntest, aber es kam nur eine relativ kleine Zahl von Verdächtigen infrage. Ich musste die Möglichkeit zumindest in Erwägung ziehen.«

Ich wartete auf den unweigerlichen Wutanfall. Wenn die Affäre das Fass noch nicht zum Überlaufen gebracht hatte, würde mein Verdacht es auf jeden Fall tun.

»Die Briefe waren bei uns im Haus?«, fragte er mit zittriger Stimme.

Ich nickte.

»Küche, Wohnzimmer, Schlafzimmer. Während ich zu Hause war. Während wir geschlafen haben.«

Erschöpft lehnte er sich in seinem Stuhl zurück und antwortete einen Moment später: »Das ist so viel schlimmer, als ich dachte.«

43. KAPITEL

Ich musste Jason meine Seite der Geschichte erzählen, und als ich damit fertig war, belasteten meine Schuldgefühle mich nur noch mehr.

Natürlich hatte ich unnötige Einzelheiten über Calum und mich ausgelassen – wie die Affäre begonnen hatte und was genau ich gerade eben vernichtet hatte –, aber sonst erwähnte ich alle Details. Jason wurde aschfahl, als er begriff, dass jemand mit der Mordwaffe in unser Haus eingebrochen war und über uns gestanden hatte, während wir schliefen. Ich konnte sehen, wie drückende, bedrängende Angst ihn packte, und ich hasste mich dafür, diese ganze Situation ausgelöst zu haben.

Nachdem ich all meine Geheimnisse auf Jason abgeladen hatte, fühlte ich mich emotional völlig ausgelaugt. Ich sank zurück gegen die Lehne des Sessels und sah zu, wie Jason die Drohbriefe las und dabei die Stirn tiefer runzelte.

»Du bist dran«, sagte ich.

»Okay, zuerst dachte ich, dass es vielleicht Claire war …«

»Ich auch«, unterbrach ich ihn.

»Es ist immer der Partner.« Er nickte. »Aber sie war definitiv bei dieser Benefizgala, also endete diese Theorie in einer Sackgasse.«

»Ja, ich habe da auch aufgegeben«, sagte ich. »Sonst noch jemand?«

»Na ja, dann dachte ich, dass man das Sicherheitsteam genauer unter die Lupe nehmen sollte. Ich konnte mir schon denken, weshalb Calum alleine unterwegs war, aber ich fand es trotzdem seltsam, dass sie ihn einfach haben gehen lassen und noch nicht einmal wussten, wohin er wollte. Ich meine, die sollten doch eigentlich Weltklasse sein, oder?«

»Er musste sich nicht von Bodyguards begleiten lassen«, sagte ich. »Er war kein Gefangener, und manchmal ist er ohne sie unterwegs gewesen, wenn er seine Ruhe haben wollte. Und er hatte schon eine Weile lang keine Drohbriefe bekommen oder mit irren Fans zu tun gehabt, also hat er sich sicher gefühlt.«

»Na gut. Aber es war trotzdem verdächtig«, beharrte Jason. »Also habe ich meinen Kumpel Chris vom Fußball – der arbeitet für eine Sicherheitsfirma – darum gebeten, ein paar Hintergrundüberprüfungen durchzuführen.«

»Du hast jemandem davon erzählt?« Vor Panik wurde meine Stimme piepsig. Wie viele Menschen würden meinetwegen denn noch gestalkt, belästigt und eingeschüchtert werden?

»Das war schon in Ordnung. Er ist ein Profi, und ich hab ihm gesagt, dass ich die Info brauche und er keine Fragen stellen darf, alles streng geheim. Also hat er nicht gefragt. Mit ihm habe ich mich an dem Tag getroffen, als du mir gefolgt bist. Ich habe ihm gesagt, dass dieser ganze Spionageakt ihn wie einen Deppen aussehen lässt, aber er nimmt seine Arbeit sehr ernst.«

»Und im Umschlag waren nur die Ergebnisse dieser Hintergrundüberprüfungen?«

»Ja, nur ein paar Ausdrucke, nichts Schlimmes.«

Normalerweise hätte ich mich wie eine Idiotin gefühlt, aber dafür hatte ich gerade nicht die Energie.

»Kam dabei etwas Interessantes heraus? Sie hatten ja alle ein Alibi, oder?«

»Na ja, schon. Ich habe nichts Belastendes gefunden. Nicht so wirklich, aber ich wusste ja auch nicht genau, wonach ich suchte.«

»Also …?«

»Na ja, dann habe ich noch mal mit Chris gesprochen und ihn gefragt, ob es Stalkingfälle in Großbritannien gab, in die irgendwelche Mitarbeiter von Calum verwickelt waren. Ich wusste, dass das wahrscheinlich nichts ergeben würde, aber ich dachte mir, wenn dieser Typ Calum ermordet und uns gestalkt hat, ohne dabei erwischt zu werden, dann macht er das wahrscheinlich nicht zum ersten Mal.«

»Hat Chris etwas gefunden?«

»Ich glaube schon.«

Ich schloss die Augen und hielt mich bereit. Würde ich endlich erfahren, wer hinter dieser Tortur steckte? Ich erlaubte mir einen Funken Hoffnung.

»Es gibt einen Typen im Sicherheitsteam, der wohl mal in Verbindung zu einem Stalkingfall stand. Aber … na ja, selbst bei dem Fall steht nicht fest, dass er es wirklich war.«

»Wer?«

Jason sah mich an.

»Ich glaube, dass Vincent Calum ermordet hat.«

44. KAPITEL

Vincent, der mich am ersten Tag des Projekts nach meinem peinlichen Stolpern gerettet hatte? Der es merkte, wenn ich bedrückt war, und mir lustige Geschichten erzählte, bis ich lachen musste? Ich schüttelte den Kopf.

»Aber ich dachte, die Polizei hätte ihn schon ausgeschlossen. Es hieß, gegen das ganze Sicherheitsteam würde nicht weiter ermittelt werden.«

»Das weiß ich. Ich habe auch nicht für alles eine Erklärung. Und wie gesagt ist es nur eine Theorie. Vincents Vater hatte vor Jahren eine Affäre mit seiner Sekretärin. Hat seine Frau und seinen Sohn verlassen. Ein paar Jahre später bekam die Geliebte, die zu diesem Zeitpunkt mit dem Vater verheiratet war, Briefe von einem Stalker. Sie wurde nicht bedroht, es war einfach nur unheimlich, und die Polizei konnte nicht genug Beweise finden, um irgendjemanden festzunehmen oder anzuklagen. Vincent wurde von der Polizei befragt, wobei ich nicht weiß, warum er verdächtigt wurde. Ob er überhaupt verdächtigt wurde.«

»Wie ging es dann weiter?«

»Der Vater ist ein paar Jahre nachdem die ersten Briefe ankamen gestorben. Herzinfarkt. Danach schien es keine weiteren Nachrichten mehr zu geben, oder vielleicht hat die Stiefmutter auch nur aufgehört, die Polizei darüber zu informieren.«

Meine Haut kribbelte. Vielleicht war sie bedroht worden, bis sie den Mund hielt, so wie Jason und ich. Erschöpfung legte sich über mich wie eine schwere Decke. Ich fühlte mich nicht dazu in der Lage, einen weiteren Menschen, den ich gut leiden konnte, mit verdächtigem Blick zu inspizieren. Aber es gab eine Großfahndung, bei der nach mir gesucht wurde, und ich brauchte dringend Antworten. Ich hatte keine Zeit, um auf meine Gefühle Rücksicht zu nehmen.

Ich versuchte, mich zu erinnern, was genau ich eigentlich über Vincent wusste, abgesehen von dem, was ich bei der Arbeit gesehen hatte. Es war nicht besonders viel. Er war ruhig, aber bei einem Großteil von Calums Mitarbeitern beliebt. Er war freundlich und aufmerksam und rücksichtsvoll. Aber er sprach nie über sein Privatleben.

»Na ja, selbst wenn Vincent seine Stiefmutter gestalkt hat, könnte ich dafür auf gewisse Weise noch das Motiv nachvollziehen«, sagte ich. »Er war wütend auf sie, weil sie ihm seinen Vater weggenommen hat, oder so was in der Art. Aber das macht ihn ja nicht gleich zu einem Mörder. Und überhaupt, warum sollte er Calum ermorden oder mich stalken wollen? Uns?«

»Na ja, ich versuche noch, die Lücken zu schließen, und ehrlich gesagt muss ich viel raten. Ich kann nicht einmal ansatzweise nachvollziehen, wie so ein Mensch tickt, und ich habe noch nicht die Antworten auf alle Fragen gefunden. Aber ich bin mir ziemlich sicher, dass er zumindest ein Mordmotiv hatte. Während ich auf dich gewartet habe, habe ich hier etwas recherchiert.«

Ich zog beide Augenbrauen hoch.

»Mark hat mir geholfen, auf Calums Computer zuzugreifen …«

»Im Ernst? Warum lässt er dich hier einfach machen, was du willst?«

»Hör mir einfach zu«, sagte Jason und warf einen Blick auf seine Uhr. »Ich habe mir Vincents Personalakte angeguckt. Dreimal darfst du raten, was ungefähr einen Monat vor Calums Tod passiert ist.«

Erbost blickte ich Jason an. Auf Ratespiele hatte ich nun wirklich keine Lust.

»Er hat um eine Beförderung gebeten. Calum hat Nein gesagt. Und das war schon das dritte Mal, dass Vincent danach gefragt hat. Er hat behauptet, dass er qualifizierter ist als der Rest des Teams und es verdient, dafür auch belohnt zu werden.«

»Und du denkst, dass das sein Motiv war?«, fragte ich.

»Na ja, ich denke, dass es eine Rolle gespielt hat. Verstehst du es denn nicht, Bethany? Er hat schon mal jemanden gestalkt, er ist wütend auf Calum, weil der ihn nicht befördern will, und … na ja, ich weiß nicht, aber er ist offensichtlich nicht ganz richtig im Kopf. Wer weiß, ob es bei so jemandem überhaupt einen logischen Grund geben muss.«

Ich dachte darüber nach. Seine Theorie hatte so viele Löcher, dass ich mir nicht sicher war, ob ich sie so leicht akzeptieren könnte wie er. Aber Jason war nicht der Mörder, und irgendjemand anders musste es gewesen sein. Es konnte nicht Mark sein, sonst hätte er gewusst, weshalb ich in die Wohnung wollte. Er hätte sie schon durchwühlt gehabt, bevor ich überhaupt ankam, oder er hätte mich der Polizei ausgeliefert. Also war ich wieder bei null angelangt. Und bislang hatten all meine Ermittlungen ins Leere geführt. Jason hatte einen Profi auf seiner Seite. Vielleicht war an seiner Theorie etwas dran.

Ich hasste es, dass ich überhaupt bereit war, diese Möglichkeit in Erwägung zu ziehen. Aber vielleicht gab es keine einfache, offensichtliche Erklärung für Calums Tod und das Stalking. Nicht befördert zu werden, könnte jemandem, der schon emotional instabil war, den Rest geben. Vincent war selbstverständlich sehr stark und wusste wahrscheinlich genug über Sicherheitsvorkehrungen, um Kameras zu deaktivieren und Schlösser zu knacken. Ein Schauder packte mich, als ich mir vorstellte, wie seine muskulöse Silhouette in meinem Schlaf über mir aufragte.

»Gibt es irgendwelche Beweise, um das alles zu untermauern?«

»Nein … nicht wirklich. Aber wir können die Personalakte und den Polizeibericht über seine Stiefmutter den Ermittlern übergeben. Wir können es ihnen überlassen, die Beweise zu finden.«

»Ich kann nicht zur Polizei gehen«, sagte ich.

»Du kannst dich nicht auf Dauer verstecken, Bethany«, sagte er sanft. »Das ganze Land sucht nach dir.«

»Kann ich schon, wenn du mir hilfst.«

»Wie denn? Wenn du versuchst zu fliehen, wird man dich erwischen, und das wäre so viel schlimmer, als wenn du dich freiwillig stellst. Du bist nicht für ein Leben auf der Flucht gemacht, nicht, wenn man so viele Ressourcen darauf verwenden wird, dich zu finden. Glaub mir, wenn ich denken würde, dass es auch nur die geringste Chance gäbe, dass du dich erfolgreich vor der Polizei verstecken könntest, dann würde ich dir helfen, aber du weißt doch auch, dass das nicht realistisch ist. Was ich tun kann, ist, dieser ganzen Angelegenheit endlich auf den Grund zu gehen. Wir haben jetzt diese Informationen über Vincent. Es ist nicht so, als würdest du dich der Polizei mit leeren Händen stellen.«

»Mich der Polizei stellen? Ich werde mich nicht ...«

Aus dem Flur drangen Stimmen zu uns. Ich sah Jason an.

»Bethany ...«

»Wer ist das, Jason?«

»Es tut mir leid. Ich habe nur getan, was ich für richtig hielt.«

Mein Schädel dröhnte.

»Hast du mir denn nicht zugehört? Wenn es Vincent war und er herausfindet, dass ich zur Polizei gegangen bin, was meinst du, was er dann tut?«

»Aber du gehst ja nicht selbst zur Polizei«, sagte er. »Wenn man es ganz genau nimmt.«

Die Tür wurde geöffnet, und die Stimmen wurden lauter.

»Hier ist sie!«

Ich hörte die Schritte mehrerer Personen auf dem polierten Holzboden.

Ich sah Jason an, dessen Gesicht nichts als Reue widerspiegelte.

»Es tut mir leid, Schatz, wirklich. Aber vertrau mir, das ist der einzige Weg. Und damit ich in die Wohnung kommen und mit dir sprechen durfte und die Beweise gegen Vincent finden konnte, musste ich Mark versprechen, dass ich die Polizei darüber informieren würde, wo du bist. Er hat uns reingelassen, er glaubt auch, dass du unschuldig bist, und wollte dir eine Chance geben, aber er war nicht bereit, sich strafbar zu machen, indem er einer gesuchten Mordverdächtigen hilft. Das musst du verstehen.«

Er hatte die Arme ausgebreitet, während er mich anflehte.

Ich starrte ihn an und versuchte, die Ausmaße seines Verrats zu verarbeiten.

»Ich habe dir vertraut.«

»Nein, hast du nicht«, sagte Jason leise. »Du hast geglaubt, dass ich Calum ermordet habe. Du hast auch keinen besseren Plan, Bethany. Bitte. Vertrau mir jetzt bitte einfach. Meine Priorität war von Anfang an deine Sicherheit, und ich habe niemandem ein Wort gesagt. Warum sollte ich dich jetzt verraten?«

Ich suchte nach den richtigen Worten, aber mein Mund fühlte sich taub an, meine Zunge nahm viel zu viel Platz ein.

»Aber du hast mich doch verraten.«

Die Polizei kam um die Ecke. Sie stürmten ins Zimmer wie eine Armee aus Blau und Schwarz, als hätten sie erwartet, dass ich mich wehren würde, dass ich gefährlich wäre. Dass ich wegrennen würde.

»Ich hol dich da wieder raus, das verspreche ich dir.«

Mein Herz klapperte in meiner Brust wie Eis in einem Cocktailshaker.

Eine Stimme, die ich nicht zuordnen konnte, schrie meinen Namen. Sie umzingelten mich jetzt, und ich konnte nichts tun, als weiterhin Jason anzustarren.

Nach allem, was ich durchgemacht hatte, war er es, der mich an die Polizei ausgeliefert hatte. Ich wollte mich wehren, schreien, meine Hände losreißen, als starke Finger sich um meine Handgelenke legten. Aber ich war wie festgefroren, und die Auseinandersetzung fand nur in meiner Vorstellung statt, während mein Körper sich wie leblos fügte.

Ich wollte Jason hassen. Ich wollte, dass er diesen Vertrauensbruch bereute.

Ich hielt meinen Blick auf ihn gerichtet, das Kinn trotzig erhoben, und sah zu, wie Tränen aus seinen geröteten Augen traten und über seine Wangen flossen.

Gut so, dachte ich. Sollte er doch zusehen, wie die Polizei seine Ehefrau für einen Mord verhaftete, den sie nicht begangen hatte. Sollte er doch Zeuge dieses Spektakels werden, das er verschuldet hatte.

Und dann legte sich ganz plötzlich ein Schalter in meinem adrenalingebeutelten Gehirn um, und mir wurde wieder klar, dass nicht er diese ganze Situation verschuldet hatte. Sondern ich.

Plötzlich wollte ich die Arme ausstrecken und mich an ihn klammern, an meinen Ehemann, der das einzig Reale in diesem Raum war, meine einzige Verbindung zu meinem alten Leben, in dem ich nichts anderes gewollt hatte als ein wenig Aufregung, in dem ich nur hatte herausfinden wollen, wie es sich anfühlte, mit jemand anderem zusammen zu sein als dem einzigen Mann, den ich je geliebt hatte.

Vielleicht war das hier die Aufregung, nach der ich mich gesehnt hatte.

Dies war meine Strafe.

Meine Belohnung.

45. KAPITEL

»Bethany Reston, Sie sind verhaftet.«

Ich schloss die Augen und ließ es geschehen. Jetzt war ich völlig machtlos. Und es gab nichts mehr zu sagen.

Ich ließ mich von dem Polizisten, der mir die Handschellen angelegt hatte, den Flur hinunterführen. Als wir an Mark vorbeikamen, der sich neben einem Sicherheitsmann klein machte, verstand ich, warum wir diesen ohne Zwischenfälle passiert hatten. Er wusste bereits Bescheid. Ich versuchte, Blickkontakt aufzunehmen, damit sie ihren Taten ins Auge sehen müssten, aber sie wichen meinem Blick aus und versuchten, so zu tun, als wäre der sich ihnen bietende Anblick völlig alltäglich und normal.

Ich bemühte mich, klar zu denken, aber mein Gehirn kooperierte nicht. Das war der Schock. Und die Angst. Alles fühlte sich surreal an, als würde ich eine Reality-Show gucken, die sich vor meinen Augen abspielte. Das alles passierte nicht wirklich mir. Das war unmöglich.

Im Aufzug hinunter zur Lobby stand ich schweigend da, umringt von Polizisten, und schloss fest die Augen.

Ich wusste, dass die Informationen über Vincent, die Jason mit mir geteilt hatte, nicht ausreichen würden, aber sie waren ein Anfang. Das änderte nichts daran, dass ich die Person auf der Überwachungskamera war, nach der die Polizei gesucht hatte, aber wenigstens war ich jetzt mit handfesteren Informationen gewappnet und nicht nur mit Unschuldsbeteuerungen.

Und ich hatte die Speicherkarte zerstört.

Ich ließ mich zum Auto zerren und stellte mir mein Zuhause vor, mein bequemes Bett, meine warme Küche, und ich sagte mir, dass ich bald wieder dort sein und dieses ganze Durcheinander hinter mir lassen würde. Wenn die Polizei erst einmal wusste, wen sie unter die Lupe nehmen sollte, gegen wen sie ermitteln sollte, dann würde sie auch die Wahrheit herausfinden. Das musste sie einfach.

Ich wurde auf den Rücksitz eines Polizeiautos bugsiert, und als wir von Bradley Enterprises wegfuhren, glitt Jason langsam in einer Parade aus Rot und Blau aus meinem Blickfeld.

46. KAPITEL

Meine Ankunft traf auf erhebliches Interesse. Die Presse hatte ihre Pläne für Samstagabend abgesagt, um stattdessen die lang erwartete Verhaftung des Täters im Mordfall Bradley festzuhalten. Die Neuigkeit hatte sich so schnell verbreitet, dass mich eine Meute aus Fotografen und Journalisten begrüßte, als ich aus dem Auto geführt wurde.

»Mrs. Reston, bereuen Sie Ihre Tat?«

»Bethany, hier drüben!«

Ich konnte mich nirgendwo verstecken. Und es gab keine Möglichkeit für mich, die Wahrheit so zu drehen, dass sie mir diente. Morgen würde erneut ein Foto von mir in allen Zeitungen prangen. Aber diesmal würde in den Schlagzeilen nicht über ein unscharfes Bild spekuliert werden. Stattdessen würden Nahaufnahmen von mir die Titelseiten schmücken, auf denen ich in Handschellen ins Polizeirevier geführt wurde, nachdem man mich für einen Mord verhaftet hatte. Egal, wie es jetzt weitergehen würde, mein Ruf war ruiniert. Aber solchen Gedanken konnte ich jetzt nicht nachhängen, nicht, wenn ich die Polizei davon überzeugen musste, dass ich unschuldig war.

Durch Blitzlichtgewitter, das mir die Netzhäute verbrannte, wurde ich ins Polizeirevier und direkt in einen Aufnahmeraum gebracht. Dort wurde ich durchsucht, und die wenigen Gegenstände, die ich bei mir trug – meine Uhr, mein Schal, mein Gürtel, meine fast leere Handtasche und meine Kaugummis –, wurden konfisziert. Ich überflog die Verfahrensanordnungen der Polizei. Aber ich konnte mich nicht konzentrieren. In meinem Kopf schwirrte nur eine Frage herum – wann ich endlich alles erklären dürfte. Meine Fingerabdrücke wurden genommen, Fotos wurden geschossen, und ein Wattestäbchen wurde mir durch den Mund gezogen.

Alles fühlte sich unecht an, als würde ich die Welt durch einen Dunstschleier sehen, der verschwinden würde, sobald ich blinzelte. Das war es, was ich so lange befürchtet hatte, die Konsequenz, gegen die ich so verzweifelt angekämpft und deretwegen ich so oft gelogen hatte, um sie abzuwenden. Ich hatte davon gehört, dass Menschen in surrealen Momenten außerkörperliche Erfahrungen machten, aber das hier fühlte sich noch viel schlimmer an.

Ich war in meinem Körper gefangen, nicht außerhalb von ihm. Ich musste zusehen, wie mein bisheriges Leben um mich herum zerfiel, und ich wollte um mich schlagen, mich mit Händen und Zähnen aus meinem Körper herauskämpfen. Aber ich konnte nur dasitzen. Anweisungen befolgen. Und hoffen.

Als ich von einem Raum zum nächsten geführt wurde, hörte ich Jasons laute Stimme im Gespräch mit einer anderen, ruhigeren Person: jemand, der versuchte, ihn zu beschwichtigen. Es tröstete mich, dass er mit mir im Ring stand, auch wenn ich instinktiv wusste, dass er durch einen Wutausbruch hier nicht viel erreichen würde.

Im nächsten Raum wies ein Polizist mich an, mich hinzusetzen, und stellte sich vor. Seine Stimme klang weit entfernt und gedämpft, als ob er mir beim Ertrinken zusehen würde.

»Mrs. Reston? Mrs. Reston! Hören Sie mir überhaupt zu?«

Der Polizist, auf dessen Namen ich nicht geachtet hatte, sah mich mit unverhohlener Verachtung an.

»Entschuldigen Sie«, sagte ich. »Könnte ich vielleicht einen Kaffee haben, bitte?«

Er sah mich ungläubig an und stand dann wortlos auf. Nachdem er die Tür hinter sich zugeschlagen hatte, saß ich in völliger Stille da. Ich bezweifelte, dass der Kaffee einen Unterschied machen würde, aber ich war einfach so erschöpft, dass ich das Gespräch wahrscheinlich nicht ohne ein wenig Hilfe überstehen würde.

Langsam atmete ich aus und versuchte, meine Schultern zu entspannen, die hart wie ein Brett waren und zwickten. Ich hatte nach Constable Clayton gefragt, und man hatte mir versichert, dass sie bald kommen würde. Ich wollte mit niemand anderem reden, bevor sie nicht hier war. Nicht dass ich ihr wirklich vertraute, das war es nicht. Aber sie war in meiner Wohnung gewesen, hatte mir von Beginn an zugehört. Ich wollte nicht einem weiteren Menschen alles von Anfang an erklären müssen.

Wenn ich doch nur mehr Zeit gehabt hätte, um das alles mit Jason zu besprechen, und mit Alex. Um sicherzugehen, dass sie sich der Gefahren bewusst waren, die sie erwarteten, sobald ich mit der Polizei redete. Aber ich musste ja reden, oder nicht? War es das nicht, was Jason wollte, weshalb er die Polizei mich hatte verhaften lassen?

Ich wollte mich endlich von allem befreien, aber nicht, wenn dadurch mein Mann oder meine beste Freundin verletzt wurden. Ich habe jetzt einen Verdächtigen, sagte ich mir. Ich hoffte bloß, dass es auch der richtige war. Wenn die Polizei Vincent verhaftete und er doch nicht der Mörder war – die Konsequenzen davon wollte ich mir gar nicht erst ausmalen.

Wusste Vincent, dass ich hier war? Würde er irgendwie hören können, was ich sagte? Er schien überall zu sein, alles zu wissen. Es beängstigte mich, wie schnell ich aufgehört hatte, Jasons Theorie anzuzweifeln, und dazu übergegangen war, von ganzem Herzen zu glauben, dass Vincent der Mörder war, aber welche Alternative blieb mir auch? Ich konnte nicht des Mordes angeklagt werden, ohne dabei der Polizei einen anderen, überzeugenden Verdächtigen anbieten zu können. Ich würde nicht einfach aufgeben und mein Schicksal akzeptieren.

Gedanklich breitete ich alle Teile meines Calumförmigen Puzzles aus und schob sie hin und her, damit ich Clayton einen klaren Bericht darbieten konnte, der zeigte, dass ich auf gar keinen Fall Londons beliebtesten Geschäftsmann hatte umbringen können und dass man sich stattdessen genauer mit Vincent befassen sollte.

Aber ich konnte die Teile nicht zu einem klaren Bild zusammenfügen. Ich hatte noch nicht einmal alle Randteile, von denen aus ich beginnen könnte. Ich hatte keine Ahnung, wie Vincent es geschafft hatte, Calum, nur wenige Sekunden nachdem ich ihn allein gelassen hatte, zu erstechen und dabei keine einzige Spur zu hinterlassen. Er hatte außerdem ein Alibi, erinnerte ich mich. Er hatte an alles gedacht, was bedeutete, dass er schlau war. Und erfahren.

Der Kommissar, an dessen Namen ich mich nicht erinnern konnte, kam mit einem noch tieferen Stirnrunzeln zurück in den Raum, in den Händen einen dampfenden Styroporbecher und eine Aktenmappe.

»Mrs. Reston.« Er stellte den Becher vor mir auf den Tisch.

»Ja?«

»Sie wurden verhaftet und stehen unter Verdacht, Calum Bradley ermordet zu haben.«

Ich sah ihn an und erwartete ein Aber: *Aber* natürlich wissen wir, dass Sie die Situation für uns aufklären können; *aber* bei der Verhaftung handelt es sich nur um eine Formalität; *aber* es gibt keine handfesten Beweise, also können Sie nach Hause gehen, sobald Sie eine Erklärung abgegeben haben.

Aber nein.

Er sah mich ausdruckslos an und wartete auf eine Antwort, doch ich brachte keine zustande.

Alles passierte viel zu schnell. Jason hatte mir gesagt, dass ich meine Unschuld beweisen könnte, wenn ich mich der Polizei stellte. Warum gab mir niemand die Chance, genau das zu tun?

»Wann wird Constable Clayton hier sein? Und darf ich bitte mit meiner Anwältin sprechen?«

Ich hatte keine Ahnung, ob Alex mir helfen konnte, und ich wusste, dass sie eigentlich keine Strafverteidigerin war, aber wir hatten die nötigen Papiere, um zu beweisen, dass sie meine Scheidungsanwältin war. Ich wusste nicht, ob das zählen würde.

Sie musste schon im Gebäude gewesen sein, denn nur wenige Minuten später stürmte sie in den Raum, verlangte, unter vier Augen mit ihrer Mandantin sprechen zu dürfen, und umarmte mich fest, sobald die Tür sich schloss und wir alleine waren.

»Bethany! Was wirst du jetzt tun?«

Ihre Stimme klang schrill. Ich lehnte mich etwas zurück, um in ihr vor Panik verzogenes Gesicht zu sehen.

»Du bist meine Anwältin. Ich hatte gehofft, du würdest es mir sagen.«

Alex räusperte sich überrascht. »Darüber haben wir doch schon gesprochen. Ich kann dich nicht in einem Kriminalfall vertreten. Außerdem ist dieser Fall für mich zu persönlich. Hör mir mal zu. Ich werde mich umhören. Ich habe ein paar Freunde von der Uni, die sich auf Strafrecht spezialisiert haben. Bestimmt kennen sie zumindest jemanden, der deinen Fall übernehmen kann. Bis dahin sagst du am besten kein Wort, okay? Das meine ich ernst. Gar nichts.«

»Aber was ist mit Vincent?«, fragte ich. »Hat Jason dir davon erzählt?«

Alex zuckte zusammen. »Ja, er hat mich angerufen. Ich habe eben hier auf der Wache mit ihm gesprochen. Gott, ich fühle mich furchtbar dafür, ihn verdächtigt zu haben. Weiß er, dass die Idee von mir kam?«

Ich starrte sie an.

»Entschuldige, es geht hier nicht um mich. Ich weiß. Trotzdem … Es tut mir unglaublich leid, wirklich. Ich habe mich geirrt, aber ich wusste einfach nicht, was ich denken sollte.«

»Ich weiß«, sagte ich und fühlte mich genauso verlegen wie sie. »Ich habe so viel wiedergutzumachen. Aber zuerst muss ich hier raus.«

»Mach dir keine Sorgen. Und zerbrich dir nicht den Kopf über Vincent«, sagte Alex. »Überlass das einfach uns. Jason und ich werden versuchen, mehr über ihn in Erfahrung zu bringen. Und wenn möglich Beweise zu finden. Wenigstens haben wir jetzt einen Anhaltspunkt, also musst du nichts anderes tun, als den Mund zu halten, bis du einen richtigen Anwalt hast.«

Ich knirschte mit den Zähnen. »In Ordnung. Aber kannst du dich bitte beeilen? Ich will einfach nur nach Hause.«

Alex umarmte mich erneut und umklammerte mich so fest mit beiden Armen, dass ich lachen musste.

»Hör auf damit«, sagte ich und löste ihre Hände von meinen Schultern. »Sei nicht so dramatisch.«

Sie ließ mich los und hob die Hände zum Gesicht. Ihre Schultern bewegten sich, aber ich brauchte ein paar Momente, um den Grund dafür zu verstehen.

»Um Himmels willen, Alex«, sagte ich, auf einmal wütend. »Ich wurde für einen Mord verhaftet, und du bist es, die heult? Ist das dein Ernst?«

Sie nickte, wischte sich über ihre geröteten Augen und atmete mit einem Schniefen ein. »Entschuldige, du hast ja recht. Es ist bloß, ich fühle mich so hilflos, und ich bin so wütend, dass dir das passiert.«

»Na ja, ich bin auch nicht gerade begeistert davon«, sagte ich. »Aber Selbstmitleid hilft mir jetzt auch nicht weiter. Ich muss dieses Durcheinander einfach nur geraderücken. Wie geht es Jason?«

Sie zog eine Augenbraue hoch, und ich lächelte ein wenig. Alles fühlte sich so normal an, jetzt, wo Alex im Raum war. Ich verspürte wieder etwas Hoffnung, als ob jetzt doch alles in Ordnung kommen würde.

»Er dreht gerade ein bisschen durch«, sagte sie.

»Er wird sich schon wieder beruhigen. Kümmer dich einfach für ein paar Stunden um ihn, bis ich hier rauskomme.«

Diesmal hoben sich Alex' perfekt gestylte Augenbrauen alle beide.»Du wirst nicht gleich heute Abend freigelassen werden. Das ist dir schon bewusst, oder?«

»Natürlich werde ich das«, sagte ich. »Ich. Habe. Calum. Nicht. Ermordet.«

Ich sprach jedes Wort überdeutlich aus, als wäre sie sonst nicht in der Lage, diese einfache Tatsache zu verstehen. Ich hatte ja nicht vor, meine Unschuld zu beteuern, ohne der Polizei andere Anhaltspunkte zu geben.

Bald würde sie Vincent in Verwahrung nehmen.

Und dann wäre alles wieder in Ordnung.

47. KAPITEL

Ein paar Stunden nachdem Alex gegangen war, kam Constable Clayton in den Raum, und jegliche Wärme stürmte zur Tür hinaus, um Platz für ihr eisiges Auftreten zu machen.

Hinter ihr trat eine Frau ein, die ich noch nie zuvor gesehen hatte. Sie war klein, trug ihr dunkles Haar zu einem Bob geschnitten und war in ein elegant geschneidertes Kostüm gekleidet. Sie sah nicht aus wie eine Polizistin.

Sie lehnte sich an Constable Clayton vorbei über den Tisch und streckte mir die Hand entgegen.

»Shannon Adler. Ihre Anwältin.«

Ich sah sie verständnislos an.

»Ihr Mann hat mich angerufen. Ich wurde ihm von Alex Taylor empfohlen – wir haben zusammen studiert.«

Ich schüttelte ihre ausgestreckte Hand, und sie setzte sich, wobei sie ihren Rock glatt strich und der Kommissarin einen unterkühlten Blick zuwarf.

»Ich würde gerne kurz alleine mit meiner Mandantin sprechen.«

Die Spannung in der Luft war spürbar. Es fühlte sich an, als könnte ich einfach die Hand ausstrecken und sie durchbrechen wie einen trockenen Ast. Clayton nickte und ließ uns zwei alleine.

»Erzählen Sie mir alles, was passiert ist«, sagte Adler. »Aber möglichst schnell. Man möchte Sie so bald wie möglich anklagen.«

»Mich anklagen?«, wiederholte ich ungläubig. »Wie kann man mich für etwas anklagen, was ich nicht getan habe?«

»Nun, die Polizei denkt leider, dass die Beweislage auf etwas anderes hinweist. Erzählen Sie mir einfach, was Sie wissen.«

All meine Überlegungen waren plötzlich wie weggefegt. Man wollte mich anklagen, ohne überhaupt meine Version der

Geschichte zu hören. Wie war das möglich? Ich wollte etwas sagen, aber ich konnte meine Gedanken nicht ordnen.

»Ich bin hier, um dafür zu sorgen, dass Sie nicht für einen Mord verurteilt werden«, sagte meine Anwältin mit sanfterer Stimme. »Aber dafür muss ich Ihre Version der Geschehnisse kennen. Warum fangen Sie nicht mit der Nacht an, in der Mr. Bradley gestorben ist. Was haben Sie da gemacht?«

Sobald ich erst einmal angefangen hatte, stolperten die Worte übereinander, so eilig hatten sie es, meiner Kehle zu entkommen. Ich erzählte ihr, wo ich gewesen war und warum ich nicht zugeben konnte, die Frau auf dem Überwachungsbild zu sein. Ich erklärte ihr Calums Geheimhaltungssystem und berichtete davon, wie ich die ersten Drohbriefe erhalten hatte, das Messer – alles.

Als ich fertig war, stieß Shannon einen Pfiff aus.

»Das ist ja eine verdammt verzwickte Situation. Es wäre besser gewesen, wenn Sie mich früher kontaktiert hätten.«

»Ehrlich gesagt hatte ich zu große Angst, um mit jemandem zu reden«, sagte ich. Ich fühlte mich ausgelaugter, als ich jemals für möglich gehalten hätte. »Über irgendetwas davon.«

»Das kann ich gut nachvollziehen. Aber jetzt sind Sie hier, und man wird Sie aller Wahrscheinlichkeit nach anklagen, also müssen wir den Ermittlern genug Informationen bieten, damit sie in die richtige Richtung gucken. Aber nicht genug, um eine stichhaltige Anklage gegen Sie aufzubauen. Verstehen Sie?«

Ich schüttelte den Kopf.

»Die Polizei hat noch kein Motiv für Sie«, sagte sie. »Und wir müssen dafür sorgen, dass das so bleibt. Bei einem Prozess möchte die Jury hören, warum jemand das getan haben soll, was ihm vorgeworfen wird. Ohne ein Motiv und mit nichts als Indizienbeweisen – und mehr hat die Polizei im Moment nicht – gibt es berechtigte Zweifel an der Schuld des

Angeklagten. Mein Job – und Ihrer – besteht nicht darin, zu lügen. Sondern darin, die Wahrheit zu beweisen: dass Sie den Mord nicht begangen haben. Es gibt schon Gerüchte über Sie und Mr. Bradley, wahrscheinlich einfach deshalb, weil er in der Vergangenheit schon Affären hatte und so was für gute Schlagzeilen sorgt, aber bislang gibt es dafür keine Beweise. Aber Sie müssen mir jetzt sofort ehrlich sagen, ob es irgendetwas oder irgendjemanden gibt, das oder der die Existenz Ihrer Beziehung beweisen könnte.«

»Nein«, sagte ich. »Also, Jason und Alex wissen davon. Aber die werden beide nichts sagen. Und sonst gibt es nichts, was beweisen kann, dass wir eine Affäre hatten.«

Dafür hatte ich gesorgt. Das einzige unwiderlegbare Beweisstück war soeben zerstört worden.

»Gut.«

»Also, was darf ich der Polizei sagen?«, fragte ich. »Man wird mich nach meinem Alibi fragen.«

»Dann verweigern Sie die Antwort. Sie brauchen nicht zu lügen, aber wenn Sie gefragt werden, wo Sie waren, sagen Sie einfach ›kein Kommentar‹. Das fühlt sich vielleicht seltsam an, aber ich werde die ganze Zeit an Ihrer Seite bleiben. Sie haben das Recht, nichts zu sagen, was Sie nicht sagen möchten.«

»Und das Bild von mir mit dem Messer?«

»Auch kein Kommentar«, sagte sie. »Das Bild allein beweist nichts. Es ist auch nur ein Indizienbeweis.«

»Und die Drohbriefe?«

Sie überlegte kurz.

»Ich denke, es würde helfen, wenn die Polizei Beweise dafür hat, dass Sie bedroht wurden und dass es jemand anderen gibt, nach dem sie suchen sollte. Aber ich würde Ihnen nicht raten, alle Nachrichten zu erwähnen. Sie haben gesagt, dass einer der Briefe ein mögliches Motiv impliziert?«

»Ja, das Foto, auf dem wir uns streiten.«

»Dann behalten wir das für uns. Sind die anderen Drohbriefe auch für Sie belastend?«

Ich schüttelte den Kopf, und dann fiel mir ein, wo die Briefe waren.

»Jason hat sie.« Ich schnappte nach Luft. »Was ist, wenn er sie schon der Polizei übergeben hat? Ich habe die Briefe alle zusammen aufgehoben.«

»Das werde ich gleich herausfinden«, sagte sie. »Ich bin mir sicher, dass er noch keine Beweismittel übergeben hat. Ich werde ihn nach den Drohbriefen fragen und sie mir genauer ansehen. Und dann werden die Ermittler Sie befragen wollen. Sind Sie dafür bereit?«

Ich wollte den Kopf schütteln und Sie anflehen, es mir abzunehmen. Aber stattdessen nickte ich und sah zu, wie sie aufstand und ging.

Als sie wiederkam, wurde sie von zwei Kommissaren begleitet: von Clayton und einem Mann, den ich nicht kannte.

»Denken Sie einfach daran, dass ich hier bin«, flüsterte Shannon, als sie sich setzte. »Wenn Sie sich unsicher sind, warten Sie kurz vor jeder Frage, und ich lasse Sie wissen, ob Sie darauf antworten dürfen oder nicht. Und wenn Sie eine Pause brauchen oder Fragen zu irgendetwas haben, sagen Sie mir Bescheid.«

Papier und Stühle wurden herumgeschoben. Mein Puls donnerte in meinen Adern.

»Bethany Reston, ich muss Sie zu Beginn darüber informieren, dass dieses Gespräch von diesen Kameras hier aufgenommen wird.« Clayton deutete auf zwei sich gegenüberliegende Ecken des Raums. »Sie müssen nichts sagen, aber es kann Ihrer Verteidigung schaden, wenn Sie bei Ihrer Befragung Details nicht erwähnen, auf die Sie sich später vor Gericht berufen möchten. Alles, was Sie hier sagen, kann als Beweismittel verwendet werden.«

Ich sah kurz hinüber zu Ms. Adler. Sie nickte mir zu. Es beruhigte mich nicht.

»Als Erstes möchte ich Sie gerne fragen, was Sie in der Nacht getan haben, in der Mr. Bradley ermordet wurde.«

Ich schaffte es kaum, die Worte an dem Klumpen in meiner Kehle vorbeizuquetschen.

»Kein Kommentar«, flüsterte ich. Aus den Augenwinkeln sah ich Adler erneut nicken.

»In Ordnung. Können Sie mir bitte erzählen, was auf diesem Foto vor sich geht?«

Sie schob ein ausgedrucktes, vergrößertes Foto über den Tisch. Ich musste nicht hinsehen, um zu wissen, dass es das Bild war, das der Mörder an die Presse geschickt hatte: das Bild von mir mit dem Messer in der Hand. Ich wandte mich ab. Wenn ich mir das Bild ansah, musste ich mich unweigerlich an diese Nacht erinnern, in der eine nie zuvor gekannte Angst mich noch fester gepackt hatte, als ich das Messer umklammerte.

»Kein Kommentar.«

Ein Seufzen.

Natürlich hatte sie mit Themen angefangen, zu denen ich nichts sagen konnte. Ich wusste, wie unkooperativ ich dadurch aussah. Ich kämpfte gegen den Drang an, vor Frustration zu schreien, und starrte stattdessen stoisch geradeaus, als könnte ich sie so dazu bewegen, die richtigen Fragen zu stellen.

Clayton warf sich ihren langen Pferdeschwanz über die Schulter und verlagerte ihr Gewicht auf dem Stuhl. »Wie wäre es damit, wenn Sie mir sagen, wer dieses Foto gemacht hat. Können Sie sich dazu äußern?«

Ich warf meiner Anwältin einen Blick zu, die kaum merklich nickte.

»Nun, ich kann mir nicht sicher sein, aber jemand hat mich gestalkt, und meine Vermutung ist, dass es Vincent war.«

»Vincent?«

»Morris. Einer von Calums Sicherheitsleuten.«

Im Raum herrschte Stille, abgesehen vom Kratzen des Kugelschreibers, als die Kommissarin sich auf ihrem Block Notizen machte.

»Warum denken Sie, dass Mr. Morris Sie gestalkt hat, Mrs. Reston?«

»Ich wusste nicht, wer dahintersteckte, bis Jason ihn erwähnt hat – ich meine, ich bin mir immer noch nicht sicher, dass er es definitiv war, aber Calums Mörder hat mich gestalkt und mich bedroht. Dieselbe Person hat auch meinen Facebook-Account gehackt. Sie ist in meine Wohnung eingebrochen, in mein Schlafzimmer, während ich geschlafen habe, und sie hat meine Telefongespräche aufgenommen.«

»Moment. Zuallererst, wenn Sie das Opfer eines Stalkers geworden sind, warum haben Sie das nicht der Polizei gemeldet? Wir nehmen Stalking sehr ernst.«

»Das konnte ich nicht.«

»Warum nicht?«

»Er hat gesagt, er würde mich umbringen, wenn ich mit der Polizei spreche. Er hat mich abgehört. Deshalb konnte ich auch nicht hierherkommen, als Sie mich darum gebeten hatten.«

»Haben Sie mit dieser Person auch gesprochen? Könnten Sie Mr. Morris ohne Zweifel identifizieren?«

»Nein. Ich meine, er hat einmal am Telefon mit mir gesprochen, aber da war seine Stimme verzerrt. Sonst waren es immer nur Briefe. Und SMS.«

»Haben Sie diese Briefe noch, damit wir sie untersuchen können?«

Ich sah Adler an.

»Ich lasse sie Ihnen morgen früh zukommen«, sagte sie.

»Danke. Mrs. Reston, warum denken Sie, dass diese Person nicht wollte, dass Sie mit uns sprechen?«

»Er muss gedacht haben, dass ich weiß, was er getan hat. Aber ich wusste von nichts. Aber wenn Sie die Wahrheit hören wollen, warum fragen Sie Vincent nicht selbst?«

»Wir werden Nachforschungen über ihn anstellen, aber in der Zwischenzeit habe ich noch ein paar Fragen an Sie, wenn es Ihnen nichts ausmacht.«

»Aber Vin…«

»Wir werden Ihren Anschuldigungen nachgehen. Aber können Sie mir jetzt erst einmal sagen, ob Sie das sind auf diesem Foto?«

Sie schob ein weiteres Foto über den Tisch, und einmal mehr musste ich nur kurz daraufblicken. Es war die Aufnahme von der Überwachungskamera, die als mein Profilbild auf Facebook eingestellt worden war.

»Kein Kommentar.«

Ich wusste genau, was *Kein Kommentar* bedeutete, und sie auch. Es bedeutete, dass ich die Frau auf dem Bild war.

»Das dachte ich mir schon, Mrs. Reston. Aber wir haben einen Durchsuchungsbefehl für Ihr Haus, der jetzt gerade ausgeführt wird, und ich vermute, dass wir sehr bald wissen werden, wer die Besitzerin dieses ungewöhnlichen Hutes ist.«

Ein Muskel zuckte in meiner Wange. Die Polizisten würden den Hut finden. Er war nicht gerade gut versteckt.

Ms. Adler lehnte sich zu mir herüber und flüsterte mir ins Ohr: »Brauchen Sie eine Pause, Mrs. Reston?«

Ich sehnte mich nach einem ruhigen Augenblick, schüttelte aber dennoch den Kopf. Eine Pause bedeutete nur, dass das Gespräch später fortgesetzt werden müsste, und so unerträglich es sich jetzt auch anfühlte, wusste ich doch, dass ich nicht die Kraft haben würde, den ganzen Prozess noch einmal von vorne zu beginnen. Ich war gerade in Fahrt gekommen und musste weitermachen und alles Nötige tun, um diese Tortur endlich hinter mich zu bringen.

»Was haben Sie heute Abend in Calum Bradleys Wohnung gemacht, Mrs. Reston?«

»Kein Kommentar.«

»Was hat Ihr Ehemann dort gemacht?«

»Er hat nach Beweisen gesucht. Gegen Vincent.«

»Welche Art von Beweisen?«

»Warum fragen Sie Jason nicht selbst? Er ist derjenige, der die Personalakte gefunden hat. Darin steht, dass Calum sich mehrmals geweigert hat, Vincent zu befördern, obwohl Vincent darum gebeten hatte. Das ist ein Motiv, oder?«

»Wie ich bereits gesagt habe, werden wir der Sache nachgehen. Aber unseres Wissens hat Ihr Ehemann Mark Dunbar geholfen, Sie in der Wohnung zu halten, bis unsere Beamten ankamen, um Sie zu verhaften. Das klingt nicht danach, als würde er an Ihre Unschuld glauben.«

Ich warf der Kommissarin einen bösen Blick zu, damit sie ihren gehässigen Kommentar bereuen würde. Aber er hatte mich dennoch getroffen. Ich wollte Jasons Verhalten verstehen und glauben, dass ich an seiner Stelle dasselbe getan hätte. Aber das änderte nichts daran, dass es sich anfühlte wie Verrat, und das hatte mich aus dem Gleichgewicht gebracht.

»Hatten Sie eine Affäre mit Mr. Bradley?«

»Kein Kommentar.«

Meine Stimme klang, als würde mir jemand die Kehle zudrücken. Irgendwie waren meine Lungen zu klein, und mein Körper verlangte nach mehr Sauerstoff.

»Haben Sie sich in den Tagen vor Mr. Bradleys Ermordung mit ihm gestritten?«

»Kein Kommentar.«

»Haben Sie Calum Bradley ermordet?«

»NEIN!«

Für diese Antwort fand ich den nötigen Atem. Das war die eine Wahrheit, die unverbrüchlich blieb.

»Definitiv nicht. Ich habe Calum nicht ermordet. Ich hätte ihm niemals wehgetan.«

Die Kommissarin sah mich mit kühlem Blick und gemäßigtem Interesse an, als versuche sie zu erkennen, ob ich log oder einfach nur verrückt war. Trotzig hielt ich ihrem Blick stand. Sollte sie doch denken, dass ich den Verstand verloren hatte. Sie musste mir nur eine einzige Sache glauben: Ich hatte Calum nicht ermordet.

Sie senkte den Blick und schob ein paar Papiere hin und her. Dann lehnte sie sich vor und tippte auf das Foto, das von mir in meiner Wohnung gemacht worden war, in der Nacht, in der ich beschlossen hatte, dass Jason der Mörder war. Mein Magen zog sich vor Schuldgefühlen zusammen, aber ich ignorierte sie. Ich hatte keinen Platz für etwas anderes als Selbstschutz.

»Können Sie mir sagen, wessen Messer das ist, Mrs. Reston?«

Gerade öffnete ich den Mund, um jeglichen Kommentar zu verweigern, als jemand an der Tür klopfte. Constable Claytons Stuhl schrammte laut über den harten Boden, als sie aufstand, ohne den Blick von mir abzuwenden.

Sie öffnete die Tür nur einen Spalt weit und sprach in Flüstertönen mit jemandem auf der anderen Seite.

»Mrs. Reston«, sagte sie, als sie sich wieder setzte, »einer meiner Kollegen hat mich soeben darüber informiert, dass ein Hut, der der Beschreibung des Huts auf der Überwachungsaufnahme entspricht, in Ihrer Wohnung gefunden wurde.«

Sie schwieg einen Moment lang. Ich spürte, wie die Grenzen der realen Welt sich um mich herum verschoben. Alles, woran ich einst geglaubt hatte – dass ein Unschuldiger nichts zu befürchten hatte, dass die Guten immer gewannen –, verdampfte und bildete einen dichten, erstickenden Nebel.

»Wir werden den Hut sowie auch die Kleidung, die wir bei Ihnen gefunden haben und von der wir glauben, dass Sie sie in der Mordnacht getragen haben, auf Blutspuren untersuchen.«

Ich atmete erleichtert aus. Auf meiner Kleidung würde nichts zu finden sein.

Clayton schob erneut etwas über den Tisch: eine offene Aktenmappe. Sie war rot, und ich fragte mich, ob das etwas zu bedeuten hatte.

»Bethany Reston, ich muss Sie darüber informieren, dass Sie des Mordes an Calum Bradley angeklagt werden.«

Das Ticken der ablaufenden Sekunden war betäubend, und ich spürte, wie das Blut aus meinem Kopf raste, aus meinen Händen, meinem Herzen.

»Aber wie kann ich wegen etwas angeklagt werden, das ich nicht getan habe?«, flüsterte ich. »Und warum hören Sie mir nicht zu? Es war Vincent!«

»Die Beweislage sagt uns etwas anderes, Mrs. Reston. Dies ist die Anklageschrift. Bitte lesen Sie sie gründlich und sprechen Sie mit Ihrer Anwältin darüber. Ihr Fall wird morgen vom Amtsgericht angehört werden.«

»Das ist viel zu früh«, sagte ich. »Wie soll ich bis dahin denn beweisen, dass ich es nicht war?«

»Ich bin mir nicht sicher, ob Sie den Ernst der Lage verstanden haben, Mrs. Reston. Sie wurden soeben des Mordes angeklagt. Sie haben rein gar nichts zu beweisen. Sie haben im Gefängnis zu sitzen und dort auf Ihren Prozess zu warten.«

48. KAPITEL

Als der Warnton der sich schließenden Tür hinter mir verklungen war, stand ich in der Zelle, die für die absehbare Zukunft mein Zuhause sein würde, und zwang mich, langsam und bedächtig bis zehn zu zählen.

Ich war mir so sicher gewesen, so überzeugt davon, dass ich nur die Wahrheit erzählen und die Polizei auf Vincent hinweisen musste, um nach Hause gehen zu dürfen und diesem Albtraum ein Ende zu bereiten. Ich hatte die ganze Zeit gewusst, dass die Beweislage schlecht für mich aussah. Aber irgendwie war ich trotzdem davon ausgegangen, dass alles in Ordnung kommen würde. Doch mein Hinweis auf einen neuen Hauptverdächtigen war kaum auf einen Hauch von Interesse gestoßen. Würde man meinem Verdacht überhaupt nachgehen?

Panik verdrängte beinahe jeglichen rationalen Gedanken. Um meine Ängste unter Kontrolle zu behalten, fing ich an, alle paar Sekunden dieselben beruhigenden Worte zu wiederholen: *Du wartest bloß. Bald hast du das alles hinter dir.* Ich war mir nicht sicher, ob ich das wirklich glaubte, aber ich ertrug es nicht, mir die Alternative auszumalen. Stück für Stück sah ich mir meine Umgebung an und betrachtete jedes Detail genau. Die Wände waren weiß getüncht und kahl, abgesehen von ein paar unmissverständlichen Worten, die auf Augenhöhe in die Wand gekratzt worden waren, und einem kleinen, uralt aussehenden Fernseher, der auf Kopfhöhe an einer Halterung angebracht war.

Ich machte einen zögerlichen Schritt auf mein Bett zu, das kaum mehr war als eine kleine Pritsche aus Metall mit einer dünnen Matratze. In der Zelle standen noch ein einfacher Tisch mit einem harten Plastikstuhl sowie eine Stahltoilette ohne Sitz oder Deckel. Letztere konnte man durch das Sichtfenster in der

Tür gut sehen. Ich wollte nicht einmal darüber nachdenken, sie benutzen zu müssen.

Nachdem man mich des Mordes angeklagt hatte, hatte Shannon mir erklärt, was im Amtsgericht am nächsten Morgen passieren würde und dass dieser Schritt nur eine Formalität im Ablauf war. Mordfälle wurden fast immer vor den Strafgerichtshof gebracht, vor allem, wenn der Angeklagte sich nicht schuldig bekannte. Was ich natürlich nicht vorhatte.

Sie warnte mich außerdem, dass der Richter mich wahrscheinlich nicht auf Kaution freilassen würde. Auch damit behielt sie recht. Es hieß, bei mir bestehe Fluchtgefahr.

Du wartest bloß. Bald hast du das alles hinter dir.

Ich wusste, dass ich ohnehin keinen Schlaf finden würde, nicht bei all den Schreien und dem Scheppern, das ich auf der anderen Seite der grünen Metalltür hörte. Also streckte ich mich und schaltete den kleinen Fernseher an, um mich abzulenken. Ich hätte es besser wissen müssen.

Mein Gesicht starrte vom Bildschirm auf mich herab, ein Foto, das von meiner Webseite übernommen worden war, und daneben das Foto von mir, wie ich den Tatort von Calums Ermordung verließ.

Milliardärsschlachterin verhaftet!, schrie die Bildunterschrift in fetten Buchstaben. Ich wusste, dass ich umschalten sollte, aber ich musste einfach hinschauen. Genau hiervor hatte ich so große Angst gehabt, genau dieses Szenario hatte ich so lange befürchtet, und jetzt spielte es sich auf die öffentlichste Art und Weise ab, die man sich nur vorstellen konnte.

»Die Ermittler haben bestätigt, dass Bethany Reston, eine vierunddreißigjährige Fotografin, die offenbar für Bradley Enterprises an der demnächst ausgestrahlten Dokumentarserie über Calum Bradley mitgearbeitet hat, des Mordes an dem berühmten Geschäftsmann beschuldigt wird. Nach ihrer Verhaftung gestern Abend erschien Mrs. Reston heute Morgen vor dem Amtsgericht. Sie wird bis zu ihrem Prozess in Verwahrung bleiben. Unbestätigte Berichte deuten darauf hin, dass Mrs. Reston und Mr. Bradley eine Beziehung miteinander hatten, aber Scotland Yard hat es verweigert, Details des Falles zu kommentieren.«

Das war es also. All meine dreckigsten Geheimnisse waren offenbart, damit die Öffentlichkeit sie durchwühlen konnte wie Affen, die sich gegenseitig lausten.

Plötzlich fragte ich mich, ob es überhaupt noch einen Unterschied machte. Ich hatte solche Angst gehabt, dass jemand von der Affäre erfuhr. Dass man mich eine Ehebrecherin nannte, dass mein Mann die Wahrheit über Calum und mich erfuhr, dass meine Ehe nicht mehr zu retten sein würde, dass man mich in der Öffentlichkeit beschimpfte. Jetzt, wo all das wirklich geschah, schien es mir einfach nur belanglos verglichen damit, des Mordes angeklagt zu werden.

Wenn ich mir nicht solche Sorgen um mein Image gemacht hätte, wenn ich einfach von Anfang an zugegeben hätte, dass wir eine Affäre hatten, und der Polizei die Wahrheit erzählt hätte, wäre ich jetzt vielleicht zu Hause mit Jason, um ihn um Vergebung anzuflehen und sensationsgeile Schlagzeilen zu ignorieren. Anstatt im Gefängnis zu sitzen und auf meinen Prozess zu warten.

Aber dann erinnerte ich mich an Kitty. Misshandelt, verängstigt, ruiniert. Ich hatte nicht nur aus Eitelkeit geschwiegen, auch wenn diese sicherlich dazu beigetragen hatte. Sondern aus Angst, und das war ein viel mächtigerer Beweggrund.

Ich fragte mich, was mich wohl erwarten würde, wenn ich endlich hier rauskäme. Die Öffentlichkeit würde mich hassen. Wenn man Kitty schon so sehr dafür gehasst hatte, eine Affäre mit einem verheirateten Mann zu haben, konnte ich mir kaum vorstellen, was man von mir denken würde, der Frau, die mit Calum geschlafen und ihn dann angeblich ermordet hatte. Es würde niemanden interessieren, dass es eigentlich Vincent gewesen war. Ich war die andere Frau. Ich war die Milliardärsschlachterin. Solche Spitznamen wurde man nicht mehr los.

Vielleicht war das Gefängnis noch der sicherste Ort für mich. Die Ironie dieses Gedankens entging mir nicht. Egal, wie es jetzt weiterging, ich müsste mein altes Leben aufgeben. Nichts würde mehr sein wie zuvor, selbst wenn die Anklage fallen gelassen wurde und ich nach Hause gehen durfte – vom Gesetz freigesprochen, aber nicht von der Gesellschaft.

Ich würde umziehen müssen, meinen Namen ändern lassen, meinen Beruf aufgeben. Würde Jason mit mir kommen? Oder würde er sich von den Trümmern unserer Ehe lossagen? In Calums Wohnung hatte er behauptet, dass er mich noch immer liebte. Aber ich konnte mir nicht vorstellen, dass das für immer anhalten würde, vor allem nicht, wenn Fotos von mir monatelang in den Nachrichten prangen würden, wovon ich ausging. Die Polizei musste einfach die Wahrheit herausfinden. Diese ganze Tortur musste bald ein Ende finden, damit ich mein Leben weiterleben konnte, damit ich mich darauf konzentrieren konnte, wie meine Zukunft aussehen würde, damit ich mich in Ruhe verstecken konnte.

Ich seufzte, schaltete den Fernseher aus und versuchte, ruhig zu bleiben. Ich war erst seit wenigen Stunden im Gefängnis. Ich konnte noch nicht die Hoffnung aufgeben. Das hier war erst der Anfang.

Also atmete ich stattdessen tief ein, zählte wieder bis zehn und wiederholte mein neues Mantra:

Du wartest bloß. Bald hast du das alles hinter dir.

49. KAPITEL

Nach einem Monat im Gefängnis akzeptierte ich langsam meine neue Routine. Sie war nicht normal. Aber sie war vertraut. Und Vincent konnte mir hier nichts tun.

Das Gefühl der Vertrautheit war an sich schon beängstigend. Ich konnte den Gedanken nicht ertragen, dass ich mich hieran gewöhnte.

Soeben hatte ich eine Stunde draußen verbracht und war im Hof ein paar Runden gelaufen mit einer Gruppe von Frauen, die mir keine Angst machten. Ich versuchte, mich ein wenig abseits zu halten, auch weil jegliches Bemühen, Freunde zu finden, sich anfühlen würde, als würde ich mich auf einen langfristigen Aufenthalt einstellen. Hinzu kam die Tatsache, dass so viele der Häftlinge aussahen, als würden sie mir wehtun wollen, und dass sie dazu wahrscheinlich durchaus in der Lage wären. Aber so verlockend es auch war, sie alle zu ignorieren, brauchte ich doch irgendeine Form von menschlichem Kontakt zwischen den Besuchen von Jason, Alex und Adler, also ging ich jeden Tag laufen und machte Small Talk. Ein paarmal lachte ich sogar, was mich schockierte und beunruhigte.

Nachdem ich geduscht hatte, ging ich in den Aufenthaltsraum und blätterte durch die Zeitungen vom Vortag. Das war ein Teil meiner täglichen Routine, ebenso unverzichtbar wie Frühstück oder Kaffee. Ich musste wissen, was über mich gesagt wurde, auch wenn alle Schlagzeilen, die ich bislang gelesen hatte, in einer Aussage übereinstimmten: Ich war schuldig. Die Presse hatte mein Leben gründlich durchwühlt. Mehrmals. Beim Motiv blieben die Journalisten aber immer hängen. Der Mord würde mir kein Geld bringen, was den Spitznamen der Milliardärsschlachterin etwas unsinnig machte, aber sie hielten dennoch daran fest. Und es gab keine Beweise für unsere Affäre, auch wenn die Gerüchteküche kochte. Immer wenn die Spekulationen mich zu sehr mitnahmen, klammerte ich mich an Shannons Worte: Wir mussten nicht lügen. Wir mussten nur begründete Zweifel aufrechterhalten. Und beweisen, dass ich es nicht war.

Ich wusste, dass ich dem Drang widerstehen sollte, die Zeitungen zu lesen. Aber ich musste es einfach tun. Ich fühlte mich, als hätte ich mehr Kontrolle über mein Leben, wenn ich wusste, was mich da draußen erwartete. Je mehr Lügen ich von der Presse las, desto weniger verletzten sie mich. Was gut war. Denn ich würde das dickste Fell brauchen, das ich mir bis zum Prozess wachsen lassen konnte.

Aber diesmal war es nicht mein eigenes Gesicht, das mich von der zweiten Seite aus anstarrte.

Es war Vincents, dessen dunkle Brauen wie Vordächer über seinen Augen hervorragten. Grün. Wie die einer Schlange.

Das Foto war körnig, seine Haltung angespannt. Es sah aus wie ein Passbild, oder vielleicht war es das Foto von seinem Ausweis für Bradley Enterprises.

Darunter war ein weiteres Foto abgebildet, kleiner und eingerückt. Es zeigte mich, aber dieses Bild hatte die Öffentlichkeit bislang noch nicht gesehen. Ich stand im Türrahmen der offenen Schiebetüren in Calums Wohnung; seine Arme waren ausgebreitet, in meinem Gesicht stand unverkennbarer Zorn.

Wo zum Teufel haben sie dieses Bild her?

Meine anfängliche Überraschung wich schnell der offensichtlichen Antwort: Vincent. Um mein Schicksal endgültig zu besiegeln, war es für ihn wichtig, dass ich ein unleugbares Motiv hatte, also hatte er dasselbe Foto an die Presse geschickt, mit dem er mich zuvor zum Schweigen gebracht hatte. Es war kein unanfechtbarer Beweis, aber es verlieh der Theorie, dass Calum und ich eine Beziehung miteinander hatten, mehr Glaubwürdigkeit. Kollegen streiten sich so nicht. Aber warum war ein Foto von ihm in der Zeitung abgedruckt?

Ich las die Schlagzeile.

Bradley-Mordprozess:
Die Beweise, der Zeuge, der Skandal

Ich überflog den Artikel mit wachsender Angst, als ich verstand, was hier vor sich ging. Die Anklage würde Vincent als Zeugen einsetzen. Gegen mich. Ich konnte nicht einmal erraten, was er bezeugen sollte. Er konnte nichts sagen, das mich schuldig aussehen ließ, ohne sich selbst ebenfalls zu belasten. Und warum sollte er das Foto an die Presse schicken und ihr dann sich selbst als Zeugen nennen? Ich verstand die Regeln seines Spiels nicht, aber die Neuigkeit brachte mich trotzdem völlig aus der Fassung.

Die Zeitung hatte nur wenige Fakten und dafür umso mehr Gerüchte zu bieten. Die angeblichen Beweise, die die Schlagzeile versprach, waren nur dieselben Fotos, die das Land schon oft genug gesehen hatte. Der Zeuge, dessen Name eine der Polizei nahestehende Quelle offenbar der Presse genannt hatte, war Vincent. Er selbst hatte sich noch nicht öffentlich geäußert. Und der Skandal war das Foto von unserem Streit, das kommentiert wurde, als würde es mich in flagranti dabei zeigen, wie ich Calum ermordete.

Ich riss die Seite aus der Zeitung, faltete sie schnell zusammen und stopfte sie in meinen Ärmel.

Dann stand ich mit angespannter Miene auf und ging in die Bibliothek.

»Hey«, begrüßte mich Trisha, eine der netteren Insassinnen, als sie mich sah. »Wie geht's dir nach heute Morgen? Ich bin total fertig.«

»Mir geht's gut. Du musst mir einen Gefallen tun.«

»Ich freu mich auch, dich zu sehen, Bethany.«

»Ich habe fünfzig Mäuse auf meinem Konto hier. Ich kauf dir am Mittwoch in der Kantine alles, was du willst.«

»Du musst echt verzweifelt sein.«

Nicht verzweifelt. Rasend.

Stunden später wartete ich im Dunkeln, bis alle anderen schliefen. Die Wache hatte eben ihre Runde gedreht, was bedeutete, dass ich mindestens zehn Minuten hatte, um den Moment zu genießen, auf den ich mich schon den ganzen Tag lang gefreut hatte.

Ich hob meine Matratze an, holte den versteckten Zeitungsartikel und die Schmuggelware hervor, die ich mir von Trisha geliehen hatte. Letztere drehte ich in meiner Hand hin und her und fuhr dann mit dem Daumen über das Metallrad. Ein Funke, dann eine Flamme. Vincents Gesicht starrte mich hinter einem kleinen Kreis aus gelbem Licht an, und mein Hass verstärkte sich.

Langsam und vorsichtig führte ich die Ecke des Zeitungsartikels an das kleine Feuer, und das Papier wurde mit einem leisen Knistern erst orange, dann schwarz und rollte sich dann allmählich ein, auf das Gesicht des Mannes zu, der mein Leben in Fetzen gerissen hatte.

Die Zerstörung kam ihm immer näher, und im schwachen Licht meiner Gefängniszelle erlaubte ich mir ein Lächeln. Mir blieb nicht mehr viel Freude in meinem Leben, aber als ich zusah, wie Vincent zu Asche verbrannt wurde, fühlte ich einen Anflug von Befriedigung.

Und dann schloss sich die Dunkelheit um mich herum, und von diesem Gefühl blieb nichts übrig als der Geruch von Feuer und ein Häufchen Asche zu meinen Füßen.

50. KAPITEL

Nichts auf der Welt – nicht einmal acht Monate im Gefängnis – kann einen auf einen Prozess vorbereiten, in dem man des Mordes an einem Menschen angeklagt wird, den man geliebt hat.

Das Warten war unerträglich gewesen. Manchmal hatte ich mir ein wenig Optimismus erlaubt, wenn Jason und Alex mich besuchten und sich weigerten zu gehen, bevor sie mich nicht zum Lachen gebracht hatten. Aber in manchen Wochen fühlte sich alles hoffnungslos an, zum Beispiel, als Shannon sich weigerte, mir ihre genaue Strategie für den Prozess zu verraten, oder wenn ich keinen Besuch bekam oder wenn die Schlagzeilen so überwältigend negativ waren, dass ich mir wünschte, ich hätte gar keinen Kontakt zur Außenwelt.

Aber auch wenn ich schon so lange gewusst hatte, was auf mich zukam – als ich endlich in den Gerichtssaal geführt wurde, konnte ich immer noch nicht glauben, dass ich wegen Mordes vor Gericht stand.

Ich ging in den kleinen, verstörend warmen Raum und ließ die Wandverkleidungen aus Holz auf mich wirken, die antiken Lampen und die Fenster, durch die helles Licht hineinströmte. Es sah eher aus wie ein Theater als wie ein Gerichtssaal, inklusive Hauptfigur und Zuschauern.

Ich blickte hoch zur Publikumsgalerie und sah Jason, der blass und hager war, aber immer noch gut aussah, und nickte ihm zu. Man hatte mir gesagt, dass ich auf gar keinen Fall lächeln durfte. Das würde so aussehen, als hätte ich meinen Spaß.

Für den Prozess hatte ich nicht nur eine Anwältin, sondern ein ganzes Team. Es gab einen Zuständigen für die Öffentlichkeitsarbeit, der über die letzten Monate hinweg versucht hatte, positive Geschichten über mich an die Medien zu verfüttern, und eine Gruppe Ermittler, die unermüdlich daran gearbeitet hatte, Beweise gegen Vincent zu finden. Man führte mich zu einem Stuhl neben Adler. Ich lehnte mich vor, um an ihr vorbeizuschauen, und die anderen beiden Anwälte, die an meiner Seite kämpften, nickten mir ebenfalls zu.

Die Sitzung begann dramatisch. Der Staatsanwalt, Marling, war ein blonder Milchbubi, aber seine Stimme war überraschend tief, und er hatte einen nervigen Tick im Handgelenk, das er alle paar Sekunden ruckartig bewegte, wobei seine Knöchel rasch nacheinander knackten. Ich konnte nicht fassen, dass jemand, der so unschuldig aussah, mir mit solcher Brutalität entgegentreten konnte, wo er mich doch überhaupt nicht kannte.

Sein Eröffnungsplädoyer war so überzeugend, dass sogar ich danach fast glaubte, ich hätte Calum ermordet.

»Sehr geehrte Damen und Herren der Jury«, sagte er. »Im Laufe dieses Prozesses werden Sie Gerüchte hören, und Sie werden Wahrheiten hören. Ihre Aufgabe wird darin bestehen, durch all diese Aussagen zu waten und Wahrheit und Gerücht voneinander zu unterscheiden, aber zuallererst möchte ich, dass Sie sich auf die Fakten konzentrieren. Folgendes ist Fakt: Diese Frau, Bethany Louise Reston, hatte eine geheime Affäre mit dem Opfer, Calum Bradley.«

Als er meinen Namen sagte, zeigte er mit dem Finger auf mich, und alle Köpfe im Gerichtssaal drehten sich, um die Beschuldigte anzustarren. Ich hasste sie alle, aber ich verwandte meine ganze verbleibende Kraft darauf, einen ungerührten Gesichtsausdruck beizubehalten.

»Diese Frau hat sich im Geheimen mit ihrem Liebhaber getroffen, ihn in eine ruhige Ecke von London gelockt und ihn brutal erstochen und ist dann in Seelenruhe davonspaziert. Dabei hielt sie nur inne, um die Überwachungskameras zu deaktivieren, dank derer man sie hätte identifizieren können. Das sind Fakten. Und im Laufe dieses Prozesses werde ich Ihnen dafür Beweise vorlegen, und Sie werden Zeugenberichte hören, und all diese Dinge werden ohne auch nur den Hauch eines

Zweifels belegen, dass der brutale Mord an einem unschuldigen Mann, Calum Bradley, von dieser Frau begangen worden ist.«

Wieder zeigte er mit dem Finger. Wieder zuckte sein Handgelenk. Bei dem Knacken knirschte ich mit den Zähnen.

»Am Ende dieses Prozesses wird keine schwierige Entscheidung von Ihnen erwartet. Es wird kein Zweifel mehr an der Schuld von Bethany Reston bestehen, die sich als zwanghafte Lügnerin und als geschickte Manipulantin gezeigt hat, die zu jeder Schandtat fähig ist. Sie sehen hier eine kaltblütige Mörderin vor sich, und die Richtigkeit dieser Aussagen wird mit völliger Sicherheit belegt werden. Sehr geehrte Damen und Herren der Jury, ich verlange von Ihnen nur, dass Sie im Laufe des Prozesses diese Fakten im Gedächtnis behalten und dass Sie daran denken, dass es hier – anders als die Medien behaupten – nicht um Ehebruch, Skandal, Sex und Eifersucht geht. Es geht um Gerechtigkeit. Um Gerechtigkeit für einen Mann, dessen Leben ihm auf grausame Art und Weise geraubt wurde, einen Mann, der erfolgreich, gutherzig und großzügig war. Der seinen beachtlichen Reichtum dazu nutzte, um anderen zu helfen, denen es weniger gut ging als ihm. Einen Mann, der es nicht verdiente, zu sterben. Nicht auf diese Weise. Nicht als Opfer von jemandem wie Mrs. Reston. In diesem Prozess wird man Sie bombardieren mit Fakten und Zeugenaussagen und Daten und Namen. Ihnen steht die wenig beneidenswerte Pflicht bevor, jede neue Information abzuwägen und über die Schuld oder Unschuld dieser Frau zu entscheiden, die heute vor uns steht. Alles, was ich von Ihnen erwarte, ist, dass Sie dem Opfer gerecht werden. Denn letztendlich geht es hier nur um eins: um Gerechtigkeit für Calum.«

Mit diesen Worten wirbelte er dramatisch herum und kehrte an seinen Platz zurück, wo ihm ein junger, enthusiastisch aussehender Mann in einem fast identischen dunkelblauen Anzug auf die Schulter klopfte.

Ich fühlte mich, als würde ich gleich explodieren.

Adler hatte mich gewarnt, dass es genau so laufen würde. Sie hatte mir ihre Vermutungen darüber mitgeteilt, wie der Staatsanwalt wohl vorgehen würde, und auf genau diese Weise hatte er das Feuer eröffnet. Also war nichts gesagt worden, womit ich nicht gerechnet hätte, aber das machte es keineswegs einfacher. Zu wissen, dass jemand einem Raum voller Fremder bösartige Lügen über einen erzählen würde, dämpfte den Schmerz dieser Erfahrung kein bisschen.

Dieser Prozess würde eine gnadenlose Schlacht werden.

51. KAPITEL

Nach dem Eröffnungsplädoyer des Staatsanwalts rief er nacheinander seine Zeugen auf. Diese wurden gründlich befragt und ins Kreuzverhör genommen und dann wieder aus dem Gerichtssaal geschickt.

Es fing mit Mark an. Da er ein Zeuge für die Anklage war, wusste ich, dass er nicht auf meiner Seite stehen würde. Aber als er sich weigerte, meinem Blick zu begegnen, und mich gnadenlos verriet und alles darüber erzählte, wie ich ihn kontaktiert hatte, um in der Nacht meiner Verhaftung in Calums Wohnung zu gelangen, da knirschte ich so heftig mit den Zähnen, dass mir fast ein Backenzahn zersplitterte. Wenigstens musste ich mich nicht schlecht dafür fühlen, dass ich ihn verdächtigt hatte. Er hatte Calum nicht ermordet – Adlers Ermittler hatten das bestätigt –, aber er hatte die Abmachung mit Jason getroffen, die zu meiner Verhaftung geführt hatte. Und das würde ich ihm nie verzeihen.

Soweit ich wusste, hatte die Anklage keine Ahnung, warum ich in jener Nacht bei Bradley Enterprises gewesen war oder wonach ich gesucht hatte. Aber die Tatsache, dass ich mich in die Wohnung meines toten Geliebten geschlichen hatte, sah trotzdem verdächtig aus.

Sosehr Marks Verrat mich auch getroffen hatte, eigentlich war er irrelevant. Am nächsten Tag rief die Anklage ihren nächsten Zeugen auf, und plötzlich blickte ich in die Augen des Mannes, der mein Leben zerstört hatte.

Seine Vernehmung kam nicht überraschend, und ich dachte, ich wäre darauf vorbereitet gewesen, aber als Vincent in den Gerichtssaal schlenderte, wie gewöhnlich in einen schwarzen Anzug, ein weißes Hemd und eine schwarze Krawatte gekleidet, dröhnte ein lautes Brüllen in meinen Ohren.

Der Täter des Verbrechens, für das ich jetzt vor Gericht

stand, würde vielleicht dafür sorgen, dass ich auch verurteilt wurde. Seine Aussage, worin auch immer sie bestand, hatte offenbar das Potenzial, mich in den Augen der Jury unumstößlich in die Kategorie »schuldig« wandern zu lassen. Und ich konnte nichts tun oder sagen, um ihn aufzuhalten. Ich musste still dasitzen und es ertragen.

Ich rührte keinen Muskel, als er zu mir herübersah und unsere Blicke sich trafen. Sein Mundwinkel zuckte kaum merklich, und ich bezweifelte, dass irgendjemand anders im Gerichtssaal es bemerkt hatte. Aber ich hatte es genau gesehen.

Ich stellte mir vor, mich auf ihn zu stürzen, die Kette meiner Handschellen um seinen muskulösen Hals zu werfen und mit meinem ganzen Gewicht und meiner ganzen Kraft zu ziehen. Ich stellte mir die Auseinandersetzung vor, das darauffolgende Chaos.

Dafür wäre ich sogar bereit gewesen, ins Gefängnis zu wandern, glaube ich. Das wäre es mir wert gewesen, um Vincents selbstgefälligem Lächeln ein für alle Mal ein Ende zu bereiten.

»Wann haben Sie Mrs. Reston zum ersten Mal getroffen?«, fragte der Staatsanwalt.

»Ungefähr vor etwas weniger als achtzehn Monaten, als sie angefangen hat, im Hauptquartier von Bradley Enterprises zu arbeiten.«

»Und wann wurde Ihnen erstmals bewusst, dass Mrs. Reston etwas mit dem Tod von Mr. Bradley zu tun hatte?«

Ich erstarrte. Egal, wie oft ich diese Lüge hörte, sie traf mich jedes Mal wieder bis ins Mark.

»Ich hatte meine Vermutungen, aber es war nicht genug, um damit zur Polizei zu gehen. Ich war mir ziemlich sicher, dass Mrs. Reston und Mr. Bradley eine Affäre hatten, aber als ich zum ersten Mal von dem Mord hörte, dachte ich noch nicht, dass sie irgendetwas damit zu tun hatte. Aber dann habe ich das Bild von der Überwachungskamera gesehen und sofort an sie gedacht. Sie ist gleich groß und ähnlich gebaut, aber ich konnte das Gesicht der Frau ja nicht sehen, also konnte ich nichts beweisen. Ich habe es vermutet, aber ich wollte nicht mit dem Finger auf jemanden zeigen, der vielleicht gar nichts mit dem Mord zu tun hatte.«

Ich hustete laut und sarkastisch, da das die einzige Art war, auf die ich mich gegen seine Verlogenheit wehren konnte, aber der Richter durchschaute mich sofort.

»Ruhe im Gericht«, verlangte er und schlug mit seinem hölzernen Hammer auf den Tisch. »Mrs. Reston, ich werde solche Unterbrechungen nicht noch einmal tolerieren. Bitte beherrschen Sie sich.«

Mit brennenden Wangen sank ich zurück in meinen Sitz. Als ob dieser Prozess noch nicht demütigend genug gewesen wäre.

»Ich verstehe«, sagte Marling, als hätte es keine Unterbrechung gegeben. »Und wie haben Sie von der Affäre zwischen Mrs. Reston und Mr. Bradley erfahren?«

»Mir ist aufgefallen, dass die beiden viel Zeit miteinander verbracht haben«, sagte er. »Dafür gab es immer einen guten Grund, ich meine, Bethany hat ja die ganzen Fotos für den Bildband gemacht, also habe ich mir erst nichts dabei gedacht. Aber ich habe halt irgendwie bemerkt, dass die beiden, Sie wissen schon, geflirtet haben, meine ich.«

Die Worte empörten mich. Mir blieb zwar kein bisschen Privatsphäre mehr, aber dass ausgerechnet dieser Mann über Details meiner Zeit mit Calum sprach, bedrängte meine Unversehrtheit noch viel stärker als der niemals endende Sturzbach skandalöser Schlagzeilen oder sogar das Gefühl, beim Duschen von Gefängniswärtern beobachtet zu werden.

»Ich verstehe. Und haben Sie irgendetwas gesehen, was darauf hindeutete, dass das Paar nicht glücklich miteinander war?«

»Nur ein Mal. Das war kurz vor Mr. Bradleys Tod. Ich kam gerade für die Nachtschicht an …«

»Um wie viel Uhr war das, Mr. Morris?«

»Gegen acht Uhr vierzig, denke ich. Die Nachtschicht fängt um neun Uhr an, aber ich bin immer früher gekommen, um Papierkram zu erledigen, Kaffee zu kochen, solche Sachen.«

»Und was haben Sie gesehen, als Sie ankamen?«

»Mrs. Reston kam gerade aus dem Gebäude, aus Bradley Enterprises, und ging in die Kensington Gardens, wo ich gerade herkam. Als sie an mir vorbeigelaufen ist, habe ich bemerkt, dass sie weinte.«

»Haben Sie mit ihr gesprochen?«

»Nein.«

»Wissen Sie, warum sie so bestürzt war?«

»Sie hatte sich kurz davor mit Mr. Bradley getroffen, also muss irgendetwas passiert sein, als die beiden zusammen waren. Zu dem Zeitpunkt wusste ich nicht, was los war, aber als das Foto veröffentlicht wurde, auf dem sie sich streiten, an genau diesem Tag, da habe ich mir die Geschichte zusammengereimt. Mr. Bradley war an dem Abend auch nicht er selbst gewesen. Und ich kenne niemanden, der nach einem Streit mit seinem Boss so heult. Es wirkte … persönlich.«

Es war alles so einstudiert. Ich wagte es, zur Jury zu schauen, um zu sehen, ob noch jemand skeptisch aussah. Abgesehen von den interessierteren Mitgliedern, vor allem zwei Damen mittleren Alters, die Vincent aufmerksam ansahen, hatten die anderen alle die Blicke auf ihre Notizblöcke gerichtet.

»Haben Sie noch etwas bemerkt?«

»Ich war immer noch im Dienst, als Mrs. Reston am nächsten Morgen für die Arbeit ins Büro kam. Das ist jetzt nur mein persönlicher Eindruck, aber ich habe definitiv Spannung zwischen den beiden gespürt. Mr. Bradley hat Bethany kaum angeschaut, und sie hat die ganze Zeit zu ihm geguckt, als würde sie versuchen, seine Aufmerksamkeit zu erregen. Sie stand irgendwie neben sich, aber als ich sie gefragt habe, was los ist, wollte sie mir nichts verraten. Wie gesagt, das ist bloß mein Eindruck davon, wie die beiden sich verhalten haben.«

»Vielen Dank, Mr. Morris.«

Die Anklage beendete ihre Befragung, nachdem sie der Jury ein klares Motiv verkauft hatte. Die Aussage eines Bodyguards, der dafür bezahlt wurde, Auffälliges zu bemerken, und der auf Streit in einer geheimen Beziehung verwies … nun, mir war klar, dass man dagegen nur schwer argumentieren konnte. Das Foto war kein Beweis, aber es stützte die Theorie auf jeden Fall.

Adler war als Nächstes dran, und ich verspürte ein Aufflackern von Nervosität. Ich hatte sie darum gebeten, mir ihren ganzen Plan für den Prozess im Detail zu erklären, aber sie hatte sich – sehr zu meinem Verdruss – geweigert. Egal, wie sehr ich sie anflehte oder es sogar verlangte, Shannon sagte nur ganz ruhig, dass ich die Details nicht zu wissen brauchte. Sie hatte mich gebeten, ihr zu vertrauen, und es blieb mir ja nicht wirklich etwas anderes übrig. Also biss ich mir auf die Zunge und sog gierig jede noch so kleine Information auf, die ich aus ihr herausbekam. Ich klammerte mich an jeden Fakt, als wäre er ein Talisman, als ob das Wissen darüber, was mich erwartete, automatisch bedeutete, dass es gut für mich ausgehen würde. Zum Beispiel wusste ich, dass Shannon mich nicht aussagen lassen würde.

»Aber wie soll ich denn diesen ganzen Prozess über mich ergehen lassen, ohne ein einziges Wort zu meiner Verteidigung zu sagen?«, hatte ich mich beschwert.

»Das ist meine Aufgabe, Mrs. Reston. Unter gar keinen Umständen werde ich zulassen, dass Marling Sie ins Kreuzverhör nimmt. Er würde Sie auseinandernehmen, und das würde vor der Jury viel schlimmer aussehen, als wenn Sie einfach nichts sagen – das versichere ich Ihnen.«

Außerdem wusste ich, dass Adler nicht versuchen würde, zu beweisen, dass Vincent Calum ermordet hatte. Erst nachdem ich das erfahren hatte, hatte ich eingewilligt, keine weiteren Informationen über ihre Strategie zu erfragen. Ich brauchte Hoffnung, und das Wissen, dass Vincent mit einem Mord davonkommen könnte, gab mir wohl kaum welche. Aber wir hatten keine Beweise, woran Adler mich immer wieder erinnerte. Nur Theorien. Ihr Team von Privatdetektiven hatte nichts gefunden, und sie hatte mir gesagt, ich solle es einfach vergessen.

»Das Ziel ist Freispruch«, hatte sie mir bei einem ihrer Besuche im Gefängnis gesagt. »Nicht, jemand anderen zu verurteilen.«

»Aber er kann doch nicht einfach mit einem Mord davonkommen.«

»Sie müssen Vincent vergessen. Wenn es Beweise gäbe, dass er Calum ermordet hat … Ja, ich weiß, Sie haben Theorien, aber das ist nicht dasselbe wie ein Beweis. Wenn es etwas Handfestes gäbe, dann würde ich es auch benutzen, das können Sie mir glauben. Aber meine Mandantin sind Sie, und meine Aufgabe ist es, dafür zu sorgen, dass Sie nicht für ein Verbrechen ins Gefängnis kommen, das Sie nicht begangen haben. Ich werde nicht vornehmlich Vincent angreifen. Wenn ich ihn als Zeugen diskreditieren kann, werde ich das tun, und da er der einzige Zeuge der Anklage ist, wäre das ein großer Gewinn für uns. Aber Sie müssen endlich von dieser Obsession mit Vincent abrücken und mich meine Arbeit machen lassen.«

Ich wollte, dass sie mehr tat als nur ihre Arbeit. Ich wollte, dass sie seine Schuld bewies, dass sie ohne den Hauch eines Zweifels klarstellte, dass ich es nicht gewesen sein konnte. Aber sie war der einzige Mensch, der mir mein Leben wiedergeben konnte, also durfte ich ihre jahrelange Erfahrung nicht hinterfragen.

»Mr. Morris«, sagte sie, als sie sich ihm für das Kreuzverhör näherte. »Wie lange haben Sie für Calum Bradley gearbeitet?«

»Etwas über zwei Jahre.«

»Und waren Sie über diesen gesamten Zeitraum abhängig von Anabolika?«

Ungläubiges Schnaufen hallte von den Wänden des Gerichtssaals wider, darunter auch mein eigenes. Ich sah mich um und unterdrückte den Drang, vor Freude zu grinsen. Ich hatte recht damit gehabt, Adler zu vertrauen. Sie hatte von Anfang an gewusst, was zu tun war. Ein Drogenabhängiger? Das würde so viele meiner unbeantworteten Fragen endlich aufklären. Junkies taten ständig aggressive, unvorhersehbare Dinge.

Erleichterung durchflutete mich, als erneut um Ruhe im Gerichtssaal gebeten wurde.

»Einspruch, Euer Ehren!«

»Abgelehnt. Bitte beantworten Sie die Frage, Mr. Morris.«

Die Antwort war kaum mehr als ein Flüstern. Aber kein Mensch im Gerichtssaal überhörte Vincents jämmerliches »Ja«.

Zum ersten Mal seit dem Beginn des Prozesses spürte ich Hoffnung in meiner Brust aufkeimen.

»Ich verstehe. Und trotz dieser Abhängigkeit dachten Sie, dass Sie Anspruch auf eine Beförderung hätten, nicht wahr?«

»Einspruch! Suggestivfrage.«

»Stattgegeben.«

»Dann lassen Sie mich das anders formulieren. Mr. Morris: Haben Sie Mr. Bradley nach einer Beförderung gefragt?«

»Ja.«

»Wie oft?«

Eine Pause.

»Drei Mal.«

»Und hat Mr. Bradley bei einem dieser drei Male Ihre Bitte um eine Beförderung erfüllt?«

»Nein.«

»Hat Mr. Bradley Ihnen erklärt, warum er Sie nicht befördern wollte?«

»Er, ähm … na ja, er wusste von meiner Abhängigkeit.«

»Ich verstehe. Waren Sie darüber verärgert, nicht befördert zu werden?«

Der Staatsanwalt legte wieder Einspruch ein, was wenig verwunderte. Aber es war schon zu spät. Sogar ich konnte sehen, wohin das führte. Shannon musste nicht offen über einen anderen Verdächtigen sprechen, um zu implizieren, dass es einen gab. Ein missmutiger, drogenabhängiger Angestellter? Das war fast so offensichtlich wie die erboste Geliebte.

Dem Einspruch wurde stattgegeben, und meine Anwältin stellte keine weiteren Fragen. Als sie sich wieder hinsetzte und ich mich zu ihr beugte, um ihr zu danken, sah ich, wie Marling aufstand und wieder zum Zeugenstand schritt. Ich hörte ein leises Ächzen, und gerade als ich aufblickte, sah ich einen Anflug von Panik über Adlers Gesicht huschen. Ohne Erfolg versuchte ich, Blickkontakt mit ihr herzustellen. Plötzlich fühlte ich mich nervös, auch wenn es dafür keinen Grund gab. Wir hatten soeben den größten Erfolg des Prozesses eingefahren. Ich sollte außer mir vor Freude sein. Aber irgendetwas an Marlings Gesichtsausdruck und an dem Schatten, der sich über Shannons Züge gelegt hatte, verunsicherte mich.

»Ich habe noch ein paar Fragen an Sie, Mr. Morris«, setzte Marling an. »Meine geschätzte Kollegin hier wollte wohl implizieren, dass Sie ein Motiv hatten, eben jenes Verbrechen zu begehen, für das ihre Mandantin angeklagt wird. Daher möchte ich nur sicherstellen, dass die Jury über alle relevanten Fakten verfügt.«

Neben mir legte Adler irritiert die Stirn in Falten, aber sie legte keinen Einspruch ein, und der Staatsanwalt sprach weiter.

»Was haben Sie in der Nacht, in der Mr. Bradley ermordet wurde, gegen 22.30 Uhr getan, Mr. Morris? Und bevor Sie antworten, möchte ich Sie noch einmal darauf hinweisen, dass Sie unter Eid stehen.«

Jegliche Farbe verließ Vincents Gesicht, und ich hielt voller Erwartung den Atem an. Sicherlich würde der Staatsanwalt kein Geständnis aus seinem eigenen Zeugen herausbekommen.

Schwere Stille legte sich über den Saal. Dann lehnte sich Vincent vor zum Mikrofon. Als er endlich sprach, zitterte seine Stimme.

»Ich war im Gefängnis.«

52. KAPITEL

Um mich herum brach Raunen aus, und der Richter rief den Saal verärgert zur Ordnung, zum gefühlt hundertsten Mal an diesem Tag. Ich konnte nichts anderes tun, als Vincent anzustarren. Ich war zu benommen, um diese neueste Wendung zu verarbeiten.

War das wieder eins seiner Spiele? Wenn er schlau genug war, um mir Calums Mord anzuhängen, war er sicherlich auch schlau genug, um ein Alibi zu fälschen. Aber einen Gefängnisaufenthalt? Wenn das hier keine unglaublich ausgeklügelte Verschwörung war, gab es wirklich keine Möglichkeit, so zu tun, als ob man im Gefängnis gewesen wäre.

Einmal mehr wurde der Saal still, während wir alle darauf warteten, dass Vincent die Details seines Alibis erläuterte.

»›Im Gefängnis‹ – könnten Sie das bitte präzisieren? Wo genau waren Sie?«

»In einer Zelle auf der Polizeiwache in Brixton.«

»Und warum waren Sie dort?«

In meinem Kopf drehte sich alles, während ich ihn aufmerksam ansah. Hatte Adler von all dem gewusst? Sie weigerte sich immer noch, mir in die Augen zu sehen. Ihr Kiefer war angespannt, ihr Gesichtsausdruck neutral.

»Ich wurde verhaftet, weil ich versucht hatte, eine Apotheke auszurauben.«

»Zum Zeitpunkt von Mr. Bradleys Ermordung – was, woran ich die Jury noch einmal erinnern möchte, gegen 22.30 Uhr war – waren Sie also wo?«

»In einem Aufnahmeraum auf der Polizeiwache.«

»Vielen Dank, Mr. Morris. Sehr geehrte Damen und Herren der Jury, ich möchte Ihre Aufmerksamkeit auf eine Reihe von Dokumenten lenken, die diese Aussagen, die Sie soeben gehört haben, bestätigen.«

Ich hatte mir unzählige Szenarien ausgemalt, aber dieses war mir nie in den Sinn gekommen. Ich war vor Fassungslosigkeit wie gelähmt, als ein Foto – mit Zeitstempel, damit man wusste, dass es um 21.53 Uhr aufgenommen worden war – auf dem Bildschirm vorne im Saal gezeigt wurde. Es war ein Standfoto von einer Überwachungskamera, das den Überfall zeigte, und der Mann mit dem Messer in der Hand war eindeutig Vincent. Das nächste Beweismittel war eine Anklageschrift, die nachwies, dass er um 22.13 Uhr verhaftet worden war, nur ein paar Straßen von der Apotheke entfernt. Der Freilassungsbericht datierte vom nächsten Morgen. Während ich die Nachrichten geschaut und erfahren hatte, was mit Calum passiert war, hatte Vincents Schwester für ihn die Kaution gezahlt und ihn aus dem Gefängnis abgeholt.

Benommen lehnte ich mich auf meinem Stuhl zurück. Wenn das alles stimmte, wenn er die Wahrheit erzählt hatte, dann wusste ich rein gar nichts über Calums Tod.

Ich wollte nicht glauben, was ich da hörte. Ich wollte, dass Vincent Calums Mörder war. Er musste es einfach sein, weil ich die Vorstellung, dass er die ganze Zeit nicht der Täter gewesen war, nicht ertragen konnte. Ich dachte zurück an das Foto von Vincent, das ich verbrannt hatte, und spürte Zorn in mir brodeln. Wenn ich meine Wut nicht auf ihn konzentrieren konnte, worauf sollte ich sie dann richten? Und was würde mir tagein, tagaus noch Kraft geben? Ich dachte den ganzen Tag lang an nichts anderes, vom Aufwachen bis hin zu dem Moment, in dem ich in einen unruhigen Schlaf fiel. Selbst in meinen Träumen stand es im Rampenlicht: Gerechtigkeit für Calum. Strafe für Vincent.

Auf einmal dämmerte mir, dass meine Anschuldigung, diese Wahrheit, an die ich mich geklammert hatte wie an eine Rettungsleine, auf nichts basierte als ein paar wässrigen Theorien, die ich miteinander verknüpft hatte. Eine Idee, auf die Jason in einem Moment der Panik gekommen war. Und ich hatte mich überzeugen lassen. Als ich verhaftet wurde, hatte ich mir verzweifelt eingeredet, dass es Vincent sein musste, weil ich den Gedanken nicht ertragen konnte, vor Gericht zu stehen und auf niemand anderen zeigen zu können. Ich hatte die Polizei ignoriert, als sie mir versicherte, dass es keine Beweise gegen ihn gab. Ich hatte Adler nicht ernst genommen, als sie mich bat, nicht mehr ständig über Vincent nachzudenken. Die ganze Zeit war ich so fehlgeleitet gewesen.

Und im Unrecht.

Ich hob den Kopf und brachte mich dazu, einmal mehr in die Augen des Mannes zu sehen, den ich so stur beschuldigt hatte, mein Leben zerstört zu haben. Es waren dieselben Augen wie zuvor. Immer noch grün, immer noch unter dunklen Brauen. Aber auf einmal sahen sie weniger aus wie die einer Schlange und eher wie die eines Mannes, der selbst Fehler gemacht und mit seinen eigenen Dämonen zu kämpfen hatte.

Meine Wut auf ihn wurde ebenso schnell ausgelöscht, wie sie aufgeflammt war. Ich fühlte mich besiegt.

Und verängstigt.

Calums Mörder war noch immer auf freiem Fuß.

53. KAPITEL

Ich versuchte, mich zu konzentrieren, als unser wichtigster Zeuge aufgerufen wurde, aber nach der Enthüllung des Vortags konnte ich kaum still sitzen. Seitdem ich von Vincents Unschuld erfahren hatte, fühlte ich mich verloren. Desorientiert. Ich sehnte mich nach Antworten, aber jetzt hatte ich nur noch mehr Fragen. Shannon war am Vorabend etwas verlegen in meine Zelle gekommen.

»Sie wussten davon«, hatte ich sie angefahren, bevor sie auch nur ein Wort sagen konnte. »Sie wussten die ganze Zeit, dass er es nicht war, und haben mich das Gegenteil glauben lassen.«

»Ja, ich wusste davon«, sagte sie nüchtern. »Aber ich habe Ihnen gesagt, dass Sie ihn endlich abhaken sollen. Sie wollten nur nicht auf mich hören.«

»Dann müssen wir jetzt herausfinden, wer es wirklich war.«

»Nein.« Sie seufzte. »Darüber haben wir doch oft genug gesprochen. Wir müssen nicht herausfinden, wer es war; wir müssen nur die Jury davon überzeugen, dass Sie es nicht waren. Das ist das Einzige, was zählt.«

Ich war sprachlos. Wie konnte es ihr so egal sein, ob Calums Mörder gefasst wurde? Ich dachte, dass Anwälten Gerechtigkeit wichtig war, aber sie schien es nicht zu kümmern, dass der Mörder, der viel zu viel über mich wusste und mir dieses Verbrechen angehängt hatte, immer noch auf freiem Fuß war.

»Wie können Sie bloß so gleichgültig sein? Wir haben monatelang in die falsche Richtung geschaut. Wer weiß, was der Mörder die ganze Zeit gemacht hat?«

»Mrs. Reston«, sagte sie sanft und weigerte sich wie immer, meinen Vornamen zu benutzen. »Das mit Vincent tut mir sehr leid. Wirklich. Ich habe erwogen, Ihnen davon zu erzählen, aber ich wollte, dass Sie sich auf den Prozess konzentrieren und nicht darauf, hinter Gittern auf eigene Faust zu ermitteln.

Und es tut mir leid, dass Sie auf diese Weise davon erfahren haben. Ich war mir nicht sicher, ob die Anklage sein Alibi offenlegen würde, da es ihn nur noch stärker diskreditiert. Aber ich nehme an, das war dem Staatsanwalt lieber, als einen potenziellen zweiten Verdächtigen im Raum stehen zu haben. Egal, was seine Beweggründe waren, das war ein Gewinn für uns heute. Wir haben den einzigen Zeugen der Anklage völlig diskreditiert, und dann hat der Staatsanwalt Vincents Unzuverlässigkeit noch einmal zusätzlich bestätigt. Niemand glaubt einem Drogenabhängigen. Und erst recht nicht einem Drogenabhängigen, der Apotheken ausraubt, um an seinen Stoff zu kommen.«

»Aber jetzt gibt es keinen anderen Verdächtigen«, warf ich ein.

»Er stand nie unter Verdacht«, sagte Adler. »Er war es nicht. Er ist vielleicht kein aufrichtiger Bürger, aber was den Mord an Calum angeht, ist er ebenso unschuldig wie Sie. Sie können mir doch nicht ernsthaft erzählen, dass Sie möchten, dass die Jury Vincent für schuldig hält, wenn er es nicht war?«

Ich sackte in mich zusammen. Sie hatte recht. Ich hasste es, dass sie recht hatte, aber ich konnte ihr nicht widersprechen.

Nachdem sie gegangen war, schloss ich die Augen und versuchte, die Panik zu unterdrücken, die mich fast überwältigte. Adler hatte zufrieden mit sich gewirkt – fast schon zuversichtlich –, weil der Tag besser gelaufen war als erwartet. Ich konnte ihr Triumphgefühl nicht teilen. Ich war aufgebracht, verängstigt und verwirrt. Ich konnte mich auf nichts konzentrieren. Sollte ich mir Sorgen darüber machen, was der Mörder mir und den Menschen, die mir wichtig waren, antun würde, wenn ich freigesprochen wurde? Sollte ich mich schlecht dafür fühlen, dass ich Vincent die ganze Zeit beschuldigt hatte, wenn er doch nichts mit dem Mord zu tun hatte? Sollte ich zufrieden sein, dass der einzige Zeuge der Anklage jetzt als völlig unzuverlässig galt?

Ich tat die ganze Nacht kaum ein Auge zu. Als ich in meiner kahlen Zelle aufwachte und Stück für Stück die Details des kleinen Raums wahrnahm, überkam mich ein Gefühl der Vertrautheit, und ich brauchte ein paar Sekunden, um mich daran zu erinnern, dass Vincent unschuldig war. Genau wie ich. Und der Mörder war immer noch auf freiem Fuß.

Meine Haut kribbelte, und ich zwang mich, meine Angst hinunterzuschlucken und mich für den Prozess vorzeigbar zu machen.

Als ich endlich in den Gerichtssaal geführt wurde, für einen weiteren Tag, an dem ich mich dem Unbekannten stellen musste, konnte ich Shannon nicht in die Augen sehen. Ich wusste, dass sie auf meiner Seite war. Aber ich wusste auch, dass sie es nicht mit einem unberechenbaren Mörder zu tun haben würde, wenn all das vorbei war.

Wir hatten nur noch einen Schachzug übrig. Er war der Grund, aus dem man mir unmissverständlich klargemacht hatte, dass ich im Gerichtssaal auf keinen Fall hohe Absätze tragen durfte.

Der Mann im Zeugenstand hatte schütteres Haar und eine kleine Nickelbrille und stellte sich als Dr. Carl Hadaway vor, ein Rechtsmediziner mit so vielen akademischen Kürzeln hinter seinem Namen, dass ich sie mir gar nicht alle merken konnte.

Er war an den Tatort von Calums Ermordung gerufen worden und hatte noch am selben Tag die Obduktion durchgeführt. Ich bezweifelte, dass er auch nur einen Bruchteil seiner jahrelangen Ausbildung gebraucht hatte, um Erstechen als Todesursache festzustellen.

Adler fing damit an, ein paar allgemeine Fragen zu stellen, um Dr. Hadaways umfangreiches Fachwissen unter Beweis zu stellen, kam dann aber recht bald auf den Punkt.

»Nachdem Sie die Todesursache festgestellt hatten, brachte die Obduktion noch weitere Details über Mr. Bradleys Angreifer oder über die Art und Weise, wie er gestorben ist, ans Licht?«

»Aufgrund der Verletzung, die Mr. Bradley zugefügt wurde, konnte ich zahlreiche Details über das Verbrechen feststellen.«

»Könnten Sie uns bitte sagen, was Mr. Bradleys Verletzung Ihnen über die Größe und den Körperbau des Angreifers verraten hat?«, fragte Adler.

»Selbstverständlich«, sagte Dr. Hadaway. Seine Lippen befanden sich so nah am Mikrofon, dass sich die Konsonanten anhörten wie Pistolenschüsse. »Allerdings muss ich zuerst hervorheben, dass es sich hierbei nicht um eine exakte Wissenschaft handelt. Aufgrund der Elastizität und der Beschaffenheit der menschlichen Haut sind Stichwunden fast immer verzerrt und deshalb schwieriger zu analysieren als Verletzungen, die beispielsweise durch stumpfe Gegenstände verursacht werden.« Er räusperte sich. »Als Erstes fiel mir auf, dass der Angreifer Linkshänder gewesen sein muss. Die Stichwunde, durch die Mr. Bradley starb, wurde von jemandem verursacht, der direkt hinter ihm stand. Um also um ihn herumzugreifen und mit genügend Kraft zustechen zu können, um den RIVA – einen der beiden Hauptäste der linken Koronararterie – zu durchtrennen, musste die dominante Hand des Angreifers die linke gewesen sein. Er oder sie erstach Mr. Bradley und stieß ihn dann mit solcher Kraft nach vorne, dass er beim Aufprall das Bewusstsein verlor. Der Angreifer muss also sehr stark und wahrscheinlich athletisch gebaut sein, um Mr. Bradley auf diese Art und Weise zu ermorden.«

»Vielen Dank«, sagte Adler und wandte sich der Jury zu. »Verehrte Damen und Herren, meine Mandantin, Mrs. Reston, ist ohne jeglichen Zweifel Rechtshänderin, wie unser nächster Zeuge bestätigen wird.« Sie drehte sich wieder zu dem Rechtsmediziner um. »Haben Sie noch mehr hinzuzufügen?«

»Ja. Der Angreifer muss relativ groß gewesen sein, um einen

solchen Angriff durchzuführen. Die Verletzung in der Brust des Opfers war tief und wurde mit einer Abwärtsbewegung zugefügt, was bedeutet, dass beachtliche Kraft aufgewandt werden musste, um den während der Obduktion analysierten Einschnitt zu verursachen. Es lässt sich also zusammenfassen, dass der Angreifer ungefähr 1,80 Meter groß und – wie ich bereits erwähnte – sehr stark gewesen sein muss, um einen Angriff mit so viel Körperkraft durchzuführen.«

»Vielen Dank, Dr. Hadaway. Ich möchte meine Mandantin, Mrs. Reston, nun bitten, aufzustehen, damit die Jury ihre Körpergröße feststellen kann.«

Ich stand auf.

»Verehrte Damen und Herren, wie Sie sehen, ist Mrs. Reston 1,65 Meter groß und damit nicht einmal annähernd so hochgewachsen wie Mr. Bradleys 1,80 Meter großer Angreifer. Selbst in hohen Absätzen würde sie diese Körpergröße nicht erreichen. Außerdem ist sie sehr schmal gebaut und verfügt wahrscheinlich nicht über die notwendige Körperkraft, um einen Mann wie Calum Bradley fest genug zu stoßen, dass er beim Aufprall ohnmächtig werden würde.«

Sie bedeutete mir, mich wieder zu setzen.

»Euer Ehren, ich möchte dem Gericht jetzt eine Reihe von Fotos von der Obduktion vorlegen, um zu illustrieren, was Dr. Hadaway hier ausgesagt hat«, sagte Adler. »Aber ich muss die Mitglieder der Jury sowie die Damen und Herren in der Publikumsgalerie darauf hinweisen, dass diese Bilder extrem verstörend sind. Sie sind jedoch äußerst relevant für den Fall, weshalb dies unbedingt erforderlich ist.«

Der Richter nickte zustimmend, und der Gerichtssaal knisterte plötzlich vor frischer Energie. Die Jurymitglieder machten die Hälse lang, um die beste Sicht zu haben. Der Saal brummte in einer Art schuldiger Aufregung. Jeder wollte die grausigen Details des Bradley-Mords sehen, aber keiner wollte es zugeben. Sie hatten ja keine Wahl. Sie *mussten* hinschauen. Es war ihre Pflicht, und sie genossen sie.

In mir zog sich alles zusammen, als ich mich dafür bereit machte, die Bilder von Calums durchbohrtem Körper auf dem Bildschirm über mir aufleuchten zu sehen. Ich hatte Shannon gebeten, mir den Bericht des Rechtsmediziners vor dem Prozess zu zeigen, damit ich den grauenvollen Anblick von Calums leblosem, blutigem Körper nicht zum allerersten Mal sehen musste, während so viele Blicke auf mich gerichtet waren. Doch das verweigerte sie mir mit der Begründung, es wäre gut, wenn die Jury meine Trauer sehen könnte und wüsste, dass die fürchterlichen Bilder mich ebenso schwer trafen wie sie. Natürlich hatte Shannon recht, aber das hielt mich nicht davon ab, sie über das Telefon lauthals und vulgär zu beschimpfen.

Ich hörte Ächzen und Raunen von der Jury, ein Schreien und eine zugeworfene Tür von der Galerie über mir, und dann wagte ich es, nach rechts auf den Bildschirm zu gucken.

Ich hatte es mir vorgestellt, um mich auf diesen Moment vorzubereiten; ich hatte versucht, die Wucht dieses Anblicks irgendwie abzufedern, aber die Trauer traf mich wie ein Schürhaken, der sich durch meine Rippen bohrte. Ich führte meine gefesselten Hände zum Gesicht, um mich vor dem Gerichtssaal zu verstecken, und weinte in den Ärmel meiner uneleganten weißen Bluse.

Mein Calum. Er war tot. Seine Haut war weiß und leblos, seine Brust und seine Stirn waren mit dunklem Blut beschmiert. Er sah kein bisschen aus wie der Calum, den ich gekannt hatte. Er war nichts mehr als ein zerstörter Körper.

Während meine Schultern unkontrollierbar zitterten, wurde mir klar, dass ich nie vollständig verarbeitet hatte, was mit meinem Geliebten geschehen war. Fast seit dem Tag, an dem ich von seinem Tod erfahren hatte, war es um mich gegangen, um mein Geheimnis und darum, mein Leben so weiterzuführen, wie es gewesen war. Aber jetzt konnte ich der Wahrheit nicht mehr entkommen. Ich zwang mich aufzusehen. Mit jedem neuen Bild, das gezeigt und studiert wurde, fühlte ich eine neue Welle der Trauer, die mich wie ein Schlag ins Gesicht traf und mich kurz blendete.

Dies war unsere wichtigste Waffe gegen die Anklage, aber bis Dr. Hadaway mit seiner Aussage fertig war, fühlte ich mich, als wäre sie gegen mich verwendet worden. Ich hörte kaum noch ein Wort von dem, was der Rechtsmediziner sagte oder nach ihm der Handschriftenexperte, aber ich wusste sowieso schon, was die Kernaussage war. Nur jemand, dessen dominante Hand die linke war, hätte so eine tiefe Wunde verursachen können, und ich war Rechtshänderin. Jemand, der viel größer war als ich, hatte Calum ermordet; jemand, der ihn in einer Abwärtsbewegung hätte erstechen können. Ich hätte mich sehr strecken und eine unvorstellbare Kraft aufbringen müssen, um denselben Effekt zu erzielen.

Wissenschaft. Damit erzielten wir den Knock-out.

Ich nahm das Taschentuch an, das Adler mir reichte, als sie sich wieder neben mich setzte, schnäuzte mich und betete, dass Calum letztendlich die Gerechtigkeit bekommen würde, die er verdiente.

54. KAPITEL

Es war an der Zeit.

Wochenlang hatte ich die Stunden in meiner Zelle unter dem Old Bailey abgesessen, wochenlang hatte ich mir beleidigende Anschuldigungen anhören müssen, und jetzt kam mein Prozess endlich zu einem Ende.

Ich war erleichtert, dass ich keinen weiteren Tag des Gerichtsverfahrens über mich ergehen lassen musste. Es laugte mich aus, wie sich Phasen der Erschöpfung ständig abwechselten mit Momenten, in denen das Adrenalin durch meine Adern jagte. Immer wieder erwischte ich mich dabei, wie meine Gedanken abschweiften, und dann zuckte ich plötzlich zusammen und erinnerte mich daran, was gerade passierte und wie ernst die Lage war.

Vielleicht versuchte ich unterbewusst, die Wirklichkeit zu verdrängen. Schließlich konnte ich immer noch nicht ganz fassen, dass ich – Bethany Reston, eine fast schon peinlich bürgerliche Fotografin, die noch nie in Schwierigkeiten mit der Polizei geraten war, immer ihre Steuern zahlte und nur gelegentlich über die Stränge schlug – unter Umständen ins Gefängnis kommen würde für einen Mord, den ich nicht begangen hatte. Es war völlig unvorstellbar.

Ich wollte es am liebsten der ganzen Welt zuschreien – *ICH BIN UNSCHULDIG!* –, aber niemand wollte auch nur ein Wort von mir hören. Niemand interessierte sich dafür, was ich zu sagen hatte. Mein Schicksal ruhte in den Händen von zwölf Menschen, die gerade meine Vergangenheit und meine Zukunft abwogen, irgendwo in einem Raum über dieser kalten, kahlen Zelle.

Die Tatsache, dass es länger als das Minimum von zwei Stunden und zehn Minuten dauerte, war offenbar ein gutes Zeichen. Es bedeutete, dass die Jury sich nicht einstimmig auf meine

Schuld geeinigt hatte. Allerdings waren sie auch nicht allesamt von meiner Unschuld überzeugt.

Ich versuchte, mir die Gespräche der Jurymitglieder vorzustellen: wie sie alle Details durchgingen, die sie gehört hatten. So ungern ich es auch zugab, hatte die Anklage doch einen überzeugenden Fall präsentiert. Wenn ich das Bild von der Überwachungskamera gesehen hätte und glaubte, dass die zwielichtige Frau in Schwarz die Geliebte des Toten war, und dann noch ein Bild gesehen hätte, auf dem sie ein blutiges Messer in der Hand hielt, na ja … daraus konnte man einen ganz offensichtlichen Schluss ziehen.

Aber es gab immer noch keine handfesten Beweise. Die ganze Anklage basierte auf einem »Vielleicht« nach dem anderen.

Vielleicht hatte ich eine Affäre mit Calum. Vielleicht hatten wir uns über etwas anderes als die Arbeit gestritten. Vielleicht war das Messer in meiner Hand die Mordwaffe gewesen. Vielleicht hatte jemand anders Calum erstochen, und ich hatte diese Person nur dazu angestiftet. Vielleicht kannte ich mich gut genug mit Kamerazubehör aus, um die Überwachungskameras auszuschalten.

Aber all diese Eventualitäten änderten nichts daran, dass ich es nicht gewesen war. Und im Gegensatz zur Staatsanwaltschaft hatte meine Anwältin Fakten angeführt. Richtige Beweise, die von qualifizierten Experten vorgetragen worden waren. Ich konnte Calum nicht ermordet haben; das war rein körperlich unmöglich. Begründete Zweifel. Shannon hatte gesagt, dass wir gar nicht mehr brauchten.

Aber was ich wirklich brauchte, war das Ende dieser Tortur. Ich wollte nach Hause gehen und die Fetzen meines alten Lebens zusammenflicken, herausfinden, wer Calum wirklich ermordet hatte, und dafür sorgen, dass der Mörder sich den Konsequenzen seiner Tat stellen musste.

Ich lehnte mich an die kalten Wandfliesen, schloss die Augen und versuchte, einen Fixpunkt in meinen Gedanken zu finden und den Kopf frei zu bekommen. Langsam atmete ich ein und wartete.

Und dann wurde plötzlich mein Name aufgerufen, und ich wurde auf unsicheren Beinen zurück in Gerichtssaal Nummer vier geführt, während etwas Hoffnung in meinem Brustkorb aufflackerte.

Die Sprecherin der Jury war eine der beiden Damen mittleren Alters, die den ganzen Prozess über so aufmerksam zugehört hatten. Sie schien sich in ihrer führenden Stellung zu gefallen und fummelte an ihrem Haar herum, an ihrem Kragen, an dem Saum ihrer pinkfarbenen Bluse, während ich mir Mühe geben musste, auf dem Weg zu dem Sitz, den ich jeden Tag in den letzten Wochen eingenommen hatte, nicht zu stolpern.

Die Spannung im Saal war so spürbar, dass es fast wehtat. Shannon lehnte sich ein klein wenig zu mir herüber.

»Halten Sie durch«, sagte sie. »Es ist fast vorbei.«

Wir erhoben uns alle, als der Richter mit wackelnder Perücke eintrat, und bis uns endlich gestattet wurde, uns wieder zu setzen, wollte ich nur schreien: »Jetzt fangt endlich mal an!« Der Richter räusperte sich und schob ein paar Papiere hin und her. Ich fragte mich, ob er mit Absicht Zeit schindete, weil er es genoss, mich zu quälen.

»Würde die Sprecherin der Jury bitte aufstehen?«, sagte er, und sie leistete der Anweisung Folge. Außer dem Richter konnten alle sehen, dass ihre Hände weiterhin in Bewegung waren.

»Haben Sie ein Urteil erreicht, auf das sich alle Mitglieder der Jury geeinigt haben? Bitte antworten Sie mit Ja oder Nein.«

»Nein.«

Ein Raunen erklang oben in der Publikumsgalerie und setzte sich bis in die unteren Sitzreihen fort. Mein Herz hämmerte einmal heftig und beruhigte sich dann wieder. War das Hoffnung? Oder Verzweiflung?

»Haben Sie ein Urteil erreicht, auf das sich mindestens zehn Mitglieder der Jury geeinigt haben?«

»Ja.«

Ich schmeckte die Stille im Gerichtssaal. Sie war kalt und metallisch, klinisch. Der Richter sprach wieder.

»Wie lautet Ihr Urteil? Bitte antworten Sie nur mit Schuldig oder Nicht schuldig.«

Sekunden oder Millisekunden, sicher war ich mir da nicht. Mehr Zeit blieb mir nicht, um mich vorzubereiten, während die Sprecherin sich eine Strähne ihres grauen Haars aus der Stirn strich und die Hand dann wieder senkte.

»Schuldig.«

Einige Augenblicke lang hing das Wort in der Luft, gerade so außer Reichweite. Dann donnerte es auf mich herab, stoppte meinen Herzschlag, zerquetschte meine Lungen.

Die Zeit blieb stehen und gab meinem Gehirn einen Moment, um die Realität wieder einzuholen. Ich schnappte nach Luft, und dann lief die Zeit wieder.

»NEIN!«, schrie ich, aber meinem Mund entwich nur ein kaum hörbares Flüstern. Wie in einem dieser Albträume, in denen man um Hilfe schreien will, aber nichts als ein raues Keuchen hervorbringt.

Es war zu grausam. Mein Leben war vorbei, aber mir wurde nicht einmal genug Zeit gegeben, um zu trauern oder auch nur zu verarbeiten, was gerade passiert war. Flüstern schwoll an und verstummte, und das offizielle Prozedere ging weiter.

»Wie viele von Ihnen sind mit dem Urteil einverstanden, und wie viele weichen davon ab?«

Das machte auch keinen Unterschied mehr. Es war irrelevant, dass ein Mensch mich verteidigt hatte, während die anderen auf der Grundlage von Vermutungen mein Schicksal besiegelten. Ich war schuldig. Ich würde zurück ins Gefängnis gebracht werden, aber jetzt war jegliche Hoffnung, diesem Albtraum zu entkommen, zertrümmert. Und die Person, die Calum ermordet hatte, würde in aller Ruhe weiterleben, als wäre nichts passiert.

Ich war machtlos. Ich konnte nur still dasitzen mit dem Geschmack von Blut im Mund und abwarten, wie viele Jahre meines Lebens man mir entreißen würde.

55. KAPITEL

Wenige Augenblicke vor seinem Tod hatte Calum zu mir gesagt, dass ich mich entscheiden müsste.

»Es ist an der Zeit, dass du dich mit dieser Entscheidung auseinandersetzt«, hatte er gesagt. Ich musste mich entscheiden, ob ich Jason liebte oder nicht. Ob ich eine Ehe voller Lügen führen oder an einer glücklichen Beziehung mit dem Mann arbeiten wollte, dem ich ewige Treue geschworen hatte.

Ich hatte gewusst, dass Calum recht hatte, aber ich war ein Feigling gewesen. Viel zu lange hatte ich es meinem Leben überlassen, die schwierigen Entscheidungen für mich zu treffen. Ich hatte mir erlaubt, mich in jemanden zu verlieben, der nicht mein Ehemann war, und ich hatte den Mann verraten, den ich immer abgöttisch geliebt hatte. Ich war rastlos geworden und hatte angenommen, das Gras auf der anderen Seite sei immer grüner und ich könnte darin für eine Weile herumtollen.

Es stellte sich heraus, dass das keine Lösung gewesen war. Nur eine Ablenkung.

Ich hatte Calum geliebt. Sosehr ich mir auch wünschte, dass ich zurückblicken und behaupten könnte, er sei nur eine bedeutungslose Affäre gewesen, ich hatte mich dennoch in ihn verliebt, auch wenn ich ihn kaum gekannt hatte. Ich war eingenommen gewesen von seinem Charisma, seinem trockenen Humor und seiner Fähigkeit, mir das Gefühl zu vermitteln, die Einzige für ihn auf der Welt zu sein. Ich würde niemals herausfinden, was genau er für mich empfunden hatte, aber eine Weile lang hatte es sich angefühlt, als gäbe es zwischen uns diese seltene Vertrautheit, bei der man sich gleichzeitig erregt und sorglos fühlt.

Aber ich liebte auch Jason. Ich hatte das Vertrauen zwischen uns beiden völlig zerstört, aber trotzdem glaubte er irgendwie immer noch an mich, blieb an meiner Seite, tat alles ihm Mögliche, um meine Unschuld zu beweisen. Daran war nichts verwirrend.

Dafür hatte ich den Tod eines Mannes gebraucht, den ich liebte, und die beängstigende Erfahrung, gestalkt zu werden, und einen Prozess wegen eines Verbrechens, das ich nicht begangen hatte, aber ich wusste endlich, was ich wollte. Ich hatte endlich meine Entscheidung getroffen.

Adler war es, die mir dabei half.

Sie hatte mich am nächsten Tag besucht, nachdem die Jury mich schuldig gesprochen hatte und ich zu lebenslanger Haft verurteilt worden war. Ich hatte noch nicht geweint. Dafür fehlte mir die Kraft.

»Es tut mir so leid«, sagte sie. »Ich dachte, ich hätte genug getan.«

Ich starrte in ihre braunen Augen und auf das Zucken in ihrer Wange, als sie den Kiefer zusammenbiss. Ihr Gesichtsausdruck war wie versteinert. Mir wurde klar, dass dies auch für sie ein schwerer Schlag sein musste. In ihrer bisherigen Karriere hatte sie noch keinen Fall übernommen, der so viel öffentliches Interesse erregt hatte wie meiner, und jetzt hatte sie verloren. Ich fragte mich, welche Konsequenzen das für den Ruf einer Anwältin hatte.

»Shannon«, begann ich, und ausnahmsweise verzog sie über die formlose Anrede nicht das Gesicht. »Ich habe mein Unternehmen verkauft, um mir Ihre Dienste leisten zu können. Wir haben unser ganzes Erspartes ausgegeben. Jason hat einen Kredit aufgenommen, und sogar unsere Familien mussten uns etwas dazugeben. Ich bezahle Ihnen kein Vermögen dafür, dass Sie mich anlügen, in Ordnung?« Ich wartete auf eine Antwort.

Shannon nickte langsam.

»Jason redet die ganze Zeit über Berufungsverfahren, aber ich habe ihm gesagt, dass man das Urteil nicht ohne triftigen

Grund anfechten kann. Aber er lässt nicht locker, und sosehr ich ihm auch glauben möchte, ich kann keine falsche Hoffnung mehr ertragen. Gibt es eine Möglichkeit, das Urteil anzufechten?«

Sie öffnete den Mund und schloss ihn dann sofort wieder.

Eine Pause.

»Also, Bethany …«, setzte sie an, und mein Herz rutschte mir in die Kniekehlen.

Shannon Adler benutzte nie meinen Vornamen. Das konnte kein gutes Zeichen sein.

Ich hörte ihrer mit Rechtstermini gespickten Erklärung kaum zu. Die Tatsache, dass sie mir keine direkte Antwort gab, verriet mir alles, was ich wissen musste.

Am selben Abend rief ich Alex an. Jetzt, wo ich offiziell schuldig war, hatte ich die gleichen Telefonprivilegien wie die anderen Insassinnen, was bedeutete, dass meine Gespräche in einem öffentlichen Flur zwischen meiner Zelle und der Schlange fürs Abendessen stattfanden, in dem es laut und einschüchternd war und durch den zahllose Gesprächsfetzen drifteten.

»Wie geht es dir?«

Ich hörte die Panik in Alex' Stimme und hielt inne, um meine Atmung zu beruhigen und mich von den Emotionen, die durch die Leitung von meiner besten Freundin zu mir drangen, nicht anstecken zu lassen.

»Mir geht's gut«, sagte ich. »Körperlich zumindest. Ich meine, ich kann nicht wirklich über irgendetwas anderes nachdenken. Irgendwie kann ich es immer noch nicht so recht glauben.«

»Ich auch nicht«, flüsterte sie. »Kann ich irgendetwas für dich tun? Brauchst du etwas?«

»Ehrlich gesagt rufe ich deshalb an, ja. Ich muss dich um einen Gefallen bitten. Einen großen Gefallen.«

»Egal, was du brauchst, ich mach es, das weißt du doch.«
»Du musst mir zuerst etwas versprechen«
»Was denn?«
»Du darfst Jason nichts von diesem Gespräch erzählen.«
»Aber …« Sie sprach nicht weiter.
»Ich meine es ernst. Bitte. Kein Wort.«
»In Ordnung.« Sie seufzte. »Worum geht es?«
»Ich möchte, dass du nächste Woche zu mir kommst. Alleine.«
»Natürlich komme ich dich besuchen.« Ihre Stimme war voller hörbarer Erleichterung darüber, dass ich nichts von ihr verlangt hatte, was sie nicht tun wollte.
»Und ich möchte, dass du mir Scheidungspapiere mitbringst.«

56. KAPITEL

»Bist du dir sicher?«

Ich sah Alex an und suchte nach den passenden Worten, um sie von der Richtigkeit meiner Entscheidung zu überzeugen.

»Ich habe sein Leben schon genug zerstört.«

Sie verschränkte die Arme vor der Brust, als wollte sie eine überzeugendere Antwort einfordern.

»Jetzt komm schon, Alex«, flehte ich und starrte auf den Umschlag, der aus ihrer Tasche herauslugte. Sie rückte ihn nicht heraus und verlangte als Lösegeld eine befriedigende Erklärung. Noch rührte sie keinen Muskel.

»Okay, erstens dachte ich, dass er Calum ermordet hat«, sagte ich, »und ich bin mir ziemlich sicher, dass keine Ehe sich davon wieder erholen kann.«

Meine Worte ließen Alex zusammenzucken.

»Das war alles meine Schuld«, gab sie zu. »Ich war diejenige, die dir diese Idee überhaupt erst in den Kopf gesetzt hat. Du wärst selbst nie darauf gekommen, wenn ich es nicht vorgeschlagen hätte. Ich fühle mich deswegen wirklich furchtbar. Aber dafür kannst du dir doch keine Vorwürfe machen.«

»Natürlich wäre ich irgendwann selbst darauf gekommen«, widersprach ich. »Ich war so selbstsüchtig und habe nur an mich gedacht. Früher oder später hätte ich ihn auch verdächtigt.«

»Sogar Jason nimmt dir das nicht übel. Er ist viel zu sehr damit beschäftigt, sich selbst Vorwürfe zu machen, weil er dich an die Polizei ausgeliefert hat. Er denkt, dass alles anders gelaufen wäre, wenn du geflohen wärst.«

Damit hatte er nicht unrecht. Aber jetzt war nicht der geeignete Zeitpunkt für Spekulationen.

»Siehst du?«, sagte ich. »Es gab einfach zu viele Vertrauensbrüche zwischen uns. Um Himmels willen, Alex, ich hatte eine

Affäre! Und dann habe ich ihn beschuldigt, Calum umgebracht zu haben. Und dann hat er mich an die Polizei ausgeliefert, um mich einem Mordprozess zu stellen. Ich weiß einfach nicht, wie man eine Beziehung nach all dem noch retten soll.«

»Ihr liebt euch«, wandte Alex zaghaft ein.

»Das ist jetzt irgendwie auch irrelevant«, sagte ich bitter. »Und selbst wenn wir all die Lügen und den Schmerz hinter uns bringen könnten, kann ich ihn nicht weiter gefährden. Der Mörder ist immer noch auf freiem Fuß, und bis ich weiß, wer er ist, werde ich nicht zulassen, dass Jason als mein Ehemann weiterhin bedroht wird.«

»Was soll das heißen, bis du weißt, wer er ist?«

»Daran ist doch nichts missverständlich. Ich werde der Sache weiterhin nachgehen.«

»Aber … wo willst du damit überhaupt anfangen? Es gibt keine Anhaltspunkte. Rein gar nichts.«

»Es muss irgendetwas geben. Wir haben alle nur die ganze Zeit in die falsche Richtung geguckt.«

»Wer auch immer dahintersteckt, ist jetzt noch genauso gefährlich wie zu dem Zeitpunkt, als er Calum ermordet hat«, erklärte sie geduldig. »Warum willst du jetzt gleich wieder ins Wespennest stechen?«

»Weil ich wissen muss, was passiert ist. Ich muss wissen, warum Calum gestorben ist und wer dafür verantwortlich ist und warum er es ausgerechnet mir angehängt hat. Willst du das nicht auch wissen?«

»Natürlich will ich das. Aber ich denke nicht, dass es sicher ist – für irgendjemanden von uns –, wenn du wieder neue Ermittlungen in einem abgeschlossenen Fall anstellst. Wir könnten alle wieder in Gefahr geraten. Du. Ich. Jason.«

Ich ignorierte Alex' selbstsüchtige Sorgen. Auch wenn ich es nicht wahrhaben wollte, in einer Hinsicht hatte sie recht. Die Polizei betrachtete den Mord an Calum als aufgeklärt. Sie hatte die Mörderin festgenommen und zur Rechenschaft gezogen. Sie würde keinerlei Zeit und Mühe darauf verwenden, mir – oder irgendjemand anderem – dabei zu helfen, die Wahrheit herauszufinden.

»Ich kann dich das nicht machen lassen«, sagte Alex. »Ich kann nicht zusehen, wie du dich mit der Suche nach dem Mörder selbst in den Wahnsinn treibst und ihn dabei direkt zu dir und deinen Liebsten lockst. Du hast gesagt, dass du Jason beschützen willst. Das kannst du nur, wenn du die Sache endlich auf sich beruhen lässt.«

»Ich habe nicht …«

»Man wird dir nicht glauben.« Sie ignorierte meinen Einwurf völlig. Ihr Blick war auf irgendeinen Fleck über meinem Kopf gerichtet. »Der Fall ist abgeschlossen, und soweit es den Rest der Welt betrifft, bist du die Mörderin. Es gibt keine triftigen Gründe für ein Berufungsverfahren. Es ist vorbei, und du bist hier am sichersten. Du musst dich bedeckt halten, dich unsichtbar machen und hoffen, dass man dir für gute Führung ein paar Jahre von deiner Strafe erlässt.«

»Ich weiß«, stöhnte ich voll wachsender Frustration. »Gott, meinst du, ich weiß das alles nicht? Mein Leben ist vorbei. Ich kann in jedem Augenblick an jedem einzelnen Tag an nichts anderes denken. Aber was soll ich denn stattdessen machen? Einfach ein Vierteljahrhundert in einer Gefängniszelle verrotten, wenn ich weiß, dass der Mörder immer noch auf freiem Fuß ist? Das kann ich nicht, Alex. Egal, wie erbärmlich und hoffnungslos mein Leben ist, ich kann nicht einfach akzeptieren und vergessen, was mir angetan wurde. Und wenn du wirklich meine Freundin wärst, würdest du das auch verstehen.«

Eine lange, schwere Stille legte sich über uns, und ich sah zu, wie Alex versuchte, meine Worte zu verarbeiten. Sie war blass geworden, und die Sorge stand ihr deutlich ins Gesicht geschrieben.

»Natürlich bin ich deine Freundin«, sagte sie endlich und berührte meine Hand auf dem Tisch. »Und ich verstehe dich auch. Aber ich mache mir Sorgen um dich. Hier bist du sicher. So furchtbar das auch ist, wenigstens kann Calums Mörder dir hier nichts mehr antun. Aber wenn du wieder anfängst, Fragen zu stellen, nach Antworten zu suchen … na ja, ich will einfach nicht, dass er dir noch mehr wehtut. Ich will, dass du diese ganze Tortur endlich hinter dir hast.«

»Ich weiß«, sagte ich. »Ich doch auch. Aber deshalb kann ich nicht weiterhin mit Jason verheiratet sein. Verstehst du das nicht? Solange ich nach dem Mörder suche, ist Jason in Gefahr. Wenn wir uns scheiden lassen, ist es viel schwieriger, mich zum Schweigen zu bringen, indem man ihm droht.«

Alex seufzte tief und holte dann den Umschlag aus ihrer Tasche. »Ich habe alle Stellen markiert, an denen du unterschreiben musst«, sagte sie. »Willst du Jason darum bitten, auch zu unterschreiben, oder soll ich das für dich machen?«

»Danke, aber darum muss ich mich selbst kümmern. Aber ich muss dich um noch einen Gefallen bitten.«

»Ich hoffe wirklich, dass mir dieser Gefallen weniger widerstrebt«, sagte sie trocken.

»Wirst du dich um Jason kümmern?«, fragte ich mit brechender Stimme.

Sofort schossen ihr Tränen in die Augen. »Oh, Bethany. Natürlich werde ich das.«

»Du musst dafür sorgen, dass er nichts Dummes macht«, fügte ich hinzu. »Es ist eine Sache, wenn ich mich in Gefahr bringe, weil ich dem Fall weiterhin nachgehe, aber er muss das sein lassen. Versprichst du mir das?«

»Versprochen«, sagte sie.

Ich nahm ihre Hand, auch wenn ich wusste, dass mich der Wärter in ein paar Sekunden zurechtweisen würde, aber das war mir gerade egal.

»Es tut mir so leid«, sagte ich. »Und zwar alles, was passiert ist. Ich habe so viele furchtbare Fehler gemacht, aber du warst immer für mich da. Und ich weiß, dass ich viel von dir verlange, aber ich muss mir einfach sicher sein können, dass es Jason gut gehen wird. Ich muss wissen, dass jemand für ihn da ist.«

»Das ist schon in Ordnung«, versicherte sie mir und drückte fest meine Hand. »Ich werde für ihn da sein. Ich mache mir viel größere Sorgen, dass *du* etwas Dummes tun wirst.«

»Das brauchst du nicht«, sagte ich. Mein Lachen schmeckte bitter in meinem Mund. »Ich habe eh nichts mehr zu verlieren.«

57. KAPITEL

Während ich darauf wartete, dass Jason in den Besucherraum geführt wurde, ging ich im Kopf noch einmal die Worte durch, die ich lange und sorgsam einstudiert hatte.

Ich würde mich nicht mit Small Talk aufhalten. Jason schreckte sowieso davor zurück, mir zu erzählen, was zu Hause passierte. Er befürchtete, dass Neuigkeiten über sein Leben – unser altes Leben – mir wehtun würden. Natürlich hatte er damit recht, aber ich wollte sie trotzdem hören. Und meinerseits hatte ich Angst davor, ihm von meinem Alltag im Gefängnis zu erzählen. Ich wusste, was für große Sorgen er sich machen würde, wenn ich ihm von der Frau drei Zellen weiter erzählen würde, die vor zwei Nächten versucht hatte, sich mit einem Kissenbezug umzubringen, oder von den drohenden Blicken, die mir die Insassinnen zuwarfen, die einst Mitglieder in Calum Bradleys Fanclub gewesen waren.

Das Gefängnisleben war nicht durchgehend düster und Furcht einflößend, wobei es natürlich auch nicht einmal ansatzweise schön war. Ich hatte ein paar neue Freundinnen gefunden. Das ließ sich unmöglich vermeiden, wenn man acht Monate lang jeden Tag mit denselben Frauen verbrachte. Manche hatten Mitleid mit mir, und ein paar sahen in mir anscheinend eine Art mysteriöse Berühmtheit. Sie hatten mich in den Nachrichten gesehen, bevor ich überhaupt angekommen war, und mein Prozess war so öffentlich gewesen, dass es nicht lange dauerte, bis alle wussten, wer ich war. Ich war mir nicht sicher, ob das ein Fluch oder ein Segen war.

Nur eine Handvoll Insassinnen waren wegen Mordes verurteilt. Weniger als dreißig von uns hatten eine lebenslange Haftstrafe zu verbüßen, was hieß, dass ich nur noch mehr auffiel. Die meisten Leute hier waren wegen Diebstahls oder Drogen verurteilt worden – gewaltfreie Verbrechen. Anne-Marie, die in der Zelle neben meiner saß, hatte ein Auto gestohlen, weil ihr Zuhälterfreund ihr wieder einmal angedroht hatte, sie zu erwürgen, wenn sie ihm nicht gehorchte. Sie war nur zu zehn Monaten verurteilt worden, aber sie war bereits zum zweiten Mal im Gefängnis, und sie war sich sicher, dass es nicht das letzte Mal sein würde. Es gab so viele Geschichten wie ihre, was mich anfangs überraschte. Die meisten Frauen hier waren weder grausam noch dumm. Sie hatten sich nur in einem schlechten Umfeld wiedergefunden und schienen nicht in der Lage, diesem zu entkommen. Manche sahen mich mit Angst in den Augen an. Sie begegneten nicht vielen Mörderinnen. Die anderen Mörderinnen waren in Einzelhaft oder blieben für sich, und ich tat mein Bestes, um ihnen aus dem Weg zu gehen. Ich wollte nicht in einer Art Femme-fatale-Club landen. Das würde sicherlich nicht dazu beitragen, meinen ständigen Unschuldsbeteuerungen Gewicht zu verleihen.

Aber mir hörte ohnehin niemand zu. Niemand interessierte sich für meine Version der Geschichte. Soweit all meine neuen Nachbarinnen es wussten, hatte ich Calum Bradley in einem Hauseingang erstochen und wäre fast damit davongekommen. Ich war die Milliardärsschlachterin aus den Schlagzeilen.

Aber es war auch nicht die Meinung der anderen Insassinnen, die mir den Schlaf raubte, sondern die der Menschen aus meinem alten Leben – und nicht nur derer, die mir wichtig waren, wie meine Eltern, die sowieso niemals den Glauben an mich verlieren würden. Leute wie Mark, der so unberührt gegen mich ausgesagt hatte, und Fran, die sich einfach nicht mehr gemeldet hatte, seit ich mein Unternehmen verkauft hatte. Oder wie der Starbucks-Barista, der immer einen Smiley hinter meinen Namen gemalt hatte, wenn ich morgens meinen Latte bestellte. Es sollte mich nicht kümmern, aber es störte mich, dass all diese Menschen mich für fähig hielten, die Gräueltaten zu begehen, für die ich verurteilt worden war. Auch wenn ich versuchte, nicht darüber nachzudenken, bei so viel freier Zeit konnte ich diese obsessiven Gedanken nicht vertreiben.

Seit ich hier war, hatte ich mich auf die Zeit fixiert: die Minuten bis zur nächsten Mahlzeit, die Tage bis zur wöchentlichen Bestellung über das Kassenkonto, die Stunden, bis ich hinaus in die frische englische Luft treten durfte. Die Zeit dehnte sich aus und wurde geradezu elastisch, wenn man keine Freiheit hatte. Ich starrte mit einer Art Furor auf die Uhr, als könnte ich nur mit der Kraft meiner Gedanken die Zeiger antreiben. Und ich versuchte, mich darauf zu konzentrieren, in den wenigen relevanten Büchern in der Bibliothek Präzedenzfälle zu recherchieren, anstatt mir nur die Tage wegzuwünschen.

Aber es fühlte sich dennoch an, als würden Jahre zwischen Alex' und Jasons Besuch vergehen.

An dem Tag, an dem mein Mann ankam, gab ich mir Mühe mit meinem Aussehen. Ich konnte nicht viel tun, um es zu verbessern, aber ich benutzte mein kleines Arsenal an persönlichen Gegenständen, um mich herzurichten. Früher, als mein ganzes Wissen über Gefängnisse aus Filmen stammte, hatte ich mir Gefangene in orangefarbenen Overalls vorgestellt. Aber hier musste ich keine Uniform tragen. Man war wohl der Auffassung, ich würde die Regeln eher akzeptieren, wenn ich meine eigene Kleidung tragen durfte. Ich durfte mir nicht aussuchen, was ich zum Frühstück aß, aber durch meine schwarze Jeans und mein geblümtes Oberteil würde ich mich als Individuum respektiert fühlen und deswegen fügsam sein. *Oh, bitte.*

Ich sah Jason, bevor er mich sah. In meinem Bauch flatterten Hunderte von zarten Flügeln, und als er meinen Tisch erreichte, musste ich mich zusammenreißen, um ihm nicht um den Hals zu fallen. Ich konnte es nicht riskieren, dass dieser Besuch frühzeitig beendet wurde, weil ich gegen die Regeln verstoßen hatte. Dafür gab es zu viel zu sagen.

»Ich liebe dich«, sagte ich als Erstes, denn ich wollte weder seine noch meine Zeit mit Worten verschwenden, die nichts bedeuteten.

»Du weißt, dass ich dich auch liebe«, antwortete Jason, und ich bemühte mich, mir den Ausdruck in seinen Augen einzuprägen.

»Jason, ich will mich scheiden lassen«, erklärte ich behutsam.

Das ungläubige Lächeln auf dem Gesicht meines geliebten Mannes wich so offensichtlicher Verwirrung, dass er wirkte wie ein Pantomime.

»Ich will mich nicht mit dir darüber streiten«, sagte ich. Mein Gesicht blieb ausdruckslos, während ich innerlich um Kontrolle über meine Gefühle rang. »Ich kann den Gedanken nicht ertragen, dass du dein ganzes Leben für mich auf Eis legst. Nicht, wenn ich diejenige bin, die an dieser ganzen Situation schuld ist.«

»Bethany, bitte, sag so etwas nicht«, sagte er eindringlich. »Du bist unschuldig. Du weißt es, und ich weiß es auch.«

»Das meine ich nicht. Ich habe diese Ehe Stück für Stück auseinandergerissen, und damit ist jetzt Schluss. Ich liebe dich, und ich will, dass du ein normales Leben führen kannst, mit Geld und Freude und Kindern und Freiheit. Das alles kannst du nicht mit mir.«

»Aber die Berufung …«

»Es wird kein Berufungsverfahren geben«, unterbrach ich ihn. »Adler und ich haben darüber gesprochen, und es gibt keine triftigen Gründe dafür. Ich komme hier nicht raus, und ich werde nicht zulassen, dass du fünfundzwanzig Jahre lang auf mich wartest. Ich kann die Verantwortung dafür übernehmen, mein eigenes Leben zerstört zu haben, aber nicht für deines. Es tut mir leid, Jason, wirklich. Ich wünsche mir nichts mehr, als dass es anders wäre.«

»Aber es wird Gründe für ein Berufungsverfahren geben, sobald wir Beweise dafür gefunden haben, dass es Vincent war.«

Ungläubig sah ich ihn an. »Vincent war es nicht. Du warst bei dem Prozess dabei. Du hast sein Alibi gehört.«

»Vincent ist ein gefährlicher Mann«, widersprach er und wurde dabei lauter. »Er lügt, erkennst du das denn nicht? Er könnte sein Alibi gefälscht haben. Er ist ein krankhafter Lügner.«

»Nein«, erklärte ich mit fester Stimme. »Du hast die Polizeiberichte gesehen. Man würde keine gefälschten Beweise vor Gericht zeigen. Du könntest mir genauso gut erzählen, dass die Mondlandung eine Lüge war. Das ist keine Verschwörung hier.«

»Du weißt, wie clever er ist. Er hatte so viele Informationen über dich. Er hat dich so lange gestalkt. Er hatte all diese Bilder von dir. Er wusste von dem Nacktfotoshooting, das du mit Calum gemacht hast. Er ist verdammt noch mal in unser Haus eingebrochen, während wir geschlafen haben.«

»Jason, hör mir bitte zu. Er war es nicht. Das wäre schlicht und ergreifend unmöglich, glaub mir doch.«

Er lehnte sich auf seinem Stuhl zurück und seufzte tief. »Vielleicht hast du recht«, flüsterte er nach einer Weile. »Aber ich kann es einfach nicht glauben. Ich war mir so sicher, dass er es war, so überzeugt davon, dass er dahintersteckte. Ich glaube, ich wollte einfach nur, dass es Vincent war, damit ich endlich Antworten haben würde.«

»Ich auch. Aber so funktioniert die Welt nun mal nicht.«

Er sah völlig entkräftet aus, sodass mich Mitleid überkam. Ich wusste genau, wie er sich fühlte, aber ich konnte diese Gefühle jetzt nicht teilen. Ich hatte meine eigenen tief vergraben, wo sie mir nicht mehr wehtun konnten. Ich hatte gelernt, stoisch zu bleiben. Oder vielleicht trat ich Enttäuschungen einfach resignierter gegenüber als er. Langsam gewöhnte ich mich an unbefriedigende Ausgänge.

»Ich werde trotzdem keiner Scheidung zustimmen«, sagte er.

»Doch, das wirst du«, widersprach ich. »Ich habe die Papiere hier. Du musst sie nur unterschreiben und Alex schicken.«

Ich schob den Umschlag über den Tisch.

Er schob ihn wieder zurück zu mir.

»Das ist mein Leben«, sagte er. »Ich entscheide, was ich damit machen möchte. Und meine Entscheidung ist es, dir zur Seite zu stehen. Du bist meine Frau. Ich weiß, wie furchtbar du dich gerade fühlst, aber du kannst solche Entscheidungen nicht treffen, während das alles noch so neu ist. Warte einfach ein wenig ab, und dann wirst du sehen, dass wir das schon auf die Reihe bekommen werden. Das verspreche ich dir.«

»Nein, es ist nicht deine Entscheidung«, beharrte ich. »Es ist jetzt meine, und ich habe mich entschieden. Ich werde dich von meiner Telefon- und Besucherliste streichen, und Alex wird dich bald nach den Papieren fragen. Sie weiß, dass ich sie schon unterschrieben habe, und sie kennt meine Gründe. Bitte unterschreib einfach, Jason. Für mich.«

Er starrte mich an. Seine wunderschönen blauen Augen waren von dieser loyalen, selbstlosen Liebe erfüllt, die ich jetzt aufgeben musste, was Risse in meinem Herzen hinterließ wie auf einem ausgedörrten Wüstenboden.

»Du meinst es wirklich ernst«, flüsterte er.

Ich nickte, weil ich meiner Stimme nicht traute.

Jason stand von seinem Stuhl auf und hielt den Umschlag umklammert. Sein Gesicht war angespannt, seine Stimme bebte vor Emotionen. »Ich hoffe, dass du das nicht wirklich so gemeint hast. Ich hoffe, dass das nur eine Reaktion auf die letzten Monate ist und dir bald klar wird, wie verrückt du gerade klingst. Ich werde für dich da sein, wenn du wieder zu Sinnen kommst, aber wenn du deine Wut so an mir auslässt, solltest du dir bewusst machen, wie schwierig diese Situation auch für mich ist. Ich liebe dich, Bethany, aber ich werde nicht mit dir reden, wenn du dich so benimmst.«

Und mit diesen Worten gingen meine Vergangenheit und meine Zukunft aus dem Besucherraum hinaus, ohne sich auch nur ein Mal zu mir umzudrehen, zu meiner erbärmlichen Gestalt, nur dem Schatten der Frau, die ich einst gewesen war.

Ich spannte jeden einzelnen Muskel in meinem Körper an, um mich davon abzuhalten, nicht über den Tisch zu klettern, meinem Mann hinterherzurennen und ihn anzuflehen, doch bei mir zu bleiben. Denn er würde es tun. Ich musste nur fragen, und er würde für immer an meiner Seite bleiben – er als meine Lebenskraft und ich als sein Parasit, der alle Zuneigung und Unterstützung und Hoffnung aus ihm heraussaugte. Und im Gegenzug wäre ich für ihn eine ständige Erinnerung daran, dass er nicht genug für mich gewesen war, dass ich Calum ihm vorgezogen hatte, dass meine Entscheidungen unser perfektes Leben zusammen zerstört hatten.

Endlich wusste ich, was ich wollte, und endlich hatte ich auch den Mut, um die nötigen Entscheidungen zu treffen. Nicht die Entscheidung, die ich treffen wollte, aber dennoch die richtige.

Während ich zusah, wie mein Ehemann mich verließ, fragte ich mich für den Bruchteil einer Sekunde, ob Calum jetzt endlich stolz auf mich gewesen wäre. Und dann, völlig aus dem Nichts, packte mich eine Erkenntnis mitten in der Brust, wo sie nicht an sich rütteln ließ und heftig gegen meine Rippen drückte.

Ich erstarrte und wiederholte in Gedanken Jasons Worte.

Er hat dich so lange gestalkt, hatte Jason vor nur wenigen Minuten gesagt. *Er wusste von dem Nacktfotoshooting, das du mit Calum gemacht hast, er ist verdammt noch mal in unser Haus eingebrochen, während wir geschlafen haben.*

Mir wurde übel. Ich hatte niemandem von diesen Fotos erzählt. Nicht Alex, nicht Shannon. Niemandem.

Nur drei Menschen wussten davon.

Einer dieser drei Menschen war ich.

Einer war mein toter Geliebter.

Und der dritte Mensch, der jetzt mit uneingeschränkter Freiheit ins Leben hinaustrat, hatte Calum ermordet und mir alles genommen, was ich je geliebt hatte.

EPILOG

Die Nacht vor Calums Mord

»Bethany«, sage ich und bemühe mich, meine Verachtung nicht durchschimmern zu lassen. »Du und Jason, ihr seid das perfekte Paar. Ihr liebt euch, und daran hast du doch auch keine ernsthaften Zweifel. Alle haben auch mal Schwierigkeiten. Wie lange seid ihr jetzt schon verheiratet?«

»Fast sieben Jahre«, sagt sie, als wären sieben Jahre mit ihm nur schwer zu ertragen gewesen.

»Da siehst du's. Das verflixte siebte Jahr. Das ist alles.« Meine Antwort ist melodramatisch, aber das ist mir egal. Sie wird es sowieso nicht bemerken.

Unser Kellner stolpert herüber, und sein Blick verweilt etwas zu lange auf mir. Ich möchte ihm klarmachen, dass er nicht einmal ansatzweise meinen Standards entspricht, aber ich muss meine Rolle weiterspielen. Also zwinkere ich ihm zu, wohl wissend, dass Bethany mir zusieht, mich bewundert. Endlich verschwindet er wieder, und ich trinke einen Schluck, um den üblen Geschmack, den seine Anwesenheit hinterlassen hat, hinunterzuspülen.

Es ist ermüdend, diese Schauspielerei. Aber ich weiß, dass das Ergebnis es wert sein wird.

Ich lehne mich zurück, während sie über ihr perfektes Leben und ihre perfekte Ehe jammert, und versuche halbherzig, sie zu überzeugen, dass sie nicht wirklich mit mir tauschen wollen würde. Es ist mir eigentlich egal, ob sie mir zuhört. Was sie möchte, ist irrelevant. Ihre Zukunft wurde schon für sie bestimmt.

Dafür habe ich vor langer Zeit gesorgt.

Nachdem ich monatelang geplant, sie verfolgt und mich vergewissert habe, dass jedes Detail berücksichtigt wurde, werde ich die Rädchen meines Plans heute Nacht endlich in Bewegung setzen. Ich muss sie nur fügsam genug machen, damit ich anfangen kann. Sie muss ihr übliches berechenbares Selbst sein.

Bethany braucht nie viel Überzeugungsarbeit, um zu viel zu trinken, und dieser Abend ist keine Ausnahme. Ich ziehe die Aufmerksamkeit des schmierigen Kellners auf mich, tue so, als würde ich mit ihm flirten, und bestelle noch mehr Alkohol.

Während ich darauf warte, dass Bethany aus ihrem beschwipsten Zustand über den Abgrund in die Betrunkenheit fällt, täusche ich Interesse an ihrem Gelaber über ihre Assistentin vor, nicke und lache an den richtigen Stellen. Währenddessen träume ich von ihrem Mann.

Ich liebe Jason, seit ich ihn das erste Mal gesehen habe. Es war ein Sonntag gewesen, und Bethany hatte mich angefleht, mit zum Abendessen zu kommen und ihn kennenzulernen. Damals hatte ich sie einigermaßen gemocht, bevor ich wusste, was sie so bereitwillig wegwarf. Wir hatten Spaß zusammen, sowohl in unserem Poledance-Kurs als auch, wenn wir danach etwas trinken gingen. Ich war nie wirklich mit anderen Frauen befreundet gewesen, also war es nett, mich mit jemandem über Schuhe und schlechte Dates unterhalten zu können, während wir Cocktails tranken. Aber dann betrat ich das Restaurant und sah Jason an Bethanys Seite und wollte ihn für mich haben. Das war, bevor wir überhaupt miteinander gesprochen hatten. Es lag nicht an seinem Aussehen, auch wenn ich auf blonde Haare und blaue Augen stehe. Er hatte einfach etwas Besonderes an sich. Ich konnte es nicht genau benennen, aber als ich ihn kennenlernte und herausfand, wie er als Mensch war – so echt und witzig und warm –, *brauchte* ich ihn.

Endlich, gefühlt nach mehreren Stunden, entschuldigt Bethany sich und geht zur Toilette. Sie wird eine Weile weg sein – in dieser Bar ist die Schlange immer lang. Deswegen habe ich sie ausgesucht. Ich wühle in Bethanys Tasche herum und hole ihr Handy heraus. Eine Nachricht von Jason wartet auf sie, was mich mit brennender Eifersucht erfüllt, aber ich ignoriere sie und fahre fort wie geplant.

Als Bethany zurückkommt und betrunken über die lustigen Schmierereien auf der Innenseite der Klotür plappert, hat sie keine Ahnung, was gerade passiert ist. Wie verwirrt wird sie darüber sein, dass jemand auf ihre Social-Media-Accounts zugreift, ihre Anrufe überwacht werden und jemand sie beobachtet.

Es ist wirklich beeindruckend, was Technologie heutzutage alles kann. Ein paar Hundert Pfund, und ich weiß alles, was sie tut, habe Zugriff auf all ihre Passwörter. Ich werde ihre Gespräche abhören und ihre Kamera anschalten können, wann auch immer ich es möchte. Und der Störsender, den ich bestellt habe, ist heute Morgen angekommen. Ich muss ihn noch an ein paar Überwachungskameras in der Nähe meiner Wohnung testen, aber meine Vorbereitungen laufen perfekt.

Außerdem habe ich schon eine Kopie ihres Schlüssels angefertigt. Sie hängt schon seit Monaten an meinem Schlüsselbund und erinnert mich jedes Mal, wenn ich meine eigene Haustür öffne, daran, dass ich bald alles haben werde, was ich mir jemals gewünscht habe.

Ich fühle mich, als würde Elektrizität statt Blut durch meine Adern fließen. Die Vorfreude ist so groß, dass ich sie kaum im Zaum halten kann, aber ich muss mich noch ein klein wenig länger gedulden. Jedes kleinste Detail muss berücksichtigt werden – der Plan muss vollkommen sein. Morgen werde ich einen Testtweet posten, nur um mich zu vergewissern, dass die Software auch wirklich funktioniert. Ich habe es mindestens ein Dutzend Mal zu Hause ausprobiert, aber mir dürfen keine Fehler unterlaufen.

Denn bei meinem Plan kommt es auf Perfektion an, egal, wie er ausgehen wird. Manche Dinge kann ich nicht kontrollieren.

Damit musste ich mich abfinden. Aber was ich für Bethany vorbereitet habe, wird funktionieren, ganz gleich, was sie tut. Es ist mein Meisterwerk. Vielleicht wird sie nicht glauben, dass Jason zu einem Mord fähig ist, auch wenn ich ihr überzeugende Argumente vorsetzen werde. Sie könnte mit den Beweismitteln, die ich ihr unterschieben werde, zur Polizei gehen, trotz meiner Warnung, dass das riskant wäre. Sie könnte freigesprochen werden. Das bezweifle ich zwar, aber es ist möglich. Was soll's? Das alles macht keinen Unterschied. Denn am Ende werde ich trotzdem genau das haben, was ich schon immer haben wollte. Und auf diese Weise kann ich die Show genießen, ohne schon im Voraus alle Details zu kennen, aber wohl wissend, wie die Geschichte enden wird.

Ich, mit Jason. Für immer.

Ich kann kaum glauben, dass ich es fast in Erwägung gezogen hatte, die Finger von Jason zu lassen. Er gehörte mir nicht. Und überhaupt mochte ich Bethany wirklich. Ich wollte ihre perfekte Ehe nicht zerstören.

Aber dann fing sie an, mit Calum zusammenzuarbeiten, und verbrachte verdächtig viel Zeit bei der Arbeit und bedeutend weniger Zeit zu Hause. Sie errötete jedes Mal, wenn ich den Namen ihres Kunden erwähnte, und fing an, mir Dinge zu verheimlichen. Sie wusste nicht, dass ich etwas ahnte, aber sie ist eine furchtbar schlechte Lügnerin, und ich bin Anwältin. Ich bin Expertin darin, Lügen zu entdecken.

Also folgte ich ihr. Oder zumindest wartete ich vor Bradley Enterprises, um herauszufinden, wie sie aussah, wenn sie Stunden nach dem offiziellen Ende ihrer Arbeit das Gebäude verließ. Aber das war noch kein Beweis. Ich musste es genau wissen. Also überredete ich einen Typen, den ich mal gedatet habe und der praktischerweise bei einer Sicherheitsfirma nebenan arbeitet, mich ins Gebäude zu lassen, und beobachtete die beiden von der Ecke eines unbenutzten Büros aus. Was ich sah, war eindeutig. Nun weiß ich also, was sie die ganze Zeit getrieben hat. Ich weiß, was für ein Lügner Calum in Wahrheit ist. Und ich weiß, mit was für einem verabscheuenswerten Menschen Jason verheiratet ist.

Bethany hat keine Ahnung, was sie überhaupt hat. Was sie aufgibt. Sie hatte eine Affäre, sie hat ihren Spaß gehabt, und jetzt ist es Zeit, dass ich meinen Spaß bekomme. Oh, und es wird Spaß machen. Manche der Maßnahmen, die ich ergreifen muss, sind rein praktischer Natur. Wie sicherzustellen, dass es Beweise für die Affäre gibt, und die Jury davon zu überzeugen, dass Bethany die Mordwaffe in den Fingern hatte. Andere Teile des Plans dienen nur meiner eigenen Belustigung. Wie die Nachrichten, die darauf ausgelegt sind, Bethany im freien Fall in einen Abgrund aus unbeantworteten Fragen zu schleudern. Und der Vorschlag, dass sie zur Polizei gehen soll, der sie mit Schuldgefühlen und Unsicherheit erfüllen wird. Ich kann es kaum erwarten, jeden einzelnen Schritt meines Plans auszukosten.

Und nach all dieser Arbeit wird Jason meine Belohnung sein. Und ich seine. Er verdient es, mit Respekt behandelt zu werden. Er verdient eine wunderbare Romanze und das perfekte Leben, das sie ihm nicht geben will. Und das ist der Punkt, an dem ich einschreiten werde. Der Übergang wird nahtlos sein.

Wenn er erst einmal weiß, dass seine Frau eine Mörderin ist, wird er erleichtert sein, dass sie hinter Gittern sitzt. Und ich werde für ihn da scin, ihn unterstützen und selbst auch ein wenig Rückhalt brauchen. Ich werde der einzige Mensch sein, der wirklich versteht, was er durchmacht.

Und das Beste daran ist, dass ich Bethanys Zukunft leben werde – in dem sicheren Wissen, dass sie mich nicht aufhalten kann. Sie wird aus der Ferne zusehen, wie ihr Leben ihr weggenommen wird, und eines Tages wird sie begreifen, was sie sich alles durch die Finger hat rinnen lassen. Mein ganzer Körper kribbelt bei dem Gedanken an dieses berauschende Machtgefühl. Ich bin ihm so nah, dass ich es fast schon schmecken kann.

Ich bin so geduldig gewesen. Es war ermüdend, ihre Freundin spielen zu müssen, obwohl ich wusste, was für ein abstoßender Mensch sie eigentlich ist. Aber jetzt, da ihre Tortur bald beginnt, tut sie mir fast schon leid.

Natürlich nicht genug, um sie zu verschonen. Das hat sie nicht verdient.

Sie verdient es nicht, mich als beste Freundin zu haben.

Sie verdient es nicht, Calum zum Geliebten zu haben.

Sie verdient es nicht, Jason zum Ehemann zu haben.

Und sie verdient ganz bestimmt das idyllische Leben nicht, das sie so leichtfertig wegwirft.

Das macht meinen Plan ja so perfekt.

Denn *ich* verdiene es.

Ich *brauche* es.

Und ich werde alles tun, um es zu bekommen.

* * *

Eine Woche nach Bethanys Verurteilung

»Bist du dir sicher?«, frage ich und versuche, dabei ernst zu klingen.

Sie sieht furchtbar aus, was dieses Gespräch noch viel besser macht. Ihre Augen sitzen tief in den Höhlen, sie hat so viel Gewicht verloren, dass sie wie ein Skelett aussieht, und ich bin mir ziemlich sicher, dass ihr an einer Stelle auf der linken Seite des Kopfes die Haare ausfallen.

»Ich habe sein Leben schon genug zerstört«, antwortet Bethany und klingt erbärmlich.

Ich verschränke die Arme vor der Brust und lasse sie weiterreden. Ich muss mir sicher sein, dass sie es ernst meint.

»Jetzt komm schon, Alex«, fleht sie mich an und starrt auf den Umschlag, der aus meiner Tasche herausragt. Ich rühre keinen Muskel. Zu sehr bin ich damit beschäftigt, mir zu überlegen, wie viel ich Jason von diesem Gespräch erzählen werde, wenn ich ihn heute Abend sehe. Ich will, dass diese Scheidung schnell abläuft. Ich habe es satt, warten zu müssen.

»Okay, erstens dachte ich, dass er Calum ermordet hat«, sagt Bethany nach einer Pause, »und ich bin mir ziemlich sicher, dass keine Ehe sich davon wieder erholen kann.«

Es ist witzig, wie viel Leute mir als Scheidungsanwältin über sich erzählen. Sie sehen mich als eine Art Eheberaterin, dabei interessiere ich mich doch nur für ihr Geld. Zumindest in den meisten Fällen. Als Calum vor einigen Jahren meine Dienste in Anspruch nahm, interessierte ich mich auf einmal sehr dafür, was mein Mandant zu sagen hatte. Der perfekte Mann war soeben in mein Büro spaziert: reich, erfolgreich, gut aussehend und bald geschieden, dank mir. Er erzählte mir von Kitty und davon, dass er seine verklemmte Frau für die junge, selbstverständlich bildhübsche PR-Assistentin verlassen würde. Er hatte seine Frau satt und wollte ein jüngeres Modell, wie jeder Mann, dem sich die Frauen alle in die Arme werfen. Er hatte sich nur das falsche Modell ausgesucht, das war alles.

Kitty loszuwerden war einfach genug. Die Hälfte von Calums Fans war instabil genug, um für umsonst zu tun, was ich von ihnen wollte, aber ich bin ein großzügiger Mensch. Ich zahlte der Frau einen Tausender, um die Sache zu erledigen, und sie hat sie perfekt durchgezogen. Sie war jeden einzelnen Penny wert.

Aber der Ärger fing an, als Calum sich weigerte, mich die Lücke in seinem Leben füllen zu lassen, für die ich selbst gesorgt hatte. Er sagte, dass er einen Fehler gemacht hatte, dass er die Affäre bereute, dass er seine Frau doch noch liebte. Dass er kein Interesse hatte. An *mir*. Ich war außer mir vor Wut, verständlicherweise. Aber ich konnte nichts dagegen tun. Er war ständig von einem Sicherheitsteam umgeben, und nachdem er mir mein Mandat entzogen hatte, gab es für mich keine Möglichkeit mehr, ihn zu kontaktieren.

Ich werde zurück in die Gegenwart gerissen, als Bethany mich erwartungsvoll anguckt und auf Zustimmung wartet.

»Ihr liebt euch«, murmele ich ohne Enthusiasmus.

»Das ist jetzt irgendwie auch irrelevant«, sagt sie und schafft es nicht, die Bitterkeit aus ihrer Stimme zu verbannen. »Und selbst wenn wir all die Lügen und den Schmerz hinter uns bringen könnten, kann ich ihn nicht weiter gefährden. Der Mörder ist immer noch auf freiem Fuß, und bis ich weiß, wer er ist, werde ich nicht zulassen, dass Jason als mein Ehemann weiterhin bedroht wird.«

»Was soll das heißen, bis du weißt, wer er ist?«

Warum kann diese Frau es sich nicht endlich eingestehen, dass sie verloren hat? Ihr wurde ein Mord angehängt und zwar mit Bravour, wenn ich mir da selbst mal auf die Schulter klopfen darf. Ihrem Prozess zuzusehen, war eine der erfüllendsten Erfahrungen meines Lebens. Meine Arbeit so präsentiert zu bekommen, während intelligente Menschen sie auseinanderpflückten und sich darüber den Kopf zerbrachen und trotzdem nicht die richtige Lösung fanden … das war unglaublich aufregend.

Ich hatte keinerlei Zweifel daran gehabt, dass mein Plan auf jeden Fall gelingen würde, aber ich hatte ehrlicherweise nicht erwartet, dass die Jury Bethany so uneingeschränkt hassen würde. Genug, um sie zu verurteilen, selbst nachdem ihre Anwältin bewiesen hatte, dass sie zu klein war, um den Mord begangen zu haben. Ich gebe zu, dass ich ein wenig ins Schwitzen geraten war, als dieser Arzt in den Zeugenstand gerufen wurde. Ich dachte, dass es besonders schlau von mir gewesen war, Calum von hinten zu töten. Dadurch konnte er sich nicht so gut wehren – keine Abwehrverletzungen, denen man irgendwelche Informationen über mich entnehmen könnte –, und es sorgte außerdem dafür, dass ich nicht mit seinem Blut bespritzt wurde.

Außerdem war es viel praktischer, mich von hinten an ihn heranzuschleichen. Es war leicht genug gewesen, herauszufinden, wo er war. Durch die Software, die ich auf Bethanys Handy installiert hatte, wusste ich jederzeit, wo sie sich aufhielt. Mein Plan hing nur davon ab, den richtigen Moment abzupassen, und zu meiner großen Freude kam dieser fast sofort. Ich konnte sehen, dass sie um zehn Uhr abends in South Kensington war – viel später, als sie normalerweise unter der Woche unterwegs war, wenn sie Jason nicht zu diesem langweiligen wöchentlichen Pubquiz schleppte. Außerdem schien mir der Ort verdächtig nahe an Calums möglichem Aufenthaltsort.

Ich schnappte mir den Rucksack, in den ich schon vorsorglich alle nötigen Gegenstände gepackt hatte – Messer, Störsender, Wechselkleidung –, und machte mich hastig auf den Weg, sodass ich gerade am Café ankam, als die beiden gingen. Ich folgte ihnen mit Sicherheitsabstand. Sie waren so sehr mit sich selbst beschäftigt, dass sie mich eh nicht gesehen hätten, und der Regen half mir dabei, unbemerkt zu bleiben.

Mir würde übel, als ich sah, wie die beiden sich in dem Hauseingang umarmten. Der Mann, dem ich so ergeben gewesen war, der Mann, der mich zurückgewiesen hatte, hatte eine Affäre … mit der Ehefrau des einzigen Mannes, den ich seit Calum wirklich geliebt hatte? Die Ungerechtigkeit ließ meine Wut heiß und heftig an die Oberfläche brodeln, genauso intensiv wie an dem Tag, an dem ich von dieser widerlichen Affäre erfahren hatte. Aber während ich mich nach den Überwachungskameras in der Nähe umsah, löste meine Wut sich plötzlich auf und wurde von einem Gefühl völliger Ruhe ersetzt. Es fühlte sich so richtig an. Ich wusste, dass mein Plan funktionieren würde. Ich hatte alle Details berücksichtigt.

Ich sah zu, wie Bethany sich von Calum löste. Er rief ihr etwas nach, aber sie hörte ihn entweder nicht oder ignorierte ihn einfach. Wahrscheinlich Letzteres. Während ich darauf wartete, dass sie in der U-Bahn-Station verschwand, aktivierte ich den Störsender und vergewisserte mich, dass die Lichter genauso aufleuchteten, wie sie es beim Test zu Hause getan hatten. Es war pures Glück, dass die Kamera, die Bethany aufnahm, gerade außer Reichweite war. Sobald sie in das Licht der Station getreten war, sah ich mich ein letztes Mal um, um mich zu vergewissern, dass wir alleine waren. Und dann packte ich zu. Calum, dessen Blick törichterweise an seiner Geliebten hing, sah mich nicht kommen.

Das Überraschungsmoment war unabdingbar für meinen Erfolg. Ich bin stark. Stärker, als man vielleicht glauben mag. Und Calum ist nicht gerade ein Bodybuilder. Aber das Adrenalin, das jeden Menschen in einem Kampf ums Überleben durchflutet, würde keine Chance gegen mich haben. Ich packte seine rechte Schulter mit meiner rechten Hand, damit er sich nicht wegdrehen konnte, führte das Messer über seine linke Schulter und rammte es mit all meiner Kraft in seine Brust.

Er gab kaum einen Laut von sich. Nur ein Ächzen, und seine Muskeln spannten sich an, aber bevor ich ihm die Gelegenheit gab, die Situation zu verstehen, zog ich das Messer aus seinem Herzen und stieß ihn so heftig in den Rücken, wie ich nur konnte. Der Tatort war wie dafür gemacht. Der Hauseingang war schmal, sodass Calum keine Chance hatte, sein Gleichgewicht wiederzufinden. Sein Kopf traf mit einem dumpfen Bums auf dem Marmor auf, und dann sackte er plump zu Boden. Ich zog ein Handtuch aus meinem Rucksack und wickelte das Messer fest darin ein. Dann warf ich mir den Rucksack über die Schulter und ging zu Fuß die sechs Kilometer nach Hause, wobei ich den Störsender die ganze Zeit blinken ließ.

Während ich der Frau gegenübersitze, der ich den Mord angehängt habe, tue ich so, als müsste sie mich davon überzeugen, dass sie sich von Jason scheiden lassen sollte.

Ich seufze dramatisch und reiche ihr endlich die Papiere. »Ich habe alle Stellen markiert, an denen du unterschreiben musst«, sage ich. »Willst du Jason darum bitten, auch zu unterschreiben, oder soll ich das für dich machen?«

»Danke, aber darum muss ich mich selbst kümmern. Aber ich muss dich um noch einen Gefallen bitten.«

»Ich hoffe wirklich, dass mir dieser Gefallen weniger widerstrebt«, sage ich, während mein Herz in meiner Brust hämmert. Ich stehe kurz davor, alles zu haben, was ich mir wünsche.

»Wirst du dich um Jason kümmern?«, fragt sie mit brechender Stimme.

Ich kann nichts dagegen tun, dass mir Tränen in die Augen schießen. Das ist es. Er gehört mir. Und bald wird sie zusehen müssen, wie ihr altes Leben ihr entrissen und stattdessen in mich verpflanzt wird.

»Oh, Bethany. Natürlich werde ich das.«

»Du musst dafür sorgen, dass er nichts Dummes macht«, fleht sie mich an. »Es ist eine Sache, wenn ich mich in Gefahr bringe, weil ich dem Fall weiterhin nachgehe, aber er muss das sein lassen. Versprichst du mir das?«

»Versprochen«, sage ich.

Oh, ich werde mich ganz bestimmt um ihn kümmern. Und ich werde dafür sorgen, dass er die Scheidungspapiere unterschreibt, auch wenn ich ihm dafür jedes furchtbare Detail über seine Ehefrau und ihren Milliardärsliebhaber verraten muss. Natürlich werde ich das als Besorgnis darstellen. Aber falls er noch irgendwelche Zweifel an ihrer Tugend hat, werden davon keine mehr übrig sein, wenn ich ihm erst einmal die ganze Wahrheit erzählt habe. Und ich werde ihm zur Seite stehen und ihn in dieser furchtbaren, tragischen Zeit unterstützen.

Bethany greift nach meiner Hand, und ich brauche meine ganze Willenskraft, um nicht zurückzuzucken.

»Es tut mir so leid«, sagt sie. »Und zwar alles, was passiert ist. Ich habe so viele furchtbare Fehler gemacht, aber du warst immer für mich da. Und ich weiß, dass ich viel von dir verlange, aber ich muss mir einfach sicher sein können, dass es Jason gut gehen wird. Ich muss wissen, dass jemand für ihn da ist.«

»Das ist schon in Ordnung«, sage ich und drücke ihre Hand so fest, wie ich kann. »Ich werde für ihn da sein. Ich mache mir viel größere Sorgen, dass *du* etwas Dummes tun wirst.«

Sie versteht mich nicht. Sie denkt, dass ich um sie besorgt bin. Sie bemerkt meine Drohung nicht.

Aber das ändert nichts daran, dass ich sie ernst meine.

Bethany hat vielleicht nichts mehr zu verlieren, aber ich jetzt schon. Ich habe ihr perfektes Leben.

Und ich werde alles tun, um es zu behalten.

DANKSAGUNG

Die Veröffentlichung dieses Romans wäre nicht möglich gewesen ohne meine fantastische Agentin, Ariella Feiner von United Agents. Ich kann dir nicht genug dafür danken, das Potenzial dieser Geschichte erkannt zu haben – ohne dich wäre sie definitiv nicht das geworden, was sie jetzt ist. Deine Unterstützung und die Unterstützung von allen anderen, mit denen ich bei United Agents zusammengearbeitet habe – vor allem Amy Mitchell, Margaret Halton und Georgina Le Grice –, war unglaublich.

Ein großes Dankeschön geht außerdem an meine wunderbare Lektorin Francesca Pathak und alle Mitarbeiter bei Orion, die sich für dieses Buch von Anfang an begeistert haben. Euer Enthusiasmus und euer Zuspruch waren überwältigend, und ich fühle mich geehrt, dass ich mit so talentierten Menschen zusammenarbeiten durfte.

Danke an Colin Miller für Ihren unbezahlbaren Rat zum Thema Beweisrecht. Sie und der Rest des großartigen Teams des Podcasts *Undisclosed* haben mir die Augen darüber geöffnet, dass ungerechte Fehlurteile wirklich jedem widerfahren können. Vielen Dank für alles, was Sie im Kampf für Gerechtigkeit vollbringen.

Ich bin Jules, Jackie, Rohin und Jason dankbar dafür, dass sie meinen unsozialen Terminplan beim Schreiben hingenommen und mich immer mit Nachrichten, Blumen und Witzen ermutigt haben. Ich hab euch echt lieb, Leute.

Danke an Shannon, die mir bei Plotdetails weitergeholfen hat, selbst wenn ich mich furchtbar schlecht ausgedrückt habe, und die mir in meinen besten und meinen wirklich schlimmsten Zeiten loyal beistand. Ich hoffe, du weißt, wie viel deine Freundschaft mir bedeutet.

Sarah, Emily und Amy: Ich hatte solches Glück, dass ich mit

euch zusammengelebt habe und euch meine London-Familie nennen darf. Ihr wart für mich da beim Feiern und beim Weinen, dafür danke ich euch aus tiefstem Herzen.

So viele Menschen haben mich unterstützt und an mich geglaubt, und ich bin euch allen so dankbar. Amie, für ihre frühen Überarbeitungsvorschläge, Greg, für die gestalterischen Vorschläge, und Tam als meinem lebenslangen Bücherkumpel. Familie, Freunde, Blogleser und Kirchenbekanntschaften: Ihr wisst, wer ihr seid, und ich bin so froh, dass ich euch habe.

Und letztlich bin ich unbeschreiblich dankbar für meinen fantastischen Ehemann, Brendan, der mich immer unterstützt und immer an mich geglaubt hat, bevor er auch nur ein einzelnes Wort von mir gelesen hatte. Danke, dass du mir geholfen hast, meine Träume zu verwirklichen, und dass du mir immer Schokolade bringst, wenn du weißt, dass ich sie brauche. Ich liebe dich.